心理三国·逆境三部曲之

心理孙权

看透历史，讲透人性

陈禹安 著

郑州大学出版社
·郑州·

图书在版编目（CIP）数据

心理孙权 / 陈禹安著. — 郑州 : 郑州大学出版社, 2020.11

（心理三国 · 逆境三部曲）

ISBN 978-7-5645-7373-7

Ⅰ. ①心… Ⅱ. ①陈… Ⅲ. ①《三国演义》研究②孙权（182–252）—人物研究 Ⅳ. ①I207.413②K827=363

中国版本图书馆CIP数据核字（2020）第200623号

心理孙权

XINLI SUNQUAN

策划编辑	郜　毅	封面设计	张立娟
责任编辑	郜　毅	封面插画	赵　鹏
责任校对	胡佩佩	版式设计	蔡小波
责任监制	凌　青　李瑞卿		

出版发行	郑州大学出版社有限公司（http://www.zzup.cn）
地　　址	郑州市大学路40号（450052）
出 版 人	孙保营
发行电话	0371–66966070
经　　销	全国新华书店
印　　刷	德富泰（唐山）印务有限公司
开　　本	710 mm × 960 mm　1/16
印　　张	18
字　　数	325 千字
版　　次	2020 年 11 月第 1 版
印　　次	2020 年 11 月第 1 次印刷

书　　号	ISBN 978-7-5645-7373-7	定　　价	49.80元

英雄，不在逆境中产生，就在逆境中消亡。

——题记

自序

三问"心理说史"

"心理三国三部曲"是"心理说史"的开创之作，在十周年纪念版出版之际，很有必要厘清读者们最关心的几个问题，其实主要就是三个："心理说史"是什么？从何而来？去往何方？

心理说史是什么？

在"心理三国"系列出现之前，国内从未有过这种集历史、心理和文学于一体的写作形式，既像历史小说又像心理分析，很难归于已有的类别。系列作品的第一部《心理关羽》，在出版过程中关于书名的争议从未停息。"心理三国"的内容曾在天涯论坛连载，先后有几十家出版社表达过出版意愿，但几乎没有一家不想把书名改掉的，因为当时没有人确切知道《心理关羽》到底在表达什么。但改来改去，却都觉得没有一个其他的书名能够统摄《心理关羽》的丰富内涵，于是这一独特的书名就幸运地被保留了下来，并沿用到整个"心理说史"系列的其他作品中。

"心理说史"关键在于"心理"两个字。实际上，把这两个字当作动词而不是名词就容易理解了。"心理三国"就是用心理学去梳理、剖析三国的历史进程及关键细节，《心理关羽》就是用心理学去梳理、剖析关羽一生的心路历程。

一开始写"心理三国"的时候，我主要运用的是社会心理学，但自然而然地，人格心理学、发展心理学、进化心理学、认知心理学、生物心理学等应需而入，甚至还引用了全球心理疗愈领域大量的研究成果。同时，我本人对于“心理”的理解，也超越了现代学科体系所设定的边界，把自己对中国传统文化中的儒释道以及西方哲学体系的更深感悟融入其中。

从我个人的角度来看，也许“心”理比“心理”更接近真正的内涵，我甚至有这样一个观点：这个世界上，和人的社会属性、文化属性相关的知识，只有一门心理学。所谓的哲学、人类学、社会学、管理学、营销学等，实质上都是心理学。

所以，心理说史就是用“心”去梳理历史、述评人物。

说到历史，也许又会引发一个争议。“心理说史”的开创之作——“心理三国三部曲”参照的底本是《三国演义》，而不是所谓的正史《三国志》。读者们难免会质疑，《三国演义》能算是历史吗?

三国是非常特殊的一段历史，短短几十年，却是整个中国历史中最脍炙人口、广为人知的，这要归功于《三国演义》和各种戏剧、评书的民间传播。如果你和非历史专业的三国迷说，草船借箭的不是诸葛亮，而是孙权；华雄不是关羽斩的，而是孙坚干的，也没有温酒这回事……恐怕这些三国迷会找你拼命。从心理学的角度，信即为真，将大众一致信以为真的信息视为历史，其实并无不可。这同样可以推及广为人知的《水浒传》《红楼梦》的解读。

细品《三国演义》，我们还会发现，这其实是中国人代代相传的集体创作，也是中国人集体潜意识的外显。《三国演义》中隐藏的是中国人国民性的基因密码。从而，用心理学加以解剖，就更有其必要性，也更有其正当性了。

当然，心理说史在处理其他的历史时，会尊重基本史实，但读者们也必须明白，从来就没有所谓百分百真实的客观历史，任何记录都会带有记录者主观感受的痕迹以及个人视角及表述能力的限制。

“心理说史”从何而来？

2007年初夏，我突然从每天平均工作十二小时以上的繁忙节奏中脱身，有了很多的空闲时间。当时，我就想用一种不一样的方式来阐述历史。于是，在一台黑色的索尼电脑上不知不觉敲下了三万字，这就是《心理关羽》的前十节。

写完这三万字，突然意兴索然，我就放下了，那台电脑后来也不见了。但幸运的是，这些文字在一个U盘中留下了备份。整整两年之后，一个非常偶然的原因令我想起这些文字，然后把它们发到了天涯论坛，每天发一节。刚开始的时候，并没有什么动静，我原想发完这十节，也就该结束了。没想到第九节发出后，跟帖瞬间火爆起来。网友的热情让我觉得这样的文字也许是有价值的。于是，整个三部曲就一气呵成了。

所以，“心理说史”本是无心栽柳之举，刚开始的时候，我并不知道我后来会写出十几部作品，也不可能想到“心理三国”能够以数种文字、多个版本风行于世。

一个婴儿初生之际，人们可能不会急于为他畅想未来，但“心理三国”系列已经十周岁了，我们不免要考虑它的未来。

“心理说史”将去往何方？

十年来，我一直在思考这个问题。

历史到底是什么？如果历史仅仅是过眼云烟，“万里长城今犹在，不见当年秦始皇”，那么，事过多年之后，我们去学习历史、剖解古人又能得到什么？

从人性的基底来看，所谓历史，其实是一间巨大的心理实验室，一打开门，看到的却是正在发生的现实。历史，其实不是古人的故事，而是我们每个人自己的故事。基于此，我们也就发现了心理说史的基本价值——剖析古人心理，感悟现实人生。

每个人都是在不断成长的，每个人的一生其实都有一条心路历程。我们往往以固定的一个标签去看待一个人，但一个人并非只代表是一张脸谱。

美国作家迪帕克·乔普拉写过一本小说——《人子耶稣》，从人的角度描写了《圣经》中缺失的耶稣从十二岁到三十岁的历程。乔普拉感慨地说：“不管是否信奉基督教，人们把耶稣看成是静态的。耶稣没有烦恼，也不会成长。耶稣在伯利恒的马厩里一生下来就是神圣的，终其一生都是如此。”所以，他反其道而行之，把小说的主题定为：一个有潜力成为救世主的年轻人，发现了自己的潜力并学会了实现自己的潜力。

乔普拉对耶稣的成长的理解，其实也应该正是我们对任何一个人——无论是历史风云人物，还是现实中普通人的成长的理解。

我希望“心理说史”能够让历史在心理学中复活，让人性在心理学中鲜活，从而在历史学、心理学和文学的交叉之处，留下一个不一样的印记。“看透历史，讲透人性”，这就是“心理说史”必须承担的历史使命，也是“心理说史”一直在努力前往的未来。

我们在历史上所做的每一分努力，都应该是为了让现实更美好。

2019年12月29日星期日下午3：38于杭州别馆13B

初版自序

三国的两部历史

——兼谈心理学家的历史观

在中国人的心目中，三国这段历史有着特殊的地位。但稍一深究，就会发现无论是其存续的时间长短，还是对整个历史进程的作用，都与它所表现出来的巨大影响力严重不符。

这是因为三国一直有两部历史。其中的一部历史静静地躺在故纸堆中，问津者寥寥无几；而另一部历史则在田间地头、市井巷陌为人所津津乐道。前者就是以《三国志》为代表的所谓“正史”，而后者就是以《三国演义》为代表的，包括小说、戏剧、民间传说等多种传播形式的“非正史”。

三国在中国乃至在整个中华文化圈的巨大影响力显然来自后者。这是一个让执着于历史真相的历史学家们颇感无奈及尴尬的事实。但这一事实，却也正是验证心理学上的“易得性直觉”的最佳例证。从人类的认知机制来看，那些形象具体、活色生香、充满想象、饱含情感的信息自然更容易被吸收、被认可、被传播。

西哲培根有云：“读史使人明智。”我们回望历史，就是为了从中汲取智慧，以更好地走向未来。那么，问题就来了。

我们应该读什么样的史呢?

历史学家当然希望人们去读他们眼中的正史，而不要读以讹传讹的那些非正史。但心理学家的历史观似乎有所不同。

首先，心理学家认为从来不存在绝对真实的历史。

心理学家乌瑞克·奈塞尔在美国航天飞船“挑战者”号爆炸的那个早晨，询问埃默里大学的一组大学生，他们第一次听到这个消息的时候处于什么样的情形。所有被询问的学生都写下了清晰的记录。大约三年后，他让四十四个依然在校的学生再次回忆当时的情形。在这之后写的回忆文章中，没有一份与当年写的完全吻合，约有四分之一的学生写下的是完全不同的。

哈佛大学心理学系主任、著名记忆学专家丹尼尔·夏科特所著的《记忆的七宗罪》一书，告诉我们：健忘、分心、空白、错认、暗示、偏颇、纠缠七种背离真实状况的现象普遍存在于每一个人身上。

可见，记忆并不那么靠谱，而历史作为人类的集体记忆，在其记录者的概括、删减以及有意无意的扭曲的过程中，自然也会出现无可避免的偏差。

所以，历史必然不可能全然真实。如果坚持唯有读正史才能使人明智，那就是泥古不化了。

其次，心理学家秉持“知方为有，信即为真”的特殊历史观。

人类不是上帝，不可能全知全觉。比如，人类在没有发现细菌之前，并不知道有细菌的存在。所以，只有被人们认知到的，才是“有”或“存在”的，除此之外的事物，只能归结为“没有”或“不存在”。

而那些有幸被归为“有”或“存在”的事物，也只有人们信了，才算是真的。这就是“信以为真，不信以为假”。

心理学上的安慰剂效应，说的是病人虽然获得无效的治疗，却因相信治疗有效，而让症状得到舒缓的现象。比如，美国有位“二战”老兵，经诊断，他疼痛了五年的膝盖患有退行性关节炎。医生对他施行了全身麻醉，然后在膝盖的皮肤上切了一个口子，并没有做真正的手术。但这位老兵事后却觉得膝盖完全好了，而且多年来第一次可以不依靠拐杖行走。即便医生事后告诉他真相，他也绝不相信自己接受的只是“安慰性诊疗”。

只要信以为真，就会对人产生影响。只有信以为真，才会对人产生影响。这一认知规律同样也适用于历史之于后人的作用。

在《三国演义》中，“温酒斩华雄”是关羽的英雄壮举，“草船借箭”是诸葛亮的神机妙算。试问有多少人知道，在《三国志》中华雄是孙坚杀的，草船借箭是孙权所为呢？又有多少人愿意相信这才是真实的历史呢？

清王朝的奠基者努尔哈赤对《三国演义》深信不疑，直接影响了他身边的人。他的儿子皇太极继位后，就从《三国演义》中学了周瑜的反间计，离间崇祯皇帝与袁崇焕，结果竟然真的害死了大明朝的护国长城袁崇焕。这发挥作用的显然不是真实的历史吧？

“穆桂英挂帅”“十二寡妇征西”这些杨门女将的故事脍炙人口，流传甚广。可其中最重要的人物穆桂英压根儿就不存在，甚至连穆桂英的丈夫杨宗保也是个子虚乌有的人物。尽管如此，杨家将的故事仍激励着无数男儿热血沸腾，精忠报国。

隋文帝杨坚在尚未夺得帝位之前，因为容貌出众、有王者之相而遭到嗜杀成性的北周宣帝宇文赟的猜忌，面临性命之忧。坚信杨坚必成大业的术士来和，却在受宇文赟指派为杨坚看相后，刻意回护杨坚，说他最多只是大将军之相，从而帮杨坚保住了性命。这不是“信则灵”，又是什么？

再如，我们都知道神话、童话、寓言都不是真实的，却不能说它们起不到教诲作用。

所以，与历史学家不同，心理学家更为关注的是那些被人们信以为真的历史，以及这样的历史到底能发挥什么样的作用与影响，而不一定去苦苦追寻所谓的历史真相到底是什么。

说到这里，就有必要转回来谈谈三国的两部历史了。因为，这牵涉“心理三国”系列作品创作蓝本的选择问题。

“心理三国三部曲”（《心理关羽》《心理诸葛》《心理曹操》）是严格依照罗贯中著、吴郡绿荫堂藏版《李卓吾先生批评三国志》（即《三国演义》的前身）的叙事进程展开的。而“心理三国·逆境三部曲”（《心理刘备》《心理孙权》《心理司马》）则有所不同。

这有两个原因。

首先，《三国演义》褒扬刘备过甚，太过背离现实。比如，刘备兵败徐州，在逃亡途中路遇猎户刘安。为了表现刘备的仁德深得人心，《三国演义》设计了刘安杀妻，用妻子的肉款待刘备的情节。这样的情节实在太过残忍血腥，我在《心理刘备》中就弃之不用了。另外，也有一些情节根据心理逻辑的演进需要，适当采用了《三国志》的说法。比如，关于刘备皇叔身份的一些描述。

其次，在《三国演义》中孙权和司马懿并非第一阵列的主角，故而对他们人生历程的交代存在大量欠缺。这直接影响到对他们心理演化进程分析的完整性。为做弥补，我只能从《三国志》《资治通鉴》等正史中撷取资料，并与《三国演义》对接融合。这显然不是一件轻松愉快的事情，但也只能勉力为之。最后呈现出来的《心理孙权》和《心理司马》其实是一个《三国演义》和《三国志》的杂合本。这多少让我心里有一些纠结。

在写作过程中，偶然翻到《随笔》杂志（2014年第3期）上沈宁先生所写的一段话："事实上，《三国志》也已经有了演义的笔法，特别是裴松之的小注，记录了许多演义故事。而《三国演义》则也是七分实三分虚，用了很多裴松之的小注故事，把《三国演义》称为史传，也是可以的。所以我想，古人做史都并不能绝对避免演义笔法，现今史家也没有什么理由，动辄以杂有演义而否定记史的文章。"这段话于我，自然是心有戚戚焉，也让我大为释怀。

另外，要特别提出的是，尽管心理学家不会苛求百分百的历史真实，但这并不表明心理学家完全反对追求历史真实，更不会刻意偏爱野史传说。我之所以要为"心理三国"系列作品参考蓝本的选择大费周章予以说明，完全是因为三国有两部历史的特殊性。除了三国之外，"心理说史"系列的其他作品因为不存在影响远胜正史的演义故事，也就无须多费口舌了。

事实上，运用心理逻辑来分析历史，反而更能判断出正史中相互矛盾的一些记载的真伪。

比如，关于春秋末期吴国权臣伯嚭的命运就有两种记载。《史记》中说越国吞吴后，伯嚭为勾践所杀，而《左传》则记载伯嚭再讨得勾践欢心，继续在越国担任太宰。

《史记》《左传》均为正史，到底哪一个的记载是真实的呢？

《史记》是司马迁所著，《左传》则是根据鲁国国史《春秋》所编，而《春秋》经过了孔子的笔削。司马迁境遇坎坷，《史记》中处处可见他自浇内心块垒的情感笔触。孔子首创春秋笔法，并不大肆表露情感倾向，从而更不可能擅改历史。从司马迁和孔子的价值观念来看，两人均会衷心拥护"让伯嚭去死"。但孔子却站在自己的相反立场，保留了关于伯嚭继续在越国担任太宰的记录，显然更具可信度。而司马迁对伯嚭命运的处理，更可能是为了宣扬正义而做了曲笔处理。

所以，我在“心理吴越三部曲”中采纳了《左传》的说法。

当然，这也只是我对历史真相的一种选择。我们必须明白，这世上其实哪有什么正确的选择，我们所有的努力无非是让自己的选择变得正确罢了。

2014年11月23日晚20：26于别馆13B

目录

江东惊变

赤壁之战

荆州恩怨

夷陵之战

称帝江东

落日昏晖

江东惊变

意外中选的异类 / 三次致命的刺杀 / 热爱何尝不是伤害 /
死神催逼下的抉择 / 无中生有的褒奖 / 两个太阳下的阴影 /
老大没那么好当 / “两个凡事”的做法 / 又一起家国惨祸 /
励志女神的诞生 / 可怕的家族魔咒 /
就是要证明自己 / 情深义重的叛徒

1

意外中选的异类

没有人愿意在猝不及防间被命运推上风口浪尖，但十九岁的孙权不得不接受这样的安排。

古罗马哲人塞涅卡曾经说过："当充足的准备碰上机会，就是好运气。"孙权碰到的似乎不是好运气。因为，当机会来临的时候，他根本就没有做任何准备。

这个所谓的机会是穿着噩耗的外衣而突然降临的。

孙权的长兄孙策在雄姿英发、如日初升的壮丽时刻，竟惨遭刺杀，走到了生命的尽头。这个时候，孙策刚刚二十六岁。

孙策虽然只有二十六岁，但他已经达成了绝大多数六十二岁的人也无法企及的辉煌成就。只是，命运不肯再多给孙策一点点时间了。否则，这个人送外号"小霸王"的年轻俊杰，不知道还将开创何等轰轰烈烈的丰功伟绩。

临终之前，孙策决定将他几乎凭借一己之力打下来的江东六郡八十一县交给他的大弟孙权。孙策的儿子尚在襁褓之中，他只能选择兄弟来当接班人。

这是一个让所有人都深感意外的决定！因为孙权是一个不折不扣的异类。

说孙权是异类，首先体现在他的外貌特征上。

孙权的父亲孙坚和嫡妻吴氏一共生了四个儿子，分别是孙策、孙权、孙翊和孙匡。除了孙权之外，其他三兄弟都继承了父亲的外貌特征，个个面容俊朗、英气勃发。当时的人还因此特别称孙策为"孙郎"。

唯独孙权却是蓝眼睛，紫胡须，脸颊方正，嘴巴很大（碧眼紫髯，方颐大口），看上去不像是江南吴郡人，倒像是个西域胡人。虽然孙权也算是相貌堂堂，但和另外几个兄弟相比明显长得不一样。幸好他的母亲根本不可能有机会与胡人接触，否则人们甚至可能怀疑孙权的生物学父亲到底是不是孙坚。

那么，为什么孙坚夫妇都是黑眼睛，却会生出一个蓝眼睛的儿子来呢？

瑞士联邦工学院的一项研究也许可以帮我们解开这个千古之谜。

这项研究发现，如果把白眼睛果蝇胚胎周围的液体温度从25℃提高到37℃，那么，这个胚胎就会孵化出红眼睛的果蝇。特别值得一提的是，红眼睛果蝇和白眼睛果蝇的基因（DNA序列）是完全一致的，并未出现变化。也就是说，并不需要基因突变，仅仅改变胚胎发育时的环境温度，就可以让果蝇出现从白眼睛到红眼睛的重大变异。

由此推测，孙权的碧眼紫髯很可能也是其母在怀孕期间受到环境温度变化的影响所致。

孙权与其他几位兄弟的不同之处不仅反映在容貌上，也体现在性格气质上。

孙氏兄弟的父亲孙坚是一个骁勇刚烈、霸气十足的人。孙坚的发迹史简直就像是一个传奇，而这完全得益于他的这种攻击性极强、睥睨一切的个性。

孙坚十七岁时，跟着父亲乘船去钱塘（今浙江杭州），快要靠岸时正碰上海盗劫掠财物，在岸上分赃。过往船只吓得不敢靠岸。孙坚见了，却对父亲说："此贼可击，请讨之。"他提刀上岸，大步奔走，一面走，一面指东画西，口中念念有词，似乎是在指挥部署人马，围剿海盗。海盗们远远望见这情形，以为是官兵前来缉捕，惊慌失措，纷纷扔下财货，四散逃窜。孙坚不依不饶，直到追杀了一名海盗才回来。孙坚因此名声大振，随后被郡府征召，代理校尉之职，从此开启了他的发迹之路。

孙策、孙翊等三兄弟完全继承了父亲孙坚容貌俊朗的外貌特征，也完全继承了他凌厉豪放的性格特征。

比如，孙策在孙坚意外身亡后，投奔了孙坚的旧主袁术。有一次，孙策部下的一个骑兵触犯了军法，为了逃避责罚，躲进了袁术的军营，藏到马厩里面。孙策毫无顾忌，直冲进袁术营中，将这个骑兵搜出，就地斩首，然后才去拜见袁术谢罪。袁术心里很不痛快，但也只能说："正该如此！"这件事极大地提高了孙策的威望，却也让袁术对孙策充满了忌惮之心，而此时的孙策还不到二十岁。

综合而言，孙策兄弟从父亲身上继承的过人的胆识及超强的攻击性，均是基因使然，甚至连他们最小的妹妹孙仁也继承了这一好勇斗狠的基因。孙小妹后来嫁给枭雄刘备为妻。新婚之夜，见惯世面的老江湖刘备猛然见到婚房里摆满刀枪剑戟，夫人的侍女们个个是舞刀弄枪的好手，也着实吓了一大跳。

在一项重要的生物遗传学研究中，科学家们发现了单胺氧化酶的作用。单胺氧化酶是大脑中一种掌管不同神经递质（神经递质是大脑中神经元之间进行联系的一种特定化学物质）的酶。同时，它还能保证神经元之间的平稳交流。那些带有单胺氧化酶A基因缺陷的人类及动物，被证实具有更大的暴力倾向。

从孙家父子的情形来看，从孙坚到孙策，很可能都是带有单胺氧化酶A基因缺陷的。所以，他们个个英武逼人，动辄就对敌人发起暴力性攻击。但在孙权身上，很可能没有这种基因缺陷。因为孙权的性格沉稳含蓄，低调内敛，简直就不像是孙家儿郎！

在人类对他人的认知评判中，存在着一种“自我形象偏见”。即人们倾向于根据自己的人格（性格）特征，来评价他人人格（性格）特征与自己的相同及不同之处。

心理学家列维奇曾经让一群被试用二十个不同的形容词来评价他们的真实自我。每个形容词代表一种评判的维度。同时，被试也被要求用这些形容词来对其他人（包括家庭成员、好朋友、最不喜欢的老师、所认识的最特别的人等）进行评价。

结果，列维奇发现，被试对自己做出积极评价的那些维度，同时正是他们评价他人时重要的维度。比如，一个被试对自己的热心助人有着积极的正面评价，当他评价他人时，这个特点就会成为他的一种重要的衡量标准。又如，一个被试为自己勇敢无畏的性格而自豪，那么，对于那些胆小怕事的他人，他就会给予负面的评价。

对孙策来说，英武豪迈、胆略过人就是他自己最为看重的性格特质。在自我形象偏见的作用下，沉闷内向有余、勇毅明显不足的孙权显然不可能成为孙策的“最爱”。最有可能成为孙策“最爱”的应该是孙家的三郎孙翊。

孙翊不但在外形容貌上与孙策十分相似，在性格特征上也是如出一辙。可以说，孙翊和孙策完全是一个模子里刻出来的亲兄弟，而孙权和他们俩相比，完全像是一个外人。

也许有人会说，孙策选择孙权是因为他刚好是年纪最大的弟弟。事实上，孙翊仅仅比孙权小了一岁，也已经十八岁了。

孙家的儿郎一向早熟早慧，很早就能承担起军国重任。这也得益于孙坚的言传身教。

孙坚本人出身布衣，十七岁出道孤身擒拿海盗，二十八岁时黄巾事发，孙坚借此乱世而发，仅仅三年后，就以赫赫军功而被朝廷封为长沙太守，很快又被封为破虏将军、乌程侯。

孙坚在三十五岁时英年早逝，此时的孙策只有十七岁，就毅然承担起了一家之重。四年之后，孙策带着父亲的一部分旧部，加上新招募的几千人马，开始创业，仅用两三年时间就打下了江东的丹阳（亦称丹杨）、吴、会稽三郡，还向西攻占了豫章、庐陵、庐江三郡，一时间拥地千里，称霸江东。孙策二十五岁时，就被由曹操控制的朝廷封为讨逆将军、吴县侯。连老谋深算的曹操也忌惮孙策的英勇无敌，不得不将曹仁的女儿嫁给孙策的小弟孙匡，以示笼络。

十八岁的孙翊继承了与父兄相同的气质与能力，英气逼人。孙翊虽然比孙权小一岁，但这一岁根本无关紧要。孙翊可以说就是给孙策量身定做的继承者。最早发迹的豪强袁术，目睹了孙策的英姿飒爽后，连连感叹："如果我袁术也有像孙策这样的一个儿子，就是死了又有什么好遗憾的？"（使术有子如孙郎，死复何恨？）

袁术感叹自己没有一个像孙策这样的儿子继承自己的事业。而孙策已经有了孙翊这么一个酷似自己的接班人，也就用不着像袁术那样浩叹遗憾了。

事实上，自我形象偏见不仅对孙策有影响，对所有的人都有影响。以张昭为首的一帮江东重臣，也据此推断，有长兄之风的孙翊是最合适的接班人。张昭等人虽然心伤孙策英年不永，担心外敌觊觎侵袭，但一想到有"小孙策"孙翊在，整个江东的氛围必将一如既往，也就放下了一大半心。

但是谁也没想到，孙策竟然会选择在生物学特质与人格气质上均与自己格格不入的孙权。

到底是什么原因导致孙策大违常理，把江东之主这样一副重担交给异类孙权呢？

心理感悟：机会往往是留给没做准备的人的。

2 三次致命的刺杀

这还得从孙策为什么会英年早逝说起。

孙策之死，看似纯属意外，其实是复制了其父孙坚猝然暴死的模式。

当初，孙坚奉袁术之命，征讨刘表，击败了刘表手下大将黄祖。黄祖仓皇逃窜，孙坚一时性起，单人独骑，奋力追赶，追至岘山，被黄祖部下一箭射杀。

孙坚作为一军之主将，本该居中指挥，而不是逞匹夫之勇，冲锋陷阵。但孙坚的个性及此前战无不胜的经历，导致他越来越过度自信，越来越自我膨胀，坚信自己天下无敌，没有任何人可以伤害自己，结果中了敌人的冷箭而死。

孙策复制了孙坚的长相与个性，而他的成功比起孙坚似乎来得更加容易，这也使得孙策同时复制了父亲以过度自信和自我膨胀为主要特征的思维模式和行为模式。

孙策在攻占江东六郡时，原吴郡太守许贡奋力抵抗不敌。后来，许贡偷偷写信给曹操，说孙策之勇悍无匹，与西楚霸王项羽相似，希望朝廷赶快将孙策征召至朝廷任职，以免养虎遗患。不巧的是，信使渡江时，这封信被孙策的守将搜获。孙策大怒，立即下令绞杀许贡全家。许贡的三个门客逃了出去，一直想着为主人报仇。

孙策特别喜欢打猎，玩得兴起时，常常是单人独骑，深入山林，根本不顾及随身护卫是否能跟得上自己。他用武力征服江东六郡，结怨颇多，但他丝毫不以为意，仍肆无忌惮地放纵个性，恣意行事。

孙策的这一行为特点被许贡的门客察知后，他们谋划趁着孙策出猎的时机，埋伏在山中，等到孙策纵马追猎时，用毒箭置孙策于死地。孙策自以为神威凛凛，天下无敌，根本不加设防，结果落入了许贡门客设下的陷阱，身中数箭，甚至连脸上也中了一支毒箭。

孙策奋起，将许贡的三个门客杀死，但箭毒已深入骨中。

至此，孙策可以说是“完美复制”了其父孙坚的死亡模式。但他比孙坚要幸运得多，孙坚是一箭毙命，孙策却因救治及时，尚有一线生机。

医者为孙坚疗伤后，特别叮嘱他说："箭毒已入骨，必须静心休养一百天，不得动气。一旦怒气冲激，箭疮就难治了。"

以孙策生龙活虎般的个性，要他像老僧入定那样静心休养，简直比让他坐牢还要难受。但为了保命，孙策还是强自收摄心神，在家中静养了二十多天。

这一天，孙策数月前派往许都打探消息的细作回到了江东。早已憋得难受的孙策，急忙把细作找来，细细询问许都情状。

细作说曹操依然对孙策十分忌惮，唯独谋士郭嘉不怎么把孙策放在眼里。孙策追问其详，细作这才觉察到自己的失言。在孙策面前，是绝不能说任何有损其尊严的事情的。细作想支吾过去，孙策顿时发怒了，喝令要将细作斩首。

细作吓得脸色惨白，不敢隐瞒，如实将郭嘉的原话复述了一遍。原来，郭嘉对曹操说："孙策不足为虑。其人轻而无备，性急少谋，不过是匹夫之勇。倘若有一个刺客，孙策立为刀下之鬼。此人必死于小人之手。"

这细作刚回江东，已隐隐听说了孙策遇刺的消息，但还来不及仔细打听，就第一时间被孙策叫去禀报许都情状。当他顺口说出郭嘉对孙策的评价时，突然惊觉郭嘉实在是太厉害了，他的预言竟然已经全部应验！这时，他才明白绝不应该对孙策提及此事，但话风已露，迫于孙策的威严，只能一五一十地说了个明白。

孙策听了，立时将医者的谆谆告诫抛到脑后，勃然大怒道："匹夫安敢料我？伏击射我的人，一定是曹操安排的！"

郭嘉的话为什么会让孙策有这么大的反应？孙策又为什么会把设伏行刺视为曹操的阴谋？

孙策显然是一个高自尊的人。所谓高自尊，就是指自我价值感很高。孙策出猎遇刺，是他年轻的生命中难以预料的挫败。这次挫败对他的自尊是一次重大冲击。如果他真的像他自诩的那样英明伟大，是不应该中了三个宵小之辈的埋伏的。但事实俱在，已经不可否认。孙策下意识地选择避而不谈，以维护自尊。

郭嘉的料事如神不啻对孙策的第二次刺杀，仿佛向世人宣告了孙策的失败。根据心理学的研究，在失败之后，人们的生理唤醒水平提高，从而也更容易以自我保护式的归因方式来为失败申辩。所以，孙策会不假思索地将行刺事件归因于曹操的阴谋诡计，而不是自己的草率行事。

归因于曹操，就是归因于外部，属于情境性归因。这就和自己的个性特质、行事风格没有关系了，也就起到了对自尊的维护。

一个人要认知自我是很不容易的一件事，尤其是那些极度自信的得意者。孙策的思维模式和行为模式早已经是一种自动图式，在他本人毫无觉察的情况下频频主导他的思想与行为。而在外人如郭嘉看来，孙策的“轻而无备，性急少谋”是异常鲜明的个性特征。再考虑到他身处复杂的争斗环境，做出“必死于小人之手”的预言式论断也并不是太难的事。

孙策怎么肯接受自己已经被郭嘉揭穿个性的真相呢？在认知自我上，没有人比自己错得更离谱。孙策不愿意接受自己的命运被他人一言料定，况且，那还是一个极伤自尊的悲惨结局。孙策的反应必然是勃然大怒，这反而更坐实了郭嘉的论断。

郭嘉的预言在对孙策造成自尊冲击后，又影响到了他接下来的行为。

孙策急忙召来谋士张昭，立即就想发兵攻打许都，拿下郭嘉问罪。张昭急忙劝阻说：“等主公箭疮痊愈，再发兵也不晚。”

孙策愤恨不已，强自放下了立即起兵的念头。为了宽解孤寂与愤懑，孙策随后决定在城楼上会集诸将宴饮。

这一喝酒，又喝出事儿来了。

饮酒之际，孙策忽然看见手下诸将一番交头接耳后，纷纷走下城楼。孙策甚感奇怪，急忙问左右。左右说：“有个于神仙，正好从楼下经过，诸将都去参拜了。”

孙策大惊，急忙起身，走到城墙边上，凭栏往下一看，只见一个须发皆白的道人，身披飞云鹤氅，手执一根藜杖，站在大道之旁。孙策手下的诸将和一众男女百姓，纷纷焚香跪倒磕拜。

孙策大怒，立即下令说：“赶快将这个妖人给我擒将过来！”

左右之人忙解释道：“主公，这不是妖人！他焚香讲道，普施符水，救人无数，非常灵验。人人称呼他为‘神仙’，乃是江东的福神啊！”

孙策从来令出如山，左右之人丝毫不敢违逆。但这次竟然不听他的号令，反而为这个道人说情。孙策更是大怒，立即拔出宝剑，喝道：“你们竟敢违背我的号令！”作势要斩。左右不得已，急忙走下楼去，将道人于吉推上城楼。

孙策见了道人，怒斥道：“妖人竟敢蛊惑人心！”

于吉不慌不忙地说道：“贫道治病救人，不曾取毫厘之物，怎么能说我蛊惑明公的军心呢？”

孙策怒道："你不取毫厘，饮食衣服从何处得来？我看你就是黄巾贼张角之流的人物，今天不杀了你，日后必为国家大患！"

当年，孙策的父亲孙坚曾追随朝廷大员朱儁征讨黄巾军。孙策此时也是朝廷命官，和起兵造反的黄巾军分属不同阵营，自然对黄巾军充满了外群体偏见。黄巾张角以传道起家，孙策见于吉也是个道人，在消极情绪的推动下，自然就将于吉归为黄巾之徒了。而这样的归类，也给了他一个名正言顺的杀人理由。

张昭急忙劝阻说："于道人在江东数十年，并无过失，如果杀了他，恐怕失去民望！"

如果孙策没有遇刺，如果细作没有转述郭嘉的论断，张昭的这句话可能就会让孙策怒气消减。毕竟，此时他拿下江东六郡不久，如果因杀了于吉而导致民心不稳，就是得不偿失了。

孙策在遭受行刺事件的自尊冲击后，自信心已颇为受损。于吉的声望与人气再度让他觉得自己的威信受到了严重的威胁。孙策亲眼看到，于道人一来，自己部下诸将竟然对他跪拜磕头，俯首帖耳。这种情形，不啻对孙策自尊心的第三次刺杀！

心理学的研究表明，高自尊的人在面对威胁时，会表现出明显的敌意，常常会采用打压他人的方式来应对，甚至会采取极端的暴力手段。这就是极具人际杀伤力的自尊冲击反应。

虽有张昭为于吉求情，但孙策还是不想放过这个老道。于吉的威望确实高。张昭说不动孙策，其他众官也不约而同地站出来劝谏孙策。孙策眼见于吉的支持者如此之多，更加愤恨不已，但也不便强逆众人心意，于是下令将于吉戴上枷锁，关入大牢，听候处理。

等待于吉的将会是什么样的命运呢？

心理感悟：最后一个了解自我真相的人往往是你自己。

3

热爱何尝不是伤害

于吉刚被关进牢里，他的信徒们立即开始了营救活动。

于神仙在江东传道多年，根基极深，信徒众多，包括张昭在内的多位重臣都是他的忠实拥趸。张昭等人对孙策的脾性十分了解，他们知道，这世上唯一能够让孙策收回成命的人就是他的母亲吴太夫人。

吴氏不仅是一个颇有胆识与智慧的女人，还是一个说服高手。她本是吴郡人，后来随宗族迁徙到钱塘郡。她的父母早就去世了，和弟弟吴景相依为命。

孙坚在钱塘郡孤身缉盗声名鹊起后，听说吴氏品貌俱佳，立即登门求亲。吴氏宗族的长辈嫌弃孙坚好勇斗狠，拒绝了他。孙坚十分恼怒，悻悻而退。

吴氏正当少女思春的年龄，对于孙坚这样的血性男儿非常倾慕。她识见很远，知道孙坚好勇斗狠、惹是生非的性格，在太平盛世不是什么好品格，在乱世中却是安身立命的大好本钱。她自己十分愿意与孙坚成婚，但宗族长辈已经拒绝了孙坚，在一个女性权力几乎为零的时代，她怎么做才能不伤颜面地达成自己的目的呢？

吴氏找到长辈们说："何必因为宠爱我这个女儿而让全族遭殃呢？我情愿嫁给他，如果将来有什么不测，那也是我自己的命。"（何爱一女以取祸乎？如有不遇，命也。）

这是一个标准的后果策略——吴氏揭示了拒绝孙坚的另一种可能的消极后果。以孙坚的个性，是不会善罢甘休的。得罪了他，就可能给整个宗族带来灭顶之灾。这一后果，当然是整个吴氏宗族不愿意接受的。当初，宗族长辈之所以拒绝孙坚，是出于保护宗族之女的目的，担心吴氏嫁给他后，日后的生活没有保障。为了保护一个宗族之女而可能导致整个宗族遭遇危险，其间的得失利弊是很明显的。尽管如此，因为人们总是倾向于维护自己的正确性，宗族长辈还是有可能维持原判的。所以，吴氏又补上一句，如果嫁给孙坚是个错误的选择，她自己也愿意认命。这样，宗族长辈们的顾虑全被打消，也就没理由不同意了。吴氏不但如愿以偿地与心目中的英雄结为夫妻，而且还赢得了舍身以护宗族的好名声。

吴氏身为女子，竟然通过自己的智慧，成功主宰了自己的命运，这在当时绝对是凤毛麟角的例外。

吴氏与孙坚结婚后，生下了孙策等四子一女。吴氏对孙策有着极大的影响力。有一次，杀人成性的孙策在江东初定后，决定杀掉曾经得罪过自己的会稽郡功曹魏腾。

张昭等谋士觉得杀戮一开，刚刚安定下来的人心就会浮动，不利于长治久安，于是劝孙策放过魏腾，但孙策执意不听。吴氏闻讯后，来到一口大井旁，派人将孙策叫来，对他说："江东初定，大业未成，你应当礼贤下士，忘记别人的过错而记住别人的功劳。况且，魏腾于公尽职尽责，今天你如果因为个人私怨而杀了他，明天所有的人都将离你而去。我不忍心看见灾祸到来的那一天，今日就先投井自尽吧。"

这又是一个标准的后果策略。吴氏让孙策看到，如果他一意孤行，不但会立即失去母亲，也会失去其他部属的拥戴。孙策大惊之下，急忙向母亲请罪，再也不提诛杀魏腾的事了。从此，江东人心日渐安定。

张昭等人觉得，营救于吉的希望只能寄托在吴太夫人身上。他们立即通过内侍，将孙策囚禁于神仙的事情告诉了吴太夫人，希望借助"母亲牌"说服剂的超强效力，成功营救于神仙。

吴太夫人一向知道于神仙的事迹，对他颇有好感。她立即将孙策叫入后堂，对他说："我听说你将于神仙关在牢里了。这个人经常为人医治疾病，军民百姓对他都十分敬仰，你可不要加害他。"

孙策忙辩解道："母亲，您不要听外人胡言乱语，我自有主张。"

孙策的这个态度和他往日对待母亲的态度完全不同。他这么说，实际上就是委婉拒绝了母亲的要求。那么，这一次"母亲牌"说服剂为什么失效了呢？

实际上，这些虔诚的信徒都想错了，也做错了。

他们其实根本没了解孙策为什么要杀于神仙。于神仙并没有做错什么，孙策也不是因为于吉做错了什么才把他投入大牢的。如果信徒们对此置之不理，于神仙被关了一阵子后，孙策气渐渐消了，也许就会放了他。信徒们百般努力的营救，反而可能会让于神仙落入万劫不复的深渊。

孙策回身吩咐狱吏押来于吉审问。

没想到，这于神仙在牢狱里过的真的是神仙般的生活。一众狱吏对他顶礼膜拜，景仰不已。于吉刚一入狱，狱吏们就将他的枷锁除去，好吃好喝地招待着。等到孙策临时召唤，这才着急忙慌重新给于吉戴上枷锁。一来二去，就耽误了时间。孙策见狱吏们动作迟缓，怒问缘故。狱吏们不敢隐瞒，只好将实情相告。孙策怒气更甚，痛责了狱吏一顿，吩咐将于吉重枷伺候，再度关入大牢。

张昭等数十人一看大事不妙，急忙联名上书，拜求孙策，放过于神仙。孙策心中惊怒交迸，对张昭等人说："你们都是读书人，怎么不懂道理？当年交州刺史张津，误信邪教，经常用红头巾包头，说是可助军威，结果被敌人杀了。这等装神弄鬼的道道儿，有害无益。你们不要多说了，我要杀于吉，就是想禁了这股歪风邪气。"

吕范一看苗头不对，越劝孙策反而越坏事，急忙说："这于道人可以祈风祷雨。眼下正逢大旱，为什么不让他祈雨赎罪呢？"

吕范的真实用意其实不是祈雨赎罪，而是希望通过于神仙施展法术，展示神迹，来赢得孙策的信服，从而不但放过于吉，而且对他礼敬有加。

孙策一直想不通，这个于道人为什么会有这么大的影响力，不但自己的母亲为他说情，骨干重臣们也集体为他作保，而且，就连狱吏们也敢置自己的命令于不顾，擅自给他除去枷锁。

孙策有心看看于神仙到底有什么能耐，于是答应了吕范的请求，将于吉放出，令他沐浴更衣，登坛求雨。孙策同时安排好一堆干柴，声明如果到了午时还没下雨，就要当场烧死于吉。

百姓闻讯，奔走相告，立时观者如云，填街塞巷。

于吉求雨良久，将近午时，狂风骤起，风过之后，阴云渐合，但还是没有一滴雨落下来。孙策下令，吩咐左右将于吉扛上柴堆，准备点火焚烧。正在此时，忽听一声惊雷，顷刻间大雨如注，街市成河。

旁观的众官及百姓抢上前去，将于吉扶下柴堆。数万军民，为于吉的神迹所感，竟然不顾大雨瓢泼，自动自发地对着于吉下跪磕拜。人人均深感庆幸，大雨一降，于神仙的命就算是保住了！

就是这一跪，把于吉给活活跪死了。

孙策见到大雨滂沱，不由对于吉的神力有所信服，但随即看到官民百姓均对于吉顶礼膜拜，顿觉惊惧无比，于是暴怒发作，喝道："晴雨乃天地之定数，被这妖人正好赶上了。你们怎么会被他迷惑到这等地步？！"下令速斩于吉。

于吉的成功，就是孙策的失败。在失败之后，人们往往以自我保护式的归因方式来为失败申辩。所以，孙策会将这一场大雨归因于天地定数，而不是于吉祈求之功。

众官大惊，再一次集体劝谏孙策。孙策却是越劝越怒，拔剑在手，质问道：“你们是不是想跟着于吉一起造反？！”

众人见孙策面色铁青，唯恐多说一句，于神仙还没死，自己的脑袋就先搬家了，只好闭口不语。说时迟，那时快，于吉立即被砍了脑袋。孙策还不解恨，下令将他的尸首号令于市，以做警示。但是当晚于吉的尸身就不见了。显然，这是他的虔诚信徒所为。

回顾这一事件，我们不得不说，热爱，何尝不是一种伤害！或者说，热爱是这个世界上最愚蠢的一种伤害。

于吉的忠实信徒不惜一切手段要营救于吉，却不知好心也是会办坏事的。正是他们的营救断绝了于吉的生机。孙策之所以对于吉苦苦相逼，就是担心他的影响力胜过了自己。威信是孙策赖以维系高自尊的基础。他绝不能容忍在江东另有一人在威信上超越自己。而可怕的是，于吉的信徒们已经屡屡用实际行动强悍地证明了这一点。

如果于吉的信徒们没有动用一切力量来帮助他、解救他，孙策不一定对他恨之入骨。如果于吉的信徒们没有不顾一切地表达对他的崇拜，孙策也不一定将他置于死地。

对孙策造成沉重打击的是，他的部属，竟然几乎都是于吉的忠实信徒。孙策不能不担心，万一于吉登高一呼，自己的部下也会立即调转枪头，对准自己。所以，于吉越是神奇，越是有威望，就越是没活路。

而且，孙策遇刺后自尊一再受损，也让他对“于吉现象”变得更为敏感。如果他还是最初那个自信满满的少年英才，也许于吉的存在并不会让他深感威胁。事实上，于吉在江东时日已久，威望早着，此前根本没有引起孙策的关注。孙策的母亲吴太夫人，也没有觉察到孙策内心的自信弱化，在说情时未能将她最为擅长的后果策略用到极致，从而影响了说服的成效。

孙策杀了于吉，终于放下心来。于吉虽然死了，孙策因为此事一而再再而三地大动肝火，其实也把箭疮未愈的自己推向了危险的深渊……

心理感悟：偶像在被推向神坛的同时，也被推向了祭坛。

4

死神催逼下的抉择

孙策连续动怒，大伤元气，身体变得极为虚弱。睡梦之中，孙策多次梦见于吉前来惊扰。几番受惊后，孙策很快变得形容枯槁。

吴太夫人见了儿子这般模样，心痛万分，忍不住说了一句："儿啊，你咋整个没模样了！"（儿失形矣！）

孙策自从遇刺后，一直没照过镜子，听母亲这样说，急忙命人取镜来看。这一看，可就要了孙策的命了。

孙策英俊潇洒，对自己的形貌有着相当的自信。但他看到镜中之人，面黄肌瘦、形销骨立，脸上还有一个大箭疮，哪里还有半分风流模样？孙策不由心如死灰，大叫一声："我怎么会憔悴成这个样子？！"用力一拍镜子，顿时金疮迸裂，昏厥于地。

吴太夫人没想到自己一句怜惜的话，竟会对儿子造成如此沉重的打击，急忙命人将孙策扶入卧室。过了一会儿，孙策缓缓苏醒过来，长叹一声道："看来我是活不了了。"

这样自暴自弃的话语，往往是自我价值感很低的低自尊者的典型表达，从一贯自视极高的孙策口中说出来，简直让人难以置信。为什么形容枯槁会对孙策造成毁灭性的打击呢？

每个人对自己都抱有多种概念，比如认为自己是友善的、聪明的、勇敢的、懒惰的、负责的，等等。这些属性特征的重要程度并不完全一样，其中某些特征是一个人的核心特征。这些核心特征构成了自我图式的概念。所谓自我图式，就是指特定领域内有关个人行为的记忆、信念的概括化集合。

对孙策来说，他关于自我认知的图式就是"有阴柔之美的男子气概"——面目俊朗，却又勇猛无敌。孙策的这种男子气概和张飞、许褚那样外表粗豪的男子气概是截然不同的。可以说，“有阴柔之美的男子气概”是孙策的招牌式标签，和他有类似标签的就是周瑜。这两个人正因为具有共同的自我图式而成为莫逆之交。

镜子是一种很特别的东西，能够有效启动自我觉察。已经浑浑噩噩的孙策在镜中一瞥，惊觉自己不但失去了俊朗的面容，也失去了万军丛中骁勇厮杀的体力。他赖以维系自尊的“有阴柔之美的男子气概”已经荡然无存！

像孙策这样的人是高度表里如一的。他的外在形貌和他的内在信念是高度统一的。外表上的英俊风流，等同于他内心自我认知的天下无敌。许贡门客的行刺、郭嘉的预言、于吉的神奇与巨大影响力，这一连串的打击，同时击碎了他在外表形貌和内心信念上的自信。

如果说“美丽”是大乔、小乔这样的绝色美女的生命动力，那么“美力”就是孙策的生命动力。失去了“美”与“力”，孙策也就丧失了自尊及继续生存的勇气。他的身体状况在多次动怒伤及元气后，也确实不容乐观了。

千古艰难唯一死。对于任何人来说，接受自己即将死去的现实，都不是一件容易的事情。古往今来，有多少英雄豪杰在死神面前都不得不低下高贵的头颅。

年仅二十六岁的孙策正是旭日高升的年纪。在这样的年纪，死亡对他来说本来是非常遥远的一件事。也正因如此，这对孙策造成了惨重的打击。好在死亡的到来太过迅捷，容不得他像庸常之辈那样陷入拒绝接受、怨天尤人、苦苦挣扎的“三段式”流程。身为江东之主的巨大责任感同时也有效对冲了死亡带来的恐惧。这就意味着孙策必须立即对身后之事做出妥善的安排。

死亡，是人类终极的一种习得性无助。这种习得性无助，会冲破一切惯性认知和骄傲自尊所形成的思想桎梏。所以，人之将亡，其思也良；人之将死，其言也善。

如果不是死神迫在眉睫的催逼，孙策绝不会去思考：“假如所有我所认为‘错’的事情，其实是对的，那又会出现什么样的情况呢？”

孙策这样去思考的时候，很快就进入了心境澄明的状态。

首先涌上心头的还是郭嘉的话。

郭嘉对孙策的评价是“轻而无备，性急少谋，乃匹夫之勇耳，他日必死于小人之手”。这句曾被孙策嗤之以鼻的话，眼看就要神奇地成为现实。如果孙策选择和他一个模子里刻出来的三弟孙翊来当接班人，是不是意味着孙翊也会面临相同的命运，重蹈自己的覆辙？这份拼死拼活打下来的基业又该怎么办？

接受郭嘉的判断，意味着孙策将自己的思想之门打开了一条缝隙，而另外一个人说过的话，也随之登堂入室。

那是两年前的事了。当时，孙策平定了江东，曹操为了拉拢他，以大汉朝廷名义派来使者刘琬，册封孙策为讨逆将军、吴县侯。

孙策十分高兴。他得知刘琬善于看相，就把自己的几位兄弟都叫出来拜见刘琬。但刘琬只是礼节性地搪塞了几句，并未多言。

孙策正当志得意满、唯我独尊的时刻，本来也不怎么相信卜卦看相之类的东西，就没有太过在意刘琬的推托。

刘琬回到许都后，对其他人说："孙家的几个兄弟，看上去个个聪明精干，能力出众，但是寿命都不会太长。唯独老二孙权，形貌奇伟，是个大富大贵之相，而且很长寿。你们不妨记住我的话。"（吾观孙氏兄弟虽各才秀明达，然皆禄祚不终，惟中弟孝廉，形貌奇伟，骨体不恒，有大贵之表，年又最寿，尔试识之。）

孙权这时候刚刚十五岁，已经被举荐为孝廉，并被孙策安排担任阳羡县长，故而刘琬称其为"中弟孝廉"。

刘琬的话传回江东后，孙策根本就不屑一顾，只是付之一笑。他心雄万夫，目无余子，就连老天爷也不放在眼里，又怎么会相信刘琬对自己"禄祚不终"的判断呢？

事实上，刘琬的相术的确独步天下，神奇无比。此后，孙策果然在二十六岁的盛年遇刺身亡。随后，孙策的三弟孙翊在二十一岁时被部下杀害。孙策的四弟孙匡也是在二十刚出头就去世了。兄弟三人均验证了刘琬所言的"禄祚不终"，唯独孙权一直活到了七十一岁，其他三兄弟加起来也没有他活得长。

死亡就像一个天才的魔术师，能够彻底改变一个人固有的信念系统。孙策在笑傲江湖之际，是绝对不会相信刘琬的话的。但是在他临死之际，刘琬的话发挥作用了。既然孙策本人的命运已经被他完全言中了，那么，孙氏其他三兄弟的命运凭什么不会被他言中呢？

如果选择孙翊，江东的基业看来是守不住的。只有选择孙权，才是唯一正确的选择。因为"形貌奇伟，骨体不恒，有大贵之表，年又最寿"的唯有他一个！

孙策终于做出了自己的选择。他叫来张昭等重臣，郑重地宣布了自己的决定。

张昭一惊，以为孙策是病糊涂了，忙劝道："主公，眼下正是乱世，叔弼（孙翊的字）勇猛果决，岂不是更好的人选？"

张昭并不是私心作怪才要举荐孙翊的。张昭的意见，其实代表了群臣诸将的主流看法。在大众看来，性格沉稳内向的孙权，只适合坐一个辅佐性的位置，而不适合当一马当先、勇当重任的江东之主。虽然此前孙策早已开始栽培孙权，让他在十五岁时就担任了县长一职，而且在行军打仗之时，经常听孙权的意见。孙权也确实提出过一些不错的建议，但那时的主心骨是一呼百应、万众归心的孙策。孙权是在没有太大压力的情境下提出建议的，采纳与否、执行如何最终由孙策拍板，自然无须顾虑什么。可是，一旦孙权成了江东之主，必须独扛千斤重担，独自直面压力，以他的性格，可能就远不如气势恢宏、英明果断的孙翊了。

所以，虽然孙策也曾多次当着部属的面对孙权说："此诸君，汝之将也。"但到了关键时刻，张昭出于理智的思考，还是认为孙权并非最理想的人选，于是继续劝谏孙策说，如果一定要选择孙权接班，可否将军权交由孙翊，这样兄弟各有承担，形成互补，也许是一个更符合实际的方案。

孙策果断地摇了摇头。天无二日，如果两个人分权而治，势必造成内讧。孙策坚定地将孙权叫到身边，把印绶交给了他，说："若举江东之众，决机于两阵之间，与天下争衡，卿不如我；举贤任能，各尽其心，以保江东，我不如卿！兄弟，你可要想着父兄创业之艰难，好自为之！"

千斤重担就这样落到了孙权稚嫩的肩膀上。没有丝毫准备的他，能担得起孙策临终的嘱托吗?

心理感悟：你错过的往往是那些你认为是"错"的东西。

5

无中生有的褒奖

孙策说的“若举江东之众，决机于两阵之间，与天下争衡，卿不如我；举贤任能，各尽其心，以保江东，我不如卿”，其实只有前半句是成立的。

“举江东之众，决机于两阵之间，与天下争衡”，不但孙权不如孙策，环顾天下，恐怕也没有几个人能比得上孙策的。但后半句“举贤任能，各尽其心，以保江东”，孙策做得也相当不错，而孙权在孙策的庇荫下，在这方面其实并无多少优异表现。

孙坚死后，孙策为其办完丧事，举家渡过长江，在江都居住。正好广陵人张纮因母丧在家守制。张纮谋略深远，见识不凡，文字功底尤其出色。

建安七子之一的陈琳，文章独步天下。陈琳在为袁绍效力时，曾经写过一篇《为袁绍檄豫州文》，痛斥曹操。曹操读这篇文章时，正好因头风发作，卧病在床，读了陈琳的檄文后，竟然惊出一身冷汗，连头风病都不药而愈了。陈琳对张纮特别服气，在一封给张纮的信中写道：“我生活在北方，消息闭塞，与天下的文人学士交往很少，没见过大世面。只是这里能写文章的人不多，因此我在这儿容易冒尖，得到了大家过分的称赞，并不是我的才学真有那么好，是你太夸奖我了。我和你及张昭两人相比，差距实在太大了，就好像小巫遇见了大巫。”

孙策听说张纮贤能，多次上门，请他指点迷津。后来，孙策向袁术索回父亲旧部，准备起兵征讨江东，又郑重地请张纮出山辅佐自己。张纮多次婉言拒绝，但孙策虚心诚恳，坚持邀请张纮，终于感动了张纮。张纮从此与张昭一起成为孙策最得力的谋士，号称“二张”。这一幕和刘备三顾茅庐请诸葛亮出山完全类同。后人不吝给刘备冠上“折节下交，求贤若渴”的美名，孙策完全应该得到同样的赞美。

孙策在另一位重要谋士张昭身上也体现出了豁达宽仁的气度。

张昭辅佐孙策创业，发挥了重要作用，影响力越来越大。江东很多士大夫经常给张昭写一些热情洋溢的赞美信。张昭收到了这些信，左右为难，也十分烦恼。如果隐匿不宣，会显得自己暗藏私心，做贼心虚；如果公开这些信件，又有抢孙策风头之嫌，也很不适宜。孙策得知后，却很高兴地说："我听说当年管仲辅佐齐桓公时，人家开口仲父，闭口仲父，齐桓公一点也不担心被管仲抢去风头，最后成了五霸之首。如今子布（张昭之字）这么贤能，我能够重用他，他的功名难道不为我所有吗？"这句话传到张昭耳中，张昭立即安下了忐忑之心，从此死心塌地为孙策效劳。

孙策对待张昭的这一份心胸与度量，恐怕就连以"知人善任"著称的刘备和曹操这两大枭雄都赶不上。

孙策不但能以自己的气度收揽文臣谋士之心，也能以自己的魅力收服猛将勇士之心。太史慈就是一个很典型的例子。

太史慈能力出众，志向高远，不是一个能够轻易被收服的人物。就连以仁义闻名四海的刘备都没能得到他的认可与追随。

太史慈曾为解北海之围出力，后来投到扬州刺史刘繇门下，但刘繇没有重用他，只是派他侦探军情。

孙策与刘繇相敌，亲自带着十数骑探看刘繇营寨。刘繇按照常规推测，认为这是孙策的诱敌之计。但太史慈却慨然出击。孙策与太史慈一场猛战，一连五十个回合，不分胜负。孙策佯输诈败，回马疾走，太史慈紧追不舍，来至神亭岭下。两人再度大战五十回合，还是不分胜负。后来，两人弃枪肉搏，孙策抢过了太史慈背后的短戟，但孙策的头盔也被太史慈抢走。双方接应兵马赶到，两人这才罢战。

在孙策的征战史上，这样势均力敌的对手还是第一次遇到。孙策很不服气，第二天再次出营挑战。孙策将太史慈的短戟扔在地上，吩咐军士大叫道："太史慈，要不是你逃得快，早就刺死你了！"太史慈不甘示弱，也将孙策的头盔扔在地上，大喊："孙策的狗头就在这里！"

双方一阵混战。此后孙策设伏用计将太史慈生擒活捉。大家以为，按照孙策的脾气，一定会将对自己不敬的太史慈千刀万剐。没想到太史慈刚被押到帐前，孙策急忙出营，喝散士卒，亲自给太史慈松绑，还脱下自己的锦袍给太史慈披上，将他请入营帐。

太史慈惊讶道："我乃败军之将，罪当一诛，为什么如此厚待我？"孙策说："我知道你是真丈夫，只是刘繇乃愚蠢之辈，不能重用你，以致遭此惨败。"孙策的这一份英雄气概，令太史慈深受感动，于是就向比自己小九岁的孙策投降。

孙策拉住太史慈的手，笑问道："子义，你还记得神亭吗？如果那天你抓住了我，会不会杀了我？"太史慈同样笑着说："那可真不好说！"

很多趋炎附势之徒，在投降已成事实的情况下，往往会粉饰过往，以取悦新主。但太史慈却是刚直不阿，快人快语。孙策也并没有因此而对太史慈不满，反而更加敬重信任。太史慈提出趁着刘繇新败，赶快去收拢即将离散的士卒来为孙策效力。孙策毫不犹豫就同意了，双方约定次日日中为期。孙策手下诸将都说太史慈不过是找个借口遁去，绝不会再回来了。但孙策却对降将太史慈十分信任，说："子义是青州名士，信义为重，绝不肯背约而走！"

第二天，太史慈果然带着一千多人马如约返回，从此至死不渝地追随孙策。

由上可见，"举贤任能，各尽其心"应该是孙策的亮眼标签，而孙权截至目前，在这方面几乎是毫无作为。当然，这也和孙权身处的位置相关。人们并不会因此而苛责孙权，但问题是：孙策为什么要凭空把这一点当作孙权的突出优点而着意加以强调呢？

当一个人在不同的选择中做出了艰难的抉择，或者其抉择与群体的预期明显不符时，决策者就会产生认知失调。为了消除这种心理上的不适感，决策者会刻意提高已选择对象的吸引力，或降低被拒绝对象的吸引力。这就是决策后失调。

孙权并非众望所归的接班人，而孙策也是在死神的威胁下才做出了这个与众不同的决策。这就导致了孙策内心的认知失调，为了消除这种决策后失调，孙策只能着重彰扬孙权的优点，以表明他完全配得上担任江东之主，同时也证明自己所做的是一个正确的选择。

为自己的决策辩护，是人的一种本能，即便是在那些被误认为是自己的决策中，也是如此。

在一项有趣的心理学实验中，一名研究者拿着两张扑克牌大小的女人相片，询问被试，哪一个女人更有吸引力。被试做出选择后，研究者就将照片正面朝下，扣在桌子上，然后将其中一张推给被试，要他说出选择这张照片的理由。

研究者在推照片的时候，故意做了手脚，将被试没有选择的那张照片推给他。结果，只有百分之二十五的被试发现了这个小把戏。而另外没有发现这个秘密的被试，在被问及为什么更喜欢"这张"照片时，他们毫不犹豫地给出了十分过硬的理由，却根本没有察觉到研究者推给他们的竟然是曾经被他们否定的那个落选者。

孙策既然选择了孙权，当然要给出足以服人的理由。但无论如何，孙权的业绩和优点还是很不明显。孙策思来想去，也就只能在“举贤任能，各尽其心”上做文章了。

与其说这是孙策对孙权的褒奖与彰扬，毋宁说是对孙权的期望与告诫。因为，唯有“举贤任能，各尽其心”才有可能“以保江东”。孙策的这一期望，不可避免地会对孙权日后的处事造成深远的影响。

张昭心中虽大不以为然，但也不便再多说什么了。一方面，张昭此前深感孙策的知遇之恩，不避嫌疑，毫无私心地举荐孙翊。但孙策既已做出抉择，张昭的心意也就尽到了。另一方面，孙策威震江东，虽然已是病虎，余威犹在。张昭也不敢一而再再而三地拂逆他的意见。

只是张昭并不知道，他今日毫无私心地为江东的未来考量，却为自己个人的未来埋下了不利的隐患。当然，这一隐患还要在数十年后，因应情势的重大转变才会显现出来。

心理感悟：强调即匮乏。

6 两个太阳下的阴影

张昭等重臣不再多言，但孙策的母亲吴太夫人丝毫没有隐藏自己的担心。

吴太夫人年轻丧夫，好不容易将四儿一女拉扯大了，却又要遭受老年丧子的打击。她既心伤长子将逝，又心忧次子无力接班，忍不住就对孙策说出了自己的顾虑：“我真担心你弟弟年幼不能立事，这可怎么办才好啊？”

孙策勉强挤出笑容，说：“母亲不用担忧。二弟胜我十倍，江东必然无事。要是真的有事了，只需记住：内事不决问张昭，外事不决问周瑜。只可惜周瑜现在不在身边，我不能亲口嘱托于他。”

“二弟胜我十倍”显然是假的，只不过是孙策为了安慰母亲，也是安慰自己的借口。“内事不决问张昭，外事不决问周瑜”却是真的，这是孙策经过深思熟虑后的重要安排。张昭和周瑜是他本人辅佐班底中能力最强的一文一武，有了这两人的保驾护航，孙权应该不会出太大的乱子。

尽管如此，孙策还是放心不下。他只能一再用自己最后的余威来给孙权撑腰。孙策看了看站在病榻前的另外两个兄弟说：“我死之后，你们一定要听孙权的。孙氏宗族中但有生异心者，众人合力斩之！不得葬入祖坟！”这句话多多少少是有意说给孙翊听的，以免他因为张昭的建议而在他人鼓动撺弄下心生异念，手足相残。

担忧是会不断自我强化的。孙策说完这句话，看到侍立一旁的妻子大乔，忍不住又嘱托起来：“我和你不幸中途离分，请你善自珍重。如果你妹妹来了，一定要记住嘱托她，让她转告周郎，好好辅佐我的兄弟，不要辜负我平生对他的情谊！”

大乔的妹妹小乔，正是周瑜的妻子。大乔含泪点头。孙策再度回顾张昭等人，说：“你们要好好地侍奉我的兄弟，各全忠义之名。”张昭等人纷纷表态，一定会尽忠尽职。

这可能是孙策一生中唯一一次婆婆妈妈、絮絮叨叨。可见他内心实在是对孙权放心不下。

孙策嘱托了一遍又一遍，终于到了油灯耗尽的时刻。他拼尽最后一口气，又对孙权说："你要是辜负了这些功勋老臣，我在九泉之下，也是不会心安的！"

这句话一说完，一代英杰满怀着不甘与无奈，溘然长逝，年仅二十六岁。

尽管孙策寄语谆谆，这一切对孙权来说，还是太过突然了，他根本没有缓过神来好好体味其中的深意。

孙权眼见长兄猝然离世，在巨大的悲痛和压力的双重影响下，内心充满恐惧，深感无力承担，不由放声大哭，伏地不起。孙权的表现，进一步强化了张昭等人对他的软弱无能的固有印象。而孙权这一生中和他与生俱来的恐惧感的抗争也从这一刻开始了。

张昭身为首席顾命大臣，孙策的嘱托言犹在耳，不能不有所动作。张昭马上将孙权扶起，说："主公，这难道是你痛哭的时候吗？当初周公立下守孝三年的礼法，他自己的儿子伯禽却没有遵照执行。这并不是伯禽不想遵守，只是时势不允许啊！现在奸诈之徒竞相而起，豺狼之人充塞道路，如果您只顾着哀恸兄长，简直就是大开四门，迎接盗贼前来。这可算不上是仁德之举！"

张昭的话说得很严厉，孙权矍然一惊，深深感到自己实在是太无知了，根本不知道如何应对这样的危急时刻。同时，他也觉得张昭的话很有道理，此刻确实是自己勇挑重担的时刻，一股责任感顿时油然升起。孙权对张昭的敬畏也从这一刻开始了。当然，张昭此前力荐孙翊的表现，也已经被孙权的潜意识记录在案，但在这危难时刻，孙权还顾不上有所反应。

张昭随即指定一名孙氏宗亲负责丧事礼仪，自己则直接动手，帮助孙权脱掉丧服，换上戎装，然后亲自扶着孙权上马，出去巡视军队部众。

这是一个极具象征性的仪式，表明孙策虽然去世，但江东已有新主。惶惶不安的人心因此大为安定。张昭的这一行为，体现了他强大的洞察力和决断力。孙策确实没有看错他。

再说周瑜，原本镇守巴丘，听说孙策遇刺后，星夜领兵赶回。但等他赶到，孙策已经去世了。周瑜与孙策自幼交好，心意投合，情同手足。两人商定要合力开创大业，没想到孙策竟然英年早逝。周瑜悲痛欲绝，在孙策灵前恸哭不已。

孙权听说周瑜回来奔丧，立即说了一句："公瑾回来了，我就无忧了。"这是孙权潜意识中不自信的本能反应。当一个人内在的自信不足，自然需要假借外力来安抚心灵。

同样自信心不足的还有吴太夫人。吴太夫人急忙出来见周瑜，将孙策的临终嘱托转告于他。周瑜拜伏于地，说：“敢不效犬马之劳，继之以死！”吴太夫人听周瑜这样说，心里也安稳了很多。

孙权迫不及待地与周瑜相见。他对周瑜说的第一句话就是：“希望您不要忘了先兄的遗命。”

周瑜急忙顿首说：“我愿肝脑涂地，以报伯符相知之恩！”

在张昭、周瑜两大重臣的力挺下，孙权总算是平稳接过了江东的权杖。但是，如果孙策真正了解孙权的性格特质和内心状态，他一定不敢做出交权给他的决定。

孙权到底是一个什么样的人呢？

太阳之下，必有阴影。

在孙权的心灵天空上，有两个明晃晃的太阳，一个是孙坚，一个是孙策。孙坚、孙策虽已逝去，但他们的万丈光芒依旧普照江东，而孙权就一直隐藏在那浓重的阴影之中。

说实在的，孙权是一个很自卑的人。孙权的自卑主要是两个因素造成的。

第一个因素是他与众不同的外貌。

很多人以为孙权长得另类，是天赋幸运，也给他带来了很大的荣耀和自信。比如，《三国志》引《江表传》载，孙权出生以后，孙坚见他方颐大口，目有精光，就以为是大贵之相。这多半是附会之说。随着孙权日渐成长，碧眼紫髯的特征日益明显，孙坚肯定是高兴不起来的。好端端的一个南方人，却长成了西域胡人的模样，这样的一个异类，显然是自外于正常人群体。人们必然用异样的眼光来看待和议论这个“非我族类”的人。这种世俗的压力不可能不传到孙权身上。与众不同，对于心智尚未成熟、尚未坚强到可以罔顾非议的孙权来说，绝不是一件令人高兴的事。与众不同，带给孙权的只可能是一种心灵伤害，从而也成了他的自卑之源。

第二个因素则和兄弟姐妹动力有关。

所谓兄弟姐妹动力，是指由兄弟姐妹所组成的特定群体对于身处其中的不同个体在人格多样性发展上所具有的推动力。换言之，同一家庭中的兄弟姐妹，往往相互影响，发展出不同的、多样化的性格特征。

心理学家萨洛韦就出生次序对性格特质的影响有过深入研究。他发现，一般而言，一个家庭中的老大更具有责任心，更愿意维持现状，也更保守；而较小的孩子更加淘气，更不安于现状，也更具有叛逆性。

在孙坚这个家庭中，萨洛韦规律几乎失效了。

孙策的性格一点儿也没有身为老大的那种保守性。相反，孙权作为老二，却非常安于现状，没有什么叛逆性。也就是说，孙权更像老大，孙策则更像老二。

这是由孙氏兄弟特殊的生长环境造成的。孙坚死的时候，孙策十七岁，而孙权刚刚十岁。当时，孙策已经跟着孙坚在军旅中历练了好几年，父亲的坚毅勇猛使孙策受到强大的熏陶。孙权因为年龄太小，还没有机会与父亲在征讨四方时亲密相处。随后，孙坚英年早逝，迫使孙策早早承担起家庭重任，无形中身份升格，替代了父亲的角色。这样，原本排行第二的孙权就等于被推到了老大的位置，从而逐渐形成了保守、内向、稳重的性格。而排行第三的孙翊受到的影响不算太大，和萨洛韦规律基本相符。

孙坚和孙策的万丈光芒，极大地压抑了孙权的个性成长空间。在神一般英明伟大的父兄面前，孙权除了仰视之外，很难再有别的选择。这必然推动他走向自卑之路。

自卑的孙权，原本只想在兄长的荫庇下，好好地过一辈子锦衣玉食的日子。孙权十五岁时被孙策任命为阳羡县长，他的行为很像是一个纨绔子弟，在声色犬马上花费了不少银子。当时，孙策让吕范掌管所有财物用度。孙权经常私下里向吕范借钱索物，但吕范恪尽职守，每一次都如实向孙策汇报，孙权因此对他怨恨不已。而另一位功曹周谷，就很懂得讨主人欢心，经常帮助孙权做假账，隐瞒种种玩乐开支，以应付孙策的账目核查。

如果孙策不出意外，孙权背靠大树好乘凉，他的一生也许就会在纵情声色中悠然度过。再有想象力的人也想不到孙策竟然会在二十六岁的盛年早逝，并且把孙权推向了风口浪尖。

古希腊的历史学家普鲁塔克曾经评价一位失败的统治者，假如他没有成为国王，没有人会怀疑他完全能够胜任统治者的工作。

孙权的情况却有所不同。除了孙策，几乎所有的人都在怀疑他的胜任力。选择孙权，会不会是孙策辉煌一生中最大的一个决策失误呢？

心理感悟：只有你自己成为太阳，才不会被别人的阴影笼罩。

7

老大没那么好当

孙权怀着忐忑不安的心情登上了掌领江东的宝座。他一直将长兄孙策奉为神灵，以为别人也会像自己一样，将孙策的遗命视为神圣不可违背的准则。但他不知道的是，人走茶凉，人死威亡。古往今来，多少强权人物尸骨未寒，争权夺利的变乱就已爆发。

熟读诗书的张昭担心的就是这一点。江东从来不是风平浪静的，老大也绝不是那么好当的。孙策镇得住的场面，孙权未必能镇得住。

果然，就在孙权屁股还没有坐热之际，张昭最担心的事情发生了。

那个率先蠢蠢欲动、想要自立为江东之主的人，就是孙权的堂兄孙暠。

孙暠此时担任定武中郎将，驻守在乌程县。孙暠自觉虽比不上孙策，比起孙权却是绰绰有余。孙策刚死，他就开始整顿兵马，准备攻下会稽郡后自立。富春县长虞翻早早得知了孙暠的阴谋，他立即派人去对孙暠说："伯符将军死后，部属理应由孙权统率。现在，会稽郡已经做好一切准备，我和军吏们也准备要以死相拼，为新主公除害。你自己掂量着办吧。"

孙暠想了想，觉得自己没有必胜的把握，只好把叛乱自立之心强行按了下去。说起来，这也是孙权的幸运之处。如果不是虞翻警觉，及时劝阻，孙暠这一起兵，也许就会像星星之火燃起燎原之势。因为，看不起孙权、觊觎他的位置的远不止孙暠一个人。

孙策打下的江东地盘，分为会稽、吴、豫章、庐江、庐陵、丹阳六郡。镇守庐江的太守李术就是另一个对孙权不屑一顾的人。

李术早就想投靠曹操，只是一直慑于孙策之威，不敢轻举妄动。孙策一死，李术再无忌惮。他立即公开宣布不再服从孙权的管束，而且公然招引孙权所部的叛逃士卒。

孙权虽然心怀自卑，但任何一个手握权力的人都不能容忍这种明目张胆挑战自身权威的行为。孙权十分愤怒，却又不敢立即刀兵相向。如果此刻依然是孙策在位，李术要是胆敢这么做，孙策肯定二话不说，立即发兵将李术打得鬼哭狼嚎，彻底消灭。这就是这兄弟两人之间的天壤之别。

孙权最后决定写信给李术，希望能够劝说李术改变心意，放归那些叛逃者。没想到，孙权一连发过去好几封信，李术不但没有答应，反而写了一封充满侮辱意味的回信，说："有德见归，无德见叛，不应复还。"意思是说，如果你德行好，这些人自然会来归顺你；如果你德行不够，这些人自然就会叛离你。所以我不能把他们交还给你。

这无异于公开讽刺孙权德不配位，根本就不够格担任江东之主。

孙权气得七窍生烟，这才真正体会到当老大的难处。他自己没有主意，但幸好还有托孤重臣张昭和周瑜。孙权急忙找他们来商量应对之策。张昭和周瑜一致认为，必须毫不犹豫地铲除李术，否则跳到头上拉屎的人将会层出不穷。这两人都是孙策创业班底的主要成员，身经百战，自然不会害怕与李术开战。周瑜随即提出亲自带兵征讨李术。

孙权大喜，深信周瑜出马一定能摆平李术。但新的麻烦又随即降临，就在周瑜出征后不久，孙权刚刚把心安下来时，又一个叛乱者冒头了！

这个人竟然还是孙氏宗族成员，而且来头比孙暠大得多！这就是孙权的堂兄——庐陵太守、平南将军、交州刺史孙辅！

孙辅是孙权伯父的第二个儿子，年纪比孙策还要大上几岁。当初孙坚猝亡，就是孙辅的哥哥孙贲一力维持江东局面的。后来，孙策起意要平定江东，孙贲、孙辅兄弟俩追随孙策，一起出了很大的力。

孙辅的年龄比孙权大，功绩也比孙权大，自然对孙权仅凭血脉之亲而掌领江东深感不满。孙辅的想法和李术颇为相似，都对孙权的年幼无知、软弱无能不抱希望，从而谋划投靠更大的靠山——曹操（亦即朝廷），以追求更好的前程。

孙辅给曹操写了一封密信，但是他的使者把这封信送给了孙权。这又是孙权的极大幸运。

曹操早就觊觎江东这块肥肉了，但一来忌惮孙策神威，二来北方尚未完全平定，所以暂时对江东采取怀柔策略。但如果有孙辅主动投诚做内应，曹操是绝不会放过这个送上门来的好机会的。这样，江东可就危险了。

孙权看了孙辅的密信，内心的紧张多过愤怒！这接二连三的叛乱早已把孙权弄得焦头烂额。他这才深深感受到自己的接位并非那么顺理成章，理所当然。而叛乱这种最极端的质疑方式又进一步强化了孙权的自卑与不自信。孙权再一次茫然失措，不知道该如何处理这一事件了。

好在还有张昭，张昭给他一一分析了情势。

首先，孙辅此刻尚未得知阴谋泄露，因此无须惊慌，现在有的是充足的时间来商议对策。

其次，孙辅是宗室中功勋卓著的元老，如果因此将其杀掉，孙氏宗族中很多人难免会有兔死狐悲之感，导致矛盾激化，不利于团结。

孙权听张昭这么一说，顿觉从一堆乱麻中找到了头绪，对张昭充满了敬佩，心里也安定了许多。

随后，张昭又为他谋划好了应对之策。

孙权假装不知孙辅的叛乱密谋，以一个不容见疑的平常理由召见孙辅。孙辅压根儿就没把孙权放在眼里，自然没有防范心理。孙权趁其不备，当面公开密信，令孙辅大惊失色。孙权随即宣布解除孙辅兵权，将其软禁。

孙辅的命虽然保住了，但他的亲近幕僚遭了殃，被孙权杀得一个不剩。同时，孙辅所部兵马，也被重新整编，分割划入其他将领的属下。

此后，周瑜顺利平定了李术。李术本人被斩首示众，他的部曲也被迁移到他郡。

孙权的运气着实不错，在立足未稳的时候，有忠心耿耿的张昭和周瑜帮他维持，总算是度过了惊涛骇浪般的第一关。从此，这两人也赢得了孙权发自内心的尊敬，他以隆重的师长之礼来对待这两位托孤重臣。

自卑的人往往特别敏感。这接连三起叛乱事件归纳成三个字就是“不服气”。无论是孙暠还是李术、孙辅，都是出于对孙权能力的怀疑而滋生异心的。外部的频频质疑自然会引发孙权强烈的自我质疑。他开始苦苦思索：为什么长兄孙策能够得到一致的拥护，自己却不能服众，得不到认同呢？

群体对身处其中的个体的认同至关重要。缺少群体认同的个体，很难在群体中维护自尊、保持自信，更不用说获得其他个体的拥戴而开创事业了。

孙权既然登上了这个位子，当然不想辜负兄长的重托，要好好干一番事业的。但连续几起源自群体内其他个体的强烈质疑，让孙权觉得自己根本就没有被整个群体接纳。虽然跳出来叛乱的只有三个人，但一定还有更多的人躲在角落里，窃窃私语，等着看自己的笑话。孙权内心的傲气被激发出来，他毅然决定，一定要改变这种不堪的现状。

很多时候，打击与挫折并不是坏事，反倒可以帮助一个人看到自身的不足。如果能够以此为契机而加以改善，就更是好事了。

一个人在无助时，往往会为自己设定一个偶像，并通过对偶像言行的模仿来作为自己的行动指引。孙权此刻就有一个现成的偶像，这当然就是他威震江东的长兄孙策了。

孙策以他凌厉的风姿和不俗的功绩，早就设定了江东“荣誉文化”的核心内涵。所谓“荣誉文化”，就是指强烈地关注坚韧性、男子气概，以及对自己受到的不公和侮辱进行报复所带来的荣誉感。具体地说，孙策所设定的江东荣誉文化就是：一马当先，奋不顾身；勇于杀戮，决绝无情。

从此前的表现来看，孙权和孙策相比，简直就像是两个极端。现实的重大挫折让孙权认为，自己所处的这一端是错误的，明显不符合江东整个群体对自己的期望。所以，他决定彻底改弦易辙，向孙策所处的那一端靠拢。凡事都要以孙策的思维模式来思考，凡事都要以孙策的行为模式来实行。

这两个“凡事”岂不是让孙策还魂复生，重新统治江东，而孙权则成了没有灵魂的“活死人”了？正所谓，有的人活着，他死了；有的人死了，他还活着。

在内心强烈自卑和外部强大压力的共同驱使下，急于获得群体认同的孙权，以他此刻的智识程度，只能选择在“全盘孙策化”的大道上飞奔疾驰。

可是，这还是当初孙策选择另类的孙权接班的本意吗？如果孙策要选和自己如出一辙的继承人，为什么不直接选择更加酷似自己的三弟孙翊呢？

心理感悟：偶像是填补自信不足的底料。

8

“两个凡事”的做法

在先兄的赫赫声威面前，孙权自惭形秽。为了不给孙氏脸上抹黑，孙权决意要奉行“两个凡事”，让自己变得比孙策还要孙策。

在这样的主导思想下，孙权做的第一件事就是杀掉盛宪！

盛宪本是汉室朝廷任命的吴郡太守，在江东名望很高，后来因病辞官。孙策攻占江东后，曾邀请盛宪出山做事，但盛宪很不给面子，没理这个茬儿。孙策非常恼怒，很想一杀了之，但又顾虑盛宪的名声太大，杀了他会影响收揽民心，所以强忍着没杀。

孙权向孙策学习，也去请盛宪出来做事。盛宪连孙策都看不上，又怎么会看得上孙权呢？当然是毫不客气地予以拒绝。

但是孙权和孙策的个性是很不一样的。孙策是一个极度自信的人，盛宪的拒绝，虽然让他生气，却不会让他自尊受损。而孙权内心已经积聚了过多的自卑情愫，盛宪的拒绝，对他的伤害极大。自卑的人，往往倾向于对他人的怠慢做出过激反应，况且孙权正在苦苦追求群体对自己的认同。为了让自己符合江东荣誉文化的内在要求，在自卑性敏感的驱使下，孙权竟然做出了连孙策也没敢做的事情——毫不犹豫地杀了盛宪！

杀盛宪，是孙权继位后执行“两个凡事”路线所做的第一个独立决定。孙权自以为这一次做得比兄长孙策还要心狠手辣，足可以杀人立威，却没想到这也是他作为领导者所犯的第一个重大错误，在一年之后引发了一场巨大的内乱。

除了学习孙策的果于杀戮，孙权也将孙策临终前对自己的“赞誉”牢牢记在心头。孙策当时说的“举贤任能，各尽其心，以保江东，我不如卿”自然成了对孙权的强力激励。

一方面，孙权刻意重用父亲和兄长的旧部，以显示自己在“举贤任能”上绝非浪得虚名。除了对张昭、周瑜格外尊重之外，诸如程普、黄盖、韩当、蒋钦、太史慈等旧将都得到了不同程度的提拔。

孙策十分喜爱的小将吕蒙也因此得到了孙权的青睐。吕蒙活脱脱就是一个孙策的翻版（可见孙策之于江东的影响何等巨大）。

吕蒙的姐夫邓当是孙策的部将。孙策派邓当去讨伐山越部落。十五六岁的吕蒙没和任何人打招呼，自作主张偷偷地跟在邓当的队伍里一同出征。到了阵前，吕蒙奋不顾身，勇猛向前。邓当吓坏了，怎么叫也叫不回来他。后来，邓当的一位下属因为吕蒙年纪轻而看不起他，说："你这个臭小子能管什么用，还不是以肉喂虎！"吕蒙大怒，立即就把这个人杀了，然后毫无惧色地去自首。孙策听说之后，对做派酷似自己的吕蒙十分喜爱，马上安排他当自己的随从。后来，邓当死了之后，孙策就把邓当的部属交给吕蒙统率，并任命他为别部司马。孙权继位后，勇猛而鲁莽的吕蒙再得重用，孙权把别人的一些部属划归给他，以增加他的兵力。吕蒙也因此被孙权收服，一心效忠于他。

特别值得一提的是吕范。孙权曾经因为吕范将自己私下索要财物的行为上报给孙策而怀恨在心。但孙权掌权后不但没有借机公报私仇，反而对吕范敬重有加。而那个帮着孙权做假账的功曹周谷，却被孙权永不录用。显然，孙权是要借此来树立自己在"举贤任能"上的英明伟大。

另一方面，孙权还大力招延四方俊才，破格擢用年轻人，为组织补充新鲜血液。诸如诸葛瑾、步骘、陆逊、骆统、陆绩等人都得到了重用。

其中最重要的人物就是周瑜为孙权推荐的鲁肃。鲁肃后来也成为孙权这一生中最重要的谋士之一。

鲁肃托父祖余荫，拥有万贯家财。但鲁肃不是一个守财奴，他为人十分大度，视钱财如粪土，如果遇上了值得结交的朋友，随时会为朋友挥金如土。鲁肃这种豪爽大方的性格引起了同乡父老们的误解，他们纷纷叹息鲁家不幸，出了一个败家子。这些人其实一点儿也不了解鲁肃。鲁肃目光如炬，早已看到乱世不可避免，死守家财根本无济于事，还不如仗义疏财，多结交一些有潜力的朋友。

鲁肃和周瑜的结交过程就像是一个传奇故事。周瑜有一次领兵经过鲁肃的家乡，正好赶上部队缺粮。周瑜听说鲁肃为人豪爽，就上门借粮。鲁家有两个大粮仓，每个粮仓中囤有稻米三千斛（一斛为十斗，一斗为十升，三千斛为三十万升，约三十万斤）。鲁肃二话不说，带着周瑜来到粮仓前，随便指了一个粮仓，说：

“公瑾兄缺粮，这一仓的稻米我就送给你了！”

鲁肃一出手就送了周瑜三十万斤粮食，这份气度当场就使周瑜折服了。周瑜从此对鲁肃感激不尽，引为至交。

也许有人会觉得鲁肃实在太傻了，随便来个人，就送这么大的礼。其实鲁肃哪里是这么随便的人，他绝对是看人下菜碟儿的。鲁肃见周瑜气宇轩昂，一表人才，认定他日后必会出人头地，这才舍出大本钱，先交上这个朋友再说。

后来周瑜果然跟着孙策扫平了江东。俗话说，吃人的嘴软，拿人的手短。周瑜得了鲁肃这么大的好处，当然要想方设法把鲁肃推荐给孙策。孙策还没来得及任用鲁肃，鲁肃的祖母就过世了，鲁肃只好回家料理丧事。等到鲁肃处理好家事，孙策却又遇刺身亡了。好在周瑜不但没有失宠，反而成为托孤重臣。

周瑜再次向孙权推荐鲁肃。这一次推荐的分量可就更重了，孙权对周瑜言听计从，立即召见了鲁肃。

孙权向鲁肃请教：“如今汉室倾颓，四海动荡，我继承父兄的基业，想要开创齐桓、晋文那样的功绩，不知道先生有什么可以指教我的？”

齐桓、晋文都是春秋五霸之一，他们打着尊奉周天子的旗号，称霸天下。孙权把效仿齐桓、晋文当成自己的志向向鲁肃吐露，已经是壮着胆子往大里说了。以他此刻内心的不自信，并不真的认为自己有可能成为足可辅佐汉室复兴的霸主式人物。要想成为齐桓、晋文这样的霸主，别的不说，首先就要除掉挟天子以令诸侯的曹操，这是孙权压根儿连想也不敢想的。孙权之所以“夸大其词”，正是因为周瑜事先对鲁肃的大力褒扬。孙权唯恐自己的“梦想”太小，会惹鲁肃耻笑。这也从另一个侧面微妙地印证了孙权内心的不自信。

孙权没想到，鲁肃的回答竟然完全击穿了他的上限。

鲁肃说：“当年汉高祖也想要尊奉义帝（指反秦义军的共主楚怀王芈心），却因为项羽挡在其中而未能如愿。现在的曹操，就像当年的项羽一样，将军你怎么可能成为齐桓、晋文呢？”

孙权不由心中一凉。越是不自信的人，越是受不了他人的打击与否定。鲁肃却继续往下说：“以我看来，汉室是不可能复兴的了，曹操也是除不掉的。如果让我为将军谋划，我看唯有立足江东，剿除黄祖，讨伐刘表，占据整个长江天险，然后建号帝王，以图天下。这就是和汉高祖一样的基业啊！”

鲁肃和孙权的这一次谈话，完全可以和诸葛亮与刘备的“隆中对”相提并论。

他为孙权提出的“剿除黄祖”“讨伐刘表”“建号称帝”的“三步走战略”极有见地，非常吻合天下大势及孙权的资源状况。孙权此后一生的发展，大致就是按照鲁肃描绘的这个路线行事的。

孙权刚才是心中一凉，听了鲁肃的“三步走战略”后，却是心中一惊！鲁肃竟然建议他自立称帝，这是孙权做梦也不敢有的念头。孙权时刻以孙策为榜样，但就连孙策也从未有过这个僭越的想法。孙策的最高梦想就是成为汉室朝廷的齐桓、晋文。当初袁术称帝，力邀孙策助力。孙策不但不从，反而写了一封长信，痛斥了袁术一顿。自立为帝，是自信无敌的孙策都不敢想的事情，深陷自卑中的孙权又怎么敢去做呢?

所以孙权急忙回答说：“我只是想尽力经营好江东，好好辅佐汉室，您说的目标太宏大了，实在不是我力所能及的。”

有的历史学者根据孙权三十年后果然称帝而断定孙权此时所说的这句话是言不由衷的掩饰之语。这种倒果为因的判断实在荒唐可笑。事实上，几乎所有成就大事者都会有一个顺应情势变化的成长过程，而极少从一开始就具备了雄心万丈的终极目标。

比如曹操，最初的梦想也不过是拜将封侯，绝想不到自己可以挟天子以令诸侯，先公后王，并差一点登上帝位。

尽管如此，鲁肃的话还是给了孙权极大的信心！因为越是不自信的人，越需要他人的认可与赞誉。在孙权日夜担心自己无法胜任江东之主的时刻，鲁肃竟然认为他具备称帝的能力，这对于自信大厦尚未组建完工的孙权来说，简直就是天下最高等级的褒奖与赞美。孙权领受了鲁肃的这一巨大“恩惠”，由此对鲁肃具备了极大的好感，鲁肃也因此拥有了对孙权的特别影响力。

心理感悟：有时候，所谓的勇敢，只不过是为了证明自己不害怕。

9

又一起家国惨祸

鲁肃提出的“三步走战略”中的第三步吓着了孙权，但第一步深深触动了孙权。因为黄祖对于整个江东来说，是一个非常特殊的人物——孙权的父亲孙坚就是死在黄祖手上的！

孙权急于证明自己完全配得上江东荣誉文化的要求，已经杀了孙策不敢杀的盛宪。如果他还能把孙策没能杀掉的黄祖干掉，为父亲报仇，岂不是再也没人敢质疑他的合法地位了？

孙权此前从未有过作为主将领兵出征的经历。说实话，他内心是非常害怕的。但是，他还是出人意料地做出了亲征黄祖的决定。

这又是为什么呢？

个体在面临挫折或冲突的紧张情境时，其大脑会将消极感受阻挡在意识之外，从而使自己体验不到不愉快的情感。这就是人类固有的心理防御机制。导致孙权做出看似十分冲动的决定的是一种叫作“逆恐反应”的特殊心理防御机制。即一个人越是害怕什么，就越是去做什么。

孙权非常在意外界拿他与孙策做比较，并对他的胜任能力做出评价。他的全盘孙策化，就整体而言，也是一种心理防御机制，就是要伪装出自己的强大，以避免内心真切体会到自己的软弱无能。

领兵出征是孙权最为害怕的事情。但如果孙权敢于去做这件他最害怕的事情，那就表明他不用再为自己的软弱无能感到羞耻或不安了。同样是领兵出征，孙策是毫无畏惧而奋勇向前，而孙权是满怀恐惧而奋勇向前。尽管展现于外的行为别无二致，但兄弟俩的内心世界判若云泥。这也正是人类心理的奇奥玄妙之处。

在鲁肃的建议中，剿除黄祖和讨伐刘表是两步棋，在张昭看来却是一步棋。因为黄祖镇守江夏，是刘表的部将。进攻黄祖，就等于进攻刘表。以江东的实力，对付刘表绝没有必胜的把握。孙权刚刚继位就发生了多起叛乱，当务之急不应该是去进攻别人，而是安定内部。

再贤明的人也很难逃脱嫉妒的魔咒。张昭对鲁肃的“妖言惑主”非常不满。他牢牢记得孙策临死之前所说的“内事不决问张昭”，也想把对孙权的控制权牢牢掌握在自己手中。现在，他看孙权对鲁肃的话很入耳就坐不住了，马上对孙权说：“我看鲁肃年少粗疏，自大骄狂，不可任用！”

孙权本来对鲁肃的第一印象非常良好，正准备重用他。但托孤重臣张昭明确发话了，此刻的孙权还没有勇气和信心违逆张昭，就只能委屈鲁肃了。此后一连好几年，孙权始终对鲁肃敬若上宾，但一直没有授予他实质性的职务。张昭与鲁肃的意见不合，也从这里埋下了伏笔。

孙权虽然受张昭影响没有任用鲁肃，但剿除黄祖这件事的意义实在是太重大了，孙权禁不起“诱惑”，仍要一意孤行。

孙权亲率大军，对江夏发起攻击。

没想到，这一次孙权的运气相当好，战事进展十分顺利，很快击垮了黄祖的水军。孙权一路追击，部将凌操轻舟突进，奋勇向前，眼看就要将黄祖擒住，不料被黄祖的部下甘宁一箭射杀！凌操的儿子凌统拼死厮杀，把父亲的尸体抢了回来。

孙权大怒，一路强攻到黄祖的老巢沙羡（今湖北武昌西金口）城下。沙羡城的城墙坚固，一时不能攻破。孙权眼看胜利在望，正要加力攻打，却从后方传来了一个巨大的噩耗！

孙权的弟弟孙翊竟然再一次复制了孙家儿郎的死亡模式，在丹阳郡太守的任上被人刺杀了！此时的孙翊才刚刚二十一岁。（刘琬的神奇相术再一次准确命中！）

孙翊之死的责任必须记在孙权头上。因为，这正是孙权此前滥杀盛宪种下的恶果。

丹阳郡是江东重地，南依皖南，北临长江，是江东抵御北方的基地。孙权知道弟弟孙翊勇猛无敌，颇有长兄孙策之风，因此特意安排他担任丹阳太守，扼守这一重镇。

孙翊到了丹阳郡后，为加强力量，征召了妫览、戴员两个人，予以重用。但是孙翊不知道，盛宪生前曾经举荐过妫览、戴员，对他们有知遇之恩。盛宪无辜惨死后，妫览、戴员痛彻心扉，决意要为盛宪报仇。正在无从下手之际，却得到了孙翊的征召。孙翊的这个做法，等于是在自己的身边埋下了两个定时炸弹。

就算孙翊不知道妫览、戴员与盛宪之间的亲密关系，丹阳这么大一个郡，不可能没有人知道。可是，没有任何一个人提醒孙翊要保持警醒。说起来，这还是要归咎于孙翊刚愎自用的性格。孙翊实在是太像孙策了。大家都知道，他很难会因为别人的劝谏而调整自己的决策与行动。说得多了，反而惹他烦。所以，众人都是抱着多一事不如少一事的态度，静观其变。

孙翊生性急躁，对待身边的侍卫从人也一向毫不留情。有一个叫作边洪的从人，多次遭到孙翊的鞭挞。边洪对孙翊怀恨在心，却慑于他的神威而不敢轻举妄动。

妫览、戴员察知边洪的不满后，巧妙勾引，和边洪结为心腹之交。三个人同仇敌忾，常常在一起，商量如何除掉孙翊。

孙翊的性格就像孙策一样，大大咧咧，毫不设防。孙权出征黄祖后，孙翊依然毫不在意。但孙权的远征给了妫览等人一种内部空虚的暗示，从而助长了他们行刺的胆气。

这一日，孙翊设宴招待本郡的部将下属。平时出席宴会，孙翊都是刀不离身的，偏偏这一天他疏忽了。如果孙翊还是像平日那样带刀而行，妫览等人可能依然不敢打他的主意。手无寸铁的孙翊向这帮蓄谋已久的刺客发出了最热烈的邀请。

孙翊在筵席上喝了很多酒，到了送客的时候，脚步已经踉踉跄跄。边洪瞅准时机，趁着跟在孙翊身后送客的便利，一刀将孙翊砍倒！孙翊酒劲发作，根本无力抵抗。可怜英勇无敌的孙家三郎，没有死在两军对垒的激烈拼杀中，却在阴沟里翻船，断送了自己年轻的生命。

边洪行刺成功后，妫览、戴员暗中护助他逃往山中躲藏起来避风头。妫览、戴员趁机掌控了丹阳郡的军政大权。

孙翊遇难后，他的妻子徐氏并没有像一般女人那样六神无主，哭哭啼啼。徐氏立即发出悬赏，明确要求孙翊的部属紧急追捕凶手边洪。

妫览、戴员和边洪三人，平素经常聚会商议，这是众所周知的。这一次边洪行刺孙翊，明摆着和妫览、戴员两人脱不开干系，但因为这两人平素受到孙翊重用，现在又掌控了局面，众人均不敢多言。但徐氏强烈要求缉拿凶手，还是给妫览、戴员施加了很大的压力。

为了摆脱物议，安抚人心，妫览、戴员不得已将边洪缉拿归案，并把他当成替罪羊杀了。杀了边洪之后，妫览自领丹阳太守，发号施令，仿佛一切尽在掌握中。

附近的庐江太守孙河得知孙翊遇害的消息，悲愤不已，立即快马加鞭，赶到丹阳郡的治所痛斥妫览、戴员两人。

孙河是孙翊的堂兄，但他并不是孙家人。孙河原本姓俞，后来因为孙策十分喜爱他，就赐他姓孙，把他当作自己的亲兄弟。孙河因此对孙策非常感恩。孙翊一出事，孙河的反应果然也像亲兄弟一样，但孙河还是太鲁莽了一点。他不带任何人马，单身一人，跑到已经被妫览掌控了的地盘上指斥人家，岂不是自投罗网？

妫览、戴员杀了边洪后，本来自欺欺人地认为自己已经洗脱了干系，既报了故主盛宪的仇，又保得了自身的平安。但孙河行色匆匆跑来，当众撕下了他们的伪装，妫览、戴员立即就狗急跳墙了。

真相既已无可隐瞒，妫览、戴员十分担心孙权随后会举江东之力来为兄弟报仇。为了保命，妫览、戴员再起杀心，又是一刀，将孙河斩了。然后立即派人与曹操派驻的扬州刺史刘馥联系，商讨投诚事宜。

这已经是孙权接位后发生的第四起叛乱事件了。由于丹阳郡的地理位置十分重要，这可以说是最危险的一次叛乱。如果曹操抓住这个机会，乘虚而入，江东这块大肥肉就会顺势落入他的口中。

孙权闻报，得知前因后果后又怒又惊。他非常担心兄长交给自己的基业会因为自己的一时轻率而毁于一旦。虽然擒拿黄祖已经近在眼前，但也只能立即罢手，率领部队转头紧急赶往丹阳平叛。

心理感悟：重复固有的模式，必然得到同样的结果。

10

励志女神的诞生

孙权紧赶慢赶，风尘仆仆地赶到丹阳，眼前的一切却再度让他震惊不已！

丹阳全境竟然丝毫没有戒备森严的景象，反而一片安定祥和，仿佛什么都没有发生。这难道是妫览故意设下的疑兵之计？还是孙翊根本就没有被刺杀？

都不是。

是孙翊的妻子徐氏神奇地搞定了一切。她不但确保自己免遭毒手，而且将杀夫凶手妫览、戴员绳之以法，为丈夫报了仇！

这简直就是一个传奇。这个手无寸铁的弱女子到底是怎么做到的呢？

原来，妫览、戴员在杀了孙河，决意叛投曹操后，索性一不做二不休，强行瓜分了孙翊的家产和侍妾。孙翊的正妻徐氏貌美如花，妫览见色起意，想要占为己有。

妫览提着一把刀，冲入徐氏的闺房，恐吓她说："我已经杀了边洪，给你的丈夫报仇了。现在你已无依无靠，你还是从了我吧。否则我就一刀杀了你！"

按照常规推断，徐氏要么做一个听由摆布的弱女子，要么做一个以死殉夫的烈妇，别无他路。妫览正是这样想的，如果徐氏不从，他是绝不会手软的。

但是徐氏却给出了第三种选择。她的脸色十分平静，也看不出有什么忧伤，淡淡地对妫览说："我丈夫死了还不到一个月，我孝服在身，晦气未除，现在就侍奉你，恐怕对你不利。你不如等到月末晦日（农历每月的最后一天），祭祀完毕，我脱了孝服，再与你成亲不迟。"

如果你是妫览，听了这番话会是什么样的反应？

妫览不可能不同意这个建议。因为，徐氏首先清晰地表达了自己的顺从态度，妫览的戒备之心自然就大大削弱了。同时，徐氏又拿服孝期间的晦气作为制约因素，这是"贴心"地为妫览的利益考虑的。在所谋必成的前提下，任何一个男人都不愿意冒沾染晦气的风险，无非就是等到月末晦日嘛。

徐氏的话里蕴含着一个巧妙的说服策略，这就是“相反立场策略”。

如果徐氏站在自己的立场考虑问题，她只有两种选择，要么为了保命而屈身，要么为了保名而丧生。但徐氏站在与自身利益相反的立场上，即妫览的立场上来考虑问题。立场与利益紧密相关，站在他人的立场，维护他人的利益，显然更容易说服对方。

妫览虽然隐隐觉得徐氏与众不同，有些古怪，但转念一想，就连她勇猛无敌的丈夫都死在了自己手上，这样一个柔弱女子又能折腾出什么花样来呢？况且，人们总喜欢带着内心的倾向性为种种事件寻找原因。自以为胜券在握的妫览很快就“想明白”了，孙翊那么多部将，都没有一个敢出头挑事，这个无依无靠的年轻女人料必也是怕了自己，这才会贴心尽力地为自己盘算。当然，这不也等于是在为她自己的未来盘算吗？女人嘛，总是要找一个坚强的依靠的。

想到这里，妫览差点笑出声来。他对自己非常满意。你孙翊英俊潇洒，勇猛无敌，又有什么用？还不是做了我的刀下之鬼！这么一个善解人意的美貌女人，你还不是无福消受，最后落入我妫览手中！

妫览甚至因为徐氏对自己的“贴心安排”而有了一点点的感动，他决定以后一定要对徐氏好一点。但他其实不知道，徐氏这是在“贴心安排”他的死期。

稳住妫览后，徐氏赢得了时间，但她依然面临一个巨大的困难。她有心暗中谋划，为丈夫复仇，但仅靠自己的力量是杀不了凶悍勇猛的妫览和戴员的，她还必须物色几个得力助手。

孙翊的部下，到目前还没有一个主动出来为孙翊报仇的。显然，这些人对已经得势的妫览、戴员颇为忌惮。徐氏左思右想，决定派可靠的下人偷偷去联系孙翊旧属孙高和傅婴两人。徐氏觉得，这两个人相对而言更靠谱一些。当然，万一选人不当，后果也是很严重的。这也是徐氏必须冒的风险。

孙高、傅婴得讯后，趁着夜色，潜入孙府。他们能来，徐氏的计划就等于成功了一半。要是无心出力的人，避之唯恐不及，怎么可能偷偷前来呢？由此可见，徐氏平素颇具洞察力，从而在关键时刻选对了人。

徐氏内心多了几分把握，但是要想让孙高、傅婴冒着掉脑袋的危险来参与自己的复仇计划，难度还是很大的。

徐氏对他们说：“先夫在日，常说二公忠义，所以危难之际，将二公请来。”说完款款下拜。

徐氏这开头第一句话非常高明，借孙翊之口，给孙高、傅婴二人贴上了一个不容拒绝的“忠义”标签。

说实话，孙高、傅婴对孙翊的忠义程度并没有徐氏所说的那么高。要论真正的忠义，许贡的三个门客，以及残害了孙翊的妫览、戴员才是不折不扣的典范。他们为了回报旧主，从未放弃努力，甚至可以付出自己的生命。如果孙高、傅婴也像他们那样忠义无双，早就该拔刀相向，为孙翊报仇，而不是默默无言，坐视不顾。

当然，这和孙翊的暴烈个性也有关系。他平素御下严苛，并没有多少恩义施予下属。到了关键时刻，下属的回报之心自然也是对等的淡漠。

徐氏自然知道丈夫平日的不足，所以必要先给孙高、傅婴戴上“忠义”的高帽，以便用这一社会准则来激励他们接下来的行为。

孙高、傅婴连忙还礼。徐氏接着说：“妫览、戴员二贼，谋杀先夫，只将边洪顶罪。现在孙府所有家产，已被二贼瓜分。妫览还想霸占妾身，妾身假装同意，以安其心。还望两位将军看在先夫之面，帮我报仇。”说完，再度下拜。

孙高、傅婴急忙说：“我们深感孙府君的恩遇，之所以没有以死相报，是考虑到徒死无益。我们一直在想方设法，只是苦无良策。夫人如有差遣，万死不辞！”

孙高、傅婴二人既不是忠义，也不是不忠义，而是处于中间地带。如果不是徐氏的忠义标签激发出了他们的愧疚之情，以及紧随其后的报效之心，他们仍将属于弱于行动的沉默大多数。

徐氏要的就是他们的态度，至于办法，她自己早就想好了。当下徐氏一一吩咐完毕，孙高、傅婴二人依计而行。

到了月末晦日，孙高、傅婴二人带着二十多个猛士，早早埋伏在孙府的密室之中。徐氏按照风俗惯例，在堂上祭奠孙翊完毕后，脱去孝服，自去后室沐浴熏香。

妫览喜滋滋地来到孙府。只见徐氏浓妆艳抹，美丽不可方物，款款走上堂前。妫览见了，不禁色授魂与，马上就想和徐氏成就好事。

徐氏早已吩咐婢女备好宴席，笑吟吟地请妫览上座欢饮。妫览喜不自胜，更觉徐氏实是不可多得的善解人意的绝妙尤物，当下与徐氏推杯换盏，痛饮美酒。

酒至半酣，徐氏请妫览入内。妫览心痒难忍，兴冲冲地跟着徐氏来到密室。妫览以为朝思暮想的美人终告得手，却不知自己已经一脚迈入了鬼门关。

徐氏对着妫览款款下拜，妫览眉开眼笑，所有的戒备之心都抛到了九霄云外。却听徐氏一声断喝：“孙、傅二将何在？”

孙高、傅婴两人立即从帷幄中挥刀跳出。妫览猝不及防，当场被孙高、傅婴二人杀死。徐氏不慌不忙，再命下人去通知戴员，说是妫览请他到孙府议事。

戴员早就知道妫览要在晦日这一天与徐氏成就好事，一听下人通知，不疑有他，马上就跟着过来了。

戴员到了孙府，等待他的自然是和妫览同样的命运。孙高、傅婴二人如法炮制，也将戴员一刀斩作两段。

徐氏眼看大仇得报，这才放声大哭，将压抑了多日的苦闷悲伤尽情宣泄出来！

孙高、傅婴两人对于徐氏的忍辱负重和足智多谋不禁深为叹服。在徐氏的激励下，孙高、傅婴一鼓作气，率领部众，将妫览、戴员两家老小，尽数擒拿，杀了个一干二净。丹阳郡的控制权再度回到了孙氏手中，形势顿时转危为安。

徐氏再换上孝服，用妫览、戴员的首级祭奠孙翊。有妻若此，夫复何求？孙翊九泉之下若是有知，也应含笑瞑目了。

一介弱女子，手无缚鸡之力，在众多铁血男儿都不敢出头的情况下，竟能依靠自己的胆识和谋略，在极度险恶的情境下，不动声色，运筹帷幄，力挽狂澜，歼灭元凶，实在是了不起的成就，堪称三国第一传奇！

与徐氏的举重若轻、悄然成功的壮举相比，孙策在矢石交攻中夺占江东又算得了什么？赵云在长坂坡上七进七出又算得了什么？诸葛亮在谈笑间草船借箭又算得了什么？

回顾徐氏整个设谋用谋过程，仿佛如花自放，如云自舒，毫无人为痕迹，自然妥帖，不能不令人深自叹服。

等待孙权赶到丹阳，一切都已风平浪静。徐氏的从容应对带给孙权的震撼，甚至比他刚听到孙翊遇害时大得多。他绝没有想到自己这个除了美貌之外并不怎么起眼的弟媳妇竟会是这样一个绝代风华的人物！此前，孙权心目中的神是父亲孙坚和长兄孙策。此刻，徐氏便成了孙权心目中独一无二的励志女神，甚至连孙坚、孙策的万丈光芒都不能掩盖她的芳华。

孙权顿时联想起自己接位时的忐忑不安，心惊肉跳，不免自惭形秽。徐氏在几乎没有任何资源可以与暴烈势力相抗衡的情况下，都能够扭转乾坤，自己身为男人，手中又拥有作为江东第一人的极为丰富的军政资源，又为什么要担惊受怕，惶恐不安呢？

徐氏的壮举让孙权的自信心得以迅猛增长，同时也为他开辟了新的战略思路。

此前，孙权所能效仿的只有硬桥硬马的“孙策模式”，但现在徐氏给他提供了另外一种同样可以收到奇效的“示弱克强”的“徐氏模式”。两相比较，还是“徐氏模式”与孙权的天性气质更为匹配。

这件事可以说是孙权这一生中所经历的最具影响力的事件，彻底地改变了孙权这一生的心灵轨迹，虽然就连他自己都没有完全意识到这一点。

心理感悟：身为弱者，最好的策略是示弱，而不是逞强。

11

可怕的家族魔咒

丹阳惨案是年仅二十二岁的孙权第三次经历的至亲暴死事件。

孙氏家族仿佛被施了魔咒一样，个个英姿早发，却又个个英年早逝。父亲、兄长、弟弟均遭变乱横死，就像三座大山一样死死压在孙权心头。尽管丹阳已经重归平静，但孙权依然久久无法从悲怆的情绪中自拔。

痛苦往往会开启反思的大门。弟弟孙翊的死和孙权有着直接的干系。如果不是他执意滥杀盛宪，妫览、戴员就不可能蓄谋杀死孙翊。孙权非常自责，很自然地就反思自己“全盘孙策化”的策略是否正确。现在，孙策本人已经死了，酷似孙策的孙翊也死了。难道孙策选择自己当接班人，就是为了让自己成为另一个孙策吗？那为什么不直接选更为合适的孙翊呢？

孙策临终前所说的“若举江东之众，决机于两阵之间，与天下争衡，卿不如我；举贤任能，各尽其心，以保江东，我不如卿”，开始不断在孙权脑海中盘旋。

孙策到底是什么用意呢？

孙权茶饭不思，反反复复地揣摩孙策的遗言，突然脑子中电光火石般一闪，似乎抓住了孙策临终前的思维之光。

“与天下争衡，卿不如我。”孙策其实并没有指望孙权去夺取天下，他只是希望孙权能够保住他千辛万苦打下来的基业。打天下和守天下是完全不一样的。打江山就得靠孙策、孙翊这样生龙活虎的英锐之士，而守江山则需要“举贤任能，各尽其心”。

显然，孙策临终之际，已经完全悟透了自己的失败就是性格的失败。如果他不是自恃雄豪，孤身出猎，如果他没有执意杀了于吉，伤了气脉，谁又能让他横死暴卒呢？既然如此，要想保住基业，就绝不能让性格酷似自己的孙翊接位，只能选择内向含蓄的孙权。正因如此，孙权最大的弱点反而成了最大的优势。

这才是孙策最终坚定选择孙权的真正原因。孙权终于领悟到了这一点，只是又搭上了兄弟孙翊的一条性命作为代价。

真相大白后，孙权更感锥心之痛，为自己的无知、愚蠢而深深愧疚。一个人知道自己犯了错误后，仅仅停留在愧疚中是远远不够的。最重要的是，要找出错误的根源，拨乱反正。

孙权继续反思，一个巨大的疑问随即浮上他的心头。家族魔咒一再在孙氏儿郎身上滥施淫威，这背后到底是什么原因呢？

进化心理学通过对男女两性凶杀死亡率的分析发现，男性的凶杀死亡率最高的时期，正是他们的体能处于顶峰的时候，也是他们患病死亡率最低的时候。当一个男性个体进入青春期后，其死亡率开始急速上升，在二十五岁左右达到峰值。二十五岁后，男性的受害率就急剧下降。这表明，二十五岁以后的男性开始有意识地避免使用那些非常危险的策略。到了七十五岁的时候，男女两性受害死亡率的性别差异就慢慢消失了。

一言以概之，年轻男性往往喜欢采取一些非常危险的攻击方式，而这些方式很容易导致他们自身受伤或死亡。这就是“年轻男性综合征”。

进化心理学的这个理论可以用来解释孙氏一家的家族魔咒。孙家儿郎包括孙坚、孙策、孙翊，都是好勇斗狠、奋不顾身，不惜一死也要逞一时之快的性格。这自然就使得他们比一般的年轻男性的受害死亡率要高出很多。由于“年轻男性综合征”的存在，年轻男性的意外死亡风险本来就已经很高，孙家儿郎的狂放做派又在风险上叠加了风险，自然就酿成了英年早逝的家族悲剧。

当然，孙家儿郎这种近乎自杀式的狂放做派在带来家族魔咒的同时，也营造出一种家族声望。

人类倾向于建立一种名声，因为名声往往拥有一劳永逸的长期效应。对于年轻男性来说，他们的暴力行为在击败对手的同时，也给所有的人留下了深刻的印象，从而建立起一种强大的社会声望，令他们不敢轻易启衅或望风而降。

如果不是这样，曹操为什么评价孙策“猘儿难于争锋也”（猘，意为小疯狗），而不敢轻举妄动呢？如果不是这样，孙策为什么能够轻易攻取江东六郡呢？

但是现在形势不同了，已经从打天下转入保天下的阶段了，身为江东的最高领导者就不能沿用“好勇斗狠、奋不顾身”的做法了。

孙权当然不可能知道进化心理学的理论，但他通过自己的反复思考也不难悟出相似的道理。孙权随即又想到，如果自己继续全盘孙策化，恐怕下一个横死的就该轮到自己了，尽管他和孙策、孙翊明显不是一类人。

孙权顿时惊出了一身冷汗！既然照搬复制孙策是行不通的，那么，接下来孙权又该何去何从呢？

励志女神徐氏的所作所为，突然就像一道闪电掠过孙权的心灵天空，一瞬间照亮了他的整个思维空间。

在应对丹阳巨变时，为什么强硬男儿孙河不但没能力挽狂澜，反而身受其害呢？为什么偏偏是柔弱女子徐氏不露声色，反戈一击，成功歼灭元凶呢？

这一男一女的应对策略及最终成效正好是一个鲜明对比，而这一切，根本上是源自男女两性在风险意识上的差异。

在汤森路透的机构经纪人预测系统中，存有华尔街所有的股票分析师在1983年5月到2006年6月所做的全部财务盈利预测。其中有18292名分析师对21107只股票做出了2856198项预测，而女性分析师所做的预测占总数的16%。

总体而言，女性分析师的预测准确率要比男性分析师高出7.3%。而且，女性分析师并不仅仅在她们人数比例占优的行业中比男性分析师优秀，在股票被细分的四十八个不同行业内，男性分析师仅仅在十五个行业中的表现胜过女性。也就是说，即使是一位一般水平的女性分析师，其表现也相当于一位男性明星分析师。

究其原因，就在于两性风险意识差异。一般而言，男性倾向于冒更大的风险，而女性对风险预测更为准确，从而更能控制风险。风险并不会因为谨慎而减少，应对效果却会因谨慎而增强。

男性往往过度自信，从而将自己置于高风险之中。孙河身为庐江太守，明明手中有兵，却偏偏赤手空拳，单刀赴会，前去质问妫览、戴员。如果孙河事先有所警觉，领兵前往，就算不能将妫览除去，自己也不至于送命。

女性对风险有更清醒的认识，从而步步为营，稳妥行事。徐氏并不与妫览硬拼死斗，而是先行示弱，有效消除妫览的戒备心理，然后采用合理借口，稳住妫览。她很清楚，单凭自己的力量肯定无法扭转乾坤。于是，她开始物色同盟者。在巧妙赢得同盟者后，依然不动声色，继续麻痹妫览，一直到了有必胜把握时，才实施最后一击。

所以，孙河的自慢逞强，误了卿卿性命；徐氏的示弱加求助，却笑到了最后。当然，徐氏也不是毫无风险的。如果她选择了能力不足以搞定妫览的人，如果她选择的人转而向妫览告密，她的计划都可能功亏一篑。徐氏凭借自己的智慧，将风险置于可控范围，步步为营，稳妥推进，终至功成。

如果孙坚、孙策、孙翊能够多一点点风险意识，又何至于个个死于非命呢？

比如，张纮就曾经劝孙策说："夫主将乃筹谟之所自出，三军之所系命也，不宜轻脱。自敌小寇，愿麾下重天授之姿，副四海之望，无令国内上下危惧。"虞翻见孙策在打猎时也喜欢像打仗时那样，轻骑独进，也曾经劝孙策说："明府用乌集之众，驱散附之士，皆得其死力，虽汉高帝不及也。至于轻出微行，从官不暇严，吏卒常苦之。夫君人者不重则不威，故白龙鱼服，困于豫且；白蛇自放，刘季害之。愿少留意。"

这些话，如果孙策能够听进去半句，他那雄浑豪迈的人生舞曲就绝不会戛然而止。在丹阳惨案的刺激下，孙权终于决定放弃全盘模仿孙策的策略，而是要"择其善者而从之，其不善者而改之"。

后来，孙权在攻打合肥时，也想像孙策那样，身先士卒，轻骑突进。张纮进谏说："此乃偏将之任，非主将之所宜也。"孙权听进去了，很大程度上是因为他受了"徐氏心法"的影响。

其实，徐氏不仅是一位励志女神，也是一位智慧女神。"徐氏心法"中的谋略智慧，绝不仅仅适用于女性，也是身处弱势者屡试不爽的逆袭圣法。

生命中的每一种经历都不是偶然的，人们都可以从中找到必然的价值。丹阳惨案对孙权来说固然是一个重大打击，但徐氏的玉女风范也让孙权有机会领略到这世上顶级的生存智慧。

只是，这种以柔克刚、以弱胜强的"示弱策略"在刚开始施行时必然是大损颜面的。作为一个血气方刚的青年，孙权能够坦然放下面子，坚定地予以施行吗？

心理感悟：很多人不是死于风险，而是死于对风险的误判。

12

就是要证明自己

孙权把心目中的女神徐氏接回吴郡，终身奉养。孙高、傅婴两人也因功得到重用。

在连续发生叛乱后，重臣张昭更是力主安定内部。

时光如流，岁月不居。不知不觉间，四年很快过去，孙权已经二十六岁了。在平淡如水的日子里，孙权的内心渐渐躁动起来。双料女神徐氏带给他的不仅仅是自信，也有巨大的压力。一个手无寸铁的弱女子都能漂亮地建功立业，孙权却还是没能证明自己。当然，一个总是想要证明自己的人，说明他内心是很不自信的。

孙权决定再次攻打黄祖。张昭虽然不太情愿，但也找不到合适的理由来阻止孙权蠢蠢欲动的雄心。

不过，孙权的这一次进攻不怎么顺利。双方一直僵持不下，谁也没能率先打开局面。

就在这个时候，吕蒙来报，说黄祖手下骁将甘宁主动来降。

甘宁可不是一般的人物。孙权第一次征讨黄祖时，就是甘宁用一支利箭射死了猛将凌操，救了黄祖的命。如果没有甘宁，黄祖上一次就在劫难逃了。那么，对黄祖有着救命之恩的甘宁，为什么要选择在两军相持的关键时刻来向孙权投降呢？

这会不会是诈降呢？孙权脑子里不由生起这样一个问号。

这是孙权第一次处理外人来降。他毫无经验，心中无底，于是向吕蒙详细询问了甘宁的情况。

甘宁的经历颇为励志。他年轻时就以豪侠闻名，聚集了大批轻薄少年，横行乡里，后来更是演变成了强盗，在江上劫掠。从这些经历来看，甘宁颇有孙坚、孙策之风。俗话说，物以类聚，人以群分。孙氏父子吸引来投的豪杰之士，大多和他们脾气相似，性格相投，黄盖、周泰、太史慈等人均是如此。

等到年纪渐长，甘宁渐渐领悟到自己的错误，于是立即改恶从善，不再抢劫，转而攻读诸子百家，竟然成了一个文武双全的人。

后来，他带着八百少年勇士，前去投奔刘表，想要建立一番功业，但是刘表的庸碌无能让他大失所望。甘宁听说小霸王孙策横扫江东，英名远扬，就想入吴投奔孙策。但是黄祖镇守江夏，甘宁过不了江，只能投靠在黄祖麾下。

黄祖因为甘宁年轻时曾经当过江贼，一直对他印象不佳，不肯重用。后来，甘宁射杀凌操，救了黄祖一命。甘宁以为黄祖出于感恩心理，会对自己有所回报，没想到黄祖毫不领情，依然对甘宁不冷不热。

黄祖部下的都督苏飞实在看不过眼，多次在黄祖面前推荐甘宁。但黄祖固执己见，始终把甘宁当过劫江贼的经历当作污点，绝不肯重用。黄祖“一日为贼，终身不用”的观点被甘宁得知后，甘宁立即心生去意。而苏飞也因为自己多次举荐无功，对甘宁心生愧疚，于是给甘宁出了一个主意。

苏飞到黄祖面前保荐甘宁去当邾县县长，这样黄祖鞭长莫及，就可以自行去投奔东吴了。甘宁依计而行，果然带着数百名部属，成功脱身，来到江东。

孙权略一沉吟，想起了兄长孙策与太史慈的往事。当初，太史慈也和孙策处于敌对阵营，两个人曾经真刀实枪，以命搏杀。但孙策最终以自己的恢宏大度折服了太史慈。太史慈诚心归顺，一直为东吴效力，而且成了江东的核心力量。

尽管孙权十分担心甘宁可能是诈降，很想一拒了事。但是有太史慈的成功先例，孙权也很担心，如果自己不敢接纳甘宁，很多人都会因此嘲笑自己的心胸气度没法和孙策相比。虽然孙权此刻已经放弃了全盘孙策化，但孙策所营建的江东荣誉文化不是一朝一夕可以更改的，依然发挥着极其重要的影响力。

在这两难的情况下，孙权会做出怎样的选择呢？

如果你还记得在孙权身上曾经出现过的“逆恐反应”这一特殊心理防御机制，应该不难做出判断。

吕蒙看出了孙权的担心，连忙接着说：“甘宁来投的时候，担心我们江东对他的过往怀恨在心，不肯收留他。我说主公您求贤若渴，怎么会记取旧恨呢？况且，当初不过是各为其主，又哪里有恨？为了让他放心，我和他折箭为誓，保他没事。甘宁回去后就带着数百名部属渡江来投主公。请主公钧断！”

吕蒙这小子真是把事做绝了！如果孙权再要犹豫，他的心胸岂不是连吕蒙也赶不上了？孙权当然不干。于是，逆恐反应再一次发挥效力，孙权满怀担心，接纳了甘宁。

吕蒙在这件事情上的“先斩后奏”，虽有僭越绑架孙权之嫌，但他对甘宁所说的那句话，大大美化了孙权的形象，这正是孙权当前最渴盼又最匮乏的评价，孙权担心之余，却也心花怒放，从此对吕蒙的偏爱之情更增几分。

孙权接纳了甘宁，黄祖顿失一臂，众人皆大欢喜，以为攻破黄祖在望。有一个人却不干了。

这个人就是和甘宁有杀父之仇的凌统！甘宁来投前念念叨叨的“旧恨”，实际上就是指这件事。

凌统闻讯后，红着眼睛，提着刀，冲入孙权的中军大帐，来找甘宁拼命。孙权大惊，急忙亲自将凌统抱住，让甘宁赶快暂避一旁。

这又是一个孙权从未经历过的乱局。甘宁和凌统之间的矛盾，属于不共戴天的杀父之仇，是很棘手的矛盾。孙权当然不能责怪凌统不顾大体。但如果凌统念念不忘报仇，甘宁待得不安心，肯定是要走的。最坏的局面则是两败俱伤。

以孙权此刻的智慧，根本解决不了这个难题。他只能像所有没办法的人一样，温言安抚凌统的情绪，又告诫甘宁尽量远离凌统。

凌统见孙权以主公之尊，对自己软语相劝，只好暂时按下了复仇之心，但他心中对甘宁的恨意像定时炸弹一样，不知道什么时候就会爆发出来。

孙权好不容易安抚了凌统，正要与诸将商议如何打破僵局，攻克黄祖，后方又传来了一个噩耗。

孙权的母亲吴太夫人病危了！

孙权大惊，急忙撤军而归。孙权这一次的自我正名之举，不得不再一次画上休止符。

作为一个女人，吴太夫人这一生真是太坎坷了。她眼睁睁地看着丈夫、长子、三子横死暴卒，英年早逝，如此沉重的打击，对她的身心伤害至深。她还日夜担心次子孙权无力承担江东重任，这也极大地耗费了她的心力。在备受折磨与煎熬后，吴太夫人的生命终于走到了尽头，但她还不能放心而去。

弥留之际，吴太夫人让孙权把周瑜、张昭找来。吴太夫人对周瑜、张昭说：“我当年生孙策的时候，曾经梦见月亮入怀。后来生孙权的时候，又梦见太阳入怀。我找人卜算，说是梦见日月入怀，是大贵之兆。不幸孙策早死，现在江东的基业都交给了孙权。希望你们两位好好扶持他，以师傅之道，早晚教诲，不让他犯错，我死也瞑目了。”

这又是一次临危托孤，周瑜、张昭含泪答应。

吴太夫人说的话颇多奇怪之处。托孤也就托孤了，她为什么要着重点明自己孕育孙策、孙权时梦见日月入怀呢？这番话当年她只对孙坚一个人说过。为什么今天要旧事重提，公之于众呢？

要知道，梦见日月入怀，是大贵之兆。所谓大贵，其实是暗指有帝王之相。在汉室朝廷的统治框架下，这话说出去是要杀头的。吴太夫人隐忍了这么多年，为什么临终的这一刻却忍不住说出来了呢？

说来说去，还是源自对孙权的不放心。

吴太夫人担心自己死后，孙权的能力不足以驾驭周瑜、张昭等重臣。为了让周瑜、张昭能够死心塌地地忠于孙权，吴太夫人不惜搬出了自己压箱底的秘密，以此来昭示孙权之贵，实属天命。天命是最高的权威，又有谁敢违抗呢？

其实，吴太夫人内心里也是自我矛盾的。如果梦月入怀是大贵之兆，为什么孙策还是不幸早死了呢？既然梦月入怀，不得善终，谁又能打包票说梦日入怀就一定大贵无匹呢？但是，作为一个母亲，她必须这样说，必须这样做。因为，这是一个母亲为她挚爱的儿子所能尽到的最后一点心力。她是多么虔诚地希望，天命之兆能够帮助儿子树立威信，稳固政权啊！

母亲无私的爱，孙权自然是能够感受到的，但母爱也给他带来了无形的伤害。孙权此刻最需要的是真正的认可，而不是勉励，更不是担心。只是，没有一个人懂得孙权的心声。

吴太夫人交代完周瑜、张昭，又转过来吩咐孙权：“你一定要以师傅之道来对待子布和公谨，切不可怠慢。我的妹妹还在，以后你一定要像对待我一样来侍奉她。还有，你要善待恩养你的小妹，给她找个好夫婿。儿子啊，好自为之！”

交代完这一切，吴太夫人闭上了眼睛，告别这个带给她太多生离死别的世界。

孙权难掩悲痛，泣不成声，但内心暗暗发誓，一定要做出一番轰轰烈烈的事业来，向九泉之下的母亲证明自己。

心理感悟：不匹配的爱，其实是一种伤害。

13

情深义重的叛徒

孙权料理完母亲的丧事，休整了几个月后，又把征讨黄祖的事提了出来。二度受托的重臣张昭明确提出了反对意见。孙坚和吴太夫人临终托付“内事不决问张昭”，张昭自然把“保江东”看得比什么都重，如果“外事”可能影响到“内事”，张昭肯定是要反对的。

张昭的理由很充分：按照礼制，母亲去世后，应服丧三年，在此期间不能动兵。眼下距离吴太夫人离世还不到一年，不宜再讨黄祖，而是继续稳定内部，以免内乱。

孙权微一皱眉，不由想起了自己刚接位时张昭用“伯禽因情势所迫，不守父亲周公所制定之礼”的例子来劝谏自己的往事。孙权心想：“当初你能根据情势权宜行事，今天怎么就墨守成规了呢？”

孙权正要想办法说服张昭，却听一旁的甘宁大声喝道：“主公把萧何之任托付给您，您身居要职却担心什么叛乱，这还怎么和古人相比呢？”（国家以萧何之任付君，君居守而忧乱，奚以希慕古人乎？）

萧何是辅佐汉高祖刘邦开创大汉基业的重要谋士。甘宁用萧何来比拟张昭此时在江东的地位与作用，既是对张昭的抬重，也与实际情形十分吻合。这说明，甘宁的确在读书上下了不少苦功夫。虽然此时张昭并没有创立像萧何一样的功业，但乍一听到这个身份比拟，内心还是喜悦不已的。只是，甘宁随后的话语却又一下子让他哑口无言，深感愧疚。

因为身份比拟，并不仅仅是一种荣耀，随之而来的还有责任与义务。既然张昭相当于孙权的萧何，张昭就必须体现出萧何之于刘邦的积极作用，才配得上这身份比拟。但现在张昭“居守而忧乱”，显然是不合格的。

甘宁的这句话顿时让孙权感到了深深的震撼！一个五大三粗的武将，竟然能够引经据典，把熟读诗书、长于言辞的张昭说得哑口无言，这可不是一般人能够做到的！

孙权深感庆幸，自己当初做出了正确的决定，收留了这样智勇双全的猛将。同时，孙权也颇受刺激。他继位之后，常常觉得自己才识不够，一旦遇事，往往束手无策，从而对总是能为自己找到应对之策的张昭十分敬重，也十分依赖。

当孙权看到像甘宁这样一个劫江盗贼，都能够通过自学苦读而成为文武双全之士，孙权不由质问自己，为什么我不能做到呢？知耻而后勇，从此以后，孙权就开始发奋读书。经年之后，果有大成。

甘宁继续往下说：“现在汉室式微，曹操专权，最终肯定要行篡夺之事。我们必须抓紧时机将荆州之地据为己有。我曾在刘表手下效力。此人昏庸无能，两个儿子又不成器。荆州迟早要落入他人之手。如果我们现在不去攻取，日后一定会被曹操纳入囊中。再说黄祖，现在已经年老昏迈，经常被左右欺弄，战备松弛，正可以一攻而下。主公一旦破了黄祖，趁势攻占荆州，再图谋巴蜀之地，大业就成了！”

甘宁的这段话一说，顿时震惊四座。别人先不说，一旁的鲁肃对他简直佩服得五体投地。此前，鲁肃曾经对孙权提出了“三步走战略”，深得孙权认可。而甘宁的战略规划，既有与鲁肃英雄所见略同的部分，更有超越鲁肃的地方。鲁肃的眼界，只不过是剿灭黄祖占据荆州后，凭借长江天险，自建帝号。甘宁的目光却看到了富甲天下的巴蜀之地（即刘璋占据的益州）。

占据荆州、益州，是诸葛亮隐居隆中多年，苦思冥想规划出来的战略蓝图，后来在隆中时提出，让刘备深为叹服。而甘宁身为一介武勇之人，见识竟能与谋略深远的诸葛亮一般，可见他实在是太了不起了。如果甘宁的谋划得以兑现，那么刘备和诸葛亮就不知道该干吗去了。

孙权一听到甘宁的宏图大论，顿时也像鲁肃一样深深折服，不由大声道：“我能得到甘兴霸，真是大快人心啊！”

张昭在一旁听了，脸上一阵红一阵白，心里很不是滋味。孙权激动之余，却顾不上照顾这个托孤大臣的颜面，立即举起一杯酒来，递给甘宁，说：“兴霸，这次我们征讨黄祖，就像这杯酒，都托付给你了！你一定要帮我剿灭黄祖，不要管张长史说些什么！”

长史是张昭此时的官职。孙权用“张长史”这个疏离性称呼来指称他素所敬重的托孤重臣，微妙地表露了他对张昭的敬重程度大大下降了。

孙权随即命周瑜为大都督，点起大军，再度向夏口进发。

甘宁所说的黄祖内情，句句属实，所以这一次进攻黄祖，十分顺利。黄祖抵挡不住，急忙弃城而逃。甘宁一路紧追，将黄祖截在半道。

黄祖眼看无路可逃，只好向甘宁求情。甘宁说：“我在你部下数年，多负勤劳，累立功绩，你却一直看不起我。今天你落到我手中，我为什么要放过你？”

黄祖不甘束手就擒，拼死拍马而逃。甘宁拈弓搭箭，一箭将黄祖射落马下，随后赶上，枭了黄祖的首级，总算是出了一口恶气。

甘宁拿着黄祖的首级，回报孙权。孙权大喜，立即提升甘宁为都尉。

事不过三，孙权处心积虑的计划终于变成了现实。他终于做到了连长兄孙策也没能做到的事情，成功地为父亲孙坚报仇雪恨。

这一战对孙权的意义还不止于此。这是孙权第一次在对外作战中取得胜利，尽管他是在逆恐反应的推动下，亲自领兵出征。但是外人不可能知悉孙权内心的波澜，均习惯于从外在行为来判断一个人的精神内质。征讨黄祖的胜利，为孙权树立了他早就孜孜以求的威信，也让这个在外表上根本不像是孙家儿郎的继承人，成了江东荣誉文化的不二代表。

孙权命人将黄祖首级装好，送回吴郡祭奠父亲英灵。

黄祖部下的猛将苏飞也在此役中被擒。苏飞是黄祖最得力的部属，孙权此前多次吃过他的苦头。孙权当即决定将苏飞斩首，和黄祖的首级一起祭奠孙坚。

苏飞被擒后，心知唯有甘宁可以救自己。他在囚车中苦苦恳求押送军士转告甘宁。这个军士被苏飞感动了，果真去通报甘宁。甘宁说：“即便苏飞不言，我难道会忘记他当初的照拂之恩吗？”

甘宁立即去见孙权，大哭着拜倒在地。

孙权对甘宁的英武善战、智勇双全十分欣赏，见他如此形状，不由一惊，问道：“兴霸何故如此？”

甘宁哭着说：“如果不是当日苏飞抬举我，我甘宁说不定早就死在沟壑之中了。怎么可能投到主公麾下，为主公效力？今日苏飞被擒，按他往日之罪，理应斩首。但是我不忍自己独享功名，坐视恩人受戮。还望主公法外开恩，饶了苏飞。我情愿免去都尉一职，来赎苏飞的一条命！”

孙权见甘宁情深义重、不忘旧恩，十分感动，当即同意他的请求，宽赦了苏飞。孙权的这一举动，也彻底收服了甘宁的心。

说起来，孙权还真没有辜负长兄孙策对他的期望，在“举贤任能”上屡有豪阔之举，为江东吸纳了诸多有生力量。

在庆功宴上，闹事的人又来了。

这个人自然还是凌统。

孙权为父亲成功复仇，对凌统的刺激是很大的。凌统眼见仇人在侧，立功受赏，自己却不能动他半根毫毛，自然是愤恨交加。凌统借酒浇愁，却是酒入愁肠更添愁。凌统借着酒劲，拔剑在手，借势就冲向了甘宁！甘宁急忙取过面前的桌子抵挡。

孙权的头立刻大了。但现实容不得他有半分迟疑，他立即冲向前去，抱住凌统。其他诸将见状，也急忙上前将凌统的宝剑夺下。

孙权苦劝凌统：“当日兴霸射死你的父亲，只因各为其主。今日既然在一起，就是弟兄，何必要苦苦记仇呢？万事都看在我的面皮上，不要再计较了。”

孙权不得已拿出了自己的权威施压，但孙权本身是最没有说服力的。如果凌统可以宽恕甘宁，孙权又为什么要苦苦追究黄祖呢？

孙权无奈，只好连夜派甘宁去外镇守，离凌统越远越好。

凌统的这一场闹剧，虽然为孙权三讨黄祖的胜利抹上了一点黑，但还是遮掩不了孙权压抑已久的兴奋之情。

从临危接位到剿灭黄祖，孙权从十九岁走到了二十七岁。八年的时光，孙权从一个少不更事的少年，在一系列变乱横生中，凭着频频出现的幸运及自己的主观努力，日渐变得成熟。孙权变得踌躇满志，更加自信了，他认为自己已经成为维护江东荣誉文化当之无愧的旗手，他的部属们也不会再怀疑他的胜任能力了。

他却不知道，他所遭逢的一切，不过是一场小打小闹的试演，真正的考验尚未拉开帷幕……

心理感悟：唯书可以治愚。

赤壁之战

最可怕的敌人来了 / 送上门来的机会 / 幸与不幸的纠结 /
抓住一个大漏洞 / 被逼着冒一把险 / 要的就是你的愤怒 /
生气竟然很神奇 / 忘了最重要的话 /
砍断所有的退路 / 幸运与幸运的对决

14

最可怕的敌人来了

就在孙权三讨黄祖之时，天下的形势发生了很大的变化。

枭雄曹操以弱胜强，在官渡之战中击败了最大的对手袁绍，并趁势平定了整个北方。曹操的声威由此达到顶峰，他的雄心也随之暴涨，将下一个征服目标锁定在了江南。曹操在邺城修建玄武湖训练水军，为攻占荆州做准备。

孙权击破黄祖，对于形势的发展也起到了推波助澜的作用。刘表本已病弱不堪，受此打击后，很快黯然西归。临死之前，刘表托孤给寄居荆州的刘备，但荆州事实上的权力已经被刘表的后妻蔡氏一党掌控，刘备无能为力。蔡氏之子刘琮继位，刘表的长子刘琦此前已在刘备军师诸葛亮的指点下，为了保命而逃离中枢，镇守夏口。（江夏被孙权攻破后，孙权任命周瑜为江夏太守，治所在今湖北鄂城。而刘表任命刘琦接替黄祖为新任江夏太守，治所在夏口，即今汉口。）

曹操得知荆州内乱不止的消息后，立即挥师南下，先是击溃了驻守新野小县的刘备，进而又要对整个荆州发起攻击。

此时，曹操兵威之盛，冠绝天下。刘琮年幼，没有主张，以刘表后妻蔡氏之弟蔡瑁为首的决策层被曹操吓破了胆，在惊慌失措中，竟然做出了不战而降的决定。曹操由此兵不血刃地得到了荆州。

刘备、诸葛亮及刘琦等蜷缩在夏口一角，眼看已经无力回天。这个时候，曹操却犯了“败不馁，胜必骄”的老毛病。荆州是曹操这一生攻城略地的经历中最为轻松的一次。曹操原本预计至少要鏖战半年以上，但现在不费吹灰之力到手后，曹操胃口大增，当即就想顺势而下，将江东也纳入囊中。而一旦拿下了江东，也就基本统一天下了。曹操被这个无比辉煌的终极远景所激励，竟然放过已经坐以待毙的刘备，而把注意力转到了孙权身上。

在曹操看来，孙权也不过是另一个刘琮罢了。

此前，因为北方尚未平定，孙策又勇猛无敌，曹操一直对江东采取怀柔策略。比如，曹操以朝廷名义册封孙策为讨逆将军、吴县侯，并将曹洪的女儿嫁给孙策的幼弟孙匡。孙权继位后，曹操再度册封孙权为讨虏将军、会稽太守。但曹操内心显然认为孙权绝对是比不上孙策的。

对孙权来说，曹操是一个绝对不敢轻视的存在。在曹操无暇南顾之际，孙权根据张昭等重臣的指点，对曹操曲意逢迎，以维护相互间的微妙平衡。在此期间，孙权给曹操送去了不少南方出产的奇珍异宝及珍稀动物，其中就有原本生活于南方丛林里的大象。正是孙权进贡的大象，无意中成就了曹操之子——天才少年曹冲的称象美名。

但是曹操并不傻，不会被江东的“糖衣炮弹”所迷惑。孙策若在，他还有几分忌惮。孙权刚一接位，曹操就不客气地提要求了。曹操命孙权将儿子送入朝中为官，这名义上是当官，实质上是当人质。

孙权哪里有什么主张！只好将周瑜、张昭等人召至母亲吴太夫人跟前一同商议。

张昭说：“这是曹操控制诸侯的办法。如果不去，一旦曹操兴兵来攻，江东可就危险了。”

张昭话里隐含的意思是倾向于派出人质，以免惹恼曹操。张昭对曹操的畏惧心理从这里就已初露端倪。

但周瑜鲜明地表示反对：“当年楚国开国之初受封于荆山之侧，地不满百里，后来广为扩张，据有荆州、扬州，国土万里，国祚绵延九百年。现在主公继承父兄之基，兼有六郡之地，铸山为铜，煮海为盐，境内富饶。再加上兵精粮足，将士用命，所向无敌，为什么要受他人胁迫，而送人质入朝？一旦受制于人，不得不唯曹操马首是瞻。最多不过给您一颗侯爵之印，十几个仆从，几辆车，几乘马，怎么能和您现在南面称孤相提并论呢？照我看来，这个人质不能送！”（孙权所占江东六郡，均是春秋战国时楚国旧地，故而周瑜以古喻今，拿楚国说事。）

张昭和周瑜，一个拥有内事决定权，一个拥有外事决定权。但很多事往往是难分内外的，就拿要不要送人质这件事来说，既可以说是内事，也可以说是外事。当张昭和周瑜的意见出现了分歧，孙权该听谁的呢？

好在还有一个可以一锤定音的权威人物。这就是孙权的母亲吴太夫人。吴太夫人怎么舍得让孙子去当人质呢？她自然是支持周瑜的意见的。更重要的是危险并没有迫在眉睫。张昭担心的未来之忧，至少在眼前尚未成为现实。两相权衡，当然是眼前利益占了上风。所以，吴太夫人坚定地说："公谨说得对！不能派人质。"

曹操虽然恼怒孙权不听使唤，但北方多务，这件事也就不了了之了。

现在情况不一样了。曹操挥师南下，荆州望风而降后，整个江东被一种浓重的恐怖气氛所笼罩，孙权立刻高度紧张起来。

曹操下江南的时间是在孙权击溃黄祖仅仅三个月之后。曹操的出现，顿时把孙权刚刚经由剿灭黄祖建立起来的自信击垮了。在曹操面前，黄祖不过是微不足道的萤火之光。以黄祖为原料制成的"自信之丸"的药效是抵挡不住"曹氏恐怖病毒"的冲击的。根深蒂固的自卑心理顿时死灰复燃，又从孙权心底泛起，让他陷入了不可名状的恐惧之中。

孙权的反应是紧张、恐惧，而鲁肃的反应则是着急。

鲁肃当初因为提出"三步走战略"而赢得了孙权的青睐，但后来一直受制于张昭而不得重用。曹操南下，得手荆州后，鲁肃的"三步走战略"就被拦腰截断，等同于一纸空文。而曹操在"截和"了鲁肃的第二步后，下一步必然是吞并江东了。

任何人都不愿意坐视自己的谋划成空，更不用说对此抱有厚望的鲁肃了。鲁肃立即动起了脑筋。

果然天无绝人之路，曹操因骄傲自满而留下的唯一纰漏被鲁肃敏锐地抓住了！这个纰漏就是在夏口苟延残喘的刘备！

鲁肃立即提出，去和刘备联络。他的理由有两个。

一是探听曹操虚实。刘备虽然屡次败于曹操，但总是败而不亡，此前还曾经在火烧博望坡和火烧新野中击败过曹操。环顾天下，唯有刘备的抗曹经验最为丰富，应该尽早向他取经。

二是探听刘备意图。如果刘备尚有实力和斗志，不妨和他联合，共同对付曹操，以免独力难支。

鲁肃的意见在一片混乱中显得尤为清晰可行。孙权别无良策，只好命鲁肃火速赶赴夏口，去与刘备面晤。

但江东和荆州是处于敌对状态的，双方为了争夺江夏打得不可开交。现在，鲁肃贸然上门探听消息，会不会因为此前的过节而被拒之门外呢？

鲁肃左思右想，给自己找了个理由：为刘表吊丧。一个主动上门哀悼的人，你总不能拉下脸来不欢迎吧？

鲁肃自觉高妙的理由，却暴露了他思维模式上的重大缺陷。这也直接催生了此后孙权和刘备两大阵营之间纠缠不清的恩怨情仇。

鲁肃的弱点在于思考问题的时候是以自我为中心的，而没有站到对方的立场上思考。此前，他对周瑜慷慨相助，对孙权畅谈蓝图，之所以能够赢得他们的认可，是因为鲁肃的做法或想法正好碰对了周瑜和孙权的频率，从而引发共鸣。

当鲁肃启程去见刘备、诸葛亮的时候，他思维模式的局限性就暴露无遗了。其实，只要他稍加思考，刘备当下处于一种什么样的处境，就可以知道刘备最渴求的是什么。

事实上，当鲁肃把刘备当作救命稻草时，诸葛亮更加迫切地想把孙权当作救命稻草。这位经常自比管仲、乐毅的诸葛先生此时已陷入了他一生最大的声誉危机之中。如果不是曹操骄傲自大，毫无理由地放缓了对刘备的追击，坐困愁城、束手无策的诸葛亮完全可能成为史上著名的“吹牛大王”，而绝无可能成为名垂宇宙的“千古一相”。

诸葛亮当然想到了借助江东的力量来渡过眼前的难关，但又想到江东刚刚击溃黄祖、攻占江夏，士气正旺，再加上还有长江天险，自保应该无忧，用不着惧怕曹操。在这样的积极心态下，就算刘备向江东求援，也会被无视。

所以，如果鲁肃要想打探消息，根本无须任何理由，刘备、诸葛亮都会对他表示欢迎。这样主动权就会一直牢牢掌握在鲁肃手上。鲁肃自以为高明的“吊丧”理由，却暴露了自己发虚的底牌。

江东和荆州一直没有互相吊孝的习惯。孙策遇刺身亡，刘表没有丝毫表示；刘表过世，东吴也用不着如此热情。在非正常的情境下，礼下于人，必有所求。诸葛亮据此把准了鲁肃和整个江东的脉搏，也为他此后的惊天大逆转找到了唯一可能着力的基点。

心理感悟：“我”是最大的人生陷阱。

15

送上门来的机会

鲁肃不可能擅自前来，必是孙权所派。鲁肃主动登门吊孝，微妙地透露了江东心中没底、惶恐不安的情绪。诸葛亮由此对江东新主孙权的个性特征和心理动态有了一个基本的判断。这为他下一步在夹缝中施展腾挪手段，为刘备争夺利益奠定了基础。

鲁肃遇到如此厉害的对手却不自知，一味根据自己的需要向刘备打听曹操的虚实及意图。刘备故作不知，把诸葛亮推到了前台。

鲁肃见了诸葛亮，很客气地说："我是子瑜（诸葛亮长兄诸葛瑾之字）的好朋友。早就听说您的大名，今日有幸相遇，希望您能好好地教导我。"

诸葛亮既然知道了鲁肃的底牌，应答起来自然是得心应手。诸葛亮说："曹操的奸谋，我知道得一清二楚，只恨我家主公目前实力不及，只好暂且避其锋芒了。"

这就是在吊鲁肃的胃口，用这种手法来对付一向直来直往的鲁肃是最有效的。鲁肃在不知不觉中就成了相声中那个"捧哏"的角色。凡是诸葛亮想要表达的意思，都经由鲁肃的率先发问而自动带出。

鲁肃问："刘皇叔下一步有什么打算？"

诸葛亮说："我家主公与苍梧太守吴臣有点老交情，正打算去投奔他呢。"

鲁肃心想："苍梧远在南蛮，逃到那里，曹操一时半会儿倒是力不能及的。"鲁肃也不想一想，如果刘备有心逃难，为什么不赶快动身呢？怎么还会有工夫在这里和你闲言碎语呢？所以说，一个再聪明的人，如果紧紧盯着自己的需求去思考，往往会束缚自己的洞察力。

鲁肃根本就没想到这只是诸葛亮的托词，而是为自己发现了刘备的需求而大感兴奋，急忙说："吴臣兵微粮少，连自保也很困难。皇叔去投奔他，岂不是明珠暗投？"

当鲁肃这么说的时候，他心里已经“擅自”做好了一个决定。这句话就是一个铺垫。

鲁肃和孙权相处已经有五六年了，他从自身的经历中深深地感知到了孙权的内心世界。鲁肃和孙权的第一次谈话就赢得了孙权的好感，但孙权受制于张昭的托孤权威而不敢重用鲁肃。这足以说明，孙权是一个缺乏魄力的人。只有外部的推动力足够强大，孙权才可能因之而动。鲁肃一直是主张孙权自立为帝的，当然不可能主张孙权向曹操投降。

要想激励孙权与曹操开战，鲁肃知道单凭自己的力量是不足以推动的。当初，他提出来见刘备，就有心让刘备为自己的主张站台撑腰。他本来预备带几句刘备这个抗曹老手说的话回去，以便坚定孙权的抗曹意志。但诸葛亮透露的刘备新动向让鲁肃的心思更活络了。

刘备既然已经落魄到连苍梧吴臣都要去投奔了，那为什么不投奔近在咫尺的江东孙权呢？孙权的实力可比吴臣强得太多了。如果自己能够说动刘备投奔东吴，也是奇功一件。刘备虽然家底单薄，但名声响彻四海。说服刘备，不但能增强江东抗曹实力，坚定孙权抗曹之心，更能给孙权脸上贴金，可谓名利双收，何乐而不为呢？对鲁肃本人来说，立下这件大功，就足以和张昭相抗衡，不用再受他的气了。

鲁肃强忍着兴奋，立即说：“我家孙将军，聪明仁惠，敬贤礼士。江表英雄，纷纷归附。现在将军占据江东六郡，兵精粮足，文武俱备。如果要我来给皇叔做打算，还真不如派一个心腹之人去和孙将军联系，共图大业。”

诸葛亮等的就是这句话，但他自诩管仲和乐毅，从一开始就是要帮刘备自立门户的，怎么肯屈居人下呢？鲁肃一厢情愿地沉浸在自己的世界里，从根本上忽略了这一点。诸葛亮真正想要的是，借助江东的力量，共图抗曹，然后从中得利。

鲁肃毫不隐讳地代替主人发出邀请后，诸葛亮如获至宝，但这个深谙人性心理的绝顶高手还是要欲擒故纵一番。

诸葛亮说：“我们向来和孙将军没有交情，就算派人去江东，恐怕也是枉费口舌。”

鲁肃急忙说：“您的兄长诸葛瑾就在江东，深得孙将军信任。他一直在盼望见到您，怎么能说没有交情呢？鲁肃不才，愿意代表孙将军邀请您去江东，共议大事，如何？”

诸葛亮大喜，他怎么会放过这个唯一可能绝地求生的机会呢？正想答应，旁边的刘备却不干了。

此时此刻，诸葛亮就是刘备唯一的心灵寄托。刘备遭逢当阳惨败后，之所以还能屹立不倒，就是因为还有诸葛亮。诸葛亮此前连放两把火，帮助刘备取得了抗曹斗争的历史性胜利，也让刘备对诸葛亮有了更高的期望。刘备坚信，只要有诸葛亮在，自己就一定能够东山再起。但鲁肃用身在江东的诸葛瑾来鼓动诸葛亮入吴，刘备的心立刻就悬起来了。

刘备心想，孙权的家底明显比自己强多了，再加上兄弟情深，诸葛亮只要一去江东，难保不被孙权挖了墙脚。

刘备这么一想，立即劝阻："孔明先生是我的老师，顷刻不能相离，怎么能跟你去东吴呢？"

刘备越是拒绝，鲁肃越是心痒难搔。双方相持数个回合，诸葛亮看到不能再僵持下去了，于是用目光示意刘备，说："情况已经很危急了，还是让我去江东走一趟吧。"

刘备听懂了这句话的分量，也从诸葛亮的眼神中看到了必不离叛的坚定。刘备只好说："先生，请尽快回夏口相会。"诸葛亮点头同意，以安刘备之心。

诸葛亮的欲擒故纵和刘备的真心挽留，帮助鲁肃塑造出了强烈的成就感。鲁肃急于回家表功，于是和诸葛亮不再停留，立即上船，往江东而去。诸葛亮这个没有船票的乘客，就这样登上了他梦寐以求的救命之舟。

在客船中，鲁肃的兴奋劲渐渐消退，思维也变得理性起来了。他猛然想起，刘备身为大汉皇叔，一直东奔西走，投靠了很多人，但没有一个善终的。如果自己把他引荐到江东，日后出了问题，岂不是要怪罪到自己头上？

鲁肃又想到，刘备之所以和那么多人都不能善始善终，就是因为他不甘屈身人下，时时有自立之心。孙权此时刚刚二十七岁，而刘备已经四十七岁了；孙权未经沧桑，刘备却已饱尝艰辛。以孙权此刻的威望，恐怕是很难让见惯世面的刘备心服口服的。

鲁肃这么一想，就明白自己此前的想法太过一厢情愿了，心情不由冷静下来。可是，他自己擅自做主邀请的"嘉宾"诸葛亮已经登船入舱了，又该如何收场呢？

解铃还须系铃人，鲁肃焦灼万分，左思右想，终于让他想到了一个"好"主意。他决定，对诸葛亮先行提出约束条件，让他见了孙权后不要胡言乱语。

鲁肃急于弥补自己的过失，非常生硬地对诸葛亮说："你要是见了孙将军，千万不要据实而言，说曹操兵多将广。如果他问你曹操有没有攻占江东的意图，你就说不知道！”

诸葛亮见鲁肃的态度骤然转变，心里清楚鲁肃是突然想明白了。诸葛亮接受鲁肃的邀请到东吴，并不是为了“公费旅游”而来的。你不让他说这个，不让他说那个，他心中早有定念，怎么可能听你的摆布呢？

诸葛亮知道，如果此刻就和鲁肃翻脸，自己到岸后就会被遣送回夏口。这个面见孙权的机会是唯一可以让刘备绝地逢生的机会，绝对不容错过。因此，诸葛亮只是回答说：“不须子敬叮咛，我自有对答之语。”

诸葛亮也只能这样回答。要是虚伪承诺，顺了眼前的鲁肃，当然可以蒙蔽鲁肃一时。但诸葛亮早已想好了与鲁肃所嘱截然不同的答词，不可能自缚手脚。所以只能含糊应对，以免日后落了当面欺骗鲁肃的口实。诸葛亮一生谨慎，就体现在这种种的细节之中。

鲁肃见诸葛亮不肯承诺，心里更着急了，一连嘱托了几遍。诸葛亮却只是含笑不语，这个举动惹毛了鲁肃。鲁肃心想：“你要是做不到，那我就不让你去见孙权了。”

鲁肃这招也算是釜底抽薪，任诸葛亮再神通广大，也没有任何施展的可能。眼看诸葛亮的江东之行就要成为“软禁之旅”，但是情势的发展最终超出所有人的预料。

就在鲁肃赶赴夏口这短短几天中，整个江东已经陷入了一场铺天盖地的超级恐怖之中，其肇因就是曹操给孙权写了一封信。

就是这封信，改变了整个情势的走向，也最终改变了天下的格局。

心理感悟：一心只为自己作嫁衣裳的人，往往是在为他人作嫁衣裳。

16 幸与不幸的纠结

曹操写给孙权的是一封恐吓信，看上去语气轻松，意存悠闲，却透露出一个征服者自大傲慢、目空一切的态度。

信是这样写的：

> 孤近承帝命，奉词伐罪。旌麾南指，刘琮束手；荆、襄之民，望风归顺。今统雄兵百万，上将千员，欲与将军会猎于江夏，共伐刘备，同分汉土，永结盟好。幸勿观望，速赐回音。

曹操充分利用了自己“挟天子以令诸侯”的优势，将自己的出兵包装为“奉辞伐罪”的正义之举。同时，曹操又利用刘琮不战而降的“成功案例”，来烘托自己的战无不胜，天下无敌。最后，又用明确的数字着重点明了自己兵力雄厚、无可抵敌的气势。这一封信，只有短短的五六十字，却着实把孙权吓到了。

乍看到这封信，孙权的第一反应就是天塌了！

孙权如履薄冰般度过了执政初期，终于因剿灭黄祖而找到自信。但这一自信立时被曹操居高临下、指点江山的气势所击碎。曹操来得实在太快了一点，孙权剿灭黄祖后才不过三个月，曹操就出现了。这时的孙权还没有从胜利的喜悦中缓过来。而最可怕的是，和曹操相比，黄祖实在是太微不足道了。

汉末群雄割据混战，多少英雄豪杰都已灰飞烟灭。不可一世的袁绍、袁术兄弟，天下无敌的吕布等均早已长眠于地下。而名声卓著的刘备，奋斗了大半世，年近半百，至今尚无立足之地。唯有曹操，顺势而起，一路剪灭群雄，成为地盘最大、实力最强的割据势力。

孙权该何去何从呢？

在孙权的思想仓库中，现在已经有两套战略武器了。一套自然是“孙策模式”，另一套则是“徐氏模式”。

孙权不由自主地想到，如果此刻江东依然是长兄孙策在位，他会如何应对。答案不难想象，孙策当然是拍案而起，一怒应战，绝不会拖泥带水，犹疑不定。一想到这里，孙权不由自惭形秽，内心涌起强烈的自卑之心。孙权很清楚，自己绝对做不到像哥哥孙策那样英勇无惧，和曹操决一死战。

人们往往习惯于根据过去来判断现实，预测未来。孙权也不例外。当他想起曹操不可胜数的英雄往事，不由心生寒意，理所当然地认为自己要是和曹操斗，其结果必然是螳臂当车。

不过，孙权还有另外一个选择，那就是“徐氏模式”，先虚与委蛇，稳住曹操的百万大军，然后等待时机，徐图后事。

从孙权的个性及本心来说，他是十分乐意采用徐氏模式的。但从曹操的意图来看，这似乎是一厢情愿的想法，曹操此来，兴师动众，对江东必是得之而后快。孙权如果假意臣服投降，恐怕很难有“东山再起”的机会。

因为活生生的案例就在眼前。刘琮投降之后，曹操根本就不让他在荆州停留，立即将他远逐青州。如果孙权也像刘琮那样不战而降，势必也会被曹操远迁他乡。如果是这样，父兄两代呕心沥血、筚路蓝缕开创的这份基业也就灰飞烟灭了。

显然，投降会让孙权愧对九泉之下的父兄。他没有勇气投降，同时他更没有勇气决战。因为，对他个人来说，投降尚有一条活路，决战则必死无疑。孙权刚刚二十六岁，他根本就不想像父兄那样早逝。此时，孙权一母同胞的三个兄弟都已去世，父母亦已双亡，孙权已经是一个不折不扣的孤家寡人了。

孙权这才真真切切地感受到当初孙策交给他的担子是何等的沉重！

很多人都以为，孙权是整个三国中最为幸运的人，不费吹灰之力就得到了从天而降的馅饼。要知道，像刘备这样的，苦苦奋斗了几十年，都没能得到一块梦寐以求的地盘。然而，对于一个准备不足或能力不够的人来说，这与其说是幸运，毋宁说是巨大的不幸。

孙权执政已经六年多，不能说准备不足了。他自认为自己能力不够，其实是自信严重不够。

巨大的压力让孙权无力承担，也让他陷入了无力决策的模糊情境。

当情境模糊不清，很难选择正确答案时，人们往往会努力从他人那里获取需要的额外信息。当决定对个人而言越重要，对他人信息与指导的依赖性则越强。

心理学家谢里夫利用人类的“游动错觉”验证了上述“模糊情境依赖”。

所谓“游动错觉”，是指固定不动的光点在缺乏任何视觉参照的条件下出现的一种运动错觉。

谢里夫让一些被试坐在暗房中，集中注意力凝视四点五米远的一个光点，然后估计光点移动了几厘米。被试们给出了自己的判断。这些判断因人而异，有的说移动了约五厘米，有的说移动了约十厘米。事实上，因为“游动错觉”的存在，这些估计都是错误的。光点根本就是固定不动的。

谢里夫借此创造出了一个没有准确答案的模糊情境。随后，实验进入第二阶段。谢里夫将被试们再次召集起来，并分成了几个三人小组，再一次进行实验。

在团体评测的情境下，每个人都必须大声说出自己对于光点移动距离的判断。经过几次实验后，每个小组的被试们对于光点移动距离达成了共识，都同意某一个估计值。而在此之前，当他们单独测试时，他们的判断差异极大。

这足以说明，在缺乏确定性的模糊情境中，人们往往依赖他人的判断来做出自己的选择。

孙权内心难下决定，于是召集全体文武商议。

正好此时，鲁肃回到了江东。鲁肃与诸葛亮下船登岸后，鲁肃将诸葛亮安排在馆驿中住下，心中打定主意，不让诸葛亮面见孙权了。

孙权闻报，立即召见鲁肃。

鲁肃急忙去觐见孙权。刚一看到鲁肃，孙权立刻急切地问道：“子敬去荆州探听消息，情况如何？”

孙权这是要确认曹操的军事实力和战略意图，以努力摒除模糊情境的不确定性。但鲁肃不知道孙权已经被曹操的恐吓信吓得七荤八素，好整以暇地回答道：“未知虚实。”

孙权差点气昏了。你这一去好几天，什么信息也没了解到，那你到底干吗去了？孙权气急之下，就把这个问题问出来了：“你在夏口都干了什么？”

这个问题，鲁肃可是有点难以回答的。他在夏口被刘备、诸葛亮一通忽悠，啥情报也没摸到，又自作主张把诸葛亮带到了江东。后来因为担心诸葛亮说错话，又打定主意不带诸葛亮面见孙权。如此复杂的情形，可不是三言两语能够说清楚的。鲁肃只好说：“别有商议。”意思是当众说有些不方便，我还是私下向您汇报吧。

鲁肃的回答，更增添了情境的模糊性。孙权心中不豫，哼了一声，说："曹操昨天派了一个使者，送来一封檄文。我召集文武商议，现在尚无定论。你先看看这份檄文吧。"

鲁肃打开一看，顿时就知道孙权吓坏了。整个江东满打满算也不会超过十万军兵，而曹操声称自己拥兵百万。以一抵十，胜算几何？更何况对手是威震天下的曹操。

鲁肃对孙权的心理确实了若指掌。当初他在船上就已经频频告诫诸葛亮不要据实说曹操兵多将广。没想到，曹操自己给自己做起广告来了。

鲁肃急忙问道："主公意下如何？"

孙权脸上阴晴不定，肌肉僵硬，从嘴里勉强挤出几个字来："未有定论。"

鲁肃暗暗叹气，又暗暗庆幸。他叹气是感慨孙权确实没法和孙策的大无畏精神相比，他庆幸的则是好在孙权并没有做出服软投降的糟糕决定。

就在这时，首席托孤重臣张昭抢着发话了："主公，曹操乃虎豹也。现在他拥百万之众，借天子之名以征四方，抗拒他是名不正言不顺的。我们江东可以用来抵御曹操的就是长江天险。现在，曹操攻占荆州后，荆州水军已经全部为曹操所有，艨艟斗舰，动以千数。长江天险曹操已经与我共有，那我们还拿什么来抵挡其山岳之势？依我的愚见，将军不如向曹操投降，这才是万安之策。"

张昭一贯以托孤重臣的身份压制异见者鲁肃。他抢先发话，也正是为了阻止鲁肃发表新的异见。鲁肃听了张昭的这句话，却是如获至宝！

因为张昭的这句话中有着一个巨大的漏洞，鲁肃完全可以借此一举反制张昭，摆脱屡受掣肘的不利局面！

心理感悟：任何一种幸运都会创造出一种新的不幸。

17

抓住一个大漏洞

鲁肃大喜，正要开言抢攻，却听到虞翻、步骘、薛综、陆绩等一帮谋士异口同声地说道：“子布所言极是，正合天意！”

鲁肃大惊，即将脱口而出的话硬生生地又咽了回去。他顿时明白了，投降曹操显然不是张昭一个人的意见，而是以张昭为首的谋士群体的共同意见。鲁肃因为被张昭排挤而一直未能进入这个江东谋士群体。此前他独自渡江去会晤刘备和诸葛亮，也错过了江东谋士群体形成集体意见的时间段。

鲁肃知道，一旦自己开口反驳张昭，立即就会招致群起而攻之。他清楚，以自己的辩才与应变能力，恐怕抵挡不了对手狂风暴雨般的车轮大战，只好噤口不言。

那么，为什么江东谋士群体面对曹操的挑衅，竟会如此高度统一地选择投降呢？

这其实是决策中的“群体极化”现象。

群体极化是指群体决策往往会将群体成员的个人决策推向更为极端的程度。比如，当个人单独决策时，必须有30%的成功概率，才会执行某项决策。但在团体讨论时，人们一致认为，只要有10%的成功概率，就可以执行决策了。当然，如果先前个人的决策较为保守，那么，群体讨论后就会趋向于更加保守。也就是说，群体极化并没有改变先前决策的方向，而是改变了先前决策的烈度。

究其实质，就是群体成员的存在，放大或缩小了决策背后的恐惧。这导致群体决策往往比个人决策更为荒唐，甚至更为荒谬。

在人们的现实生活中，群体极化的现象十分常见。比如，美国总统约翰·肯尼迪所做的派遣美国海军陆战队入侵古巴的猪湾这一决策就是一个典型的群体极化例子。事后来看，入侵猪湾是一个非常可笑的愚蠢决定，但肯尼迪的众多智囊视而不见，一致推动肯尼迪走向了错误。

在肯尼迪的智囊中，有一位叫作施莱辛格的顾问，对入侵猪湾持有高度的怀疑。但是他担心“别人会认为他太自以为是了，一个大学教授却要和政要们唱反调”，而没有在讨论中提出自己的质疑。

江东谋士群体的“投降决定”和上述肯尼迪政府的“入侵猪湾”类似，也是群体极化的结果。最初，这只是张昭的个人观点。在孙权召集文武议事之前，谋士们私下就已展开对策讨论。由于张昭在江东的独特地位，他的个人意见在群体讨论中被不断强化，最终成为整个谋士群体高度一致的群体意见。

这正是刚才张昭一发话，谋士们纷纷响应、支持的原因。

鲁肃所面临的情境，恰如肯尼迪的顾问施莱辛格一般。面对强势的群体意见，尽管鲁肃根本不以为然，但他还是不敢当面提出自己的反对意见。

事实上，鲁肃的做法是正确的。好汉不吃眼前亏，如果他当面反驳张昭，其他谋士必然立即展开反批驳，迫使鲁肃顺从多数人的意见。

孙权心乱如麻，沉吟不语。

张昭见状，又跟上了一句：“主公不必多疑，降了曹操，则东吴安定，江东六郡也就保住了。”

略微清醒一点的人都会觉得，张昭这是在说胡话了！投降曹操，明明就是丢了江东六郡，怎么还敢堂而皇之地说“江东六郡也就保住了”呢？

这其实是一种特殊的心理防御机制使然。

张昭身为托孤重臣，肩负着维护江东六郡平安的重责。但曹操大军一来，张昭断定江东在劫难逃。张昭的判断依据未脱俗套，因为绝大多数人都倾向于根据过去来判断未来。从曹操战无不胜的既往战史来看，拿下江东不在话下。曹操甚至在官渡之战中以弱胜强，击败了头号强敌袁绍。就凭这一点，足以让张昭噤若寒蝉了。

张昭的这一个判断极大地造成了他内心认知的失衡。因为，这样一来，他作为首席托孤重臣只能以失职而耻辱收场。张昭的潜意识对此极为抵触，因此激发了“重构现实”的心理防御机制。

所谓“重构现实”，是指个体为维护内心信念的平衡，而对已经发生的现实重新给予扭曲性解读，使其符合自己的预期。

由此，张昭不由自主地就将“投降曹操”解读为“江东六郡也就保住了”。

张昭经由这一典型的自我欺骗而获得了内心的宁静，但是孙权的内心变得更不平静了。

孙权的内心，充满了自相矛盾的摇摆。一方面，孙权并不是坚定地拒绝投降。

如果投降能够确保他继续统治江东，不至于辜负长兄重托，那他也不是不可以投降。另一方面，孙权也想奋起一战，但前提是必须确保他一战而胜，不会断送父兄基业。

张昭的说辞并不能让孙权信服无忧。孙权愁肠百结，烦闷难抑，决断不下，于是微叹一声，起身如厕，让自己暂时从困境中抽离。

鲁肃敏锐地抓住了这个机会，趁着朝堂上众人叽叽喳喳之际，紧跟孙权来到厕所。

孙权内心倍感无助，觉得自己就像是这世上最孤独的人。他听到有人跟随自己而来，转身看到了鲁肃，心中不由一动，问道："卿欲何为？"

鲁肃直截了当地说："刚才众人之意，只能耽误将军，不足以共图大事。江东之人，谁都可以投降曹操，唯独将军不可投降曹操！"

孙权大感讶异，忙问道："子敬，你为什么要这样说？"

鲁肃说："像我鲁肃这样的人，降了曹操，还能在曹操手下当个从事之类的，也有牛车可乘，也有随从二三人，如果积年累官，也能升到刺史郡守。但是将军你投降了曹操，还能做什么呢？官最多不过封侯，车不会超过一乘，马不会超过一匹，随从也就十来个人，哪里还能像现在这样南面称孤呢？我看众谋士的本意，只不过是为自己的荣华富贵打算，哪有一个是为将军您考虑的呢？"

鲁肃的这番话可谓深得攻心之妙，他死死抓住张昭话语中的大漏洞不放，并将其清晰地呈现在孙权面前。

一个谋士，最为主公忌讳的就是只顾个人私利，置主公的利益于不顾。张昭提出降曹，未必全是为个人私利考量。但鲁肃以自己为例，列举了自己降曹后的前景，就把张昭推到了卑鄙、尴尬的境地。因为，鲁肃和张昭基本上属于同一群体。降曹后，鲁肃的前途可能就是张昭的前途。鲁肃的前途不受影响，张昭的前途自然也不受影响，其他谋士的前途同样不受影响。

也就是说，降曹之后，江东诸谋士的未来不受影响，依然前程似锦，该干啥还干啥，只不过换了一个主公而已。

对孙权来说，降曹之后的待遇却会天差地别。因为，曹操唯一要限制的就是孙权。曹操不但不会让孙权和他的旧部发生联系，也绝不会让他继续停留在江东故地。所以，唯一不能降曹的人就是孙权。

鲁肃一一剖明其间的利害关系，一举击碎了以张昭为首的江东谋士群体此前在孙权心目中的美好印象。与此同时，他本人的形象踩在张昭之上，自然就变得高大无比了。

说话一定是要分场合的。如果鲁肃是在朝堂之上，当着张昭等人的面说这番话，恐怕他们的唾沫星子就能将鲁肃喷死。鲁肃隐忍不发，等到孙权上厕所的时候，一对一交流，取得了奇效。

孙权忍不住说了一句："这些人，都太让我失望了。幸好老天把子敬您赐给了我。子敬，您有什么好办法可以保全江东呢？"从这句话里可以看出，孙权将鲁肃视为天赐之物，显见这一刻他对鲁肃的推崇已经达到了无可复加的程度。

鲁肃的意见当然是奋起一战，但孙权对此顾虑重重。孙权对鲁肃说："我早就想与曹操决战了。只是曹操不久前击败袁绍，聚拢了袁绍旧部，又得到了荆州全班人马，势力实在太过强大，恐怕倾尽江东之力，也难以抵挡啊！"

鲁肃暗暗叹了一口气。孙权毕竟不是孙策啊！鲁肃这才死心塌地地接受单凭一己之力很难让孙权鼓足勇气与曹操开战的事实。这一认知迫使他不得不打出手上唯一的王牌。此前，他本已决定不再打这张牌了，但计划不如变化快，要想坚定孙权的斗战信念，只能使出这张王牌了。

这张王牌当然就是曾经连续战胜过曹兵的诸葛亮了。

鲁肃对孙权说："我渡江去见刘备，得知有一人深知曹操虚实，因此特意将他请到了江东。主公可以详细咨询他。"

孙权问是何人。鲁肃说："此人就是诸葛瑾的弟弟诸葛亮！"

孙权"哦"了一声，继续说道："莫非是卧龙先生？"

鲁肃点头称是。

孙权微一沉吟，说："今日天色已晚，等来日一早，再请他来朝堂议事。"

如何应对曹操，是孙权心头之急。他恨不得立即就找到一个万全之策，而诸葛亮是帮这个忙的最佳人选。但为什么孙权不急着立即和诸葛亮见面呢？

心理感悟：永远不要让自私变成对手攻击我们的武器。

18

被逼着冒一把险

在急如星火的时刻，孙权没有立即召见诸葛亮，这是因为他自信不足，羞于在外人面前露怯。

鲁肃深知这一点，所以有意将诸葛亮介绍为“诸葛瑾之弟”，而不是“刘备之军师”。这就有效拉近了诸葛亮与孙权的距离，让孙权更为容易地接受诸葛亮的到来。但孙权还是选择了拖延一晚。

孙权的这一拖延，却无意中让事态的进程节外生枝，发生了意想不到且几乎影响结局的巨大变化。

次日一大早，鲁肃急急忙忙赶到馆驿去见诸葛亮，一路上暗自庆幸没有提前对诸葛亮下逐客令。鲁肃想利用诸葛亮的这张嘴来说出自己想说的话，只好再一次明确叮嘱诸葛亮：“先生见了吴侯，切切不可说曹操兵多将广！”

可是鲁肃也不想一想，诸葛亮在孙权面前能够起作用的标签就是“抗曹专家”。如果诸葛亮把曹操说得不堪一击，岂不等于让诸葛亮自砸招牌吗？凡人皆有炫耀心理，为了彰显自己的光辉形象，即便对手真的不堪一击，也有必要给对手戴上几顶高帽。

诸葛亮深知自己此行责任重大，关系到整个刘备集团的生死存亡，丝毫不敢大意。在这样的心理预设下，他绝不会轻易为了自己的脸面而大肆炫耀，一切都以维护刘备集团的核心利益为重。以他的口才，既可以将曹操说得一文不值，也可以将曹操说得天下无敌，但具体如何说，还是看情势灵活而定。所以，他还是不能根据鲁肃的要求而给出一个明确的承诺。

这是鲁肃第二次直接叮嘱了。诸葛亮如果还是笑而不语，就是大大失礼了。于是，诸葛亮说：“鲁大夫，你放心好了。我自会见机行事，不会误了你的大事的。”意思是你不要管我怎么对孙权说，我总不让你失望就行了。

有了这个含糊的保证，鲁肃总算是放下了心，于是带着诸葛亮前往朝堂，等着觐见孙权。

刚一到朝堂，鲁肃就感觉到气氛不对。以张昭为首的二三十位谋士，个个峨冠博带、正襟危坐，早早就等候在朝堂之上了。这是很反常的现象。此时时间尚早，孙权还未登堂，张昭等人根本没必要这么早就上朝等候。

显然，这些人的目标不是孙权，而是诸葛亮。

正是孙权的拖延让张昭等人意识到了诸葛亮的存在，并对诸葛亮的来意进行了充分的揣摩。他们断定，诸葛亮与鲁肃一起前来东吴，必有所求。而刘备此前一直与曹操为敌，屡败屡战，绝不投降。由此，张昭等人推断诸葛亮绝不可能是来劝孙权向曹操投降的。那么，他自然就成了主降派的头号大敌！

诸葛亮本来就是外人，再加上主张相悖，外群体偏见在江东谋士群体中迅速滋生肆虐。他们立即做出了"一致排外"的决定，必须赶在诸葛亮面见孙权之前，将诸葛亮彻底击溃，以免他影响到孙权的最终决定。

而且，外群体偏见还进一步推波助澜，将张昭等人的"投降论"推向了匪夷所思的极端。

张昭等人先从贬低诸葛亮本人的能力入手，随即开始贬低诸葛亮的主公刘备。但这些攻击性言辞均被诸葛亮一一反击，化于无形。江东谋士恼羞成怒，竟然开始为曹操大唱赞歌，将曹操吹捧为上承天意的有德之人，一切与他抗衡之人都是逆天之贼。江东谋士希望通过美化曹操来丑化诸葛亮，以打击他继续抗曹的合法性及信心。

一时之间，东吴朝堂满眼都是曹丞相的铁杆粉丝！鲁肃在一旁看了，又是气愤，又是担心，又是着急。他气愤这些人不知廉耻，竟然尽心竭力为敌手吹捧而丝毫不顾及江东利益；他担心诸葛亮无力应对，败下阵来，从而颜面扫地，黯然逃离江东；他着急反对势力如此之大，孙权恐怕很难抵挡这一股强劲的投降风潮。

好在诸葛亮口才出众，言辞凌厉，抓住对方的道义漏洞，大肆反击，将江东群儒说得哑口无言！（诸葛亮的这一段"舌战群儒"，酣畅淋漓，极其精彩。详情可参见"心理三国三部曲"之《心理诸葛》一书，此不赘述。）

鲁肃大喜，而诸葛亮在论战大获全胜后，却是忧上心头。江东群儒穷凶极恶的表现，彻底影响了诸葛亮对于当前形势的判断。

诸葛亮生性谨慎，他这一次冒险前来江东，实属被逼无奈，必要取得成果才能为刘备挽回一线生机。在面见孙权之前，他反复权衡、琢磨，觉得对于孙权这样一个未经大事的年轻领导者来说，采用温言抚慰的方式，更能消融他内心的抗拒，激励他内心的斗志。

这本是诸葛亮预先谋划的稳妥之策。但当他经历了朝堂上江东群儒群起而攻的“杀威棒”后，内心起了很大的转变。诸葛亮以为，江东谋士群体的“投降论”如此肆无忌惮，显见孙权控制内部的权威度严重不足，“投降论”势必对他造成极大的压力，如果自己还是温文而言，恐怕根本不能激发孙权与曹操抗衡的决心与勇气。

被逼无奈，诸葛亮决定再一次冒险行事。他决定拿出自己压箱底的绝技——激将法，而且要火力全开，绝不留力！

见识了诸葛亮的绝顶口才后，鲁肃深感欣慰，但在孙权上朝之前，他还是再度提醒诸葛亮不要忘了自己的嘱托。

诸葛亮点点头，以安鲁肃，心中却自有主张。

孙权见诸葛亮十分年轻，容貌出众，气度不凡，不禁有些讶异。诸葛亮的兄长诸葛瑾一直在孙权麾下效力。诸葛瑾这一年是三十五岁，比诸葛亮大七岁。孙权从诸葛瑾的年龄来推断诸葛亮的年龄，没想到兄弟俩的年岁相差甚多。事实上，诸葛亮只比孙权大一岁。孙权见诸葛亮这么年轻，就已经两败曹操，成为当世首屈一指的抗曹专家，又想想自己内心对曹操的恐惧，多少有些汗颜。再加上鲁肃的前期铺垫，孙权不免将诸葛亮当作权威人物而深为敬重。

孙权下令赐座。鲁肃紧贴着诸葛亮站在一旁，满怀热望，等待诸葛亮帮他扭转乾坤，搞定孙权。

孙权很客气地对诸葛亮说：“我听子敬盛赞足下之德，今日有幸相见。希望你不吝指教。”

诸葛亮见这个碧眼紫须、和自己年纪不相上下的年轻人表面虽然镇定自若，但细细打量，仍能觉察到一些不够自信的痕迹，可见孙权的表里并不完全如一。这也印证了诸葛亮此前的判断。

诸葛亮不失礼节地回答道：“不才无学，有辱明问。”

孙权已经煎熬等待了一晚上，和诸葛亮进行了简单的礼节寒暄后，省去繁文缛节，单刀直入，立奔主题，问道：“先生最近在新野辅佐刘备，与曹操多次交锋，胜负如何？”

诸葛亮微微一笑，回答道：“刘豫州兵不满千，将唯三四人，再加上新野城小粮少，哪里能和曹操抗衡呢？”

孙权以为这是诸葛亮的谦虚之词，也不在意，继续发问："先生可知曹操到底有多少兵马？"

诸葛亮伸出手指，盘点计算："曹操破了吕布，灭了袁绍，收了北番，定了辽东，新近又取了荆州刘琮，算起来共有马步水军一百多万！"

此话一出，朝堂之上众人简直都不敢相信自己的耳朵，每个人的反应都大相径庭。

孙权是吓了一大跳，心想如果曹军真有这么多兵马，那还打什么打，直接投降就是了。

鲁肃则气得要吐血。事前他千叮咛万嘱咐，一再让诸葛亮不要说曹操兵多将广，没想到诸葛亮反其道而行之，夸大其词，为曹操大做广告。

张昭等人是又高兴又懊悔，原来诸葛亮根本就是自己一伙的。早知道他会这么说，又何苦一大早为难他半天呢？

一个人在两个选择面前犹豫不决，实际上是意识层面的理性思考导致的。而潜意识其实是有唯一选择的。当这个人被逼着做出一个选择却又有不甘心的感觉，那么，潜意识中的正确答案其实是另一个。

孙权听了诸葛亮的介绍，先是一惊，随后就是极度的不甘心，追问道："曹操哪有这么多兵马？莫非其中有诈？"

诸葛亮是故意这么说的，他就是要引发孙权的质疑，然后进一步夸大其词。诸葛亮淡然一笑道："怎么会有诈？曹操在兖州时就有青州兵四五十万。平了袁绍，又得了四五十万。新招中原之兵，不下二三十万。又得了荆州之兵二三十万。加起来，要超过一百五十万。我说一百万，还是说少了，以免吓倒了江东之士。"

孙权很不甘心，又问道："曹操手下谋臣战将又有多少？"

诸葛亮当然还是继续夸大其词："足智多谋之士，耀武扬威之人，何止一两千人！"

孙权听诸葛亮说得板上钉钉，显见确凿无疑，一颗心不由死死地沉了下去……

心理感悟：所有对你而言的正确答案都存在于你的潜意识中。

19

要的就是你的愤怒

鲁肃见孙权脸色大变，气得面色铁青，早知道诸葛亮如此混账，就是把刀架在脖子上，他也绝不会带他来见孙权。站在鲁肃对立面的张昭等人，心里却是笑意盎然。

孙权心中惊恐加剧，波涛翻滚，但要他当着全体文武的面服软认输，主动提出向曹操投降，还是说不出口。

于是，孙权继续发问，希望从诸葛亮提供的信息中极力找到一点对自己有利的东西："现在曹操占了荆襄，还有别的打算吗？"

这句问话颇有点自欺欺人的味道了。曹操的檄文已经来了，情势摆明在那里，还用得着问诸葛亮吗？

这正中诸葛亮下怀。就算孙权不问，诸葛亮也是要说的："曹操现在沿江扎寨，操练战船，他要是不来夺取将军您的江东之地，还想干什么？！"

孙权顿觉浑身冰凉，长叹了一口气说："既然曹操有吞并之意，战与不战，请先生决断吧！"

孙权这句话一说，诸葛亮的心顿时凉了半截。他没想到孙权如此脓包，一下子被自己的几句虚夸之词吓得交出了作为一方之主最为神圣的决策权！懊悔顿时涌上了诸葛亮的心头，他这才明白鲁肃为什么要对自己千叮咛万嘱咐了。

诸葛亮知道，虽然孙权让自己来决断"战与不战"，但结合他的表情神态，他的潜台词毫无疑问是"不战"。这只是孙权顾及颜面，不便自己主动说出"不战"，所以要借用诸葛亮这张嘴来公开宣示。这样，若是有人问及东吴为何不战而降，孙权也得以将责任推到诸葛亮身上——是闻名天下的卧龙先生让我这样做的。

诸葛亮正要慨叹自己火力太猛，搞砸了原定计划，却突然想到孙权问的是"战与不战"，而不是"降与不降"，顿时又看到了一线希望。

一般人往往粗略地认为，"战"即"不降"，"不战"即"降"，两者并无多大区别。但语言是内心情绪的微妙呈现。孙权用“战”字发问，说明他潜藏的思考框架是“战斗模式”，而非“投降模式”，这两者还是有很大的区别的。

诸葛亮敏锐地觉察到，孙权并非不想抗战，而是被自己的描述吓到了。一念及此，诸葛亮立时就有了办法。在一瞬间翻云覆雨，从“杀生致死”到“起死回生”，正是一个绝顶智囊必备的话术功底。

诸葛亮决定，继续挑逗孙权，直到将他拼死一战的勇气完全激发出来为止。

诸葛亮说：“我担心将军您不肯听从我的建议啊。”

孙权恭恭敬敬地说：“我愿听先生的金玉良言。”

诸葛亮没有直接说“战”还是“不战”，而是绕了一个大弯，把自己的主公刘备给扯了进来：“现在海内大乱，将军您占据了江东，刘豫州也在荆襄立足，与曹操并争天下。现在曹操攻破了荆州，威震天下，天下英雄，无可抵敌。将军您还是量力而行吧。如果觉得自己可以率领部众，与曹操抗衡，那就赶快与之断绝。如果觉得抵挡不住，还有一计可保平安。”

孙权的问题其实和刘备并无干系，但诸葛亮绝不是无缘无故将刘备拉进来了。诸葛亮孤身闯江东，后来为刘备挣得的滚滚红利，均来自这几句话里埋下的伏笔。

孙权只顾着听诸葛亮的“终审判决”，毫不在意刘备的“入围”，但他的潜意识在不知不觉中已经接收了诸葛亮有意发出的信号。孙权急切地问道：“请问先生，什么计策可保平安？”

诸葛亮微微一笑，说：“为什么不听从诸位谋士的建议，按兵束甲，北面而事曹操呢？”

孙权一听，差点没背过气去。说了半天，诸葛亮等于啥也没说。如果孙权自己能够衡量好利弊得失，还用得着来请教你？

孙权强压着怒气，脸上肌肉抽动，却沉默不语。

诸葛亮继续煽风点火：“事已危急，将军如果当断不断，大祸就不远了。”

孙权还是强忍着不说话。

诸葛亮决定对孙权的敏感点下猛药刺激，赤裸裸地说：“古语有云，寡不可敌众，弱不可敌强。这是必然的道理。将军您如果不早点投降曹操，恐怕整个江东生灵涂炭啊！”

孙权最怕听见这个“降”字，一下子就受不了。为了维护自尊，孙权不再忍气吞声，而是发起反击。诸葛亮刚才嵌入他潜意识的“刘备”就在这个关节点上冒出来了。如果“寡不敌众，弱不胜强”是必降之理，那么，诸葛亮的主公刘备比我还寡，比我还弱，为什么就不降曹呢？

以子之矛，攻子之盾，孙权立即说：“如果真的像你所说的那样，刘豫州为什么不投降呢？”

诸葛亮绕来绕去，就是要在孙权和刘备之间制造“社会比较”。所谓“社会比较”，是指人们通过与其他个体的对比，来判定自己的社会地位、声誉及成就的高下。

此时刘备的头衔是大汉左将军、宣城侯，遥领豫州牧，不过都是空头虚衔。孙权是讨虏将军、吴侯，实领会稽太守。仅从头衔来看，两人大致处于同一社会阶层。从实际情况来说，孙权要比刘备强得太多。孙权坐拥江东六郡，是实打实的一方诸侯，而刘备在新野小县是寄人篱下，后又被曹操赶到夏口苟延残喘，简直就是丧家之犬。

孙权的用意是拉刘备垫底，用生存状况远不如自己的刘备的不降曹来反证诸葛亮言论的荒谬可笑，以挽回受伤的自尊。没想到正中诸葛亮下怀。

诸葛亮立即以此立基，来刻意扬刘抑孙，以达到激怒孙权的目的。诸葛亮顿了一下说：“田横是齐国的壮士，尚且守义不降，更何况刘豫州是王室之胄，英才盖世，众士仰慕，好像流水奔归大海。刘豫州败于曹操，实乃天意，怎么能屈居人下呢？”

田横是秦末六国复辟时的齐国之主，后来刘邦击败项羽，一统天下。刘邦逼迫田横投降，田横不肯屈就，用自杀维护自己的尊严。诸葛亮以田横为垫脚石来衬托刘备的高贵。刘备本是织席贩履之辈，虽有刘氏王室血统，但支脉早已衰落。在刘备的刻意经营下，他的汉室宗亲身份得到汉献帝的亲口背书后，为天下所公认。所以，这时候，诸葛亮已经可以堂而皇之地说刘备是天潢贵胄了。

孙权试图强调刘备的境况大不如己，诸葛亮却反过来强调刘备的身份比孙权高贵，并以此来宣示孙权可以降曹，而刘备不能降曹。这一招正是诸葛亮一生中最为擅长的激将法，这次面对孙权，是诸葛亮平生第一次运用激将法。

所谓激将法，就是利用人们的社会评价顾忌，激发他们相互进行社会比较，进而改变他们的思想与行为。

心理学家曾经找来三十名基督徒和三十名犹太人做了一个疼痛忍耐度实验。这些被试都是女大学生。实验者利用一根会带来痛感的压腕带对她们进行了血压检测。同时，实验者告诉这些被试，为了确保检测结果的正确性，五分钟之后，还将对她们进行第二次血压检测。

就在被试们等待第二次检测的时候，实验者有意无意地对基督徒们说："你们知道吗，基督徒不能像犹太人那样承受痛苦。"同时，他们也对犹太人说："你们知道吗，犹太人不能像基督徒那样承受痛苦。"

显然，这是实验者的激将法。五分钟后，激将法发生效用了。无论是基督徒还是犹太人，所有的女大学生都表现出了比第一次测量更大的疼痛忍耐度。为了维护她们所在群体的荣誉及个体的荣誉，这些被试即便身上出现了紫斑，也还在苦苦忍耐。

诸葛亮抬高刘备来贬低孙权，并用刘备的绝不投降来反衬孙权的理应投降，也极大地激发出了孙权的社会评价顾忌。当一个人被压迫到极点的时候，往往会触底反弹。诸葛亮的强力施压，顿时把孙权为了江东荣誉文化而战的使命感激发出来。

在这一瞬间，孙权只觉得血气上涌，怒意横生，冷哼一声，不发一言，拂袖转身走入后堂去了。

谁也没料到诸葛亮面见孙权竟会出现这样的结局！鲁肃固然是气得肝疼，张昭等人先是笑得合不拢嘴，但见到孙权被气得勃然色变也觉得没趣。毕竟诸葛亮是个外人，而且先前众人倚仗人多势众也没能在嘴上占到诸葛亮便宜，现在见他出言不逊，惹恼了孙权，捅了大娄子，自然生出了幸灾乐祸的想法。于是，在一阵讥讽嘲笑中，江东谋士一哄而散，只剩下鲁肃呆若木鸡，愣在当场。

唯有诸葛亮露出了一丝不易觉察的微笑。如果他这样刺激孙权，孙权都不生气，诸葛亮可就要深深失望了，同时也只能哀叹自己黔驴技穷了。

心理感悟：语言是心灵的显微镜。

20 生气竟然很神奇

孙权的愤怒，正是诸葛亮最期待看到的反应。因为孙权的愤怒，让诸葛亮认为孺子尚可教也。

诸葛亮的这一判断，说明了愤怒对于心理认知的微妙影响。

社会心理学家拉丽莎·泰登斯曾经对人类情感表达与权力之间的关系进行了大量研究。在一项实验中，参与者分成两组，分别观看了美国前总统克林顿在莱温斯基丑闻案中作证时的视频。在一段视频中，克林顿表现得很愤怒；在另一段视频中，克林顿垂下头，避免与法官目光接触，表现出了明显的内疚和悔恨。

结果，与看到“内疚视频”的参与者相比，那些看到“愤怒视频”的参与者明显更为支持克林顿。

为了消除参与者在实验之前就已经存在的对克林顿的成见，泰登斯让一名匿名的演员扮演了一名政治家，发表了关于反对恐怖主义的演讲。两次的演讲词完全一致，只是在一个视频中，演员表现出了极大的愤慨，而在另一个视频中，演员则表现得十分悲伤。

结果，大多数参与者表示，他们将投票支持那个愤怒的政治家，而不是悲伤的政治家。

泰登斯深入研究后发现，当一个人在不利的境地下表现出愤怒时，人们往往倾向于认为他拥有权力或者更有能力。

这就是愤怒法则。

孙权的愤怒，让诸葛亮对他掌控东吴群臣的能力产生了信心。要知道，以张昭为首的文官势力是非常强大的，以致武将群体没有一个人敢于直接在孙权面前表示反对。如果孙权不敢表示愤怒，就说明他不敢违逆“投降论”，或者说没有能力反对“投降论”。

而孙权表达愤怒的方式十分含蓄，更让诸葛亮大感开心。孙权和孙策确实是大不一样的。如果诸葛亮是在孙策面前说的这一番话，孙策绝不会不发一言，拂袖入内。他必定会一怒拔剑，砍下诸葛亮的脑袋！

如果孙权也是这样的脾性，那么诸葛亮的打算就要落空了。因为如此强悍的孙权是不会考虑与刘备联合的。他一定会拼尽自身之力，与曹操誓死决战。诸葛亮激怒孙权的目的并不仅仅是要激励他奋起与曹操决战，而是要诱导孙权与刘备联合，共同对抗曹操。只有这样，刘备集团才有可能绝处逢生。

孙权的愤怒其实属于“懦弱的愤怒”。他不敢尽情释放愤怒，说明他内心还有恐惧，这就给诸葛亮留下了腾挪变幻的空间。但诸葛亮没有料到的是，“懦弱的愤怒”带来的冲动性转变并不那么牢固，这也给张昭等人再度插手搅局预留了空间。

诸葛亮正在得意，鲁肃终于回过神来。诸葛亮已经把他气到不再生气的地步，他从诸葛亮身后绕到诸葛亮的面前，说：“先生，你为什么要这样说呢？你实在是太小看我家主公了！要不是孙讨虏宽宏大量，恐怕你今天当场就下不了台！”

面对鲁肃的指责，诸葛亮不但没有丝毫羞愧之色，反而仰面一阵大笑，然后气势逼人地说道：“孙讨虏的心胸难道这样狭窄吗？我自有破曹之计，他却不请教我，那我还说什么！”

明明是诸葛亮把孙权气得够呛，诸葛亮现在却倒打一耙，反过来说孙权没有好好请教他。诸葛亮的潜台词是：孙权压根儿就是问错了问题！我到东吴是来干什么的？我又不是曹操的说客，你为什么要问我“战与不战”？为什么不问我“如何与曹操作战”“如何击败曹操”？

愤怒法则的效力果真神奇。诸葛亮这一生气，立即让鲁肃觉得他能力高超，必然有对付曹操的绝招。

鲁肃刚刚还在生闷气，听懂了诸葛亮的潜台词，立刻就不生气了，连忙追问道：“先生如果真有破曹良策，我一定让孙将军来请教您！”

诸葛亮“气呼呼”地哼了一声说：“曹操虽有百万之众，在我看来，不过一群蚂蚁罢了。我只要举举手，统统化为齑粉！”

诸葛亮越是生气，鲁肃就越是相信他的神奇。他如获至宝，立即恳请诸葛亮在原地等候，自己一溜烟跑到了后堂去见孙权。

孙权在后堂余怒未休。朝堂之上，属于公共场所，孙权不想让众人看到自己的失态，他强行控制住自己的愤怒情绪，没有发作。后堂则是私密场所，孙权可就控制不住了。旁边一众侍从，见他神色不豫，早就躲得远远的，唯恐惹祸上身。

鲁肃这一跑来，孙权可就找到发泄的渠道了。细究起来，这一切的罪魁祸首就是鲁肃。孙权的怒火立即冲口而出："子敬，都是你干的好事！你说渡江给我带来一个贤士来帮我，怎么会是这么一个荒谬之人！"

鲁肃却笑嘻嘻地，丝毫不在意孙权的痛责，说："主公，我刚才也这样说诸葛亮了。没想到反而被他一阵抢白！"

孙权一惊，没想到世上竟有如此强词夺理之人，问道："他说什么了？"

鲁肃说："诸葛亮仰天一阵大笑，说主公不能容人，甩甩袖子就走人了。他自有破曹妙策，主公却没有问他，他自然要'胡言乱语'了。"

孙权这才明白，原来自己问话不当，得罪高人了。这个时候，孙权的第一需求就是解决曹操问题。如果有人能够给他打包票可以击败曹操，孙权愿意付出任何代价。

孙权立即回嗔作喜，说："原来诸葛亮是有好办法的呀，他是故意激我。我一时浅见，差点误了大事。"孙权连忙整了整衣冠，再度来到朝堂，与诸葛亮相见。孙权对诸葛亮赔罪道："刚才冒犯，还请恕罪！"

诸葛亮目的达成，心花怒放，连忙也恭敬谢罪道："刚才我言语不当，乞请宽恕。"

当两个人都请对方宽恕时，实际上内心已经先行宽恕了对方。气氛一下子变得融洽起来。孙权随即将诸葛亮请入后堂，置酒款待。

酒过数巡，孙权首先进入了正题。因为鲁肃已经说过诸葛亮有破曹良策，孙权心中有了底，说话的口气可就不一样了。

孙权说："曹操生平所恶者，是吕布、刘表、袁术、刘豫州和我。现在其他人都已被曹操灭了，只剩下刘豫州和我还在。我拥有吴地十万军兵，绝不能受制于人。我意已决，必当和曹操决一死战！"

孙权说的这段话，纯属为自己脸上贴金。曹操确实有一份对手黑名单，但这份名单上从来没出现过孙权的名字。一直以来，曹操顾忌的不是孙权，而是孙权的长兄孙策。这从曹操自鸣得意，派人送来恐吓信就可以看出，他丝毫没有将孙权放在眼里。

孙权为什么要这么说呢？

这其实是一种"自我提升策略"，其目的是为了挽回先前在诸葛亮面前表现懦弱而失去的面子，同时也是在为自己打气壮胆。

诸葛亮微微颔首。在驳斥他人面子后，一定要给予对方挽回面子的机会，这是人际交往中很重要的一个法则。诸葛亮心知肚明，因此并不戳破孙权话语中的泡沫，只是静静地听他继续往下说。

孙权又说道："我知道，天下英雄，除了刘豫州之外，没人能与曹操抗衡。只是豫州刚刚败于长坂坡，不知道还有没有能力共抗此难。"

人在恐惧时，往往会产生结伴需求，希望找到志同道合或者同病相怜的人来一起面对。孙权这么说，就是想拉有丰富抗曹经验的刘备一起来对付曹操。但是他也知道，刘备最近在长坂坡败得很惨，主力部队已经被曹操歼灭。而且，刚才诸葛亮自己也说刘备兵不满千。孙权虽然有心和刘备联合，但如果刘备已经丧失了有生力量，那也只能是空谈了。所以，孙权会有此问。

诸葛亮一听，立即明白了孙权的用意。刚才他不顾一切地打击孙权，是为了促使孙权与刘备联合；现在，他的任务就是不惜一切地强化孙权对刘备的信心。

诸葛亮说："豫州虽然在长坂坡大败，但战士生还者也有不少。现在，关羽麾下，有精兵一万人；刘琦所部，也有一万多人。"

这是在说刘备实力犹存以减少孙权的顾虑。但这多少是诸葛亮的粉饰之词且与他此前的言论正好相反。诸葛亮避重就轻，转而将说服的重点放到贬低曹操的实力上。

诸葛亮说："曹操之众，远来疲敝。此前为了追击刘豫州，铁甲轻骑一日一夜，竟然急行了三百余里。这就是古语所说的'强弩之末，势不能穿鲁缟者也'。这正是兵法之大忌，必定折损统军之主将。况且，曹操之兵，多为北方之人，不习水战。荆州水军，虽然归附了曹操，但也是迫于形势，而非心悦诚服。这样算来，曹操军马虽多，却不足为惧。将军您如果能够任命一员猛将，统兵数万，与刘豫州齐心协力，一定能够击败曹操！曹操一败，只能北还。这样，吴地可保，荆州可得，将军您还有什么好顾虑的呢？"

落水的人，只要看到稻草，哪里还会考虑长远，当然是先顾眼前。诸葛亮的这番话虚虚实实，里面埋了不少利益伏笔。孙权到底是年纪轻，经历太少，竟然毫无觉察，完完全全地予以接纳。

诸葛亮描述的美好蓝图让孙权兴奋不已，一连几天来心中的阴霾一扫而空。他奋然说道："先生之言，令我茅塞顿开。我意已决，即日起兵，与刘豫州共灭曹操！"

说完，孙权当即让鲁肃传令，遍告文武百官。

心理感悟：有时候，愤怒是一种可以化腐朽为神奇的力量。

21 忘了最重要的话

鲁肃见诸葛亮在一瞬间扭转乾坤，不禁又是佩服，又是开心，忙不迭地前去传令。张昭等人原本以为诸葛亮触了霉头，帮了自己大忙，正窃喜不已，没想到孙权却已下令与曹操开战！

张昭搞不清楚，诸葛亮到底用了什么妖法，竟然在如此短的时间内彻底扭转了孙权的态度。他的第一反应就是必须立即反击，推翻孙权的决定。

张昭这是要为自己的地位和声誉而战了。此前，他提出降曹，基本上出于公心，是为江东打算的。但当鲁肃携手诸葛亮，一举推翻了他的观点后，张昭的态度就发生变化了。为了维护自己的面子，人们往往会冲入不理智的死胡同。此时此刻，江东的利益、孙权的利益都不再重要，唯有自己的权威性和正确性才是最重要的。

张昭立即召集顾雍等人，急忙去见孙权，要对孙权实施集体恐吓。

张昭见了孙权，开门见山就来了一记闷棍："我听说主公要兴兵与曹公争锋。主公，你自己掂量一下，和袁绍相比如何？"

张昭将曹操称为充满恭敬意味的"曹公"，这个言语上的小小细节，微妙地暴露了张昭为了维护自己的正确性，在不知不觉中连带改变了对曹操的态度。

孙权这个领导当得真够窝囊的。他那不自信的软肋一再被人利用，无论是诸葛亮还是张昭，都是看准了这一点大肆下手。

孙权一听就愣住了，刚刚被诸葛亮激励后的喜悦心情顿时一扫而空。袁绍这样数一数二的大人物，就连他的长兄孙策都不敢与其争锋，孙权怎么敢拿自己和袁绍相比呢？刚才，孙权在诸葛亮面前，运用"自我提升策略"，借曹操之嘴，将自己与吕布、刘表、袁术、刘备相提并论，但始终没敢提袁绍。

张昭见孙权默不作声，第二记闷棍趁势跟上："当年曹公兵微将寡之时，尚且能够一举歼灭袁绍。更何况他今日拥有百万雄兵。主公，你趁早别听诸葛亮的说辞。一旦妄动兵甲，无异于负薪救火！”（负薪救火，是背着柴火去救火的意思，隐喻“自找死路”。）

孙权一下子被吓住了，脸色煞白，说不出话来。

顾雍见状，连忙又补上一句：“刘备和曹公一向有仇，所以不得不战。我们江东和曹公无冤无仇，他怎么会有吞并之意呢？主公，千万不要听诸葛亮的话，免得自找麻烦。”

张昭和顾雍两人，左一个“曹公”，右一个“曹公”，听得孙权恐惧与烦恼并发，六神无主，满腔怒火，不知如何发作，只好故伎重施，一转身又退回后堂去了。

张昭和顾雍等人见大功告成，相视一笑，各自回家。

他俩倒是开心了，孙权内心的煎熬与挣扎却达到了顶峰！张昭要面子，难道孙权就不要面子？他刚刚下令要对曹操开战，张昭和顾雍便当头一桶冰水浇了下来，把他好不容易被诸葛亮鼓劲点燃的激情之火浇灭。但是孙权又怎么能在这短短的时间里出尔反尔，收回自己刚刚下达的开战令呢？这样做，等于自打耳光，岂不是颜面荡然无存？

孙权正在暗自烦恼之际，鲁肃却又上门来了。

原来，鲁肃得知张昭、顾雍“二进宫”，担心孙权禁不住他们的恐吓，急忙赶来“强本固基”，没想到孙权已经“变心”完毕！

鲁肃的应变能力不如诸葛亮，他对孙权说的还是此前在厕所里说过的那几句话。鲁肃说：“主公不要被张昭等人蛊惑了。他们自有娇妻幼子，家大业大，眷恋富贵，怎么肯为主公您拼死一战呢？”

但这个论调孙权听过了一遍，已经有了“免疫力”了，所以鲁肃并不能再次打动孙权。孙权说：“子敬，你先退下吧。让我好好想想，再做决定！”

鲁肃大失所望，说：“主公如果犹疑不决，一定会被这帮庸儒误了大事！”但孙权已经头大如斗，任何人说的话都不想听了。

张昭顾雍这一搅局，顿时让诸葛亮的激将成了无用功，退回原点。鲁肃只能黯然告退。

孙权心乱如麻，寝食难安，整个情势又恢复到了决策之前的状况。

孙权的母亲吴太夫人知道后，过来探看。

孙权的母亲在他二讨黄祖时不是已经去世了吗？这位吴太夫人又是从哪里冒出来的呢？

原来，这位太夫人并不是孙权的亲生母亲，而是孙权生母的妹妹。吴氏姐妹共事一夫，都是孙坚的夫人。孙权的生母去世前嘱托孙权要像对待自己一样敬事自己的妹妹。吴太夫人对孙权也是视如己出，孙权和她关系十分亲密。

吴太夫人问起情况。孙权叹了口气说："现在曹操屯兵于江汉，有吞并江东之意。询问诸位谋士的意见，有说要投降的，有说要作战的。我有心与曹操决战，却担心寡不敌众；投降吧，又担心曹操不能相容，白白丢了父兄留下的基业。所以，心里犹豫不决。"

吴太夫人一听，长叹了一声，说："仲谋啊，你怎么忘了我姐姐去世时说的话了呢？"

孙权一惊，眼望着吴太夫人，不知道自己到底忘了母亲哪一句遗言。

吴太夫人说："我姐姐的遗言就是伯符说过的：内事不决问张昭，外事不决问周瑜。你为什么不问问周瑜的意见呢？"

孙权恍然大悟。为什么孙权会忘了这么重要的一句话呢？

弗洛伊德是最早探索人类记忆之谜的人。他认识到，人的记忆是可以被丢失或扭曲的。他认为，这些变化源自人们内心的欲望、恐惧及冲突造成的压力。弗洛伊德明确提出，痛苦或是充满威胁的记忆会被某种心理防御机制阻挡在意识之外。这就是防御性遗忘。

孙策的这句遗言固然是出于对孙权的关爱，但孙权体会到了完全不同的另一层含义。那就是对孙权能力的不信任。无论是"内事不决"还是"外事不决"，只要是"不决"，就表明了孙权无能，不足以自行决断，而只能请教托孤重臣张昭和周瑜。孙权是在一片怀疑声中继位的，继位后又接连发生了数次不服孙权的叛乱，这更加重了孙权的敏感度。孙权的潜意识不愿意自己被否定，被视为无能，所以就形成了一种自我保护机制，将"内事不决问张昭，外事不决问周瑜"这句话阻挡在意识之外。

发生在孙权身上的防御性遗忘，并不会发生在对孙权满怀关爱的吴太夫人身上。所以，孙权会忘了这句孙策和母亲两次嘱托过的最重要的遗言，而吴太夫人立即就想到了。

孙权恍然大悟，立即派人去请周瑜赶回柴桑商议大事。周瑜到哪里去了？怎么一直没有看到他的身影呢？

原来，周瑜得知曹操在邺城派人挖掘玄武湖，开始操练水军时，就有了警觉，判定曹操在扫平北方后，一定会觊觎江南沃土。周瑜未雨绸缪，先行到鄱阳湖训练水军，以应对来日之难。这样看来，周瑜无疑是一个积极的主战派。

孙权的使者尚未出发，周瑜却已经赶回柴桑。鲁肃和周瑜交情最深，他一听说周瑜回来了，知道自己的强援来了，顿时来了精神，急急赶去迎接。

鲁肃见了周瑜，将前后情形一说，满心以为周瑜会对张昭等投降派破口大骂，没想到周瑜只是淡淡地说了一句："子敬，你不要担忧，我胸中自有主张。你可速速引诸葛亮来一见！"

鲁肃依言而去。他前脚刚走，后脚张昭、顾雍等人就来见周瑜了。他们当然也是来寻求周瑜支持的。

张昭的说辞十分狡猾，希望周瑜支持降曹，以免诸葛亮从中渔利，却害惨了江东百姓。

周瑜说："我也早就想投降曹操了。你们先回去吧，等我明日见了吴侯，自有定论。"

周瑜什么时候也变成了"投降派"？

其实，周瑜和鲁肃一样，是最坚定的"主战派"。他和鲁肃的不一样之处在于，他也像张昭那样，不希望诸葛亮插手。所以，他故意摆出投降的姿态，在稳住张昭等人的同时，也让诸葛亮知难而退，无趣而回。

鲁肃带着诸葛亮来见周瑜，周瑜故意摆出投降派的姿态，却被诸葛亮一眼识破。诸葛亮再次运用激将法，巧妙地敲开了周瑜的心门。两人决定齐心协力，共破曹操。

不过，周瑜的任务并不轻松。他首先要说服孙权，坚定其信念，而且要彻底扫清投降主义的浓重阴影。

心理感悟：任何一个人的记忆始终都是为自己的切身利益服务的。

22

砍断所有的退路

次日一早，孙权聚齐文武，升堂议事。

孙权与周瑜好久不见，寒暄一句后，立即进入了正题。

孙权命人取出曹操的檄文，给周瑜看。周瑜看了之后，先是一阵大笑，随即怒喝道："曹贼是欺负我江东没人吗？竟敢如此欺辱我们？！"

诸葛亮昨日以曹操有意掠夺江东美女大小二乔为由，彻底激怒了周瑜。因为小乔是周瑜的妻子，大乔是孙策的妻子。任何一个男人，都不能容忍他人染指自己的女人。所以，周瑜对曹操恨之入骨，以"曹贼"来称呼他。这与张昭所称的"曹公"形成了鲜明的对比。

张昭一听到"曹贼"二字，心中疑云骤起，周瑜的论调与昨日显然完全不同，难道他半夜里变卦了？张昭顿时想起鲁肃和周瑜非同寻常的交情，不由明白了几分。

周瑜又问道："主公是否已经和众文武商议过对策了？"这句话纯属明知故问，鲁肃事先早已将所有情形一一向周瑜说明。

孙权说："已经商议多次了。有的劝我投降，有的劝我开战，因此尚未定夺，现在就等公瑾您一句话了。"

孙权在诸葛亮的力推下，好不容易自己做了一回开战的决定，但又被张昭吓了回去。现在，他还是不敢自行做主，又把最重要的决策权交给了周瑜。

周瑜怒道："是谁劝主公投降的？"

孙权说："张昭等人都劝我投降。"

周瑜转过身来，杀气凛凛地面对张昭，质问道："先生为什么要主张降曹？"

张昭顿感如芒刺在背，心想："昨天在你府上，不都一五一十地告诉过你原委了吗？为什么还要公开发问？"但势已至此，也不能不答："曹公乃虎狼之人，挟天子而征讨四方，动辄打着朝廷的旗号，如果我们发兵抗拒，就是与朝廷为敌。现在，曹公已经攻占荆州，荆州水军尽入其手，长江天险与我共之，我们哪里能抵挡得住？所以，我的计策是暂且投降，以图后计。”

周瑜毫不留情地怒喝道：“这真是迂儒之论！”

张昭脸上一阵红一阵白，但迫于周瑜的气势，一句话也说不出来。

愤怒法则再一次显露奇效。人们总是将那些敢于公开发怒的人视为更为强大、更有能力、更有智慧。此前，两人均为托孤重臣，张昭排名犹在周瑜之前。但经由这一怒，周瑜取得了对张昭的绝对优势，也顺势取得了江东军政事务的控制性话语权。

周瑜为什么要当着孙权和一众文武大臣的面给张昭难堪呢？这倒不是周瑜有意折辱张昭，以取得内部权力斗争的胜利，而是出于现实的迫切需要。

周瑜知道，以张昭为首的庞大文官集团已经形成了高度一致的投降态度。如果不能在对曹操开战之前，彻底铲除投降主义，东吴内部势必分成两派，不能齐心合力。所以，周瑜只能用最强势的姿态，毫不容情地扒下张昭的脸皮，杀猴骇鸡，让所有文武的思想集中到“抗曹”上来。而且，周瑜借怒发威，也能让孙权变得坚定，不再犹豫不决。

这正是周瑜深思熟虑后机心暗藏的地方。

愤怒法则果然对孙权也起了作用。孙权大受鼓舞，连忙问道：“公瑾，既然如此，你有何妙策？”

周瑜昂然答道：“曹操托名汉相，实为汉贼。将军以神武雄才，继承父兄余烈。江东方圆千里，兵精粮足，英雄云集，又何必惧怕曹操！”

孙权听了，不觉脸上一红。

周瑜接着说道：“曹贼这次来战，纯属送死！主公正好为国家除残去秽。”

孙权一直怕曹操怕得要死，第一次听到说曹操是来送死的，十分讶异，紧紧地盯住周瑜。

周瑜说：“请让我来为主公分析一下。”周瑜随即列举了曹操必败的四大理由。

第一，曹操虽然已经基本平定了北方，但西凉马超、韩遂仍然是他的后患之忧。第二，曹操所部，都是北方人，不习水战，却要弃长扬短，与东吴作战，岂能不败？第三，眼看就要进入隆冬季节，军马粮草供应十分困难，不利于久战。第四，曹兵多为北方人，到了南方，水土不服，必然生发瘟疫，导致战斗力大大下降。

孙权听了这四条理由，深感周瑜所言十分在理，不由心花怒放，放声长笑，积郁已久的恶劣情绪顿时一扫而尽。

周瑜随即掷地有声地说道："上述四条，都是行兵大忌，而曹操却毫不顾忌，焉能保身？将军擒操，就在今日！"

孙权兴奋地接过话头，说："公瑾，这是上天把您赐给了我啊！"这样的话，孙权对鲁肃也说过一次。每当孙权这样说，就是他内心的自信程度达到巅峰的时候。

为什么周瑜能够这么干净利落地说服孙权，并坚定了他的信念呢？

说服一般有两种。一种是中心途径说服。说服者在掌握了足够令人信服的论据后，通过开展缜密、系统的分析进行论证说服。中心途径说服是硬碰硬地直捣黄龙。另一种则是外周途径说服。这种方式不从论据着手，而是从情感、感觉、价值认可等方面寻找突破口。外周途径说服是以柔克刚的曲径通幽。

一般而言，采用中心途径说服的难度较大，对说服者和说服对象的要求都比较高。说服者自己首先要寻找到足够多的强有力证据，然后开展符合逻辑的分析论证，才能提出站得住脚的论点，以打动说服对象。同时，说服对象也需要付出更多的脑力思考来判断说服者的论据是否真实可靠，论证是否符合逻辑，论点是否正确无误。所以，采用外周途径说服相对比较容易达成目标。这是利用了人与人之间的感性力量。只要说服者的说法符合一般的经验、惯例，就会比较容易让说服对象感同身受。

外周途径虽然见效很快，说服的效果却不一定能持续很久。中心途径说服比较费力，但说服的效果能持续很久。

此前，诸葛亮对孙权的激将说服主要采用外周途径说服，通过操控孙权的情绪变化来达成目的。孙权的激情一消退，说服的效力就打折扣了。后来，张昭一恐吓，孙权就故态复萌了。而周瑜的四大理由完全站得住脚，经得起分析，孙权明了之后，自然对战胜曹操充满了信心。

这是周瑜的高明之处，也是诸葛亮不得不佩服周瑜的地方。

孙权虽然说得坚决无比，但因为有诸葛亮的前车之鉴，周瑜还是担心他会再度变卦。周瑜趁热打铁，也学着诸葛亮的套路，用了一招激将法："我愿为主公浴血奋战，万死不辞，但我也担心主公您狐疑不定啊！"

孙权被周瑜这一激，热血上涌，又是羞愧又是激动，当即拔出腰中的佩剑，一挥而下，将面前奏案砍下一角，大声说道："诸公听好，如有再敢说降曹者，与此案同！"

孙权终于拿出了一方霸主的气势。孙权的这一举动，其实是一种承诺强化，是通过外在的仪式、动作、信物等来强化承诺，以确保承诺的效度。

我们知道，承诺在人类社会交往中具有极其重要的地位。承诺对于承诺者的言行具备相当大的约束力。一个无法兑现承诺的人，势必被群体抛弃而成为孤家寡人。孙权此前已经违背过一次承诺了。但那次承诺，是在深宫里私下做出的，见证者只有鲁肃和诸葛亮两个人。在张昭的恐吓下，孙权装聋作哑，偷偷撕毁了承诺。而这一次强化版的承诺，是当着江东所有文武面的公开承诺。

越是公开的承诺，别人越是不敢公开违背。孙权用这一剑砍断了他自己的退路，也砍断了所有人的退路，充分显示了他决一死战、绝不犹疑的决心。同时，这一剑也砍出了他的尊严与威信。以张昭为首的投降派个个噤若寒蝉，从此再也不敢提及投降二字。江东上下再无杂音，形成了一致对外、一致抗曹的合力。

周瑜大喜道："主公，曹操虽然夸口有百万大军，但据我探知，实际上他从北方只带来十五六万人马，加上荆州的降兵七八万，最多只有二十来万。曹兵人数虽然多，但已疲乏不堪，人心不齐，不堪一击。只要给我五万精兵，我一定能够破曹成功！"

孙权心情激荡，深感欣慰，走到周瑜跟前，拍了拍他的背说："五万精兵一时难以调集，但我已准备好了精兵三万。公瑾，你先带着这三万精兵上前线，我当你们的后援。你能击败曹贼最好，如不能胜，我亲自和曹贼决一雌雄！"说完，当场把宝剑赐给周瑜，并封他为大都督，总领江东所有人马。同时，任命老将程普为副都督，鲁肃为赞军校尉，共参军机。凡不听号令者，力斩不饶!

孙权一直在犹疑不决，这三万精兵又是什么时候准备好的呢?

原来，这还是诸葛亮的说服成果。上次孙权被诸葛亮说动，要对曹操开战，鲁肃立即传令下去，集结了三万兵马。后来孙权变卦，但还没来得及下令解散兵马，到今天正好用上了。

孙权在这个节骨眼上的灵机变通，倒给他的形象加分不少。很多人都以为他看似犹疑不决，但其实他内心早有定论，只不过一直在等着属下给出最明确的拥护。

心理感悟：让自己没有退路，也许是最好的进取之道。

23 幸运与幸运的对决

周瑜领命后，先斩了曹操的使者，以示死战到底的决心。曹操大怒，与东吴开战，却首战告负。周瑜抓住时机，使出“离间计”，误导曹操杀了担任水军都督的原荆州降将蔡瑁和张允。曹操为了克服北方士兵不习水战、难禁风浪之弊，又被凤雏先生庞统忽悠，将大小战船均用铁锁连接。周瑜借机与诸葛亮定下火攻之计。万事俱备，只欠东风之际，又得诸葛亮“巧借”东风。随后，周瑜与黄盖上演了一幕“苦肉计”，黄盖诈降，曹操再度中计。等到东南风起，东吴快船直奔曹操大营，由此上演了三国中最为惊心动魄的“火烧赤壁”，完成了军事史上堪称经典的“以弱胜强”战例。

鲁肃第一个赶回来向孙权报捷。孙权大喜，亲自带着一众部属在府邸门口列队，以最隆重的礼节迎接鲁肃的到来。

鲁肃下船后，骑上快马，赶到孙权府邸门口，正要下马，却见孙权急步上前，亲自将鲁肃从马上扶了下来。

孙权这个举动惊呆了在场的人，但鲁肃一反常态，坦然受之。孙权恭恭敬敬地请鲁肃入内堂。

孙权为什么要这样做呢?

这固然和“喜鹊效应”的因素有关——人们往往将好消息的传达者视为好消息的创造者而给予积极的评价。但仅仅是喜鹊效应，还不足以让孙权对鲁肃施以最高的礼遇。

在孙权的心目中，鲁肃是再造江东的第一功臣。如果没有鲁肃一开始的力排众议，孙权早就在张昭等人的集体劝降声中放弃了，根本不可能有后来逆转乾坤的赤壁大战。在孙权最为孤立无援的时刻，其他的谋臣大夫都为自身的利益考量（这一认知倾向其实是鲁肃灌输给孙权的），唯有鲁肃坚定地维护孙权的利益。

一言以概之，没有鲁肃，就没有孙权；没有鲁肃，就没有江东。孙权的最高礼遇，正是一种真情流露的回报。

两人落座后，孙权不无得意地说道：“子敬，我亲自扶你下马，是不是足以显出你的荣耀了啊？”

孙权以为，鲁肃一定会对自己的做法大大领情的。没想到鲁肃却大反常态地说道：“这又算得了什么？”

旁边的人听到了大为讶异，以为鲁肃这家伙真是不知抬举，纯属蹬鼻子上脸。孙权也是大吃一惊，急忙问道：“子敬，那怎样才算是荣耀呢？”

鲁肃一本正经地说道：“只有等到主公威加四海，一统九州，建立帝王之业，那时再派安车来接我，才算是显出了我的荣耀啊！”

鲁肃早在第一次和孙权见面时，就向他提出了“自建帝号”的战略蓝图。那时的孙权，刚刚继位，自信严重不足，根本不敢奢望这个高远的目标，只能以“力所不能及”推托。在战胜了天字第一号大对头曹操后，孙权的自我限制信念一下子就被破除了，自信心骤涨。

孙权从来没敢想象过击败曹操的任何一丝可能性，这也是他战前一再迟疑不决的重要原因，要不是必须维护父兄基业这一责任感的苦苦支撑，孙权早就拱手而降了。当这个不可能的设想成为铁板钉钉的现实后，孙权顿时看到了自己的未来有着更多可能性。“建号称帝”也就没什么不可能的了。

所以，孙权这一次没再说自己“力所不能及”，而是放声长笑，顾盼自雄，志得意满。都说鲁肃是一个不会拍马屁的老实人，但他的这个马屁拍得实在高妙无比。他用表面上的傲慢无礼，给予孙权最大限度的认可与信任，同时也使孙权的野心大大膨胀了。自此，鲁肃强悍地奠定了自己在孙权的心目中的地位。孙权从此对他言听计从，毫无违逆。

对东吴一方来说，赤壁之战的最大胜果不是击溃了多少曹军，夺取了多少土地，而是促成孙权走向真正的成熟。

在赤壁大战之前，孙权怀着自卑的心理，一直将曹操视为天下最幸运的人。曹操也确实是这个时代呼风唤雨的幸运儿，很顺利地将皇帝挟持在手，东征西讨，成为天下最强大的力量。而孙刘联军开创的“赤壁奇迹”，丝毫不亚于曹操当年的“官渡奇迹”。在与曹操的幸运大比拼中，竟是孙权笑到了最后！孙权由此意识到，自己的幸运比起曹操来也是不遑多让。

孙权年不满二十，已经坐领江东，这是包括曹操、袁绍、刘备、吕布等在内的豪强都不曾做到的。这不是天赐幸运，又是什么？

堂兄孙暠有意叛乱，立即就有虞翻洞察先机，一番施压，将叛乱扼杀在摇篮之中。这不是天赐幸运，又是什么？

堂兄孙辅要向曹操输诚，密信竟然送到了孙权手中，孙权由此得以应变裕如，轻松搞定。这不是天赐幸运，又是什么？

三弟孙翊被奸人刺杀，弟媳妇徐氏竟然挺身而出，巧妙施计，无须孙权操一点心，就擒杀奸人，确保丹阳郡安然无恙。这不是天赐幸运，又是什么？

征讨黄祖，竟有对方得力干将甘宁主动来投，得益于此，孙权竟然完成了连长兄孙策都没能完成的为父复仇的重任。这不是天赐幸运，又是什么？

赤壁之战，不但有鲁肃、周瑜这样的股肱之臣，连闻名天下的卧龙诸葛亮也来助力，并“借”来东风，将百万曹军烧得灰飞烟灭。这不是天赐幸运，又是什么？

在击败曹操之前，一直惴惴难安的孙权是看不到这些幸运的，是“赤壁奇迹”扫清了孙权心中的阴霾。他随即又想起母亲怀他时曾经“梦日入怀”，想起自己碧眼紫髯的天生异相，想起相术大师刘琬评价自己“形貌奇伟，是个大富大贵之相，而且还很长寿”的话语。

这一连串的幸运终于让孙权确信自己才是独一无二的天之骄子。从赤壁大胜的这一天起，孙权真正地成熟起来，这才是他开创伟业的开始。

不规律的幸运经历，会极大地提升一个人抗击逆境的能力，这就是“幸运强化”。这一心理规律是美国行为主义心理学家、新行为主义的代表人物斯金纳发现的。

斯金纳是在使用老鼠做操作性条件反射实验的过程中偶然发现这一规律的。他设计了装有按压控制杆的箱子，将老鼠放入其中。一开始，只要老鼠按压了控制杆，就可以得到食物的奖赏。老鼠很快就“喜欢”并习惯了这样的奖励方式，乐此不疲。随后，斯金纳又取消了奖赏，不管老鼠怎样按控制杆，食物都不会出现了。很快，老鼠习得的操作性条件反射就消失了。

后来，斯金纳改变了奖赏的方式。老鼠若要获得食物，必须连续按压控制杆三次、五次或二十次。聪明的老鼠经过多次的失败尝试后，又掌握了这种固定强化的新奖励方式。随后，斯金纳再一次将奖励方式改为不固定的强化方式。在大多数时候，不管老鼠多么努力地按压控制杆，食物总是不见踪影。但也许在不经意间，老鼠按了四十次或六十次控制杆后，食物突然“从天而降”。

刚开始的时候，斯金纳认为，这种不规律的、间隔时间太长的奖励强化，会导致老鼠已经习得的操作性条件反射消失。出人意料的是，间歇式的奖励方式不但没有导致老鼠的“失望与放弃”，相反，它们就像染上了毒瘾一样，疯狂地不断按压控制杆，而不管到底会不会得到食物。

总之，习惯了连续强化条件的老鼠，很快就放弃了努力。而如果一开始就给老鼠以部分强化，那么消除其操作性条件反射后，老鼠至少要按上成百上千次才会死心。

与老鼠的学习机制类似，人类同样也存在着“幸运强化”。如果一个人从一生下来就事事顺利，从未遭受挫折，那么一旦遇到打击，就很难适应，很快就会失望、放弃。如果一个人经常遭遇逆境，并经常在逆境中得到幸运青睐而渡过难关，那么这个人的自信就会大大增强，抗拒逆境的坚韧性也随之大大增强。

回顾孙权的经历，从十九岁继位到二十七岁打赢赤壁之战的八年间，他确实历经坎坷。与此同时，他所有的幸运也都在逆境中生发。孙权原本将曹操来袭视为最不幸的事件，这一打击曾经让他原形毕露，但最终给他带来了最幸运的结果。经过这一系列的幸运强化，孙权已经具备了足够的勇气，可以真正地以一方霸主的气度傲然屹立于天下群雄面前。

心理感悟：这世界上再也没有比不幸更大的幸运了。

荆州恩怨

24

胜利之后的失败

曹操败退后，荆州的归属就成了三分之地。曹操手下的大将曹仁退居北部的南阳郡，孙权攻占了中部的南郡和江夏郡，刘备则占据了南部的长沙郡、桂阳郡、武陵郡、零陵郡。

从面积来看，刘备所占的地盘最大。但孙权占据的南郡和江夏郡更为富庶，而且地理位置更具优势，南郡和江夏郡北接襄樊，西通巴蜀。在诸葛亮的规划中，首先是要辅佐刘备夺取荆州之地，然后谋取巴蜀之地，再举兵中原，成就帝业。现在，刘备只取得了荆州的一半土地，且通连巴蜀的军事要地又为东吴所占，心里自然是很不满意的。

而在孙权方看来，刘备在赤壁之战前，几无立足之地，况且赤壁之战的胜利，东吴出力更多，刘备可以说是搭便车的。现在刘备得了荆南四郡，就该大大满足了。

自古以来的联盟关系绝难长久，这是颠扑不破的真理。孙刘两家的意见分歧从赤壁之战结束的那一刻就开始了，这也为两家日后纠缠不休的纷争埋下了伏笔。

此后，刘备和诸葛亮使计取了南郡，拥有了最具地理优势的发展基地。周瑜气得差点吐血，立即派鲁肃前去交涉。刘备、诸葛亮以刘表之子刘琦尚在为由，提出己方占有南郡，实属子承父业，合情合理。鲁肃见刘琦虽然年轻，但因纵情酒色，已经病入膏肓，眼看不久于人世，于是顺势提出，一旦刘琦不在，东吴就要讨回南郡。（世俗所传的刘备借荆州，实际上只是借南郡。）

鲁肃的这一擅自做主，已经极为越权。他本应该不予置评，将刘备、诸葛亮的反应上报孙权，由孙权自行决定。虽然孙权多半也会听从鲁肃的意见，但这和鲁肃僭越做主的性质是完全不同的。鲁肃敢于这样做，也是因为他一力推动了赤壁大胜，内心颇为自得，在不知不觉中自我膨胀了。

诸葛亮只想尽快把鲁肃打发走，很快答应了鲁肃的这个要求。但智者千虑，亦有一失，诸葛亮这个随意做出的口头承诺在情势发生变化后，进一步推动了孙刘两方关系的恶化。

鲁肃得了这个承诺，放心地回去报知周瑜。周瑜一向对刘备、诸葛亮深怀戒心，绝不相信他们在刘琦死后会如期归还南郡。鲁肃却信誓旦旦地说："讨回南郡包在我鲁肃身上。"

鲁肃为什么对刘备诸葛亮有这么大的信任度呢？

这有两个原因。

首先是鲁肃的个性。我们不妨回忆一下鲁肃和周瑜的交情是怎样开始的。周瑜找素不相识的鲁肃借用军粮，鲁肃毫不犹豫地就将三千斛粮食给了周瑜。这一事件充分说明鲁肃生性豪爽，是"互惠法则"最忠实的奉行者。

所谓"互惠法则"，是指人类社会经由进化而来的最为普遍的通用法则，施惠必然会促发回报，所谓"种瓜得瓜，种豆得豆"。鲁肃本人奉行"互惠法则"，也从"互惠法则"中深度获益。他今日所能拥有的地位与尊荣，第一推力就是周瑜的力荐。

由此，互惠法则也成了鲁肃固定的思维模式之一。他认为，今天他对刘备、诸葛亮慷慨大方，日后也必会获得回报。所以，他会同意刘备、诸葛亮的"无理"要求。

其次，东吴与刘备一方的关系是鲁肃一手开创的。这一关系的创立，直接带来了赤壁之战的胜利，鲁肃因此自矜不已。任何一个人，对于自己曾经付出诸多心力的东西，必然会悉心维护。因此，鲁肃不会像周瑜那样，对刘备、诸葛亮持不信任的态度。在某种程度上，鲁肃和刘备、诸葛亮是一体的，怀疑刘备、诸葛亮，就等于怀疑鲁肃。所以他会在周瑜面前，为刘备、诸葛亮拍胸脯、打包票。

鲁肃还到孙权面前为刘备暂借南郡游说。孙权心里虽有不爽，但一方面他对鲁肃正处于最美好的情感状态，所以分外宽宏大度；另一方面，孙权也知道，曹操虽败，但实力犹在，一定会想方设法来报这个奇耻大辱。如果现在和刘备翻脸，很有可能两面受敌，陷入困境。

综合这两个因素，孙权在鲁肃的劝说下，同意了刘备对南郡的占领。就当时而言，孙权的这个判断是正确的。此后几年，孙权与曹操两方在接壤之处的淮南多次短兵相接，展开鏖战。

赤壁之战带给孙权前所未有的巅峰体验，但也留下了一个巨大的遗憾。那就是孙权一直在后方远观，始终没有深入第一线。这多少还是出于对曹操的恐惧心理。

面对黄祖，孙权可以“逆恐”而勇，但面对曹操的“恐惧能量”实在太大了，“逆恐反应”就失效了。

赤壁之战后，孙权自信心暴涨，彻底克服了“恐曹症”，反倒跃跃欲试，热盼面对面与曹操一较高下。

孙权亲自引兵到合肥，但这一次他没有见到曹操。曹方的合肥守将是大将张辽、李典、乐进。

张辽出马搦战，孙权意气风发，浑然不惧，竟然想要亲自出马对战！孙权此前从未亲自出战，莫非这一刻是英勇无敌的小霸王孙策灵魂附体?

当然不是。真正的原因是赤壁的成功让孙权全然相信自己是天之骄子了。伟大的相术大师刘琬不也说过孙权寿数极高吗？当这样的信念深入了孙权的潜意识，在阵前对敌的一刹那，孙权想的就是，天之骄子怎么可能临阵而亡呢？寿数极高怎么可能半途而夭呢?

只是孙权的部下可不敢让他轻易冒险。猛将太史慈挺枪冲出，抵住张辽厮杀。李典、乐进见了孙权分外眼红，对部下大喝道：“对面头戴金盔者，就是孙权。冲上去，捉了孙权，为百万大军报仇！”

李典、乐进直取孙权。孙权部下宋谦、贾华上前迎住。几个回合后，宋谦不敌，被李典一箭射死于马下。太史慈急忙回马，张辽趁势掩杀，吴兵大乱，四散奔走。孙权勒马急退，幸好程普斜刺里杀出，抵住张辽，救了孙权。

这一次的失败，主要原因就是孙权心浮气躁，傲慢自大。孙权回营，见折了宋谦，十分心痛，放声大哭。长史张纮见孙权颇有懊悔反省之意，忙借机劝谏道：“主公倚仗盛壮之气，逞强暴之勇，三军之众，莫不寒心。斩将夺旗，威震沙场，那是偏裨小将所做的事，身为主将是不宜这样做的。希望主公不要以显示孟贲、夏育般勇猛为荣，而是要深怀王霸雄图。今日宋谦死于阵前，都是主公轻敌之故，愿主公三思。”（孟贲、夏育是战国时秦武王手下的壮士，以勇猛著称。）

张纮当年曾亲见勇猛无敌的孙策死于非命，给江东造成了不可估量的损失。他不愿看到惨剧再一次上演，所以冒着激怒孙权的危险，直言强谏。

没想到孙权面色凝重，黯然说道：“子纲说的是，这都是我的错。从今天起，我一定改正。”

很多领导者在犯了错误后，担心颜面受损，往往千方百计文过饰非，东遮西掩。只有真正自信的人，才敢于公开承认自己的错误，也才能真正改正错误。这说明孙权确实比以前自信、成熟多了。

张纮听了孙权的话，深感欣慰。

孙权正在自责之际，太史慈不甘失败，来见孙权，说手下有一个叫戈定的人，与张辽部下的养马人是亲兄弟。戈定的兄弟愿意当内应，举火为号，刺杀张辽。太史慈提出要带五千兵马，与戈定兄弟里应外合。

孙权痛惜宋谦之死，复仇之心强烈，当即同意了太史慈的请求。但是曹将张辽足智多谋，行事精细。当晚，戈定兄弟举火后，张辽迅速反应，强势控制住了局面。太史慈不知就里，仍然按原计划行事，不幸被曹军乱箭射中，五千吴兵折损大半，仓皇退归本营。

孙权见太史慈身负重伤，伤感不已。张昭见状，知道形势已经很难扭转，于是提请孙权退兵。

张昭在赤壁之战中的拙劣表现，极大地影响了他在孙权心目中的地位，但孙权还是原谅了他，并未将他彻底打入冷宫。这是因为苦难与逆境逼着孙权学会了自我觉察。在那个时候，孙权自己也得了“恐曹症”，又怎么能奢求张昭等人不恐曹呢？况且，张昭代表了一大群谋士，处理张昭就会打击一大片人的积极性。这样对孙权反而是最不利的。

有意思的是，孙权的这一应对，其实是从他的死对头曹操那里学来的。当初，官渡之战胜利后，曹操缴获了一大袋子书信，都是自己的部下偷偷写给袁绍的投诚效忠信。曹操看也没看，当着大家的面一把火就烧了。有人问曹操为什么不追究这些意志不坚的叛徒。曹操说：“与袁绍对峙之时，就连我自己也没有取胜的把握，每天惴惴不安。以己推人，他们有这样的行动也是很正常的。”曹操的大度感动了所有的部属，让他们从此死心塌地地效忠。孙权的模仿惟妙惟肖，完全可以打满分。

孙权本已无心再战，当下同意了张昭的请求，匆匆收兵。这是孙权继位从军以来遭遇的第一次败仗。尤其这是在赤壁大胜后的败仗，更像是阴沟里翻船。这让孙权的心情非常抑郁。

等到回到江东，太史慈病重不治。临死之前，太史慈大叫道：“大丈夫生于乱世，当带三尺之剑，以升天子之阶，今所志未遂，奈何死乎！”太史慈是个眼界和志向都很高的人，就连当世公认的明主刘备都不被他放在眼里。他为孙策折服后，一心要帮助孙策开创帝业。但现在孙策已死，壮志难酬，太史慈只能抱憾而终。

孙权听说了太史慈的遗言后，一阵怅然，他想起鲁肃对自己的期望，不禁陷入了沉思……

心理感悟：成功的大厦里往往开着一扇通往失败的大门。

25

英雄与英雄的较量

就在孙权回到江东自我反省之际，荆州又有消息传来——刘琦过世了！周瑜立即派鲁肃打着吊丧的旗号前去索讨南郡。

当初鲁肃是在周瑜面前拍过胸脯的，鲁肃志在必得，以祭奠刘琦的名义，兴冲冲地赶去，随后就开口讨要南郡。不料刘备装聋作哑，推给诸葛亮。诸葛亮毫不客气地翻了脸，反过来将鲁肃痛斥一顿，责怪东吴贪心不足。

鲁肃没想到名闻天下的诸葛先生竟会公开耍赖，他毫无思想准备，辩才又比不过口若悬河的诸葛亮，顿时吃了憋，一下子陷入了“认识失调”的纠结之中。

鲁肃在诸葛亮这里讨不了好，回去更没法向周瑜交账，只好放下尊严，苦苦向诸葛亮说好话。诸葛亮于是写了一纸文书，教刘备签字画押，说明暂借南郡，等取了西川之后，再行奉还。

要债的要不到钱，要来一张借条也是好的。鲁肃拿着“借条”回去见周瑜，周瑜顿时明白，鲁肃又被诸葛亮忽悠了。这张借条根本没写刘备什么时候去取西川，等于一纸空文。周瑜大怒，决心帮鲁肃讨回公道。

随后，周瑜探知刘备的妻子甘夫人去世了，马上就想出了一个妙计。

原来，孙权的妹妹孙仁得自孙坚强大的基因遗传，喜好舞刀弄枪，是个不让须眉的女中豪杰。她心气很高，立志非英雄不嫁。可是，当世的英雄少之又少，孙小妹高不成低不就，一不小心就成了大龄剩女。

周瑜的计策就着落在孙小妹身上。周瑜想用孙小妹为诱饵，招引刘备到江东成亲，然后伺机将其扣押，不交割南郡就不放还。

周瑜写明此计，派鲁肃呈送孙权审批。人在心情不好的时候，往往会变得心胸狭窄，热衷报复。孙权正在为合肥战败生闷气，刘备食言而肥更让孙权烦恼。一气之下，孙权竟然同意了拿自己的妹妹当香饵，诱引刘备到江东成亲的所谓妙计。

孙权派吕范为使者，前去荆州说合。刘备颇有些犹豫，他考虑到原配尸骨未寒，不宜新娶，也担心远赴江东，身入陷阱，会有危险。但他又想到自己刚刚拒绝了东吴索讨南郡，双方的关系十分尴尬，如果能够和孙权结亲，显然有利于继续占有南郡。

诸葛亮力挺刘备前往结亲，并指派忠诚精细的赵云陪同护驾。诸葛亮还特别给了赵云三个锦囊，里面写明了到江东之后的行事及应变策略。

刘备在诸葛亮的推动下，终于下决心，为了自己的基业，亲自往江东走一遭。

孙权得知刘备答应前来的消息，先是为刘备上钩而一喜，随即又为刘备无所畏惧的英雄气度而一惊。两个人还没碰面，孙权就觉得自己在气势上已经输给了刘备。

孙权和刘备其实是两辈人。孙权这一年刚刚二十八岁，而刘备比孙权大了二十一岁。刘备和孙权的父亲孙坚，以及曹操、袁绍等人是同一代的豪强。曹操曾经在许都和刘备青梅煮酒，说："天下英雄，唯使君与操耳！"而孙策则被曹操视为"黄口孺子，当不得英雄"。

孙权击败了自命不凡的英雄曹操后，自己也变得有些自命不凡了。曹操眼中的另一位英雄刘备虽然是孙权赤壁之战的盟友，但赤壁的胜利多半是东吴之力，所以，孙权一开始并不怎么看得起一向颠沛流离的刘备。

刘备一到江东，立即大造舆论，将自己与孙小妹结亲一事广为传播。这一招使出来，周瑜原定秘密扣押刘备的计划就泡汤了。孙权的母亲吴太夫人得知孙权擅自将妹妹当作诱饵后大发雷霆，孙权只能赔罪认错。孙刘交手的第一回合，猝不及防的孙权被刘备来了个下马威，输得干净利落。

吴太夫人决定在甘露寺设宴款待刘备，并当面相亲，看看刘备是否能如她意。孙权被母亲责怪一通，有些恼怒，见母亲如此安排，又发现了一丝新的置刘备于死地的可能。于是，孙权秘密在甘露寺内布置好了刀斧手，只要吴太夫人说一声对刘备不满意，立即就对刘备下手。

刘备容貌不凡，又历经沧桑，自有一份成熟男人的魅力。吴太夫人见了，对他十分满意。双方言谈甚欢。机警敏锐的赵云发现寺内藏有伏兵，立即告知刘备。刘备惯会察言观色、随机灵变，立即跪在吴太夫人面前，垂泪道："太夫人若要杀刘备，就此请诛！"

吴太夫人惊道："何出此言？"

刘备当场给孙权"上眼药"："廊下暗伏刀斧手，不是为了杀我刘备，又是干什么的呢？”吴太夫人大怒，呵斥孙权道：“玄德是我女婿，你为什么要伏下刀斧手，是何用心？”

孙权只能推说不知情。吴太夫人随即喝出领头埋伏的大将贾华，要将他斩首。

刘备见状，立即求情道：“斩杀大将，于亲事不利。我刘备也就难以安心居留了。”吴太夫人这才饶了贾华，一众刀斧手抱头鼠窜而出。

在这件事的应变上，可以看出刘备的成熟老练。他不但巧借吴太夫人之力，修理了孙权，而且也把握好了度，没有让贾华丧命流血，为日后与孙权的相处留足了空间。

姜毕竟还是老的辣。青涩的孙权在老辣的刘备面前，又输了第二回合。

刘备涉险过关，借着更衣（上厕所）的机会，出了大殿。刘备见孙权杀心已露，不免心生忧虑，抬眼望处，看见庭下有一块巨石。刘备心中一动，随手拔出随从的佩剑，仰天叹告：“我刘备要是能平安回归荆州，成就王霸之业，一剑就能将这块石头劈成两半。如死于此地，剑劈不开。”说完，刘备手起剑落，火星四溅，石头被劈成两半。

一个人只有在自信不足，对前景没有把握的时候，才会把命运的决定权交给更高的权威。刘备用剑劈巨石来探测天意，说明他内心深感不安，唯恐命丧江东。这种方法其实并不牢靠，如果一剑未能劈开巨石，刘备不但会心有不甘，而且会丧失信心。幸好结果正如刘备所愿，刘备长出了一口气，觉得安心了许多。

正在此时，却听身后孙权大声说道：“玄德为何如此痛恨这块石头？”

刘备不知道孙权什么时候跟在自己身后也走了出来，吓了一大跳。但他素来应变能力极强，这样的情形自然难不倒他。刘备随口道：“我年近五旬，不能帮助国家剿除贼党，心中常有恨意。今天幸蒙太夫人招为女婿，真是平生之快事。故而刚才问天买卦，如我能破曹兴汉，则剑出石开，现在果然如此。”

孙权料定刘备是拿巨石发泄愤恨，并不相信他所说的话。孙权面对刘备，已经输了两个回合，好胜心大发，心想刘备能够剑劈巨石，难道我就不如他？孙权此念一生，对刘备的傲慢其实已经全然撤销，反倒在不知不觉间被刘备影响了。

孙权也拔出佩剑，说：“我也问天买卦，如能破除曹贼，也是一剑砍断此石！”心中却暗自祷祝：“若我孙权，能够再取得荆州，兴旺东吴，就让我砍断此石！”

孙权满怀攀比之心，使出全身之力，竟然也是一剑而石开。

这块石头不知得罪了谁，被孙刘二人一人一剑，破成四半，后人就称此石为

“恨石”。

如果这世上真有神灵，一定不会护佑这两个“口是心非”的人。真正的成功，必然来自坚定的信念。孙刘二人将内心所想，佐以最为坚决的行动，后来果然一一梦想成真。

孙刘两人的劈石大赛，是他们第三回合的较量。看起来，双方打了个平手，但孙权不过是出于攀比心理，模仿了刘备的创意，所以还是略逊一筹。

石头遭殃，孙刘开颜，两人各得其所，于是弃剑归席。又饮数巡后，刘备告辞说：“我不胜酒力，要先告退了。”孙权送出，两人并肩观看长江之景。

只见江面上，江风浩荡，波涛翻滚，一叶小舟，却是如履平地。刘备心中感慨，难怪曹操会惨败于赤壁，说：“看来南人善于驾船，北人善于骑马，此言不假啊！”

刘备说这话本无他意，孙权听了却以为是在讽刺自己不善骑马，当即命从人牵过马来，飞身上马，疾驰下山，然后又加鞭上山，对刘备说：“玄德，谁说南人不善骑马？”

刘备的原话是“南人善于驾船”，和“南人不善骑马”完全是两个意思。但孙权这样理解，只能说明他内心中再度泛起了久违的自卑之绪。

赤壁之战后，孙权本已自信饱满，远离自卑。刘备身在客地，却反客为主，一连几个回合都让孙权落了下风，不免引发了孙权内心的自尊冲击反应。和刘备相比，孙权毕竟还是嫩了一点。自卑导致敏感，无论是模仿刘备剑劈巨石还是刻意展露骑术，都是孙权偏于敏感的过度反应。孙权深深地感到了刘备的可怕之处，暗下决心，即便不能杀了刘备，也不能让刘备安然返回荆州。

心理感悟：敏感往往是自卑的代名词。

26

被辜负的温柔

在吴太夫人的安排下，刘备与孙权的小妹择吉日成亲。洞房花烛夜，年近半百的刘备为自己能够迎娶二十出头的青春美少女而欣喜不已，入洞房的时候却被吓了一大跳。

孙小妹颇有乃父之风，喜好舞刀弄枪，是个女中豪杰。她在洞房内摆满了刀枪剑戟，一众侍婢也个个佩剑挂刀。刘备看得心惊肉跳，脸上失色。

管家婆见新郎这般模样，连忙解释这是孙小妹惯常所好，一向如此，并无他意。刘备孤身闯江东，本就心怀恐惧，如果连自己的洞房中都刀枪密布，怎么能安心成婚?

刘备说："我看了这些东西，甚为心寒，暂且都先拿下去吧。"刘备提出这个要求，其实也不全是因为害怕。在成婚当日，刘备提出这个改变孙小妹多年积习的要求，更是一种试探，以图牢牢掌握夫妻之间的控制权。

管家婆向孙小妹禀报："洞房中摆放兵器，娇客心中不安，想要移除，不知可否？"

再凶悍的女人，在洞房花烛的那一刻都会柔情似水。孙小妹莞尔一笑，说："疆场厮杀了大半生，怎么到头来还惧怕兵器呢？"话虽这么说，却还是依照刘备的要求，将刀枪剑戟全都移出了洞房。这是夫妻两人开始亲密接触之前的第一次"交手"，刘备在不动声色中取得了主控权。

刘备见孙小妹花容月貌，青春无敌，自然是欢喜万分。刘备也非常清楚，自己在江东的安危完全系于他这位夫人身上。于是，他使出浑身解数，一连串的甜言蜜语，立时将孙小妹哄得五迷三道，沉浸在无比的幸福之中。夫妻二人自此情好日密，如胶似漆。

孙权眼见弄假成真，极不甘心，只好再问计于始作俑者——周瑜。

周瑜也不甘心失败，左思右想，又想出一个妙计。他告诉孙权，既已不能硬取，不如软困刘备，用声色犬马来麻醉刘备，消磨他的斗志，让他乐不思归，疏远关羽、张飞和诸葛亮。

周瑜的这一计可真是抓住刘备的罩门了。刘备这几十年来，苦苦奋斗，几乎没有过过一天安生日子。他初得诸葛亮时，某一天一时性起，动手用牦牛毛编织帽子（这是他幼时的生存之本），还被诸葛亮说了一通。但刘备的本性是不甘淡泊的，他是个“喜犬马，爱音乐，美衣服”的人，只是天时不与，无可奈何。

孙权拿着周瑜的主意，又征询张昭的意见。张昭说：“刘备出身微末，奔走天下，从来未尝过富贵滋味，恐怕很难抵挡诱惑。只要他深陷温柔乡，就不会想着回去了。那么，关羽、张飞、诸葛亮自会生怨而去，荆襄就可不战而得了。”

张昭对关羽、张飞、诸葛亮的判断未免太过乐观，但他对刘备的判断非常精准。孙权见两大重臣一致同意，当即依计而行。

孙权下令修整刘备所住的东府，广栽花木，配上一应奢华器物，又增加了女乐数十人，供刘备享用。人人都以为孙权是疼惜小妹而厚待刘备，却不知孙权别有用意。

环境里种种看似无足轻重的因素，对于一个人的情绪及行为影响非常之大。在心理学上，有一个“粉红牢房效应”，说的是粉红色具有一种神奇的平复心绪、抑制暴力的作用。西雅图美国海军惩教中心把一间牢房刷成了粉红色。结果，在整整七个月的时间里，管理者眼看着新来的犯人充满愤怒地进入牢房，却在短短的十五分钟后平静了下来。在这七个月的试验期内，整个监狱没有发生过一起暴力事件，而此前这个数据一直居高不下。此外，一位肌肉发达的健美先生，先是轻而易举地做了几轮举重，但在凝视了粉红色的纸板后，却瞬间失去了力量，一次也举不起来了。

仅仅是改变环境色彩这么一个因素，就可以让身处其中的人发生天翻地覆的变化。而对刘备来说，他在东吴的新婚蜜月期，在孙权的精心布局下，也无异于坐“声色之牢”。试问，一个总是颠沛流离、从未尝过富贵滋味的老男人，怎么能抵挡得住流金溢彩、娇声莺语、锦衣玉食的环境的整体性诱惑呢?

刘备当然是毫无抗拒之力地沉迷于温柔乡中，就像日后他的宝贝儿子阿斗所说的一样，“此间乐，不思荆也”了。

孙刘二人的这一回合交手，孙权总算是扳回了一局。

孙权见刘备被自己的糖衣炮弹击中，沉溺于享乐之中，十分开心，也渐渐放松了警惕。忠于职守的赵云却开始坐立不安了。忍无可忍中，赵云打开了诸葛亮事先给他的锦囊。赵云依计而行，对刘备诈称曹操大军压境，荆州危急。刘备顿时惊醒过来，开始思索脱身之策。

此时刘备与孙夫人正是情浓之际，刘备舍不得扔下娇妻独自逃回荆州，孙夫人同样也舍不得与刘备分离。如果两个人一起动身，孙夫人必然要正式向母亲和兄长辞行。孙权得知后，肯定不会放刘备回荆州。刘备再度施展他的看家绝技，摆出一副可怜的姿态，激起了孙夫人的同情欲和保护欲。孙夫人同意以元旦日祭祖的名义向母亲辞行，却不告知兄长。这自然是“蜜月效应”在起作用了。当两个人的情感处于热烈升温阶段，彼此的任何要求都有可能得到对方的许可。

元旦日前一夜，孙权大宴文武，喝得酩酊大醉。刘备抓住这一有利时机，带着夫人和赵云等一干护卫，立即上路。

等到孙权醒来，众人来报刘备逃走，已经是午后时分了。孙权得报，恼羞成怒，随手操起桌案上的玉石砚台摔了个粉碎。

这是孙权一生中第一次当着下属的面暴怒。他为什么会如此失态呢？

原因有二。

首先是未能如愿控制刘备带来的挫败感。自从刘备来到江东，孙权一直在和他较劲，先后败了几局，直到使出声色犬马的手段，才算是羁绊住了刘备。最终刘备幡然醒觉，趁孙权不备，偷偷溜了。如果真的被刘备跑掉了，那么在这一场孙刘大较量中，孙权就彻底输给了刘备。

其次是小妹不顾手足情深，私自跟着丈夫刘备逃走带来的挫败感。孙权一向宠爱小妹，他想当然地以为小妹在关键时刻一定会站在自己这一边，却没想到小妹被刘备的甜言蜜语所惑，竟然丝毫不顾兄妹之情。这就引发了“叛徒效应”——人们往往对背叛了原有关系所设定的责任与义务的人加倍痛恨。

孙权立即命陈武、潘璋率领五百精兵，急急追赶。

大将程普见孙权怒气勃发，又来了个火上浇油：“主公，您空有冲天之怒，但我料定陈武、潘璋肯定不能将刘备抓回。”

孙权的性格最受不得激，怒道：“陈武、潘璋怎么敢违背我的命令？！”

程普不急不慌地说：“郡主自来严毅刚正，诸将哪个不怕她？陈武、潘璋追去，见了郡主，肯定不敢下手。”

孙权一听，确实是这么一回事。他的这个妹妹恃宠而骄，确实人见人怕。孙权这么一想，更加觉得妹妹辜负了自己的厚爱，怒气更甚，竟然拔出了自己的宝剑，吩咐蒋钦、周泰："你们两人，拿着我的宝剑，去取我妹妹和刘备的首级，再回来见我！违令者斩！"

蒋钦、周泰随后率领一千人马，疾驰追赶。

再说刘备，一路急行，却被徐盛、丁奉拦住了去路。这是周瑜早就设下的关卡。刘备一看无法通过，急得像热锅上的蚂蚁。赵云见状，急忙打开诸葛亮给的第三个锦囊，给刘备看了。

刘备立时明白，他的脱困之策还是要落在自己的夫人身上。

刘备转身来到孙夫人的车驾前，对夫人说："夫人，我有心腹之言，想要和你诉说。"刘备此前担心夫人顾虑手足之情，并未将婚事背后的纠葛全部告知孙夫人。此刻情势危急，唯有激怒孙夫人才能使她出面排除障碍。

刘备说："夫人，你实不知，当日你兄长与周瑜合谋，将夫人嫁与刘备，并不是为夫人的前程考虑。他们是想以夫人为香饵，诱引刘备来到江东，然后夺了荆州。现在周瑜在此设伏，必要取我性命。刘备若死，夫人岂能安心？还请夫人怜悯刘备，解脱今日之困。"

孙夫人听了，将信将疑，被徐盛、丁奉拦住去路，证实刘备之言确凿无疑。孙夫人当即向前，一阵痛斥，喝退了徐丁二将。刘备车马得以再度上路。

徐盛、丁奉刚放走了刘备，后脚陈武、潘璋就赶上来了。四人合兵一处，再行追赶，很快又追上了刘备。

孙夫人见陈武、潘璋率兵来追，顿时相信了刘备所言不虚。这一刻，她觉得兄长欺人太甚，为了政治利益，丝毫不顾手足之情，顿时勃然大怒。（这也是叛徒效应的作用。）

孙夫人的暴怒果然如程普所料，吓退了陈武、潘璋。等到蒋钦、周泰再追上来，刘备已经上了诸葛亮派来接应的篷船了。

周瑜闻报，亲自来追，却中了诸葛亮的埋伏。诸葛亮又令军士大喊道："周郎妙计安天下，赔了夫人又折兵。"周瑜听了，气得金疮崩裂，昏倒于地。孙夫人听了，心中也是思绪翻滚，别有一番滋味。她知道与刘备成亲的真相后，心中的幸福感下降了一大半。她怎么也想不到，兄长竟然会听信周瑜之计，将自己的终身大事作为政治诱饵。由此，她对孙权痛恨难抑，转念又想起孙权此前对自己的宠爱呵护，不禁矛盾万分，眼泪不由自主地洒落一地。但不管如何，如今她只能嫁鸡随鸡，一心追随刘备了。

且不说孙夫人心情复杂，孙权得知刘备逃脱后，不由为自己彻底输给刘备而气急败坏，心中涌起了强烈的报复之心。

接下来孙权会怎么做呢?

心理感悟：除去石块棱角的，不是锤子的刚硬，而是水的温柔。

27

悲痛的双重代价

孙权有意起兵攻打刘备，但又考虑到曹操与己方在淮南战事不断，唯恐两线用兵导致全盘皆输。两害相权取其轻，这个道理孙权自然是明白的。但孙权实在咽不下这口气，左思右想，决定再派鲁肃前去索讨荆州。

刘备和诸葛亮早知鲁肃来意。鲁肃开门见山，要刘备看在双方已结为亲眷的分儿上，归还荆州。刘备不说话，只是掩面大哭。鲁肃不知如何是好，诸葛亮按照事前的安排出来打圆场，说："当初我家主公借地之时，曾经许诺取得西川就归还。但后来想到，西川刘璋是刘皇叔的同宗兄弟，都是汉室子孙，如果兴兵去夺他城池，恐怕被外人唾骂。但要不取西川，还了荆州，又无处安身。若要不还，又恐舅哥面上不好看。皇叔左右为难，因此痛哭不止啊。"

诸葛亮的这一番说辞，又将鲁肃挡回。

鲁肃回转江东，没敢去见孙权，先去告知周瑜。周瑜见鲁肃又被忽悠，不由顿足说："子敬啊子敬，你又中计了！当初刘备投靠刘表时，就有吞并之意，他怎么会顾虑同为汉室子孙，而放过西川刘璋呢？"

鲁肃束手无策，周瑜灵机一动，有了主意，对鲁肃说："子敬，你先不用去回报吴侯，你再回一趟荆州，对刘备说，既然我们两家已经结为亲眷，你们不便去取西川，就让我们代你去取。然后将西川交给你们，你们再还回荆州。"

鲁肃大惊道："都督，西川路途遥遥，取之何易？这如何能行？"

周瑜哈哈大笑道："子敬啊，你真是个忠厚长者！你以为我真的要去攻取西川？我这是一个'假途伐虢'之计啊！"

鲁肃一听"假途伐虢"，立即明白了过来。

春秋时期，晋国想吞并邻近的虞和虢这两个小国。晋国先用宝物贿赂虞国国君，借道去伐虢国。晋国灭了虢国后，回师途中，顺手又灭了虞国，当初送给虞国国君的宝物又回到了晋国手中。

周瑜的用意就是打着为刘备攻取西川的旗号，从荆州地盘上经过，趁着刘备前来迎接，猝不及防之际，顺势将其拿下，轻松攻取荆州。

鲁肃听了，拍手称妙。周鲁二人沉浸在妙计功成的美好想象中时，却忘了刘备是一个经历过强烈“过度合理化”的人！

当一个人的所得远远超过了他的应得，就会引发内心的怀疑，不敢接受。这就是“过度合理化效应”。

当年，陶谦三让徐州，让刘备饱受煎熬，怎么也不敢接受天外飞来的大馅饼。现在，孙刘双方因荆州归属纠纷不断，东吴怎么可能这么好心，主动出兵为刘备攻取西川，以换回荆州？如果说孙权是看在妹妹的分儿上，当初为什么又会苦苦追杀，连妹妹也不放过呢？显然，这只能是东吴的诡计！

刘备和诸葛亮故作不知，诳骗鲁肃。等到周瑜亲自率兵前来，才发现又中了诸葛亮的计。诸葛亮派赵云率兵迎住周瑜，问周瑜：“都督此来何意？”周瑜说：“不是早就知会你们了吗？我是替你家主公去攻打西川，为什么还要再问？”

赵云笑道：“我家军师早就知道都督的假途伐虢之计了，都督你就别装了。况且，我家主公说了，他是大汉皇叔，不能背义去攻打西川。如果你们真的要去攻打西川，他就披头散发，入山修行去了，绝不失信义于天下！”

赵云揭了周瑜的底，周瑜恼羞成怒，正要动兵，却听探子来报，关羽、张飞、黄忠、魏延四路人马分头杀来，个个扬言要捉拿周瑜！

周瑜大怒，又气又急，大叫一声，坠于马下。

众将急忙将周瑜救回。周瑜醒后，怒气勃发，咬牙切齿地说道：“你们不让我取西川，我偏偏要取给你们看！”

正在此时，孙权派遣宗族兄弟孙瑜带着援兵赶到。原来，孙权以为周瑜、鲁肃和刘备商议后，真的要去攻打西川了，于是派孙瑜前来支援。

周瑜、孙瑜合兵一处，改走水路入川。行至巴丘，却被刘封、关平率领的水军拦住去路。原来，诸葛亮早就安排他们在此，阻挡东吴入川的水路。刘封、关平坚决不让周瑜过关，以免影响刘备的信义。

周瑜连遭打击，旧病复发，终告不治。这一天，周瑜自觉大限将至，拼尽余力写了一封信给孙权，然后对众将说：“我天命绝矣，不能再尽忠报效了。你们一定要善事吴侯，克成大业！”众将无不为周瑜的忠义而感动涕零。

周瑜想起自己一直春风得意，但在遭逢诸葛亮后，却处处受制于人，不禁一声长叹："既生瑜，何生亮！"连叫数声，黯然而逝。一代英杰，就此命殒疆场，年仅三十六岁。两年之前，周瑜作为主帅，以弱胜强，打赢了赤壁之战，取得了这一生最辉煌的胜利。仅仅两年之后，周瑜就像一颗流星，在最灿烂的时刻悄然坠落。

周瑜之死，对孙权来说是一个非常沉重的打击。周瑜去世时，刚刚三十六岁，而孙权是二十八岁。两个人都是风华正茂的年纪，且又君臣同心，本该携手共创一番伟业的。

周瑜作为托孤重臣之一，明显比另一个托孤重臣张昭发挥了更大的作用。正是周瑜，消除了孙权在赤壁之战前最后的疑虑，周瑜也由此和鲁肃一起成为孙权最重要的心灵支柱。但就在孙权变得自信，想要有所作为的时刻，周瑜英年早逝，撒手人寰了。

得知周瑜的死讯后，孙权如丧考妣，内心的痛苦比他的兄长与母亲去世时还要剧烈，竟然哭绝于地。

孙权被救醒后，马上拆看了周瑜的遗信。周瑜在将死之际，并未考虑自己的身家妻子，而是谆谆告诫孙权天下的形势，提醒孙权不但要提防曹操，也要高度警惕刘备，以免养虎遗患。最后，周瑜又向孙权推荐了鲁肃，让鲁肃接替自己的职位。

孙权看了信，再度放声大恸，说："公瑾，公瑾，你弃我而去，让我依靠谁呢？既然你独荐鲁肃，我怎么会不听从呢？"于是，任命鲁肃替代周瑜，担当都督一职。鲁肃当年仗义借粮的慷慨之举，在这一天得到了丰厚的回报。

鲁肃却觉得自己力不能胜任都督之职。他被周瑜忠心为国的精神所感动，决定不以个人得失为重，要向孙权推荐另一个更为合适的人选。

这个人就是和诸葛亮齐名的凤雏先生庞统。鲁肃知道，以周瑜之能，面对诸葛亮也只能甘拜下风，更不用说自己了。而能力水平与诸葛亮相当的庞统此刻就在东吴。在赤壁之战时，周瑜很看重庞统。庞统也献上了连环计，巧妙地说服曹操将所有战船用铁链连在一起，为火烧赤壁立了很大的功劳。等到办完周瑜的丧事，鲁肃见孙权的心情渐渐平复，就将推荐庞统一事提了出来。

鲁肃对孙权说："我是一个碌碌庸才，恐怕担负不起公瑾的临终重托。我愿意保举一人，以助主公。这个人上通天文，下通地理，谋略不在管仲、乐毅之下，神机可媲美孙武、吴起。此前公瑾多次采纳他的建议，诸葛亮也对他十分佩服。这个人就在江东，主公何不重用他呢？"

孙权听鲁肃将这个人说得神乎其神，未免有些不相信，心想："这个人如此厉害，而且就在江东，我怎么就没听说过呢？"

其实鲁肃根本用不着这么啰唆，只要说这个人和诸葛亮能力相当就足以打动孙权了，毕竟孙权是亲眼见识过诸葛亮的厉害的。要知道"言多必失"，好话说得太多了，也会产生"过度合理化"效应的。

但鲁肃肯主动将自己的都督职位让出，还是触动了孙权。孙权问："此人是谁？"

鲁肃说："这个人姓庞名统，道号凤雏先生。"

孙权对庞统有所耳闻，于是就下令召见庞统。

庞统来了后，孙权见他浓眉掀鼻，黑面短须，不修边幅，邋里邋遢，心里就有几分不高兴。这也不能怪孙权以貌取人，他见惯了周瑜的英俊潇洒，诸葛亮的风流倜傥，再加上他自己一家子也都是相貌堂堂之人，见了庞统这副样子，自然有些看不上眼。

庞统生性敏感，见孙权轻视自己，立觉心中不快，说话的口气就难听起来了。

孙权带着几分不屑，问："你都有哪些本事啊？"

庞统冷冷地说："我随机应变，无所不能。"

孙权心想："口气还挺大！"接着问道："你的才学，和公瑾相比，怎么样呢？"

以孙权对周瑜之偏爱与敬重，只要庞统如实说周瑜当初十分看重自己，孙权立即就会对他刮目相看，大加重用。这是人类爱屋及乌心理的必然。

偏偏庞统受了孙权的傲慢刺激，自尊心受伤，也用傲慢的态度回应："我的才学，和周瑜大不相同。"言下之意，我比周瑜强多了！

孙权此时并未完全从痛失周瑜的悲伤中解脱出来，一见庞统竟然轻视周瑜，心中顿时极为不快，冷冷地对庞统说："你先退下，等有用到你的时候，再来叫你。"

像庞统这样的绝世高才岂是能这样慢待的？孙权因心伤周瑜之死，对庞统无礼，终于将庞统推出门外，推到了刘备的阵营。

孙权的这一举动，不但为对手增加了强援，也大损了自己的实力。如果东吴留住和诸葛亮势均力敌的庞统，加以重用，无论是对付曹操还是对付刘备，都会更加裕如。但是孙权的意气用事让鲁肃的苦心付诸东流，也让东吴的发展之路多了一些坎坷。

心理感悟：悲痛的代价往往比悲痛还要大。

万般唯有读书好

当孙权正在为屡屡受制于刘备而烦恼不已之时，却得知刘备已经应西川刘璋之请，带领庞统、黄忠、魏延等人入川，帮助刘璋抗击东川张鲁去了。

孙权对此极为愤怒，这有两个原因。

第一，周瑜的遗言一直牢牢刻在孙权心中。他知道，刘备必定会借此机会夺取西川。孙权想起当初刘备极力阻挠己方攻取西川，现在却觍着脸自己去吃独食了。孙权当然愤愤不平。

第二，孙权看不上眼的庞统，现在成了刘备的座上宾，与诸葛亮同为刘备的左膀右臂。孙权对自己的有眼无珠十分懊恼，这也导致他内心嫉恨交迸。

孙权懊恼之下，有心要趁刘备远离、荆州空虚之际发起攻击。于是，他首先派人将妹妹从荆州接回。但就在他盘算出兵之际，头号大敌曹操亲率十五万大军，号称四十万，扬言要报赤壁之仇，浩浩荡荡，进逼淮南。

孙权只能暂时先放下荆州，优先考虑对付曹操。他立即召集众将，商议对策。曹操这一次大举来袭，距离赤壁之战已经过去了四年。在那次奇迹般的伟大胜利之后，诸将深深沉浸在“东吴水战，天下无敌”的美好感觉之中，此时纷纷认为，上一次曹操的百万大军都不在话下，这一次的兵力还不到上次的一半，哪里还用担心呢？只要放手让曹军进入长江水域，必可一战而胜。

与上一次众谋士悲观性的“群体极化”不同，这一次，东吴的众武将显露出了乐观性的“群体极化”。但无论是哪一种群体极化，都不是组织之福。美国通用汽车公司的总裁艾尔弗雷德·斯隆曾经说过一句颇为睿智的名言：“在没出现不同意见之前，不做出任何决策。”这样的做法，是确保领导者能够看到正反两种意见，从而避免“剑走偏锋”。

赤壁之战前，孙权曾经深受“众口一致”的困扰，幸而有鲁肃力排众议。这一次，孙权也希望能听到有见地的不同意见，然后再做决定。

孙权环视众将，终于看到了他想要的情形，但站出来说话的人有点让人意外。

这个人竟然是以莽撞武勇著称的吕蒙。

吕蒙说：“用兵之道，不可固守定规。赤壁之战，我方大胜，是因为天时地利人和都在我方。现在曹贼卷土重来，必然吸取了赤壁的教训，对水战做了充分演练。从兵力对比上来看，依然是敌众我寡。如果放手让曹军进入长江，恐怕胜负难料。依我愚见，不如在濡须水域，建造坚固壁垒，扼守入江水道拒敌。敌不能进，必然败退。”

吕蒙这一献策，其他将领鼓噪起来，纷纷反对说：“我东吴水军作战，从来是上岸杀敌，洗脚登船，哪里用得着构建堡垒？”

诸将对吕蒙的意见大加驳斥，有两大原因。

首先，吕蒙提出的做法和东吴水军惯例大相径庭。人们往往会不假思索地按照旧有图式行事，这就是惯性思维。

其次，众人对吕蒙的印象一直是那个懵懂鲁莽的“吴下阿蒙”，根本不相信他会有什么奇思妙策。这是“首因效应”的影响所致，即最初呈现的信息对人们的认知与判断有着特别大的影响力。

孙权听了吕蒙的这番建议，却非常高兴。这倒不是因为吕蒙的建议完全正确，而诸多老将的想法完全错误。事实上，按照诸位老将的策略，也未必一定不能破曹制胜，让孙权深感欣慰的是吕蒙的巨大变化。

此前，孙权曾经对大将吕蒙和蒋钦说：“你们现在当权掌管大事，可要好好读书学习！”吕蒙回应说：“军中事务繁忙，我没有时间读书。”孙权说：“我又不是让你去研究儒家经典当博士，你只需要广泛涉猎，多了解历史就好了。再说了，你说军中事务繁忙，难道还能比我忙吗？我自己就经常读书，而且觉得受益匪浅！”

孙权之所以会有如此感触，也是有原因的。在赤壁之战的决策中，孙权本人束手无策，但他眼见只比他大一岁的诸葛亮胸有成竹，谋略万端，不免大受刺激。诸葛亮也从未有过实战经验，但一出山就能够挥斥方遒，运筹帷幄。这只能是读书所致。孙权再想起周瑜、鲁肃等人，莫不如此。于是，孙权就暗自下决心，要好好补上这一课。赤壁大战，他本人并未亲自操盘，所以有大量的时间可用于读书学习。积以时日，孙权自觉收获良多。出于人所共有的炫耀心理，他才会将自己的经验分享给吕蒙、蒋钦这些武将。当然，他是不会去找那些书读得比他多，智识在他之上的谋士“班门弄斧”的。

这个吕蒙，虽然读书不多，却是个非常机灵的人。当初，孙权刚刚继位的时候，准备对部队进行整编。东吴军制，部属归主将所有。孙权想把一些小股部队进行合并，吕蒙得知消息后，立即借钱给自己所部的士兵制作了深红色的衣服，并置办了绑腿。等到孙权检阅的时候，吕蒙所部着装鲜亮，整齐划一，立即引起了孙权的注意，孙权于是将其他人的部属划归吕蒙统领。吕蒙的机智由此可见一斑。

吕蒙听懂了孙权劝学的深意，从此无论军务多么繁忙，每天都要抽出时间看书学习。以他的聪明劲儿，日积月累之后，学识水平果然大有所成，这才会在军事会议上说出这一番与众不同的话来。与他一起受教的蒋钦并没有将孙权的告诫放在心上，当然也就不会有长足的进步了。

孙权既为吕蒙忠实执行自己的意见而高兴，更为吕蒙学有所成而欣慰，当即决定采纳吕蒙的意见，兴建濡须坞，对付曹军。

曹操大军到达之后，先以水军进攻。东吴水军充分利用了濡须坞的堡垒作用，战则能进，退则可守，曹军始终占不到任何便宜。

两军相持数月，曹操眼看军粮将尽，起了退兵之意。正在此时，孙权给曹操送来了一封信。

这信上只写了十六个字：春水方生，公宜速去。足下不死，孤不得安。

这是告诉曹操，春雨开始下了，道路泥泞，水势大涨，你再在这里耽搁，恐怕得不了好，还是赶快回去吧。你要是不死呢，我是不会安心的。

孙权这封信如实写明了当前的情势判断，曹操深感在理，尤其值得一提的是孙权的口气。“足下不死，孤不得安”，孙权把自己放在了和曹操平等论交的位置上，口气略带调侃，却又透出了如许自信。回想起当初孙权被曹操的恐吓信吓得魂不守舍的熊样儿，孙权确实已经不可同日而语了。

这封信对曹操的触动是很大的。曹操看了信之后，哈哈大笑，把信交给部下传看。曹操说：“孙权小儿，说的都是真话！”

曹操决定下令退兵。退兵之际，曹操心中颇有几分无奈。他遥遥看见东吴水军，战船齐整，旌旗猎猎；一众将士，戒备森严，凛然有威，不由大声赞叹道：“生子当如孙仲谋！像刘表的那几个儿子啊，不过是猪狗罢了！”

曹操曾经不把孙权放在眼里，所以才会“大意败赤壁”。濡须一战让曹操知道，自己又多了一个不容忽视的强劲对手。

孙权彻底改变了曹操对自己的看法，这是出于“近因效应”的影响，即最新呈现的信息对人们的认知与判断有着特别大的影响力。

孙权等曹军撤退后，也返回了治所所在的建业。这几年来，孙权因为对敌的需要，已经几次迁移治所驻地。

孙权回来后，奉命镇守汉昌郡（孙权新置之郡）的鲁肃来见他，两人谈及濡须的战况，不由心怀大畅。鲁肃也深为孙权的成熟而大感兴奋。

闲谈中，孙权对于吕蒙的表现大加赞许。孙权这一说话，顿时勾起了鲁肃的记忆。

原来，鲁肃去汉昌郡赴任途中，经过吕蒙镇守的寻阳县。鲁肃一向认为吕蒙不过是个勇猛莽夫，颇为不屑，本不想去访见吕蒙。但他的部属劝他说：“吕蒙深得主上厚爱，您还是要和他搞好关系才行。”鲁肃勉强去见吕蒙，没想到两人一交谈，吕蒙竟然让鲁肃刮目相看。

吕蒙问鲁肃：“您现在承担了周都督的重任，与镇守荆州的关羽为邻，不知有何策略，以备不虞？”

鲁肃一向是主张孙刘联合，共抗曹操的，并不太以刘备、关羽为敌，因此随后答了一句：“随机应变即可。”

吕蒙却说：“如今孙刘虽为一家，但关羽实为熊虎之将，野心勃勃，怎么能不预先制定应对之策呢？”说完，吕蒙一口气提出了五条对付关羽的计策。

鲁肃只听得目瞪口呆。他根本没想到，这个一向被人看不起的“吴下阿蒙”，竟然有如此超前的眼光和精深的谋略！鲁肃顿觉吕蒙的水平已经远在自己之上。他缓过神来，走到吕蒙的跟前，亲热地拍了拍他的后背，说：“子明，我真没想到，你的才略竟然已经高深到如此程度了！”

吕蒙微微一笑，说出了一句日后流传千古的名言：“士别三日，当刮目相看。大哥你怎么才看出来啊？”

这是“近因效应”的一个经典案例。鲁肃立即去拜见了吕蒙的母亲，从此将吕蒙视为自己的心腹兄弟。

鲁肃把这段往事跟孙权一说，孙权连连点头，对吕蒙的印象更是好上加好，心中那份因为错失庞统的遗憾与懊悔也渐渐地消退无踪了。

心理感悟：绝对不要用一个人的过往来判断他的未来。

29 土地能不能换和平

对曹操，孙权已能昂首直面，但刘备始终是孙权的一块心病。当刘备攻克西川，自领益州牧的消息传来后，孙权的心理立即失衡了。

孙权召集文武，说："当初刘备借我荆州，说取了西川就还，现在他得了益州，必须让他归还荆州，否则就出兵攻打！"

众人面面相觑，心想："借荆州都是鲁肃整出来的事，还荆州也得着落在他身上才对。"但此时鲁肃镇守陆口（汉昌郡治所）未归，众人也不能不给孙权出谋划策。张昭说："我有一计，可以让刘备拱手将荆州奉还主公。"

张昭的办法是派诸葛瑾去讨要荆州，因为刘备对诸葛亮极为倚重，不可能不给面子。但是，东吴众谋士也考虑到刘备可能不愿意把南郡交还，于是又提出了一个替代方案，即索要荆南的长沙、零陵、桂阳三郡，以替换南郡。

刘备得了益州后，心气更加高涨，他正要以荆益二州为根基，北伐曹操，以图建立更大的功业，怎么肯把战略要地拱手相让呢?

刘备只能对诸葛瑾虚与委蛇，于是故技重施，拿出对付鲁肃的招数，说："等我攻取了凉州，就将南郡奉还。"诸葛瑾不是傻子，自然明白这不过是刘备的缓兵之计。可是自此之后，刘备称病不出，诸葛瑾只能黯然退归东吴。

诸葛亮以国事为重，不可能像张昭所说的那样因私废公，顾及手足之情。张昭的这一计可以说是完全落空了。

孙权闻报大怒，立即自行任命了长沙、零陵、桂阳三郡的太守，让他们各自前去赴任。孙权的这一举动，明显有意气用事的成分。这也说明他心中窝的那股被刘备玩弄于股掌之上的怒火已经到了要喷薄而出的地步了。

此时的荆州由虎将关羽镇守，关羽怎么能坐视他人来接管他治下的荆南三郡呢？关羽下令，用武力将孙权所派的官员全部驱逐出境。

孙权怒气更甚，当即命吕蒙率领三万精兵，迫近荆南三郡。而坐镇南郡治所江陵的荆州主将关羽竟然对此毫无觉察，这无论如何是说不过去的。

长沙、桂阳二郡闻风而降，唯有零陵郡太守郝普坚守不降。

刘备在西川得知孙权出兵，大吃一惊，命诸葛亮镇守成都，自己立即率五万精兵赶回公安，并派关羽率兵三万至益阳，摆出了不惜一切代价打“荆州保卫战”的架势。

孙权见刘备也动了真格，不免也有些担心，立即调整了军事部署，令鲁肃率领一万兵马急趋益阳，同时命吕蒙放弃继续攻打零陵，紧急驰援鲁肃。

吕蒙接到孙权的命令后，却不甘心放弃即将到手的零陵。这个大器晚成、令人刮目相看的俊杰，当即想出了一个诳取零陵的妙策。

吕蒙对孙权的命令秘而不宣，然后连夜召开军事会议，声称次日早晨就要攻城，慨叹郝普不识时务。吕蒙还故作神秘地透露了一些军事情报，说刘备已经被夏侯渊包围，根本就没能赶回荆州，还说关羽已经被孙权击败，无力前来救援，郝普负隅顽抗，根本没有任何希望。

吕蒙有意将这些信息透露给郝普的老朋友邓玄之，然后派邓玄之进城劝降。

郝普听了邓玄之的话，十分恐惧，只能选择投降。吕蒙亲自迎接郝普归降，拉着他的手，然后将孙权的谕令拿出来给他看。

郝普这才知道自己中了吕蒙的计了，但木已成舟，为时已晚。吕蒙看到郝普目瞪口呆的样子，不禁高兴得拍手大笑，竟然没顾得上郝普懊丧欲死的心情。这是吕蒙第一次独立担当主将立的功勋，难怪他会如此得意忘形。

吕蒙随后立即驰援鲁肃。孙权得知了吕蒙计取三郡的经过后，对吕蒙的印象更是好上加好。自从孙刘两家开始打交道以来，孙权几乎没占到什么便宜，一直被刘备牵着鼻子走。唯有吕蒙这次流光溢彩之举，让孙权好好地出了一口气。在孙权看来，吕蒙的能力甚至超过了周瑜、鲁肃。而更让孙权高兴的是，吕蒙可以说是他自己一手栽培起来的。孙权不禁为自己的知人善任、明察于先而自得不已。

刘备当然不甘心被孙权占了三郡。孙刘两家剑拔弩张，眼看一场殊死大战即将拉开帷幕，刘备却突然服软了，主动派人与孙权讲和。

这是为什么呢？

原来，曹操趁机攻取了汉中，有意对西川发起进攻。刘备担心两面受敌，左支右绌，不但益州可能失守，荆州也可能不保。为了确保西川安全，刘备只能忍气与孙权讲和。

孙刘两家经过协商，终于议定了领土归属。双方决定，以南北流向的湘水为界，湘水以东的江夏、长沙、桂阳三郡为孙权所有；湘水以西的南郡、零陵、武陵三郡为刘备所有。这样的一个折中方案，对于孙权来说，是用一个南郡换回了长沙、桂阳两个郡，颇为划算。但这还不是孙权最重要的收获。孙权此前一直拿刘备的无赖行径毫无办法，这一次下狠心动了真格，却很快就让刘备服软了。这一事件，其实是孙刘曹三家博弈关系进入一个全新阶段的肇始。孙权一时尚未真正认识到这一事件之于东吴的极大战略价值，但他的思想火花已经借此点燃。

对刘备来说，虽然失去了长沙和桂阳，但战略位置更好的南郡名正言顺归自己所有了。况且，长沙、桂阳、零陵本已失守，在孙权的控制之下，通过和谈，又捞回了一个零陵，也算是很不错的“买卖”了。再者，和孙权握手言和后，就不用担心腹背受敌，更为重要的西川就可保无恙了。所以，刘备也为自己的“土地换和平”策略而感到满意。

刘备的满意是暂时的。事实上，荆州地盘被重新划分后，刘备所有的南郡、零陵已在曹操和孙权的包夹之中，这是很危险的情形。所以，土地能不能换来真正的和平，还不能立下定论。而更重要的是，关羽作为荆州主将是否称职的问题。如果关羽一向谨慎小心，警觉灵变，怎么会对吕蒙大军压境毫无觉察？如果关羽一向治理有方，御下有术，长沙、桂阳二郡守将怎么会望风而降？

刘备没有另换他人镇守荆州，也没有对关羽善加提醒，最终为后来荆州的全面失守埋下了祸根。

孙权和刘备讲和后，继续将曹操当作头号大敌。张昭因此献策说：“主公，可趁曹操在汉中之际，攻打合肥。”

孙权同意了，亲自率领吕蒙、甘宁、凌统等将领前去攻打合肥。吕蒙衡量形势后，对孙权说：“现在曹操派庐江太守朱光，屯兵于皖城，作为合肥的强援。我看不如先攻取皖城，再打合肥。”

孙权此时对吕蒙宠爱有加，自然是言听计从。东吴三军用命，甘宁身先士卒，很快攻下了皖城，杀死了朱光。

当夜，孙权大犒三军，重赏吕蒙、甘宁等人。凌统见甘宁又立新功，深得主上厚爱，再一次想起父仇未报，心中大怒。

凌统站起身来，说：“筵前无乐，且看我舞剑。”甘宁知道他的用意，为了自保，也拿出两支铁戟，说："看我筵前使戟！"

吕蒙一见不妙，立即一手拿着盾牌，一手提刀，分开两人。

孙权将甘宁、凌统两人分开已经数年，以为随着时间的流逝，凌统已经淡忘了甘宁的杀父之仇，没想到两个人碰到一起，还是分外眼红。

孙权喝令二人放下军器，说："我一直让你们两个莫记旧仇，今日何故又如此呢？"凌统不答，哭拜于地。孙权深感无奈，只好再三劝说。

进攻合肥之前，发生了这样一档子事，孙权颇感不快，但想到合肥守军只有七千余人，而己方大军有十万之众，以多击少，以强凌弱，自然胜算在握，也就放下了烦恼。

大敌当前，东吴两员大将却差点因私仇而火并，这并不是一个好兆头。显然，在轻松攻克了皖城后，东吴军中已经弥漫了一股轻敌情绪。否则，凌统、甘宁不可能将注意力放在私仇之上。

另一个坏消息则是疟疾瘟疫悄然在军中蔓延，这严重地削弱了军队战斗力，正如当初赤壁之战时，瘟疫也是导致曹军溃败的重要原因之一。

孙权令吕蒙、甘宁为前队，自己和凌统居中，往合肥杀去。甘宁前队与曹将乐进正面遭遇，杀作一团。乐进诈败而走，吴军直驱而入，忽然左侧张辽、右侧李典直奔孙权中军杀来。孙权身边，仅有凌统手下三百余骑。甘宁回救不及，孙权大惊，凌统拼死抵住，孙权策马而逃。凌统所部，均死于乱战之中，凌统本人也多处负伤。

孙权侥幸逃脱了张辽的追杀，但他狼狈不堪的模样让张辽畅快不已。张辽看着孙权逃窜的身影，大声喊道："紫髯小儿，知道我张辽的厉害了吗？"

孙权败退之处，叫作逍遥津。这一场战役就叫作"张辽威震逍遥津"。这一战后，张辽的大名在东吴军中广为传颂，就连江东小儿夜啼，一听到张辽的名字立即就吓得不敢再哭了。

东吴大军因为瘟疫和轻敌，惨败于兵力不到自己十分之一的曹兵。孙权十分不甘，退回濡须坞暂行休整，准备择机再战。

心理感悟：敌人，有时候是最好的帮手。

30 干戈如何化玉帛

曹操得知合肥被攻，留夏侯渊镇守东川，自领数十万大军，杀向合肥。孙权与众谋士商议后，先派董袭、徐盛二人领五十只大船，在濡须口埋伏，又派陈武带领人马，往来江岸巡哨。

孙权问诸将："曹操远道而来，谁能当先迎敌，挫其锐气？"此时的孙权虽然败于张辽之手，但面对曹操依然信心满满。

凌统第一个站出来说："我愿领兵去打头阵！"

孙权问："你要带多少兵马？"

凌统说："我只需三千人马就足够了。"

甘宁在一旁听了，冷笑道："我只要一百骑兵，足以破敌，哪里用得着三千人马？！"

凌统大怒，出言反驳，两个人在孙权面前吵了起来。孙权只好再做和事佬，说："曹军势大，不可轻敌。"于是派凌统率三千兵马，前去哨探。

甘宁见孙权发话，只好将火气压下去。甘宁为什么要故意在孙权面前刺激凌统呢？

原来，这是一种典型的攻击转移现象。甘宁因为与凌统有杀父之仇，自从投了东吴后，就一直有意避着凌统。双方数年未见，但这次孙权将两人调配在一起后，凌统依然对甘宁不依不饶。甘宁不胜其烦，决意和凌统痛痛快快地做个了断，以免永无宁日。但孙权一直居中弹压，不让两人争斗。既然明面上不能私斗，甘宁的怒气只能转移到公差上来。甘宁故意用"百骑"这个看似不可能的数字来刺激凌统的"三千人马"，就是要"假公济私"，挑起争斗，以彻底制服凌统。

凌统领命而去，当头正遇到曹兵先锋张辽，两人相斗一番。孙权担心凌统有失，命吕蒙接应凌统回营。

甘宁见凌统无功而返，内心冲动，觉得自己的机会到了。他连忙去找孙权，表明自己要率领一百骑兵，夜劫曹营，如果折了一人一骑，都算不得功劳。

甘宁、凌统两人间的恩怨，纠缠不休，早已让孙权头痛不已。百骑劫营，如同天方夜谭，闻所未闻。但孙权知道，如果自己不答应甘宁的要求，不知道他还会生出什么事来。甘宁想做个了断，孙权也想做个了断。这么一想，孙权就颇为冲动地答应了甘宁的请求，还赏赐了甘宁五十瓶酒、五十斤羊肉，让他一并犒劳随他前去夜袭的一百精锐马军。

当甘宁请这一百人喝酒吃肉，并告诉他们吃饱喝足后要连夜去劫曹营后，这些吃喝正欢的马军可都不干了！他们个个面面相觑，吃不下，也喝不下了。

甘宁一看他们面露难色，立即拔剑在手，大怒道："我身为上将，都不惜一死，尚且要去；你们这一群小小兵卒，怎么敢顾惜自己的小命？"

众马军一看甘宁的架势，如果再不响应，恐怕没死在曹营，就先死在甘宁剑下了，于是群情激愤，齐声喝道："我们愿效死力，跟着将军去闯曹营！"

甘宁大喜，当下与一百马军风卷残云般将酒肉吃尽，在头盔上插上白鹅毛作为记号，等到二更时分，披甲上马，急冲至曹操的中军大寨边上。

甘宁喝令部下拨开鹿角，就在马上敲锣击鼓，在中军大寨中往来冲突。曹营将士睡意正浓，忽听到锣鼓齐鸣，不知道多少敌人来袭，吓得从睡梦中惊醒，四处逃窜。

甘宁率领百骑，见人就杀，曹营中一时大乱。甘宁趁乱又带着一百军骑从容杀出。孙权担心甘宁有失，急命周泰率一支兵马前来接应。曹操唯恐再中东吴埋伏，不敢追袭，甘宁轻松突出重围，回归自家大营，一百人马毫无损伤。

甘宁凭着血气之勇，创造了一个奇迹，孙权却后怕不已。他早早迎在大营门口，等着甘宁回来。孙权看到甘宁平安归来，心中连称庆幸，如果甘宁有个三长两短，那就是他这个主帅的重大失职。

甘宁急忙下马拜倒，孙权疾步上前扶起，拉住甘宁的手，说："将军此去，足以把曹操老贼吓得半死了！这可不是我舍得拿你冒险，只不过是想看看你的胆量到底有多大啊！"

孙权的御下之术确实越来越高了。他这句话一说，就把此前所有考虑不周之处都轻轻抹去了。随后，孙权又赏赐甘宁绢一千匹、利刃一百口。甘宁本来就是要借着劫营，做给凌统看看，出一口恶气的，哪里会吝惜这些赏赐之物？他转手就分给了跟随他同闯敌营的一百勇士。

孙权越想越兴奋，觉得甘宁真是给自己争了大脸了，冲口而出："曹孟德有张辽，我有甘兴霸，足以相敌！"兴头上随即又封甘宁为平虏将军。孙权以为张辽是曹操手下的头等猛将了，其实他是没见过另外几个狠角色。

甘宁扬眉吐气，凌统可就受刺激了。第二天，张辽引兵搦战，凌统第一个讨令出战，想要为自己争回脸面。

张辽令乐进迎战。凌统与乐进相斗五十回合，不分胜负。曹营中曹休见状，施放了一支冷箭，正中凌统胸膛！乐进大喜，持枪要刺死凌统。正在此时，东吴阵营中也飞出一箭，正中乐进面门。

两军齐出，将己方大将抢救回营，双方罢战。

凌统回营后，拜谢孙权。孙权说："不要谢我，放箭救你的人是甘宁！"凌统又惊又愧，回身向甘宁顿首谢道："不想兄长如此施恩！"

这一意外事件给了孙权一个绝佳的调和机会，他借机让凌统、甘宁两人消弭恩仇，结为生死之交。二人从此欢好，再不争斗。

曹操兵分五路，来袭濡须，正赶上江风大作，白浪滔天，将东吴战船掀翻。吴军大乱，大将董袭沉江而死，徐盛被李典包围。孙权亲自引兵去救，却被张辽、徐晃团团围住。

曹操喝令诸将："谁敢去将孙权擒拿？"虎将许褚应声而出。情势十分危急，东吴大将周泰见状，杀入阵中，死命来救。

周泰寻见孙权，让他跟着自己杀出重围。周泰成功突围后，却发现孙权不见了。周泰再度杀入重围，救出孙权。如是冲锋三次，才将孙权救出。

周泰护着孙权来到江边，吕蒙过来接应，孙权这才算是保住了性命。

这一仗，东吴死伤惨重。战后检点，东吴大将陈武也死于乱军之中。孙权不敢再战，下令死守濡须坞。吕蒙当初的建议，此刻见了奇效。曹军攻不进来，东吴军也攻不出去，双方相持月余，终于决定罢兵不战。

曹操留曹仁、张辽驻守合肥。孙权则留周泰为镇守濡须的主将，但同时留守濡须的副将朱然、徐盛却因为周泰出身寒门而看不起他。

孙权看在眼里，却未置一词。他已经从处理甘宁、凌统的恩怨纠葛中得出了一个教训，知道直接强行干涉并非良策。

孙权在离开之前设宴与诸将话别。孙权突然走到周泰面前，手扶其背，眼泪滚滚而下。众人见状大惊。

孙权眼含热泪，说："幼平，你为了我孙家兄弟，在枪林箭雨中不惜性命，多处负伤，身上到处是伤疤，就如刻画一般，怎么能不让我感动呢？"

说完，孙权让周泰解开衣服，吩咐众将上前观看。只见周泰身上伤痕累累，遍布全身。孙权指着周泰身上的一处处伤痕，询问周泰是在哪一次战斗中负伤的，周泰一一作答。孙权每指一处伤痕，就敬周泰一杯酒。

众将被这"活色生香"的一幕行为秀惊住了。周泰的形象一下子变得异常高大，谁还不对他深怀敬意呢？谁还敢低看他呢？而孙权不忘旧恩的"款款深情"也感动了诸人。

周泰喝了一杯又一杯，眼看已是酩酊大醉。孙权依然亲热地抚着他的背，一字一顿地说道："幼平，你是我孙家的功臣。我和你荣辱与共，休戚相关。我委你兵马重任，你可快意行事，不要因为出身寒门而畏手畏脚！"

孙权的这句话就是说给朱然和徐盛听的。你们不是因为周泰出身寒门而瞧不起他吗？那我就要给他最荣耀的礼遇。孙权随即还下令将自己专用的青罗伞盖赏赐给周泰。

朱然、徐盛看了这副架势，心中深感惭愧。孙权虽然没有指斥他们一句，却成功地改变了他们对待周泰的态度。

孙权用巧妙的方法协调了部属之间的矛盾，说明他的领导智慧已取得了长足的进步。这样的一个孙权，完全担当得起东吴第一人的重任了。

心理感悟：感官刺激是激励的最高境界。

此后，曹操进位为魏王，在僭越之路上跨出了关键性的一步。汉高祖刘邦取得天下后，曾经搞过一次“白马盟誓”，宣称“非刘氏而王者，天下共击之”。曹操这外姓之人称王，对外界而言，是一个非常明显的逆篡信号。

刘备则攻下了汉中之地。汉中是刘备的老祖宗刘邦的龙兴之地，刘备因此自立为汉中王。

孙权顿时感到了很大的压力。曹操敢于称王，说明他对整个局势的掌控力更大了。而刘备在拥有了东西两川以及部分荆州之地后，确实也具备了称王的实力。孙刘两家的联盟关系早已名存实亡。面对这两个日渐强大的对手，孙权坐立不安。

就在这个时候，孙权的第一重臣鲁肃去世了。孙刘两家的关系趋恶，孙权对一力主张并促成孙刘联合的鲁肃，心情颇有点复杂。

孙权厚葬了鲁肃，但心中已经对鲁肃产生芥蒂，只是隐忍未发。多年以后，已经称帝的孙权对当时最信任的重臣陆逊透露了自己对鲁肃的看法。孙权说：“鲁子敬有二长一短。当初，他因为公瑾的推荐来见我，刚一见面，就提出了帝王之略。这是一长。后来曹孟德率百万之众，进逼江东。张昭等人力主投降，子敬却力排众议，劝我奋起抗击。这是二长。他劝我借荆州之地给刘备，却是一短。”

孙权又说：“周公旦从不对人求全责备，所以我对子敬也是忘其短而贵其长。”话虽这么说，但如果孙权真的能做到“忘其短”，只需“贵其长”即可，没有必要再将他所认为的鲁肃之短宣之于外。况且，就当时的形势而言，鲁肃的主张未必不是正确的抉择。后来孙刘失和也是形势发展产生的变局，但绝不能因为这一决策此后的不甚如意而完全抹杀此前所起的正面作用。

鲁肃去世之前，力荐令他刮目相看的吕蒙接替自己的职位。孙权对吕蒙正处于最欣赏、最信任的阶段，当然是如其所请了。吕蒙这一上位，就意味着东吴的“对刘政策”发生了根本性的转变。因为吕蒙和周瑜的战略思路是一脉相承的，都将刘备视为不容忽视的对手，而非联合对象。

再说曹操，得知刘备紧随自己之后称王的消息后，极为愤怒，非常失态地破口大骂：“织席小儿，安敢如此！我要不灭了你，誓不回都！”曹操当即要起倾国之兵，杀奔两川，与刘备决一雌雄。

司马懿瞅准时机，劝谏曹操：“王上不可动一时之怒。我有一计，不须动刀舞枪，就能让刘备在蜀中不得安宁。等到他兵衰力竭，再派一将，就能一举歼灭！”

曹操一听，还有这么便宜的好事，当然是愿闻其详了。

原来，孙刘失和的种种迹象已经被洞烛其微的司马懿发现了。司马懿说：“江东孙权曾经把妹妹嫁给刘备，现在却已取回江东，说明他们之间已有不可弥合之裂痕。王上可以派一位能言善辩之人，到东吴去见孙权，陈说刘备恶迹，让他去攻打荆州。刘备必然起两川之兵，救援荆州。那时，大王再去攻打汉中蜀中，刘备首尾不能相救，大事必成矣。”

曹操大喜，立即派满宠为使者，去见孙权。

孙权召集众谋士商议。张昭自从赤壁之战前的劝降之举后，一直被周瑜、鲁肃压得抬不起头来。现在，周瑜、鲁肃都已过世，曹公却又派使者来了，张昭立即觉得为自己平反昭雪的机会到了，说：“魏与吴本来无仇，都是一时听了诸葛亮的说辞，两家反目，终年征战不息，生灵涂炭。这次满宠前来，必有讲和之意，主公可好好接待他，看其言行。”

孙权于是对满宠以礼相待。满宠的口吻仿佛和张昭事先商量过的，如出一辙，却又更加直白。满宠说：“吴魏自来无仇，都是刘备居中弄事。这次魏王派我前来，就是要约会东吴，共破刘备，共分疆土。两家誓不相侵！”

长期以来，孙权一直将曹操视为不容置疑的敌人，从来没有思考过以曹为友，共图刘备。事实上，这也是整个江东精英群体的共识。所以，张昭最大胆的估计也不过是曹操有意与东吴“讲和”。

满宠赤裸裸的请求大大超越了孙权的思想底线，强行拉开了孙权的思维铁幕，虽然只是透进了一点点光亮，这一点光亮却有可能在适宜的情势下成为燎原之火。

孙权一时不敢下定论，于是先将满宠安顿好，再与群臣商议。

顾雍与张昭是同一派的，很快就接受了满宠的方案，对孙权说：“满宠所言，虽是说辞，但颇为有理。主公可以一边送满宠回去，与曹公约好首尾相击；一边派人渡江去荆州，探听关羽动静。”

诸葛瑾却不干了。他是诸葛亮的兄长，张昭把魏吴交恶的一切责任都推到诸葛亮的身上，这是他不能接受的。诸葛瑾不愿意手足相残，只好想方设法为挽回孙刘关系再做一次努力。

诸葛瑾对孙权说：“主公，我听说关羽有一个女儿，尚未嫁人。我愿意去一趟，为主公的世子求婚。如果关羽答应婚事，我们就和他共破曹操；如果关羽不肯，我们就和曹操联合，攻打荆州。这样师出有名，才会人心归附。”

孙权顿时想到了自己的妹妹与刘备不成功的婚姻。在当时，女子是没有多少权力的，不过是男权统治下的物品罢了。比如曹操，对汉献帝苦苦进逼，杀了他的伏皇后，却又把自己的三个亲生女儿嫁给了他。

孙权左思右想，觉得不如将诸葛瑾的建议当作一个测试，看看刘备一方对东吴的真实态度到底是什么样的。这样做毫无损失，就算关羽答应了婚事，自己也绝不会因为这一门亲事就束缚了手脚，就像当初刘备也不曾因为与东吴结亲而有所顾忌一样。

诸葛瑾领命来到荆州。

关羽十分傲慢，闻报后也不派手下人迎接，大剌剌地等着诸葛瑾来见。

诸葛瑾对关羽细说来意：“我家主人有一世子，非常聪明，吴人纷纷称奇。我听说将军有一女，尚未室人，因此特来求亲。两家和好，并力破曹，实乃天下之美事也。”

诸葛瑾是话中有话。他出于对江东的忠诚，必须保守曹操有意联合东吴共同对付刘备的机密。他只能用“两家和好，并力破曹”来委婉提醒关羽，不要仅从婚丧嫁娶的一般意义上来理解他的这次登门求亲，而且要从战略大局的高度来看待。

可是，关羽素来看不起东吴之人，不久前吕蒙巧夺三郡，又让他脸上无光。所以，一听诸葛瑾这么说，关羽顿时一腔怒火倾泻而出，怒喝道：“我家虎女，怎么肯嫁给孙权的犬子！你怎么敢到我面前胡言乱语，要不是看在你兄弟的脸面上，一刀就砍了你的头！”

诸葛瑾的一番苦心，非但没有得到关羽的响应，反而被关羽兜头一顿羞辱，只好愤懑不平地回转东吴。

孙权听了诸葛瑾的回报，勃然大怒。关羽对他的极端蔑视，顿时让他联想起当初诸葛亮孤身渡江，讽刺挖苦自己不如刘备的往事来。诸葛亮为了激将孙权，话也说得很难听。当时孙权囿于情势，并未深究。

此一时也，彼一时也，孙权已经不是当初那个青涩稚嫩的“吴下阿权”了。孙权经历日多，经验日丰，自信日盛，已经很难容忍他人对自己的蔑视了。孙权将诸葛亮和关羽的无礼一联系起来，自然就引发了他对刘备整个阵营的愤恨不满。

可以说，正是关羽毫无远见的鲁莽之举，硬生生地将孙权推入了曹操的怀抱。孙权召集文武，商议攻打荆州之事。

商议中，步骘突然担心会不会中了曹操的“隔山观虎斗”之计。他的判断理由是，曹仁屯兵于襄阳、樊城，正可从陆路攻打关羽，但他按兵不动，只等东吴渡江而战。步骘建议孙权再派使者去许都见曹操，让他命曹仁先从陆路发起进攻，东吴再从水路配合。

步骘的这个办法当然更为稳妥，孙权依言行事。曹操得知孙权愿意与自己联合出兵，大感快慰，当即同意了东吴的要求，再派满宠为使者，让曹仁出击。

曹仁领命，尚未出征，哪料关羽已经兵临城下！

原来，刘备进位汉中王后，立即命关羽攻击襄阳、樊城，以张声威。关羽的这一次快速军事行动，彻底打乱了曹孙两家的阵脚，其影响极为深远，最终改变了天下大势的走向。

心理感悟：哪有什么正确的选择，你所有的努力无非是让自己的选择变得正确。

32

想起了“徐氏心法”

关羽的这一次出击，如有神助，很快以雷霆之威攻克了襄阳。曹仁退守樊城，曹操急忙令大将于禁、庞德紧急支援曹仁。

关羽量形度势，趁着襄江、白河之水大涨之机，上演了一幕“水淹七军”的磅礴大戏，于禁大军淹死者不计其数，余者吓得魂不附体，纷纷投降。主将于禁被擒后，竟也贪生而降。唯有一个庞德，奋血气之勇，不肯服软，受擒后被关羽斩杀。

关羽一战成神，威震华夏。曹操闻报后，吓得连忙召集群臣商议迁都之事，以躲避关羽之锋芒。

司马懿挺身而出，坚持自己提出的“联吴制关”之策。司马懿说：“王上万万不可迁都！于禁被淹，于国家大计并无损伤。现在刘备、孙权嫌隙已生，关羽得志昂扬，孙权定然心中不快。我们应该派遣使者赶赴东吴，对孙权挑明这一层利害关系，让孙权暗中起兵，从后偷袭关羽！”

曹操与关羽之间恩怨纠葛不休，一向深知关羽神勇，虽听司马懿这样说，依然恐惧不已。这个时候，另一位深得曹操信任的大臣蒋济给了司马懿最坚定的支持：“司马仲达所言，正是金石之论。王上只需派一个使者去东吴知会孙权，何必兴师动众迁都呢？”

在司马懿和蒋济的双重加持下，曹操终于决定不再动议迁都之事。此时，关羽正借着水淹七军之神威，疯狂围攻樊城。曹操急忙派徐晃赶去支援，然后再派使者前往东吴。

其实，曹操和司马懿的算盘打错了。关羽凭借这一场不可思议的大胜，已经成为恐怖魔王的化身，不但曹操吓得够呛，孙权也被吓个半死。

安全感是人的第一需求。曹操的使者带来的土地、爵位的诱惑再大，都比不上自身安全重要。孙权十分庆幸，关羽没有将他当作攻击的目标，他又怎么敢为了配合曹操，主动去招惹关羽呢？

孙权暗下判断，以关羽的凛然神威，襄樊指日可克，随后他再挥师北上，必然所向披靡。到时候，曹操最后悔的一定是没有赶快迁都。

所以，曹操的使者急急前来，不但没有推动孙权在背后偷袭关羽，反而加深了孙权的恐惧，让孙权滋生了与关羽联合攻曹的强烈念头。

孙权好歹打发了曹操的使者，立即派出使者赶往樊城前线联络关羽。孙权的用意很简单，就是要搭关羽的“神威号”便车，合力击破曹操，然后孙刘两家平分天下。

对关羽来说，这本来是一个天大的良机。在这个时候，哪怕是假意和孙权联合，至少也能杜绝后患之忧，心无挂碍地向前攻击。况且，孙权与关羽合攻后，其对曹操的阳奉阴违不但会在精神上予以曹操重大打击，而且东吴的兵力必然对曹操的攻防布局造成牵制。

但此刻的关羽已经胜令智昏，飘飘若仙，真的以为自己无敌于天下了。他从来就不曾将东吴放在眼里，现在更是变本加厉。

当孙权的使者表明来意后，关羽冷笑一声说：“你们这些江东鼠辈能派什么用场？还想着和我联合？趁早别做春秋大梦了！”

使者尴尬万分，忍不住为孙权分辩了几句。

关羽怒火更甚，喝道：“孙权这个小王八羔子要是敢耍什么心眼，等我攻克了樊城，看我能不能灭了你！”（原话为：“貉子敢尔，如使樊城拔，吾不能灭汝邪！”“貉子”是对孙权的蔑称。）

使者又气又怕，不敢吱声，赶快逃回了江东。受辱之人，必然心生报复，使者毫不隐瞒，将关羽的原话传达给孙权。

孙权听了，血往上急涌，一张脸涨得通红，几乎赶上了关羽的面色，久久没有说出话来。关羽的话深深地刺痛了孙权，也断绝了孙权对于关羽、对于刘备的最后一点念想。他依然对关羽畏之如虎，但他已经毫无退路。关羽的话已经说得很明白了，只要曹操一灭，他一定会对江东下手的。

孙权不再抱任何侥幸心理，他决定奋起一战！

人们在做决策时，一旦损失已经不可避免，往往会做出更为冒险的选择。这就是冒险倾向。这是因为巨大的恐惧产生了巨大的动力。为了逃避这种巨大的恐惧，孙权只能选择与关羽为敌。

战略方向已定，要采用什么战术策略呢？

这是一个必须慎重考虑的问题。

关羽虽然举兵北向，围攻樊城，但他依然在南郡的江陵、公安等地留下了足够的防守力量。而且，关羽沿途早就安排了烽火台，一旦孙权出兵抄后路，关羽很快就会闻讯赶回。要是关羽不再将曹操作为主攻方向，转而攻击孙权，东吴就会先于曹操遭殃。

孙权忧心忡忡，苦思冥想。突然，他想到了一个人，顿时就像一道闪电掠过暮色浓重的夜空，照亮了在黑夜中踽踽独行者前行的路。

已经整整十年过去了，孙权几乎已经忘记了这个默默无闻的人。但这个人在命运遽然变色之际的绝世壮举早已深深地刻入了孙权的潜意识。当孙权再一次陷入了人生的困境，他的潜意识终于调出了他最需要的智慧指引。

这个人就是孙权的弟媳妇徐氏。

徐氏当年面对妫览、戴员二凶，其力量对比之悬殊，犹胜于今日孙权之于关羽。但徐氏竟能不露声色，妙手除凶，为夫报仇。徐氏制胜的策略无非就是“卑辞求欢，虚与委蛇，静候时机，反戈一击”这十六个字。

早在十年前，孙权就看懂了徐氏的制胜策略。但是知易行难，内外部的种种限制导致孙权很难奉行这一套以柔克刚、以弱胜强的策略。

首先，徐氏之所以“卑辞求欢，虚与委蛇”，实在是不得已而为之。因为在那个时间点，她手上毫无资源。而孙权身为江东之主，资源丰富，绝不是手无寸铁的徐氏可比拟的。但资源反过来也是一种限制，穿鞋的人自然很难援用光脚的策略。

其次，当时的孙权正处于一片质疑声中，他必须证明自己是孙策的合格继承者。哪怕心里怕得要死，他也只能沿袭孙策硬桥硬马的威猛做派，这直接导致了他的逆恐反应。三讨黄祖就是最好的例证。

再次，当时的孙权非常自卑。越是自卑的人，越是担心别人觉察自己的自卑。所以，凡是可能引发外界怀疑自己的言行，一律自我禁忌，绝不奉行。

最后，徐氏是一个女子，而孙权是一个男人。在社会规范中，女子示弱是天经地义的，男人则是“头可断，血可流”，绝不能卑躬屈膝。面对外部的强大压力，“士可杀而绝不可辱”。这是极其重要的一个因素，即便后来孙权变得自信与成熟，足以排除其他限制因素，也很难摆脱这一强大社会规范的约束。

正因难能，所以可贵。在整个中国历史上，能够做到这一点的人凤毛麟角，屈指可数。春期末期的越王勾践，卧薪尝胆十九年，开创了“三千越甲可吞吴”的奇迹。勾践也因此被视为“忍辱负重”的典范人物。

如今，身处吴越故地的孙权，在极特殊的情势中，在强大的自信和巨大的恐惧的混合作用下，克服了所有的限制，终于要将这“徐氏心法”付诸实施了。

孙权咬着牙，亲笔写了一封服软认怂的谢罪信给关羽。他恶狠狠地想，今日的“卑辞求欢，虚与委蛇”，必将化作来日的反戈一击，一击致命！

孙权立即召见了吕蒙。吕蒙是东吴最坚定的“反刘派”，早在鲁肃担任都督时，他就已经为鲁肃献上了对付关羽的五条策略。

君臣两人一番密谋，一拍即合，迅速拟定了“示弱以胜强”的策略。

关羽这个骄纵成狂的猛将，依然沉浸在自己战无不胜的神话中，丝毫没有觉察到致命的危险已经向自己迫近。而最可怕的是，关羽突如其来的神奇大捷，不但打乱了曹操、孙权的阵脚，也搅乱了刘备的手脚。

当初诸葛亮在隆中时对刘备说：“待天下有变，则命一上将，将军身率益州之众以出秦川，百姓有不箪食壶浆以迎将军者乎？”

如今天下已变，最好的战略机会出现了，关羽已经“将荆州之兵以向宛洛”，但刘备根本没做好“率益州之众以出秦川”的准备……

心理感悟：唯有真正自“信”的人，才能做到真正自“卑”。

33

捧杀猛于棒杀

孙权决定对关羽下手，这也意味着东吴必须和曹操联合。因为以关羽此时声威之盛，曹孙两家谁都怯于单独与其抗衡。孙权突然担心自己匆匆打发走了曹操的使者，会不会引发曹操的不满而失去联盟的机会。

于是，孙权立即又写了一封言辞谦卑的信给曹操，表明自己的效忠之心，并派使者立即送往许都。

孙权可以放下颜面，抛开自尊，对曹操俯首帖耳，显然是出于对“徐氏心法”的深刻理解与精妙运用。

曹孙二人，因为共同的需要而前所未有地“紧密团结”在一起。这是孙权第一次挣脱了“只能与曹操为敌”的限制性信念。

此前，孙权与刘备或分或和，根据不同的情势而有所选择，但始终将曹操视为固定不变的敌人。这样的认知极大地限制了孙权在三家博弈中的灵活性。事实上，曹操摆明了要篡汉，而刘备是汉室子孙，他们两家之间的矛盾才是不可调和的。当孙权经由这一次与曹操的“化敌为友”，尝到了在曹刘之间游刃有余的痛快滋味后，三家博弈的主动权和主导权就被孙权牢牢掌控了。在任何一个系统中，总是最灵活的部分发挥最重要的作用。此后，孙权纵横捭阖，为东吴挣得了最大的博弈利益。

再说吕蒙，回到了与荆州对峙的驻地陆口后，发现关羽早已备好了烽火台，偷袭之举很难不被发现。吕蒙已经在孙权面前夸下海口，顿觉压力巨大，开始称病不出。

消息传出，关羽无动于衷。因为关羽从不把吕蒙放在眼中，吕蒙病与不病，对关羽毫无影响，但东吴内部有人觉得不对劲了。

这个人就是陆逊。

陆逊对孙权说：“依我看来，吕子明在这个节骨眼上生病，并非真的有病，其中有诈。”

孙权既已下定决心与关羽为敌，当然希望吕蒙早日动手。吕蒙按兵不动，极大地增加了孙权的担忧之情。

陆逊进言正是时候。孙权听他这样说，就派他到陆口探视。

这陆逊和当年的诸葛亮一样，都是治心病的高手。他奉命来到陆口，见吕蒙面色如常，并无病态，却说："我有一个办法，可以为将军治疗沉疴，不知将军愿不愿听？"

吕蒙当然知道自己没病，陆逊这样说，让他心中一动，说："伯言若有良方，还请赐教。"

陆逊说："我看将军生的是'荆州病'！关羽虽然远攻樊城，但荆州兵容整齐，沿江又有烽火台随时预警，将军一定是担心不能攻取荆州吧！"

吕蒙不由大惊失色。攻取荆州之议是孙权和他两个人密谋商定的，此外再无人知情，陆逊是怎么知道这一重大军事机密的呢?

陆逊当然是根据自己的观察推断出来的。世间万事，在最终揭开盖头之前，早有种种迹象先行显露。关羽对孙权几次三番的凌辱，曹操与东吴间使者的频繁来往，孙刘两家之间的裂痕，吕蒙平素的强烈主张，都是真相拼图的一些碎片。当陆逊将这些碎片拼接起来，自然就窥见全貌了。

吕蒙对陆逊的这一惊，就跟当年鲁肃对吕蒙的那一惊如出一辙。江山代有才人出。东吴与孙权何其幸运，又一位谋略深远的帅才就在不经意间破空而出了。

陆逊不等吕蒙回话，继续说："我有一计，可以让沿江守吏不能举火报警，荆州之兵束手投降，帮助将军达成夙愿。"

吕蒙恭恭敬敬地说："请伯言赐教！"

陆逊微笑道："关羽自恃英雄无敌，骄纵成狂，必然自取败亡。将军不如乘着称病的机会，辞去都督之职，将镇守陆口的重任交给他人。"

听到这里，吕蒙惊中生恼，以为陆逊是来挖苦、打击自己的，正要质问，却听陆逊又说了下去。

"再让此人给关羽写信，卑辞夸赞关羽，以骄其心。关羽一向欺我东吴无能，必然中计，就会调动荆州守兵，去攻樊城。如此，将军再用诈计进兵，荆州唾手可得也！"

陆逊的这一番高论，大出吕蒙的意料，但细细一品，合情合理，精辟入微，堪称绝妙，正是对付关羽的最佳良策。

吕蒙心悦诚服，觉得陆逊的计策和自己与孙权商定的“示弱克强”之策完全吻合，不由大声说：“江东有伯言，真乃主公之福也！”

吕蒙当下与陆逊一起去见孙权，主动辞职，至于替代自己的人选，他已然心中有数。

吕蒙对孙权说：“我假托病重，辞职之后，请主公另派一人去守陆口。关羽本来忌惮的是我，换人之后，关羽就不会再小心提防了。我们趁其不备，就可偷袭荆州。”

孙权问：“那么，谁可以替代你呢？”

吕蒙说：“陆逊智谋远略，有王佐之才，如派他去守陆口，定不负重托。而且，他现在声名不著，不会引人注目。如果用一个名声很大的人，反而会引发关羽的警惕。”

孙权一听，陆逊确实是最合适的人选，他不为人知的缺点，在此刻反而成了最大的优点。孙权当即任命陆逊为偏将军、右都督，代替吕蒙镇守陆口。

有时候，成功靠的并不是解决问题，而是发现机会。陆逊凭借自己独到敏锐的眼光，一下子为自己铺就了光明万丈的职场快车道。

这个任命一下，外界还来不及反应，东吴内部的一帮老臣就开始议论纷纷了。张昭、顾雍等人都很不服气，这当然是因为陆逊本是个无名小卒，竟然一步登天。但孙权快速下达任命，木已成舟，张昭、顾雍等只能把嫉妒与不满隐忍在心间。

陆逊上任之后，第一件事就是去拍关羽的马屁。他写了一封“献媚信”，准备了名马一匹、异锦二段，以及酒水等礼物，精心挑选了一名使者，谆谆吩咐后，才派他去樊城前线拜见关羽。

关羽见自己斥退了好几拨东吴使者，但东吴还是络绎不绝地派人前来，心想：“这帮鼠辈真是打不退，骂不走。”当然，关羽心里也不无得意之情。自从水淹七军，威震华夏之后，关羽觉得自己就像是东吴的太上皇一样。

陆逊的使者见了关羽之后，按照陆逊事先吩咐的说辞对关羽说：“关君侯，我江东陆口守将吕蒙病危，现在吴侯将其调回调养，现在拜陆逊为将，代替吕蒙理事。我就是陆将军派来的使者，特意来向君侯致意。”

关羽从来没听说过“陆逊”这个人，但一听这个名字，显然挺“逊”的，当即傲慢地应答道：“孙权这个紫髯小儿，一向见识短浅，这次怎么用一个黄口孺子当将军呢？难道你们江东没人了吗？”

关羽板起脸来说了这一通重话，真是有说不出的威严，使者吓得战战栗栗，差点把陆逊交代的话都忘了。关羽却是内心暗喜。原来，他立即想到，如果是陆逊这个无名小辈镇守陆口，那就根本不用多虑荆州安危了。曹操派徐晃前来增援樊城曹仁，关羽兵力有些吃紧，既然荆州无忧，那么就可以抽调荆州之兵来增援樊城了。

使者好容易定了定神，又说道："陆将军特地准备了礼物书信，向关君侯致意。一来祝关君侯早日攻克樊城，二来祝两家和好，请君侯笑纳。"

关羽看了陆逊的信，差点没笑出声来。陆逊写的这封信实在太对他的胃口了。

陆逊在信中对关羽大肆吹捧，将他的战功比作春秋时晋文公的城濮之战和大汉开国时韩信的破赵之战。这两大战役属于关键的历史节点，晋文公因此而成为春秋霸主，韩信因此而成为一代名将，刘邦因此而奠定大汉之基。

陆逊不但拔高关羽，同时也矮化自我，说身为书生，不懂军事，只不过靠幸运获得了这个职位，希望关羽日后多加照拂。

千穿万穿，马屁不穿，骄傲的人最喜欢听奉承话。关羽心情大畅，对陆逊的感觉竟然好多了，也没有原先那么鄙夷不齿了。

使者见关羽兴高采烈，知道自己不辱使命，于是告辞而去，将这重大喜讯禀报给陆逊。陆逊不动声色，派出探马，严密监视荆州的变化。等到确认关羽将荆州防军大批调往樊城后，立即连夜将此信息报告给孙权。

孙权大喜！他没想到关羽这么容易就上钩了，颇有些兴奋难抑，急忙召来吕蒙，任命他为大都督，前去攻取荆州。

吕蒙点起精兵三万，从中挑出一些水性极好的人，让他们脱下盔甲，换上普通百姓的衣服，扮作商人。当时文武官吏的衣服上绣有"禽兽"以区分官位级别，百姓之衣上空无一物，故称作"白衣"。吕蒙又调集了快船八十余只，将精锐之兵藏在船舱之中。这些"白衣者"驾着快船，以经商为名，很容易就骗过了丧失警惕的沿江守吏。等到天黑后，埋伏在船舱中的精兵们一跃而出，收拾了沿江烽火台上的守兵。至此，荆州门户大开，关羽之前设置的烽火台形同虚设。东吴大军长驱直入，终于踏入了孙权朝思暮想的荆州领地。这一段故事就叫作"吕蒙白衣渡江"。

心理感悟：当你的骄傲成为别人的工具，你的荣耀必然成为别人的道具。

吕蒙攻取荆州后，再一次表现出了他的睿智。他对荆州降军及百姓采取了怀柔政策，要求部下秋毫不犯，从而迅速笼络了荆州军民之心。吕蒙之所以能够如此迅速掌控局面，主要还得“感谢”关羽。因为关羽在镇守荆州的这十年中，御下严苛，很少施恩于人。吕蒙来了个反其道而行之，在知觉对比效应的作用下，荆州军民更愿意归属于占领者吕蒙。这也许是关羽赫赫武功之下的最大败笔。

吕蒙安定了荆州军民之后，立即飞报孙权。

成功来得太容易了！孙权亲自赶到了荆州，简直不敢相信这朝思暮想的高墙深池已经为自己所有。孙权不由深深慨叹“徐氏心法”的神奇效力。他随即又想起关羽几次三番对自己的凌辱，心中更觉快意无比。

高兴之余，担忧却又涌上孙权心头。如果关羽知道荆州被袭，立即放弃围攻樊城，回师争夺荆州，又该怎么办？

孙权左思右想，觉得只有将关羽继续羁绊在樊城才是最保险的办法。他马上派出使者，将自己袭取荆州的消息报与曹操，并请求曹操秘而不宣。他的理由是，趁着关羽不备，两面夹攻。

曹操得信后，又是高兴，又是嫉妒。孙权背后得手，关羽心神不定，曹仁守樊城的压力就会大大减轻。但孙权借着己方牵制关羽的机会大肆获利，又让曹操不甚开心。

曹操是一个行兵布阵的大行家，他当然知道，如果不让关羽得知荆州失守的消息，更有利于孙权从后面夹击关羽。但是，他也知道，樊城已经危在旦夕，如果不让荆州失守的消息搅乱关羽的心神，恐怕樊城指日被克。

曹操一时决断不下，于是召集谋臣商议。

董昭明确反对秘而不宣。董昭说：“对我们来说，樊城一旦失守，就是最大的损失。这样一来，孙权势力就会大增。最好的办法是将这一消息写在信上，用箭射进樊城之内。曹仁看见后，必会坚定守城信念。同时，我们故意将信射落在城外，让关羽获悉后院起火，搅乱他的军心，以更利于樊城防守。随后，再让徐晃趁机攻击，关羽必败无疑！”

曹操依董昭之计行事。一时间，曹仁心坚似铁，严防死守，而关羽所部开始议论纷纷，军心动摇。关平听见消息后，急忙报知关羽。

关羽大怒，说：“这是疑兵之计，绝对不能听！谁要是再散布假消息，立斩不饶！东吴吕蒙已经病危，陆逊小儿接替，怎么敢随便对荆州动兵？况且，我早已布置好了烽火台，至今未见报警，可见荆州稳如磐石！”

关羽是个很善于“自我欺骗”的人。当初，他被曹操包围，就是靠着所谓的“降汉不降曹”等三个条件营造出来的自我欺骗，才克服了内心的认知失调，度过了他一生中最难熬的日子。同样，荆州之失也是他的生命不能承受之责。所以，他绝不会接受荆州已失的事实。尽管关羽不相信，但他所部兵马挂念身在荆州的父母家小，却信了个十之八九。

徐晃发起攻击，关羽因此前攻城所受的箭疮未愈，不敌徐晃。徐晃趁势掩杀，荆州兵马无心恋战，一路败退。樊城之围遂解。

一路上，探马不断来报，说荆州已经被吕蒙攻取，而且部将糜芳、傅士仁也已经向东吴投降。关羽急怒交加，箭疮迸裂，竟然昏厥于地！

众人急忙救醒关羽。关羽醒转后，详细了解了荆州被袭的前因后果，这才知道自己是中了吕蒙、陆逊的“示弱捧杀”之计了。

关羽不得不强自冷静下来，思考对策。如今他被魏吴两家前后夹攻，已是进退两难。但如果就这样将整个荆州丢了，关羽不仅没脸去见刘备，也没脸活下去了。

思考再三，关羽决定派人去向刘备以及镇守上庸的刘封、孟达求援。部将赵累建议说：“君侯，当初吕蒙在陆口时，经常写信给您，说要两家结盟，共破曹操。现在他背信弃义，反倒与曹贼勾结，背盟偷袭。君侯为什么不派人去和他交涉，看看他到底如何对答？”

赵累的这个想法真是太天真了。吕蒙当初完全是出于麻痹关羽的目的才写那些信，说那些话的。关羽在自己得势之时，一直是用拳头说话的，从来没有好好与人家交涉。现在，风水轮流转，轮到吕蒙得势了，你再想和人家好好谈，人家能搭理你吗？

奇怪的是，一贯眼高于顶的关羽竟然同意了赵累的提议。可见，心高气傲的关羽在这猝不及防的重大打击下，也已经六神无主了。

谈判的结果可想而知。吕蒙用他惯常的手法，绵里藏针，礼貌而坚定地挡回了关羽的质问。而且，智谋过人的吕蒙再一次巧妙地利用了关羽的使者，让他将自己厚待关羽部属的亲属的消息传回了关羽军中。这一招，让关羽所部本已风雨飘摇的军心再无挽回的可能。

关羽见吕蒙如此狡诈，急怒攻心，失去了理智，决意与东吴拼死一战。但他的部下早已斗志涣散，几番冲击后，关羽败走麦城，身边的士卒已经寥寥无几。

关羽热盼救兵，但因他一向冷对刘封，刘封心存芥蒂，二人并未出兵支援。关羽不想坐困愁城，率领残部突围，却中了东吴埋伏，被东吴大将潘璋、马忠所擒。

孙权得知关羽被擒，大喜过望！孙权从来没想过自己畏之如虎的关羽会落到自己的手中。这一神迹般的成功极大地强化了孙权的胜利者心态，孙权决定好好地问关羽几句话。

孙权传令将关羽押解到自己跟前，强行压制住内心的得意，尽量用平和的语气问关羽："我一直十分仰慕您，想要和您结为秦晋之好，您怎么就不愿意呢？您一向以为自己天下无敌，怎么今天就被我擒获了呢？您今天是不是服了我孙权呢？"

这几句话在孙权心中翻来覆去不知自言自语了多少遍。当孙权终于有机会当着关羽的面说出来后，内心郁积的块垒顿时一扫而空，浑身涌起一股强烈的舒畅感。

是啊，那个被蔑视刺痛的灵魂，那些被凌辱伤害的自尊，都在这一刻得到了完美的疗愈。人生最大的快意，莫过于将自己的成功建立在凌辱者的失败之上。纵观历史，能够做到这一点的人少之又少，而孙权就迈入了这少数派的殿堂。

孙权的话语气和缓，却像尖针一样深深刺入关羽脆弱而高傲的心灵。在这一刻，关羽早已把生死置之度外，他挺起胸膛，破口痛骂道："碧眼小儿，紫髯鼠辈！我今日误中奸计，有死而已。想要我服你，简直是做梦！"

关羽的怒骂与往日如出一辙，孙权听了，却没有了往日的那种激愤。这是因为此前的强者和弱者已经换位了。关羽再怎么暴跳如雷，也只是一个失败者，而孙权则是可以主宰关羽命运的胜利者。当一个人足够强大，真正自信的时候，是不会小肚鸡肠，斤斤计较于过往恩怨和当面凌辱的。孙权摆出了足够的高姿态，没有表现出一丝的不快与懊恼。其实，这才是对关羽最大的打击与伤害！以暴易暴，只会助长关羽的气势。

孙权不再看关羽，而是环顾左右，仿佛关羽不存在似的说："云长是当世之豪杰，我真的很欣赏他。我想赐之以厚礼，放了他，你们觉得怎么样啊？"

孙权这是想起了当年关羽向曹操投降的旧事。如果自己也能让这员虎将归降东吴，岂不是天大的荣耀？

主簿左咸却说："主公，此议不可！当初曹操得到此人，三日一小宴，五日一大宴；上马一提金，下马一提银。还封他为汉寿亭侯，赐他美女十人。这样的恩遇，已经是天下无双了，但依然留他不住。后来，他过五关斩六将，丝毫不留情面。到了今天，你看他苦苦进逼，吓得曹操要迁都以避。这不是自讨其祸吗？狼子野心者，不可养也！主公切宜慎之！"

左咸的这段话，就差没将关羽比作吕布了。但正如当年刘备用类似的言辞打消了曹操留用吕布之心，左咸的话也冲淡了孙权赦免关羽，留予重用的想法。

孙权知道，自己确实不可能做得比曹操更好。况且，就算关羽答应投降了，日后刘备一召唤，他还是会拍屁股走人的。既然如此，还不如今天就一刀两断，永绝后患。

其实，关羽本人也是只求一死了。一方面，他辜负了刘备的重托，失了战略要地荆州，其罪难逃；另一方面，他中了他最看不起的"鼠辈"的奸计，对他造成了致命的自尊冲击。这两个因素，让关羽根本性地失去了活下去的动力。

孙权下令，将关羽及他的儿子关平推出问斩。一代虎将，就此殒命；一代天骄，由此而生。整个天下的形势就此因着关羽的死及荆州的易手而走向了完全不同的方向。

心理感悟：人生最大的快意，莫过于将自己的成功建立在凌辱者的失败之上。

夷陵之战

将孙子装到底 / 感情与利益的博弈 / 何妨一当人下人 /
骂辞背后的心境 / 小字辈的大角色 / 坚定是最重要的美德 /
天下英雄谁敌手 / 一个危险的信号

35 将孙子装到底

孙权取了荆州，杀了关羽，心中快意无比。这一战的胜利，带给他的成就感、满足感甚至超过了赤壁之战。赤壁之战其实是周瑜的杰作，孙权的快乐多少有隔靴搔痒之感。而袭取荆州，无论谋划还是实施，都是孙权自己一手掌控的。这样的快乐才是实实在在、真真切切的。

但是孙权并没有高兴多久。

扼杀他的好心情的人是老臣张昭。张昭好不容易熬到周瑜、鲁肃都死了，没想到吕蒙、陆逊的表现比周瑜、鲁肃还要生猛，而他本人依然被排除在核心决策圈之外。荆州得手，张昭心里多少有一些不爽。而冷眼旁观者往往比当局者更清醒，更能看到全方位的利弊关系。

张昭对孙权说："主公，你杀了关羽父子，江东离大祸就不远了！"

孙权在兴头上听到这句丧气话，当即拉长了脸，但张昭随后的分析真的让孙权担心起来。

张昭说："刘备失了荆州，死了兄弟，怎么肯善罢甘休？关羽与刘备桃园结义，亲如手足，誓同生死。刘备不能置结义誓言于不顾。况且，现在的刘备已经不是当初的孤穷刘备了。现在他已经拥有两川之地，文有诸葛亮之谋，武有张赵马黄魏之勇，他必定会起倾国之兵来为关羽报仇，不知江东能不能抵挡得住？"

孙权这才醒觉，杀关羽实在是下下之选，远远不如囚禁关羽。这样，既折损了刘备的锐气，又可让刘备投鼠忌器，不敢对江东轻举妄动。

张昭对形势的判断屡屡失误，但这一次的事态发展完全被他言中了。张昭的话，明着是在吓唬孙权，暗中也微妙地表达了不满。当初，我极力阻止诸葛亮的游说，但你们不听。现在，刘备羽翼已丰，江东有的是苦头要吃了。

张昭是眼看着孙权成长起来，对孙权的性格弱点最是了解，一下子就击中了孙权的软肋。孙权虽然早已不再胆小怕事，但如果刘备倾尽全力来找自己拼命，还是害怕的。孙权果然着急起来，跺着脚说：“啊呀，杀关羽确实是考虑不周。那该怎么办呢？”

张昭说：“我有一个办法，可以让刘备不来犯境，让荆州稳如磐石。”

孙权急忙问策。

张昭献了一个嫁祸于人的计策，说：“主公立即派人将关羽的首级给曹操送去，让天下人都以为主公袭杀关羽是奉了曹操之命。这样，刘备就会将报复之心对准曹操。我们江东就可保平安了。”

孙权一听，觉得此计大妙，立即依计而行。

曹操收到关羽的首级时心情十分复杂。他这一生中，和关羽的纠葛最多。风风雨雨几十年后，没想到关羽竟然授首于孙权之手。曹操思绪万千之际，司马懿却识破了孙权的嫁祸之心，对曹操说：“当年刘关张桃园结义，誓同生死。现在东吴杀了关羽，担心刘备报复，故而将首级送给王上，想让刘备误以为此乃王上所使，不去攻吴，反来攻魏。”

曹操立即醒悟过来，心想：“差一点上了孙权小儿的当了。”东吴借着关羽主力围攻樊城之机，才得以袭取荆州，本已大大沾了曹操的光。现在，又想让曹操为杀关羽顶缸担责，曹操怎么情愿呢?

司马懿再献计说：“大王，不如将计就计，令人找来上等香木，刻成身躯，与关羽的首级合体，按照大臣的礼节安葬。这样，天下人就会知道，大王一向厚待关羽，绝无指使孙权杀人之事。刘备必然深恨孙权，一旦他出兵讨伐，我方就可趁势而动。刘备若占上风，我们就攻击孙权；孙权若占上风，我们就攻打刘备。只要灭掉吴蜀两者之一，另一处必不长久。”

司马懿的计策确实巧妙，轻松破解了孙权的算计，并成功反制。曹操不由赞叹道：“仲达之见，真神算也。”当即下令，用王侯之礼厚葬关羽。

刘备得知关羽的死讯后，果然痛彻心扉，咬牙切齿要讨伐东吴，将孙权碎尸万段。

孙权计谋破产后，另一件忧心事又向他袭来——吕蒙突然生病了，而且病势沉重。

此时吕蒙在孙权心目中是江东的顶梁柱。吕蒙这一生病，孙权更加担忧刘备起兵复仇后，江东无人可当大任。

孙权左思右想，决定将孙子装到底，再次运用“徐氏心法”，向曹操输诚。这一次，孙权极力揣摩曹操的心思，使出了非同一般的招数。

孙权给曹操写了一封劝进信。信上说："臣孙权久知天命已归王上，伏望早遣大军，剿灭刘备，扫平两川，臣即率群下纳土归降矣。"

孙权见曹操僭越而称王，断定他必有篡位登基之念，所以写了这一封劝他当皇帝的信，以便给曹操搭好就势而上的台阶。

孙权预判这是曹操最想得到的礼物。在这个终极诱惑面前，曹操一定会利令智昏，欣然从命的。只要曹操当了皇帝，必会将扫平逆贼刘备作为第一要务。这样，不但可以阻止刘备进攻东吴，还可以让曹刘相争，损耗两家实力。

但孙权没想到，曹操的身体也已经垮了，雄心大减。而且，他也知道孙权的劝进不怀好意，无非是上一个嫁祸之计的延伸。所以，曹操看了此信，立即出示给群臣观看，哈哈大笑道："孙权小儿是想把我放在炉火上烤啊！"

曹操属下群臣，其实和孙权是一般的心思，被孙权抢了劝进的头功，不由颇为懊恼。他们见曹操将孙权的信公之于众，认为曹操一定是在暗示什么，群臣立即行动，纷纷劝进。曹操却推辞说："我事汉三十余年，虽有功德，位极人臣，已经足够了，哪里还敢再奢望什么呢？"

群臣还是将此视为曹操故作姿态的退让，继续劝进。曹操说了一句："如果天命真的在我们曹家，我还是当周文王好了。"曹操的意思是，称号为帝这件事还是让我的儿子来做吧。群臣这才罢手。

曹操既已知道孙权的用意，当下又还了一招，下诏封孙权为骠骑将军、南昌侯，领荆州牧。

曹操用天子名义，公开任命孙权为荆州牧，摆明了是挑斗刘备去找孙权拼命。孙权和曹操隔空过招两个回合，毕竟还是曹操棋高一着。

曹孙两家的"礼尚往来"都被刘备看在眼里，他对孙权的怒火更炽，开始积极筹备讨伐东吴。

孙权忧心忡忡，而吕蒙的病势却不合时机地更为沉重了。孙权将吕蒙接到自己居住的内殿，花重金征募能够治愈吕蒙的人。孙权还在内殿的墙上凿了一个小洞，以便随时观察吕蒙的病情，又不至于惊动他。孙权看到吕蒙病情稍有好转，能够多吃一点东西，就喜形于色；反之就暗暗叹息，夜不能寐。

孙权甚至还请来道士，在星空下作法，为吕蒙祈命延寿。

在这方面，孙权与他的长兄孙策截然不同。孙策从来不信天命与方术之士，所以才会对道士于吉斩尽杀绝，并因此断送了自己的性命。孙权的经历与遭遇让他走上了和孙策完全相反的道路。孙权一路走来，幸运满溢，总是能绝处逢生，总是有贵人相助，而且一步步验证了相术大师刘琬的预测。两相比较，孙权当然更容易走上尊奉天命的信仰之路。

孙权对吕蒙的超待遇呵护，固然有对吕蒙的偏爱之心、倚重之心在内。但更深层次地说，这也是孙权出于对天命的恐惧。他十分担心，吕蒙一旦病重离世，会导致他自己的幸运之链断裂。孙权这年刚刚三十八岁，却已经接连丧失了两位股肱重臣——周瑜和鲁肃。周瑜只活了三十六岁，鲁肃也只活了四十六岁。吕蒙这一年则是四十二岁。孙权十分担心，如果吕蒙在四十二岁这年逝世，那么谁能来辅佐他接下来的漫漫长路呢？在刘琬的预测暗示下，孙权并不怀疑自己的长寿。但是，辅政重臣的三连丧，怎么说也不是什么吉祥之兆。这会不会预示着天命从此不再眷顾自己了呢？

孙权心思满怀，竭尽全力要挽救吕蒙的生命，终究无力回天，吕蒙还是去世了。孙权万分沮丧，只好下令厚葬吕蒙。

好在没过多久，孙权又接到了曹操的死讯。曹操是一个极难对付的敌人，曹操之死，引发了一连串的连锁反应，在某种程度上又让孙权过了一段时间的安生日子。

曹操之子曹丕继位魏王后，很快完成了他父亲的夙愿，逼着汉献帝禅让，自己登基称帝，建立了曹魏政权。刘备也因此得到了他这一生中最好的机会。他利用谣传的汉献帝被弑杀的消息，打着继承汉祀的旗号，在诸葛亮等一众重臣的拥护下，也登基称帝。

转眼之间，天下出现了两个皇帝，再加上虽未称帝，事实上早就割据一方的孙权，三国鼎立的形势就此正式确立。

心理感悟：装孙子的难度系数远远大于装大爷。

36

感情与利益的博弈

刘备完成了登基大业后，孙权在被动中又迎来了生命中第二次巨大的考验。

刘备在张飞的极力鼓动下，不顾赵云等人的劝阻，点起大军，准备讨伐东吴。但就在出兵之前，孙权的好运再一次降临。刘备的头号猛将张飞因急于为关羽报仇，严厉苛责部将范疆、张达。范张二人被逼无奈，竟然杀了张飞，取了他的首级，投奔东吴。

孙权大喜，接收了范张二人。张飞之死令刘备痛失得力臂膀，也令刘备彻底失去了理智。他亲率大军，以疯狂之势，水陆并进，发誓要将东吴夷为平地。

孙权大惊，召集文武商议对策。刘备这一次的进攻气势，比当初赤壁之战时曹操还要生猛。一方面，这是哀兵使然；另一方面，刘备不久前干净利落地击败了劲敌曹操，轻松夺取了东川，全军信心百倍。

而东吴这边，力主抗刘的主心骨吕蒙刚刚去世，无人可担重任。一时间，众谋士面面相觑，无人献策。

诸葛瑾见状，主动出列，说："我久食江东俸禄，无可报效。我愿拼了这条老命，去见刘备，说明利害关系，让两家和好，共同发兵讨伐篡逆之贼曹丕！"

这是"示弱胜强"的标准动作，正中孙权下怀。孙权让诸葛瑾立即动身，赶往刘备大营。

刘备得知后，下令将诸葛瑾拒之门外。刘备此来，是为兄弟报仇而来，并非为争权夺利而来。利益问题可以谈判，但感情问题是不能谈判的，所以刘备根本不想给东吴任何谈判的机会。

刘备的部将黄权劝刘备说："陛下不如先听听诸葛瑾说些什么，说得不合意，就不要管他。况且，我们还可以借他之口，去问问孙权到底知罪与否。"

刘备听进了黄权的后半句话，同意让诸葛瑾进见。

诸葛瑾当然要为孙权开脱辩护了，他先述说了关羽屡次折辱东吴之事，暗指关羽行事不当在先，随即又将袭取荆州的决策与责任推到了已死的吕蒙身上。然后，诸葛瑾又提出了三个极为诱人的和谈条件：第一，归还荆州；第二，送还降将；第三，送归夫人。

如果关羽没死，东吴提出这三个条件，刘备一定会兴高采烈地接受，罢兵不战。因为从蜀国的国家利益来看，这是连大动刀兵也未必能得到的胜果。可是，关羽已经被孙权杀了，张飞也间接因此丧命，刘备如果答应了东吴的条件，就等于是拿兄弟的命进行利益交换了。这显然是一贯注重仁德名声的刘备绝不可能答应的。

刘备怒道："杀弟之仇，不共戴天。想要让我罢兵，除非我死了！我看在丞相面上，今日留你一条性命，你回去告诉孙权，让他洗颈待戮。我就是扫平了江东，也才算报了万分之一的仇！"

诸葛瑾见刘备如此决绝，知道多说无益，只好打道回府。

就在诸葛瑾和刘备艰难交涉之时，张昭又坐不住了。他对孙权说："我看诸葛子瑜这次不是真心去讲和的。"

孙权吃了一惊，追问究竟。

张昭说："这次蜀兵来势汹汹，他一定是假借说和之名，要背吴归蜀。我看他是不会回来了。"

张昭为什么会这样说呢？

这就是他的惯性思维在作怪了。面对强大的敌人，张昭总是缺乏抗争的勇气。上一次赤壁大战前，他见曹操势大，一口一个"曹公"，积极劝孙权投降。这一次，他见刘备来势凶猛，不免再次骨头发软，以己之心，度他人之腹，断定诸葛瑾是要投靠兄弟诸葛亮，一去不返了。

孙权听了，又气又怒，深恨张昭"狗嘴里吐不出象牙"，反驳道："我和子瑜有生死不易之盟，子瑜不会辜负我，我也不会辜负子瑜。当初子瑜的兄弟孔明来东吴，我曾经对子瑜说，让他把兄弟留在江东。子瑜说：'我弟弟已经侍奉刘备，义无二心。他一定不会留在东吴的，就像我绝不会背弃东吴一样。'子瑜说过这样的话，怎么可能今天投蜀呢？我和子瑜相交日深，不是随便什么话就能离间的。"

孙权把张昭的话视为挑拨离间，其分量是相当重的。张昭这一次进言是搬起石头砸了自己的脚，又极大地增加了孙权对他的厌恶感。

没过多久，诸葛瑾就回到了东吴，张昭见自己的预言失灵，不由满面羞惭。诸葛瑾对孙权的忠贞不移，其实和刘备对兄弟的誓同生死，在本质上是一致的，都是出于对承诺的坚守。所不同的是，诸葛瑾与孙权是君臣之间的职业承诺，而刘备与关羽、张飞是兄弟加君臣的情感承诺。

天下熙熙，皆为利来；天下攘攘，皆为利往。但人世间毕竟还是存在着视利益为敝屣的真感情。

孙权听了诸葛瑾的禀报，得知刘备如此决绝，眼前不由浮现出当年他在甘露寺前拔剑怒劈巨石的画面，心里暗暗叫苦。孙权知道，像刘备这样历经沧桑、惯于隐忍的人，一旦发了狠，可能就是无药可救的。

既然刘备堵死了讲和的路，孙权只能硬着头皮来应对这个杀红了眼的疯子。

孙权的办法还是“老方一贴”，继续用效忠曹魏来牵制刘备。

办法虽然是老办法，但情势已经颇为不同了。当初，孙权对老资格的曹操大表忠心，无论从年龄、功绩还是知名度、影响力来看，都是说得过去的。但此刻曹操已死，继位的曹丕无论是从年龄、功绩还是知名度、影响力来看，都大大不如孙权。

曹丕比孙权小五岁，刚刚成为魏国之主，而孙权独霸一方已经整整二十年了。说实话，孙权打心眼里是看不起曹丕的，要他对这样的主子卑躬屈膝，确实不是一件容易做到的事情。

但孙权还是决定继续对曹魏示弱示忠。只有真正自“信”的人，才能真正做到自“卑”。孙权的忍耐看似轻柔，却让我们看到了他的力量之所在。

孙权写表称臣，派中大夫赵咨出使魏国。

孙权的这一招，因为把准时机而取得了奇效。

曹丕刚刚代汉而立，唯恐不被天下人承认而极不自信。凡是愿意承认他天子地位，对他称臣，前往归附的人，都会得到他慷慨大方的回报。

比如，蜀国上庸太守孟达，因为撺弄刘封拒绝救援关羽而担心刘备对自己不利，瞅准时机投奔了曹丕。远人来投，正是天下归心的重大标志。曹丕喜不自胜，给予孟达逾越常规的礼遇。曹丕出行的时候，经常让孟达和自己坐在同一辆车上。曹丕还大发官帽，封孟达为散骑常侍、建武将军、平阳亭侯，还将房陵、上庸、西城三郡合为新城，任命孟达为新城太守，委以西南重任。

孙权的上表称臣，比孟达的投顺更为意义重大。孟达不过是蜀国的一个太守级别的官员，孙权却是鼎足而三的一方霸主。两相比较，显然是孙权的俯首称臣更能彰显曹丕君临天下的合法性。

曹丕大喜，当即决定封孙权为吴王，并恩加九锡。对孙权来说，这可能是他自运用“徐氏心法”以来回报最大的一次。

但是魏国大夫刘晔敏锐地觉察到，孙权的归顺并非心悦诚服，而是暗藏私心，他立即提出了异议。

刘晔对曹丕说：“陛下，孙权并非诚心来降，而是因为惧怕蜀国兵威，以图借我之力，牵制刘备。以臣愚见，吴蜀交兵，正是天佑大魏之兆。陛下可以派一员上将，率领数万兵马，渡江袭击东吴。这样，我方与刘备合力攻击孙权，东吴之亡，旦夕可待。孙权一亡，刘备岂能长久？如此，我大魏一统天下则势在必行！”

刘晔的这一番意见，堪称金玉之论。这是对自赤壁之战后天下形势最有见地的总结与判断。事实证明，在一强两弱的三方博弈局面中，较弱的两方唯有合力抗击强大的一方，才有可能维持鼎足而立的局面。一旦弱势两方互相攻击，强者择机而动，先“帮助”一方消灭另一方，剩下的弱者很快也将分崩离析。

比如，南宋末年，也是宋、金、蒙古三分天下的局面，亦有历史学者将这一段历史称为“三国鼎立”。其中，蒙古为强者，宋与金均为弱者。但南宋朝廷鬼迷心窍，竟与蒙古联合灭金，结果金亡之后，南宋很快也被蒙古所灭。

一千多年后的活生生的历史事实，雄辩地证明了刘晔的先见之明。如果曹丕能够按照刘晔的谋划行事，吴蜀两国确实指日可灭，魏国一统天下，也确实指日可待。

如果这样，曹丕就将成为结束东汉末年百年乱世的一代明君。曹丕会这样做吗？孙权会不会弄巧成拙，给东吴带来灭顶之灾呢？

心理感悟：情感可以击溃一切的理智。

曹丕听了刘晔的建议，却摇了摇头说："孙权以礼服朕，朕若攻之，乃失信于天下也。朕初登大宝，此等诈谋，不可用之。"

从曹丕的这句话来看，他倒是个道德楷模了。可是，联想起他当了皇帝后对一母同胞的兄弟曹植、曹彰的苦苦相逼，手足相残的行为来看，他并不是一个道德底线很高的人。为什么他要以"担心失信于天下"为由，拒绝刘晔的金玉之见呢？

实际上，曹丕的这个决定正好暴露了他最大的人性弱点。

普遍而言，人类很难抵御近在眼前的即刻诱惑。

在德国的莱比锡马普研究院，曾经举行过一次黑猩猩和大学生之间的比赛。这是一场关于自控力的比赛，比赛双方看谁更能忍住不吃零食。比赛之前，所有的参赛者都可以选择两份或六份自己最喜欢的食物作为奖励。每个参赛者可以选择立即吃掉他（它）自己选择的两份食物，也可以等上两分钟，然后得到六份食物。

结果大出人们的意外，黑猩猩竟然击败了这些来自哈佛大学和马普研究院的大学生！黑猩猩表现得更为理性，它们用一百二十秒的等待获得了三倍的奖励；而大学生们则无法自控，直接就吃掉了眼前的两份食物，而不愿意等待。

在人们的认知中，等待奖励的时间越长，奖励的价值就变得越低。这一心理机制就是"延迟折扣"。

正是这种"延迟折扣"导致曹丕对刘晔的建议不感兴趣。

如果按照刘晔的想法行事，曹丕确实可能成为真正一统天下的皇帝，但这必然需要一段时间才能实现。这就相当于上述实验中的六份美味食物。如果即时接纳孙权的称臣，再将刘备忽略不计，曹丕也能体味到君临天下的感觉。这就相当于上述实验中眼前的两份食物。

曹丕就像那些智商很高的大学生一样，不愿意选择延迟满足，而是想要即刻的享受。这说明曹丕是一个自控力很差的人。这一人性弱点，也决定他必然是一个喜好声色犬马、歌咏词赋的文人墨客，而注定不会是一个好皇帝。正是在曹丕在位期间，司马懿得到了大量为国（*为君*）操劳的机会，逐渐掌控了权力，培植了势力，奠定了日后篡夺曹魏政权的基础。

再说刘晔，自己的谏议被驳回，心有不甘，继续说道："孙权原来不过是故汉骠骑将军、南昌侯，不宜封他为吴王。官轻则势微，如果让他当了吴王，距离陛下只有一阶之距，既会乱了礼秩法度，也会让孙权滋生傲慢之心。等他击退刘备，定会对陛下傲慢不敬。陛下那时再兴兵讨伐，孙权就会别有说辞。不如现在趁他危急，早日除害。"

刘晔的看法不无道理，但曹丕正是要通过封孙权为吴王来彰显自己的帝王之尊。因为王在各级爵位中仅仅低于皇帝一级。只有皇帝才有资格封他人为王。曹丕初登大宝，为了享受自己至尊无上的美好感觉，当然不愿意放弃这样的显摆机会了。

曹丕堂而皇之地说："朕既不助吴，也不助蜀。朕居正统，安若泰山，且看吴蜀交兵。如果灭了一国，只有一国，那时再除，又有何难？"

曹丕的话从道统角度看正气凛然，高屋建瓴，但从军事战略来看，却是最差的选择。吴蜀交兵，实力相差不大，是很难一国灭了一国的。

曹丕的决定让他失去了最好的也是唯一的一次一统天下的机会。曹丕的父亲曹操可以说是全能冠军，文采武略均是上上之选。曹丕最多是继承了曹操在文学上的天赋，以及性情中放纵不羁的那一部分。

对于孙权来说，曹丕的错误决定让他得以脱免灭顶之灾。不过，曹丕的两不相助，也让孙权只能独自面对刘备来势汹汹的攻击。

曹丕随即派太常卿邢贞为使者，与赵咨一同去江东，封赐孙权。

孙权得报，准备远迎魏国使者。但东吴群臣对于孙权受封吴王有不同意见。

顾雍反对说："主公为什么要接受曹魏的封赏呢？我觉得您还不如自称上将军、九州伯呢。"

"九州伯"这个闻所未闻的称谓，是顾雍挖空心思凭空生造出来的。顾雍为什么要这样做？

一方面，顾雍不愿意看到孙权对曹丕屈膝称臣。因为曹丕篡汉而立，并非正统，而顾雍一向身为汉臣，脑子里还没转过这个弯来。

另一方面，顾雍也觉得孙权必须得有一个更高的尊号，以与曹魏对抗。但他不像鲁肃，从一开始就劝孙权建号称帝，自立门户。在他受价值观所限的想象空间中，不可能建议孙权也像曹丕一样当皇帝。

所以，顾雍会抛出这么一个颇为怪异的“九州伯”方案来。

孙权十分清楚自己在干什么。他对曹丕“卑辞求欢，虚与委蛇”，只是现阶段情势下的生存手段。就当前而言，最重要的是如何应对刘备的悍然攻击，当不当吴王都是无所谓的，更何况是这个虚头巴脑的九州伯。

孙权虽然不能将自己的心思和盘托出，但也必须给自己找一个说得过去的理由，以免群臣误认为自己的“软骨病”又犯了。

孙权冷静地说：“当年汉高祖还是沛公的时候，也曾接受项羽之封，为汉中王，只不过是因时就势罢了。我又为什么要拒绝呢？”

拿汉高祖刘邦的旧例来说事，对于顾雍这样心怀汉室的人是很管用的。顾雍果然就不再阻拦了。

孙权于是率领百官，前往迎接使者邢贞。

这邢贞以为江东果真心悦诚服，拿出了一副上国天使的姿态，趾高气扬，傲慢无礼，看不起东吴之人。他看到孙权来了，坐在车上，依然睥睨不敬，毫不收敛。

主辱臣死，这是士人的基本准则。邢贞不把孙权放在眼里，伤害的可不止孙权一人。张昭见了，怒气勃发，向前大叫道：“你虽然是上国天使，怎么敢如此妄自尊大？难道是欺我江南没有智勇之士吗？难道以为我江南没有方寸之刀斧吗？”

邢贞听了，吓了一大跳，急忙下车，与孙权相见。两人并车入城，却听车后有一人放声大哭道：“吾等不能奋身舍命，助主公并魏吞蜀，竟让主公受人封爵。真是羞惭难当！”说着，这人竟然以头撞地，咚咚有声！

这个人是偏将军徐盛。刚才张昭的一番话，激起了他心中的波澜，以致做出这激愤难抑的举动。

张昭与徐盛的言行虽然与礼不符，却让邢贞惕然心惊，立即收起了对江东人物的轻视之心。

孙权接受了封爵，吩咐收拾美玉明珠、犀角玳瑁、翡翠孔雀、鸣鸡山雉等江东稀有之物，派人送给曹丕谢恩。张昭却又犯“小气病”了，站出来阻止。孙权坚定地说：“这些贡献之物，不过是残瓦碎石，有什么好可惜的？”

孙权的坚定顿时给了张昭一种不一样的感觉。张昭终于明白了，孙权并不是因为软弱而向曹丕屈服的，他的心中一定隐藏着一种蓄势待发的强大力量。

刘备这方也在密切注意着曹孙两家的动静。

孙权曲意向曹丕输诚表忠，对刘备的影响很大。刘备很生气，也很紧张。如果曹丕真的出兵帮助东吴，刘备哪怕复仇之念再强烈，也不得不好好掂量一下。

刘备派出的细作回来禀报说，东吴求救于魏国，但是魏国并未发兵，只是封孙权为吴王。刘备这下放心了，当即传令，水陆两路大军一起进发。

孙权召集文武商议。孙权问道："如今刘备来势凶猛，我们应当如何抵敌？"

众人一时沉默。孙权忍不住说道："我东吴前有周瑜，后有鲁肃、吕蒙相继而起。现在这几个人都过世了，谁来为我分忧呢？"

这句话颇有激将的意味。一个少年将军奋然出列，说："养兵千日，用兵一时。我愿意为主公分忧！"

出列的人姓孙名桓，乃是孙权宗族子弟。孙桓之父孙河，原本姓俞，深得孙策喜爱，孙策将他视为亲弟弟，故而赐姓孙氏。孙桓是孙河长子，弓马娴熟，勇猛过人。

孙权大喜，道："谁愿助孙桓一道立功？"

大将朱然应声而出。

孙权于是派这二人，率领水陆两军共五万人，前去迎战刘备。

心理感悟：人们往往为了得到一时快感，而忘记了自己真正想要的东西。

38

骂辞背后的心境

孙桓、朱然出击，却被刘备打得大败，困于夷陵，急忙派人向孙权求救。孙权大惊，急召文武商议。

张昭说：“现在老将多已离世，但健在者还有十余人。不如派韩当为正将，周泰为副将，潘璋为先锋，凌统断后，甘宁救应，再起大兵十万，以解夷陵之围，抗击刘备。”

孙权依言下令。此时甘宁身患痢疾，但国难当头，不得不振奋精神，勉力出征。

两军交接，韩当对刘备说：“陛下已为帝王之尊，为何轻出临阵？倘若有个闪失，后悔晚矣！”

刘备大怒，骂道：“汝等吴狗，伤朕手足，誓不同天地共日月也！”

刘备将江东诸人称为“吴狗”的这一句骂词，是“非人化偏见”的典型体现。所谓“非人化”，是指将处于敌对状态或存在蔑视偏见的外群体及其成员异化为非人的生物，从而为自己的攻击或凌辱提供充分的心理支撑。

人类虽然日趋文明，但“非人化偏见”自有历史以来，一直不绝如缕。

比如，“二战”中的日本人自认为是人类生命中最高级的人种，他们将英美两国的领导人刻画成头上长角、青面獠牙的怪物。而加入同盟国的澳大利亚的将军布莱米爵士告诉在太平洋战场作战的士兵：“你们的敌人（指日本人）……是人类和猴子的杂种。我们必须消灭这些有害的东西。”曾经获得新闻界最高奖项普利策奖的美国战地记者欧内斯特·派尔曾经写道：“日本人被看作某种比人类低等、令人厌恶的东西，如同老鼠、蟑螂。”

实际上，非人化并不是一种言说方式，而是一种思维模式。当这一思维模式被推至极端时，施害者就会摆脱所有的道德束缚，制造出惨绝人寰的悲剧。

比如，希特勒多次称犹太人是一种细菌疾病，称赞法国科学家巴斯德（细菌的发现者）和德国科学家罗伯·科霍（肺病病菌的发现者），为德国人战胜犹太人提供了科学的根据。他还在《我的奋斗》中写道："发现犹太病毒是迄今世界最大的革命之一。我们现在的斗争和上个世纪巴斯德和科霍所进行的斗争是一样的。犹太病毒曾造成了多少疾病！只有消灭犹太人，我们才能恢复健康。"

将犹太人视为"病毒"，自然就能彻底泯灭身为人类的怜悯同理心。1946年的纽伦堡审判中，有一场的受审对象是二十位医生和三位管理人员。他们根据希特勒的要求，用毒气杀死了约二十万犹太人，还对几千名所谓的犹太、苏联、罗马吉卜赛和波兰战犯施行了残忍的医学实验。主诉检察官难抑沉痛地说道："对于谋杀他们的人来说，这些可怜的受害者连人都称不上……他们遭受的待遇连动物都不如。"

刘备曾经与东吴并肩作战，共抗曹操，又曾与东吴结亲，情好日密，但此刻将东吴之人称为"吴狗"，显见其内心的偏见与仇恨都已达到不可逆转的顶峰。

刘备挥师猛攻，韩当、周泰不能抵挡，大败而退，只杀得吴军尸横遍野，血流成河。东吴大将甘宁正在船上养病，忽见蜀兵大至，急忙奋起迎敌。随同刘备一同出征东吴的蛮王沙摩柯锐不可当，甘宁心怯，不敢力敌，急忙撤退，不料却被沙摩柯一箭射中头部而死。

刘备大获全胜，顺利攻占猇亭。韩当、周泰收聚残军，分头把守。当初擒获关羽的东吴部将马忠则带着糜芳、傅士仁屯守于江渚。

糜芳与刘备本是郎舅之亲，因与关羽不和，在东吴谋士阚泽的劝说下，与傅士仁一起投降了东吴。刘备的接连大胜让跟随糜芳一起投降的军士们害怕不已，这些军士三三两两聚在一起议论说："我们本是荆州之兵，因为中了吕蒙的诡计，导致关君侯丧命。现在刘皇叔御驾亲征，势不可当，东吴早晚被灭。刘皇叔痛恨的人，不过是糜芳、傅士仁，我们为什么不杀了这两个人，回归刘皇叔部下呢？"军士们随即开始商量如何寻找时机行事。

这些议论正好被糜芳无意中听到了。糜芳大惊，急忙与傅士仁商量。

糜芳说："军心大乱，我们俩恐怕性命难保。现在刘皇叔最恨的人应该是马忠，我们可以杀了他，拿着他的首级去献给皇叔，然后辩明我们是不得已投降的，请皇叔宽宥。"

糜芳因为担心部下军士会杀害自己而不得不思考自保之策。有意思的是，他的应对思路竟然与那些军士如出一辙。军士们将自己的投降之责推到糜芳、傅士仁身上，而糜芳将洗脱污名的希望寄托在杀掉马忠上。

这样的思维模式，叫作“自利性归因”，即人们往往将成功的原因归功于自身，将失败的责任推诿给他人。

傅士仁听了糜芳的话，内心颇为犹豫，说：“恐怕不行吧。我们罪孽深重，恐怕刘皇叔不会宽宥我们的。去了就是自取其祸。”

糜芳却很有信心地说：“刘皇叔宽厚仁德，我深有体会。况且现在的太子阿斗是我的亲外甥，皇叔念在我与他有郎舅之亲，必定不会加害我们的。”

糜芳这么想，倒也并非毫无根据。当年关羽投降了死对头曹操，后来回归后，刘备毫无芥蒂，依然对他亲如手足。这一次刘备起大兵伐吴，更是为关羽报仇而来的。

糜芳却不知道自己的想法已经陷入“期望第二定律”的泥沼里了。人们往往倾向于将一些模棱两可的事件或行为以一种符合自己期望的方式进行解释。

糜芳满心希望刘备能够原谅自己从而脱离困境，所以只看到刘备的宽仁性格。时移世易，刘备已经不是当初的刘备了。

这其实可以从刘备痛斥东吴之人为“吴狗”一见端倪。除非有极特殊的情况发生，人们一般是不会原谅被自己“非人化”的外群体的。同时，根据叛徒效应，人们往往对背叛了原有关系所设定的责任与义务的人加倍痛恨。刘备已然将降吴的糜芳、傅士仁划入“吴狗”的范畴了，怎么会轻易放过他们呢？

傅士仁虽有疑虑，但同样也在“期望第二定律”的驱使下，相信了糜芳的话。这两人在事关自身安危的决策上，一向是当机立断的。他们立即行动，刺杀了马忠，一如他们当年投降东吴那般干净利落。

糜芳、傅士仁拿着马忠的首级去见刘备，哭诉道：“我等二人，实无反心，只是误中吕蒙诡计，以为关君侯已死，不得已而投降。今天知道圣驾前来，特意杀了马忠贼子，以雪陛下之恨，还望陛下宽宥我等之罪。”

刘备大怒道：“朕自成都出兵，已有多时。你们两人为什么到此刻才来请罪？显见是情势危急，才来巧言令色，妄图保住狗命。朕若是饶了你们，到了九泉之下，有何面目去见我二弟？！”

刘备说完，下令在营中设立关羽灵位，吩咐关羽之子关兴将糜芳、傅士仁二人千刀万剐，与马忠的首级一起祭奠关羽英灵。

关兴立即依言而行。张飞之子张苞见关兴已报父仇，想起自己的杀父仇人范疆、张达依然逍遥法外，不由泪如雨下。

刘备见状，连忙安慰张苞说："贤侄不要伤心，朕当扫平江南，杀尽吴狗，必当擒杀范张二贼，为你父亲报仇！"

在这句话中，"吴狗"再一次从刘备的嘴中吐出！可见此时的刘备已经杀红了眼，再也不可能收手了。

再说韩当、周泰将败讯及糜芳、傅士仁之死一一急报孙权。虎将甘宁的阵亡尤其让孙权又惊又痛，他的恐惧感再度发作，只好聚集文武商议对策。

步骘不知不觉中也踏入了"自利性归因"的轨道，说："刘备所恨之人，不过是吕蒙、马忠、糜芳、傅士仁等人，关羽就是死在这些人手上的。现在，这些人也都已经死了。只剩范疆、张达二人，是行刺张飞的凶手。不如将这两人擒了，再加上张飞的首级，派使者送给刘备。然后再答应刘备将荆州归还，并送归夫人，两家言和，共图灭魏。如此则刘备可退，江东可保也。"

孙权见刘备势不可当，早已心怀畏惧，再加上他此时对"忍辱负重"的领会也更为深刻，当下同意了步骘的建议，下令将范疆、张达收入囚车，派程秉为使者，去猇亭求见刘备。

刘备见东吴自动将范疆、张达送上门来，当下毫不客气地收下，令张苞像关兴处置糜芳、傅士仁一样处置二人。但是刘备不顾马良等人的劝谏，根本不同意与江东讲和。

刘备说："孙权是我切齿仇恨之人，今天与他和议，就是辜负了当初的桃园盟誓。我要先灭吴，再灭魏，就像当初汉武中兴那样。我要斩了吴国使者，以示与吴国誓不两立！"

程秉吓得半死，幸好有多人劝谏，刘备这才放过了程秉。

程秉逃回东吴，将刘备的决绝之意报知孙权。孙权听了默不作声，心中却波澜激荡。他虽然害怕刘备的蛮不讲理，但任何一个人被逼到墙角的时候，都会奋起反击。"徐氏心法"并非只是前两句"卑辞求欢，虚与委蛇"，更重要的是后两句"静候时机，反戈一击"。

那么，现在是不是已经到了反击的最佳时机了呢？

心理感悟：言辞是心灵的秘镜。

小字辈的大角色

孙桓、朱然及韩当、周泰连续大败，让孙权不得不苦思谁能担当抗刘的主将。

正在这时，阚泽说："主公，我东吴现有擎天之柱，您为什么不用他呢？"

孙权有些不解，问道："你说的到底是谁？"

阚泽说："此人就是陆逊！他虽然只是一个儒生，却有雄才大略。照我看来，陆逊的才能不在周郎之下。前次袭取荆州，就是陆逊的计谋。如果派他去抵挡蜀兵，可保必胜！"

孙权恍然大悟。他想起来了，袭取荆州确实是陆逊献策所致，只是具体行动时仍由吕蒙担任主将，所有的荣耀都归在吕蒙头上。攻占荆州不久，吕蒙病危，孙权的注意力全部集中在如何救治吕蒙上了，就把陆逊给忘了。

孙权立感欣慰，觉得自己的运气真是好到了极点，每到关键时刻，总是有贵人相助，当即传令，前去召请陆逊。

这下张昭又不干了。张昭急忙劝阻孙权，说："陆逊不过是个书生，绝非刘备敌手，切切不可用他。"

张昭的老伙计顾雍和张昭心意相通，看法一致，也帮腔说："陆逊年纪轻轻，才疏德薄，用他为主将，恐怕诸人不服，坏了大事。"

步骘也说："陆逊最多在郡里承担辅助性的工作，如果把大事交托给他，恐怕很不合适。"

三人成虎。张昭、顾雍、步骘高度一致地反对孙权任用陆逊，孙权不免犹豫起来了。陆逊此前也只是谋划献策而已，从未真正担当一方主将，如果真的如三位老臣所言，不能服众，坏了大事，恐怕江东就真的要遭殃了。

阚泽一看，急忙说："如果不用陆逊，江东就危急了。我愿意以全家性命担保他能破蜀败刘！"

很多时候，是气势而不是实力决定了角逐的胜负。张昭等虽然人多势众，但没有一个人敢像阚泽那样愿意以全家作保的。所以，阚泽的坚定最终影响了孙权的决定。

孙权随即想到，当初陆逊所献的“示弱以胜强”计策成功击败了不可一世的关羽，现在刘备因为接连胜利也已经变得不可一世，如果陆逊故技重施，是不是也能重演前一次的成功呢？

一想到这儿，孙权顿时宽心了不少，对阚泽说：“我知道陆逊是一个奇才，我要把重任交托给他！”

陆逊闻召，立即赶来见孙权。

孙权说：“现在蜀兵压境，我要任命你总督军马，以破刘备。”

陆逊是一个身怀绝技、当仁不让的人。同时，他也深知自己人微言轻，如果不借助孙权之力，立即树立自己的权威，是很难节制一众老臣宿将的。于是，陆逊推辞道：“江东文武都是主公旧臣，陆逊年幼无才，恐怕难以服众。”

孙权微感不悦，说：“阚泽以全家性命来担保你，我也一向知道你的才能，现在我任命你为大都督，属于破格擢升，你为什么要推辞呢？”

陆逊说：“我并非不愿为主公效力，只是担心文武不服，难以节制。”

孙权听明白了陆逊的意思，拔出自己的宝剑，赐给陆逊，说：“如有不听号令者，你可以先斩后奏！”

陆逊略一沉吟，竟然没有接剑，而是说：“臣敢请主公来日召集所有文武百官，再赐剑给我。”

陆逊确实是一个深谙世情与人心的绝顶高手！他这样做，微妙地表达了对孙权本身的权威不够信任。对孙权来说，赐剑就是最高等级的授权，等于将生杀大权给了陆逊。但陆逊还是担心这一次授权的力度不足，可能遗留后患。所以，他宁可冒着得罪孙权的危险，也要让自己被授予的权威广为人知。之后的事实证明，陆逊此举绝非矫情，而是十分必要的铺垫。否则，不但陆逊不能言出法随，如愿行事，江东也必然不保。

旁边的阚泽可是在陆逊身上赌上了全家老小的性命的，他立即明白了陆逊的用意，赶快补了一句：“主公，古时任命大将，一定要筑建高台，会集众人，然后主公手捧白旄黄钺，将印绶兵符授予，并高声宣布：城门之内，寡人做主；城门之外，将军做主。这样才算是名正言顺，这样才能克成大功。请主公遵照古制，筑坛拜陆逊为大都督，假节钺，这样众人尽皆服气，陆逊就能好好施展了。”

阚泽所言，其实是刘邦拜韩信为将的故例。汉初之际，韩信也是个无名小卒。为了立竿见影地帮助韩信树立威信，萧何力推刘邦筑坛授权。但江东拜将，从周瑜到鲁肃，再从鲁肃到吕蒙，从来没有这么正式过，也从来没有这么麻烦过。可是，陆逊确实太微不足道了，孙权既然已经做出决定，“决策后失调”必然产生效应。为了让自己的决策正确，孙权只能“扶上马，送一程”，按照阚泽的建议，筑坛拜将。

陆逊由此获得了先斩后奏的生杀大权。他下了拜将坛，马上就带着徐盛、丁奉启程，赶往猇亭。

韩当、周泰得知陆逊拜将的消息后，大惊失色，连声慨叹：“主公怎么会让这么一个小书生来当大都督呢？”

过不多时，陆逊来到大营，众将的不服之气，个个溢于言表。陆逊升帐议事，诸将勉强前来参见。陆逊说：“主公任命我为大将，授予我生杀大权，可以先斩后奏。我先向大家声明一下，军有军法，各位应该遵照执行，违者军法无情，到时候别怪我事先没有说明。”

众人默然不语。只有周泰旁若无人，对陆逊说：“现在孙桓将军被困于夷陵，内无粮草，外无救兵。他乃是主公的小侄，还请都督早施良策，救出孙桓，以安主公之心。”

周泰其实是在给陆逊一个下马威。一是为了显示自己身经百战，经验丰富，识见过人；二是为了考一考陆逊的本领，看他到底有没有能耐救出孙桓。

周泰之所以敢这样做，多少有些恃宠而骄。别忘了，他曾经多次救护孙权，负伤累累，深得孙权厚爱。孙权当初为了树立他的权威，还专门当众展示他身上的道道伤疤，并把自己专用的轻罗伞赏赐给他。

没想到陆逊根本不理他这个茬，冷冷地说道：“我知道孙桓将军深得军心，一定能够坚守夷陵，我们不必去救他。等我破了蜀兵，他自然就能脱困了。”

周泰及诸将听陆逊这样说，更加肯定了他们此前对陆逊的判断。人人认定陆逊庸碌不堪，只能用这等言辞来掩饰自己的无能，纷纷强忍着笑告退下去。回到营房后，韩当对着周泰摇头叹息说：“主公任命这个黄口小儿为将，东吴真的要完蛋了。”周泰也是连连叹息说：“被我一下子就试出来了。他哪里会有什么妙策，又怎么能击破蜀军呢？”

次日，陆逊传下号令，让诸将严防死守，不得轻易出击。但韩当、周泰这些老字辈确证了陆逊的“无能”后，根本就不把他的号令当回事，依然我行我素。

陆逊再次升帐，质问众人道："我奉了吴王之命，总督全军。昨天我已经三令五申，要汝等坚守不出，你们一个都不尊奉我的命令，这是什么道理？"

韩当傲然道："我自从跟随破虏将军平定江东，身经数百战。其他诸将，要么跟随讨逆将军，要么跟着现在的吴王，都曾经披坚执锐，出生入死。现在主公任命你为大都督，我们都希望你早早定计，调拨军马，分头征战，以破强敌。你却让我们坚守不出，难道是想等着让老天来帮我们杀贼吗？这也实在太缺乏谋略了！我们都不是贪生怕死之人，你这样做，让我们自坠锐气，是何道理？"

破虏将军是孙坚的封号，讨逆将军是孙策的封号。韩当搬出这些陈年故事，存心是搬出老资格来压逼毫无资历的陆逊。

韩当这一叫板，立即应者云从。众将纷纷鼓噪说："韩将军说得有道理，我们愿意决一死战！"

这个时候，就看出陆逊的先见之明了。如果他不是事先请求孙权帮助自己强力立威，他根本无法镇住这一帮老兵油子的倚老卖老。

陆逊敢于领受破蜀的重任，当然不是来抗敌前线当缩头乌龟的。在他的盘算中，刘备此时接连大胜，士气正旺，绝不能硬碰硬和刘备正面冲突。而示弱以骄纵对方，正是陆逊的拿手好戏。但他这一用兵深意，暂时又不能公之于众。他只能拿出孙权亲赐的宝剑，强力镇服这些身经百战的宿将。

陆逊正气凛然道："刘备威震天下，就连曹操都怕他三分，绝不是一个容易对付的敌人。我虽然是一介书生，却蒙主公托以重任，你们不顾将令，是何道理？我自有破蜀妙策，非汝等可知。你们必须各守隘口，牢把险要，不许轻举妄动，违令者斩无赦！"

韩当、周泰虽然倚老卖老，轻视陆逊，但对如同孙权亲临的宝剑还是不敢怠慢的。他们只能将怒气强压在心底，愤愤不平地退下，暂时不再鼓噪进兵了。

心理感悟：在狐狸变成老虎之前，只能狐假虎威。

40

坚定是最重要的美德

再说刘备，将兵马在猇亭摆开，首尾连接近七百里，前后共有营寨四十余座。白天旌旗蔽日，夜间火光耀天，气势雄壮。但东吴之军，无论刘备如何挑衅，只是坚守不出。刘备派细作打听，这才知道东吴任命陆逊为大都督，总制军马。陆逊严令部属不得出战。

刘备从未听说过陆逊的名头，于是询问马良。

马良说："陆逊是江东的一个书生，年幼多才，谋略深远。上次袭取荆州，就是他的诡计。"

刘备大怒说："原来就是这个竖儒害了我两位兄弟的命！"当下就要进兵攻击。

马良劝阻道："陛下不可轻敌。陆逊之才，不在周郎之下。"

刘备和诸葛亮联手，屡次戏耍周瑜，因此并不认为周瑜如何了得。所以，马良用周瑜之才来比喻陆逊，刘备毫不在意，反而激起了他的骄纵之心，说："朕用兵久矣。难道还不如一个黄口孺子吗？你不要多疑，且看朕如何拿下陆逊。"

刘备亲自领兵搦战，攻打各路隘口。

韩当得知刘备亲临，一边派人飞报陆逊，一边就要准备出马。陆逊闻报，唯恐韩当违令出击，飞马赶到。韩当说："蜀军阵中隐隐有黄罗伞移动，这必是刘备无疑，请让我出兵一击！"

陆逊还是摇头道："刘备接连取胜，士气正盛，不可力敌。我们要等到他气衰而竭，却又求战不能，只好将军营移屯到山林之间，那时我就好用计取胜了。韩将军还是再等等吧。"

原来，与刘备相持一段时间后，陆逊已经构思好了全盘策划。他的思路就是和刘备打持久战，拖延时日，直至酷暑来临。到了那时，江东天气，白天炎热难当，蜀军不得已，只能移驻到山间树林中，以避酷暑。这样，陆逊就可以用火攻之计，打败刘备了。

但韩当原本就不相信陆逊有什么能耐，看他担任主将之后，只知道坚守不出，早就看扁了他，又怎么能理解陆逊的深意呢？

韩当表面上不敢违逆陆逊的命令，内心却极为不服。他和周泰商议一番后，派人将陆逊的种种表现，以及诸将对他的不满，全都报给了孙权。

陆逊一连数月与刘备相持不战，也给孙权造成了很大的压力。张昭等老臣经常而耳边聒噪，但孙权一遍遍想起弟媳妇徐氏忍辱负重，终于克成大功的故事，判定陆逊依然在做“示弱骄敌”的铺垫工作，因此对老臣宿将们的抱怨毫不理睬。

孙权的沉默就是对陆逊最大的支持。如果孙权内心稍一动摇，陆逊原本不甚坚固的威信就会瞬间坍塌。张昭、韩当等人见孙权毫无反应，只好强自把对陆逊的不满压在心底。

一来二去，刘备和陆逊相持了七八个月。陆逊防守严密，刘备进前不得，心中开始变得焦躁起来，但他始终认为陆逊不敢出战是惧怕自己的兵威。

这个时候，天气已经如陆逊所愿，进入了炎炎夏日。蜀军先锋冯习向刘备汇报说：“天气酷热难当，军士们暴露于骄阳之下，疲倦不堪，不利作战。而且用水增多，取水困难。”

刘备微一沉吟，下令让各营寨移屯到山间林中靠水阴凉之处。

马良大惊，急忙劝谏道：“陛下，我方大军移屯之际，如果吴军发起攻击，又该如何应对？”

刘备哈哈一笑，说：“我早有计较。先派吴班率领一万老弱之兵，靠近吴寨，假意诱敌。我却亲自率八千精兵，在谷中埋伏。吴狗若趁我移屯之际发起攻击，可令吴班诈败，将陆逊诱入谷中歼灭。只要擒了陆逊这个小兔崽子，我们就能一鼓作气攻下江东了！”

马良听刘备说得头头是道，也不无道理，但隐隐觉得似有不妥。他长于政治谋略，对于军事策略却不那么精通，实在发现不了刘备所谋的弊病何在，于是想出了一个借力之策。

马良说：“陛下，不如将各营移屯之地画成图本，派人送给诸葛丞相一观，看看丞相有什么高见。”

刘备的脸顿时拉长了。他本来正为自己的妙策而自得，听马良这么一说，顿时感到了马良的不信任。这一次讨伐东吴，蜀国内部争议很大。老将赵云苦苦劝谏刘备以国事为重，兄弟为轻。而诸葛亮的态度暧昧，既不劝阻，也未支持。刘备坚持己见，强行出兵，也是想证明给赵云、诸葛亮看看："没有你们，我刘备照样能够打胜仗。"现在，马良却说要将屯营之势画成图本给诸葛亮看，岂不是暗示刘备用兵不如诸葛亮？

刘备冷冷地说道："朕素知兵法，又何必要去问诸葛丞相？"

马良只好说："兼听则明，偏听则蔽，这是圣人之言，望陛下深察。"

刘备听了，更是不悦。以刘备此时心雄万夫的自得情状，怎么会认为自己做出了错误的决定呢？刘备强忍不快，略带讥讽地说道："你要是想画就去画吧，画好了，就亲自送去给诸葛丞相看。"

刘备这是在打发马良走人了。马良本是刘备此时军中的首席谋臣，如果刘备真心同意马良画营寨之图，没有任何理由让首席谋臣离开前线，亲自去送图本。可见，刘备已经听不进任何的相反意见了。

马良为了大军安危，顾不得理会刘备的冷意，自去画图了。

东吴这边，也看到了刘备大军的动静。韩当、周泰判定这是发起反攻的大好机会，急忙又去找陆逊请战。

陆逊心中大喜，脸上却不露声色。他未置可否，先带着韩当、周泰去前线察看敌情。

韩当、周泰远远望见吴班之兵，均是老弱之众，不由大喜，再度请战道："蜀国之兵，简直就像儿戏一般，我们两人愿意兵分两路合击。如果不能取胜，甘当军令！"

陆逊默不作声，只是遥望远处的山谷，若有所思。过了一会儿，陆逊说："这是刘备的诱敌之计。如果贸然出击，定会中了刘备的埋伏。依我看来，三日之后，刘备在山谷中的伏兵打熬不住，定会脱谷而出。"

韩当、周泰听了连连摇头，对陆逊的懦弱行为简直失望透顶！

次日，吴班见陆逊并未上当，再度引兵搦战，不但耀武扬威，辱骂不停，甚至解衣卸甲，赤身裸体，在阵前或坐或睡。这副"此地无银三百两"的架势，反而让陆逊更坚信自己的预判。但吴军诸将再也忍耐不住了。

韩当、周泰已经对陆逊不抱希望了，随同陆逊一起前来上任的徐盛、丁奉也忍不住要出头了。这徐盛最是血性，当初曹丕派邢贞前来册封孙权的时候，徐盛不堪其辱，竟然当众以头抢地。这样的一个血勇之士，怎么能忍受蜀兵如此肆无忌惮的凌辱呢？

徐盛、丁奉强烈要求出战。陆逊微微一笑道："你们只知道逞匹夫之勇，哪里知道兵法的妙处。过几天，你们就知道刘备的诡计了。"

徐盛急道："刘备只要三天时间就能完成移营，那时就失去战机了。"

陆逊严肃地说道："我就是想让他完成移营。"

徐盛气得说不出话来，旁边诸将一阵哂笑，无奈地退下。

陆逊的定力确实高人一筹，在诸将一再地冷嘲热讽下，竟然丝毫不改初衷，只是坚持自己的决定。

三日之后，陆逊召集诸将，登高远眺蜀军动静，果然看见刘备亲率八千精兵从山谷中蜂拥而出。

韩当、周泰、徐盛、丁奉这才明白，如果自己按捺不住，强攻吴班，必然难逃刘备的伏击。诸将亲眼见了这一幕，才隐隐觉得陆逊也许并非如自己所想象的那般懦弱无能。

陆逊扫视诸将的神情，知道向他们说明作战意图的时机已经成熟了。陆逊说："我之所以一直没有答应诸位的请战，就是为了防范刘备的伏击。现在，伏兵已出，旬日之内，必破蜀军！"

诸将对陆逊的看法刚刚有所转变，却见他瞬间变得大言不惭，当然很难接受。韩当、周泰等人都表示怀疑，说："要破蜀军，就得在一开始他们立足未稳时才行。现在，蜀军已经深入吴地五六百里，两军相持也已七八个月，蜀军对各个要害关隘都已牢固把守，怎么可能在旬日之内破敌呢？"

陆逊露出了一丝不易觉察的得意之笑，说："你们诸位，都不懂兵法啊。刘备是当世之枭雄，他率兵初来，法度精严，士气旺盛。现在相持日久，却难奈我何，不免军心动摇，疲惫不堪。这才是我们的破敌良机啊！"

诸将听了，依然将信将疑。陆逊却不再多言，回到营中，给孙权写了一封信，表明自己即将发起反攻，刘备败亡指日可待。

孙权接到这封信，悬着的心终于放下了。他为陆逊的坚定深感骄傲，也为自己的坚定深感自豪，他对众臣说道："江东有此大才，我还担忧什么呢？诸将上书都说陆逊懦弱无能，我却偏偏不信。现在看来，我真是没有用错人！"

和孙权一起放下心的当然还有阚泽。在这七八个月的相持中，阚泽日夜惦念前线形势。看来，陆逊是不会辜负他的信任了。

陆逊到底会用什么样的方法来对付枭雄刘备呢？

心理感悟：如果没有坚定的护航，一定走不到终点。

41

天下英雄谁敌手

陆逊的妙策就是火攻。

时值炎夏，刘备将大军驻扎在山林之间，绵延相接七百里，正如当年曹操在赤壁大战时将所有战船连接在一起，为火攻提供了最好的“素材”。

对陆逊来说，最大的幸运就在于诸葛亮没有随同刘备一同出征。诸葛亮是火攻的大行家，刚一出山，就放了两把火，击败了曹兵。赤壁大战时，他和周瑜也是不约而同地想到了火攻。如果诸葛亮此刻就在刘备军中，陆逊的火攻之计尚未施行，就会被诸葛亮识破。

陆逊见刘备毫无觉察，蜀兵也已懈怠不备，知道时机渐已成熟，于是决定再施小计，助推一把。

陆逊升帐，聚集诸将，说：“我自从受命以来，未尝出战。现在我想派人去攻取蜀军的一个营寨，谁敢去取？”

诸将早已习惯了陆逊的“缩头不出”，对他的攻击命令反倒有些不习惯了。稍作迟疑后，韩当、周泰、凌统等老将纷纷请令前往。陆逊却偏偏不用这些老将，而是指派阶位最低的末将淳于丹前去。陆逊说：“我给你五千人马，趁着夜色，去攻打蜀将傅彤镇守的江南第四营。我自会派兵接应你。”

淳于丹领兵去后，陆逊又派徐盛、丁奉各领兵三千接应，并明确指示，如果淳于丹败下阵来，两人只能救援，不得追击蜀军。

徐盛、丁奉心中纳闷，不知道陆逊到底是想打败仗还是想打胜仗，但军令如山，只得遵奉而行。

淳于丹领军去攻，却被傅彤一阵猛杀，大败而归，五千人马只剩下一百余人。幸得徐盛、丁奉接应，方才逃脱。

淳于丹垂头丧气，前来请罪。诸位老将一看，真是气坏了。陆逊压了这么久不让出战，好容易出战一次，竟然派最不入流的末将出战，结果惨败而归。

没想到陆逊并不怪罪淳于丹，说：“这不是你的过错，我是故意让你去试探蜀军虚实的。现在，我已经有了破蜀之策。”

诸将见陆逊明明指挥不当，吃了败仗，却又开始大言不惭，均是不服。徐盛、丁奉首先发难质疑道：“像都督这样凭空而论，只能让东吴士卒白白送死吧。”

陆逊毫不在意部下的揶揄，哈哈一笑，道：“我这条计策，只瞒不过诸葛亮一个人。天幸此人不在，让我得以成就大功！”原来，陆逊担心己方久不出战，一开始调动兵马，会引起刘备的警觉。他派淳于丹出战，就是为了虚晃一枪，让蜀军对东吴接下来的调兵遣将放松警惕。

陆逊的成功不是偶然的。他始终保持着一份觉察之心。自从他领命以来，一直很清楚自己在做什么。而且，他也对刘备的意图保持了高度的觉察。反观刘备，极度冲动的情绪和一连串的胜利早已让他迷失在自我膨胀之中了。

再说马良，急匆匆将刘备的安营图本送回给诸葛亮一看。诸葛亮立即跌足长叹，急命马良赶回，告诫刘备速速整改。怎奈路途遥远，等到马良赶回，陆逊的攻击已经发动了。马良也因此死于乱军之中。

陆逊一一部署分派。朱然从水路进兵，在船上装满茅草，伺机而动。韩当、周泰各领一军，分攻蜀军大营，手下士卒每人手持茅草一束，内藏硫黄焰硝，各带火种。到了蜀营，顺风举火。

陆逊同时下令：所有士卒都预备好干粮，随身带上，不许休息，昼夜追赶，必要将刘备擒住才能罢兵。

却说刘备闻报，得知吴兵出动，沿山往东而去。刘备断定这不过是陆逊的疑兵之计，不做理睬。待到日色渐暮，吴兵几路放火，蜀营火起，刘备这才知道大事不妙!

天气炎热，风紧火急，蜀军的七百里连营很快就成了火海一片。吴军趁势掩杀，蜀兵慌作一团，四处逃窜，人踩马踏，死伤不计其数。

刘备从军多年，打过多次败仗，应变能力极强。他多次大难不死，就是得益于他善于判断形势，及早逃生。这一次当然也不例外。刘备一见火起，顿时就知道陆逊已经击中自己的死穴，败局已经无可挽回。

刘备急忙撤退，一路西逃。刘备这一退，夷陵之围立解。被困很久的孙桓随即也加入了追击蜀兵的行列。东吴兵马奉了陆逊的将令，急急追赶，非要将刘备擒住才肯罢休。

刘备一生中经历过无数次惨败，但以这一次夷陵之败为最惨，几十万大军一下子被烧了个精光，几乎完全复盘了曹操当年的赤壁败局。

陆逊紧追不舍，刘备逃至白帝城，苦苦死守，眼看难以幸免，但关键时刻，刘备的贵人现身了。

这个贵人不是别人，竟然是大魏皇帝曹丕！

曹丕不是说好两不相助，只是坐山观虎斗吗？怎么会来赶来“援救”刘备呢？

这还要回头说起。

夷陵之战前，曹丕被孙权的大表忠心而蛊惑，情绪亢奋，不听刘晔的高见，非要分封孙权为吴王。后来，曹丕渐渐冷静后，反思自己的行为，隐隐觉得孙权虽然已经明确上表称臣，但自己对他几乎毫无控制力。这让曹丕非常烦恼。曹丕苦思冥想，竟然想到了春秋战国时期非常盛行的“人质制度”。那个时代，一国往往将太子或世子当作人质送往另一国，以表忠诚。

曹丕于是下令让孙权将他的长子孙登送往魏都洛阳。他的父亲曹操当年也打过这个主意，但孙权始终置之不理。孙权对曹丕折节屈膝，本来就是虚与委蛇之举。他可以在身份地位上吃亏，可以在特产进贡上吃亏，但绝不肯在关键环节上受制于曹丕。所以，孙权还是像对付曹操一样，耍了很多花招，答应得很好，就是不予落实。

曹丕见孙权始终不肯将长子孙登送来洛阳，这才知道自己被孙权耍了。曹丕顾惜面子，不肯明着承认自己的失策，但心中早已对孙权起了报复之念。

当刘备与陆逊相持之际，魏国的细作将刘备的安营情形汇报给曹丕后，曹丕做出了和诸葛亮完全一样的判断——刘备必败无疑。

此后，陆逊果然火烧连营，刘备惨败而逃。曹丕立即决定，趁着东吴主力追击刘备，后方空虚，对东吴发起攻击。他自以为这是“螳螂捕蝉，黄雀在后”的妙招，必见奇效。其实他并没有真正理解刘晔的顶级智慧，如果真的按照刘晔的想法，曹丕这个时候根本不应该去攻击孙权，而是趁火打劫去抄刘备的后路，先将刘备歼灭，再来对付剩下的东吴。

但曹丕确实是个缺乏自控、感情用事的人。他对孙权心怀怨恨，自然就想先报复孙权了。曹丕决定让曹仁、曹休、曹真三人分头引三路大军攻吴。

刘晔一看，曹丕又开始感情用事了，急忙出来劝谏。刘晔说：“现在陆逊刚刚击败刘备，东吴上下齐心，士气正旺，陛下此时兴兵讨伐，恐怕难以成功。”

曹丕顿时纳闷了：“以前不就是你劝我讨伐东吴的吗？怎么现在反倒来阻拦我

了呢？”

刘晔说：“陛下，现在情势不同了。当初东吴屡屡败于刘备，士气低落，是可以攻打的。而现在东吴大获全胜，锐气百倍，再去攻打，我们靠什么取胜呢？”

曹丕怎么肯接受自己再度失策？当然是坚持己见了。但他的这一次出兵，无形中充当了刘备的大救星。

白帝城不过是个弹丸之地，刘备即便负隅顽抗，终究难敌陆逊大军围攻。但是曹兵一出，陆逊担心国内空虚，根本动摇，只好下令退兵。

陆逊虽然没能将刘备擒获，但经此一战后，原来的无名小卒已经名动天下，成为谁也不敢小视的英雄。

当然，陆逊的成功离不开孙权对他的放手任用，而夷陵大战的胜利也让孙权欣喜若狂。这一次大战，与官渡之战、赤壁之战并称三国三大战役，从根本上决定了天下的形势。在这三大战役中，曹操赢了一场，输了一场，胜负抵消，得分为零。刘备和孙权一起赢了赤壁大战，双方算是各赢半场。但刘备又输了夷陵大战，得分为负。唯有孙权一人净胜一场半，在三个人中独占鳌头。

宋代著名词人辛弃疾在《南乡子・登京口北固亭有怀》中称颂孙权说：“天下英雄谁敌手？曹刘。生子当如孙仲谋。”实际上，无论是曹操还是刘备，都败在了后起之秀孙权手下。

当曹操、刘备纵横天下的时候，孙权还只是个黄口孺子。当曹操、刘备对东吴发起攻击的时候，孙权也曾惶恐不安，犹疑动摇。但最终，却是孙权笑到了最后。

孙权既感念上天对自己的百般眷顾，也对自己的雄才伟略有了百倍自信。当他得知曹丕分遣三路大军攻打东吴时，虽然对曹丕这么快就翻脸有点意外，却丝毫没有慌乱。一方面，刘备被陆逊赶到白帝城苟延残喘，已经对东吴毫无威胁；另一方面，孙权一直认为曹丕不过是个纨绔子弟，只会舞文弄墨，纵酒作赋，其能力才略连他父亲曹操的万分之一都赶不上。这样的一个人，怕他何来？

心理感悟：绝大多数成功者都是死于成功。

42

一个危险的信号

孙权决定好好地与曹丕玩一场游戏。

孙权派出吕范、朱桓、潘璋等大将，分头迎击曹丕的三路大军。做好军事部署后，孙权又坐下来，好整以暇地给曹丕写了一封卑辞告饶的信。

一个自卑的人，不但无法接受他人的讽刺挖苦，也绝不会拿自己开涮。相反，一个人越是自信，就越是能轻松自贬。

在这封信中，孙权把自己骂了个狗血喷头，最后极尽卑媚之能事地说："如果陛下一定认为我罪不可恕，那么我就把江东的土地和人民都交还给陛下。只要允许我到偏僻的交州，度过残生就可以了。"

这个时候的孙权和以前可真是大不一样了。我们应该还记得，当初他和刘备初次会晤的时候，刘备随口一句"南人善于驾船，北人善于骑马"就让孙权敏感地认为刘备是有意嘲讽而做出了激烈反应。而现在，孙权竟然可以面不改色地大加自贬了，他对于自卑显然已经大大脱敏了。

曹丕是写文章的绝顶高手，他见孙权和自己玩"文字游戏"，当下也回信一封，用词十分优美，回敬道："我看了你的信，深深地为你的忠诚感动。收到信的当天，我就下令让大军原地待命，不准进攻。不过，如果你真心效忠，还是把儿子送过来吧。孙登早上到，我晚上就召还大军。我绝不食言，这句话的可信度，就像横亘千年的长江一样！"

这两个人，在两军对峙、剑拔弩张之际，大玩文字游戏，其目的却各不相同。事实上，孙权在击败了刘备后，已经无须再对曹丕奴颜屈膝了。但他沿袭此前的做法，摆明了是借着逗弄戏耍曹丕一番，为东吴的军队部署多争取一些时间。而曹丕是因为孙权屡屡失言，没有送儿子孙登到洛阳，让他大失颜面才出兵讨伐东吴的。曹丕并不像他的父亲那样热衷于南征北战，只要孙权践行前约，把儿子送来当人质，让他挽回面子，他立即就想退归洛阳，安享福乐。

就在孙权与曹丕书信往来的时候，在白帝城暂且安身的刘备也蠢蠢欲动了。这一次惨败，让刘备无颜回归成都。他得知曹魏三路大军攻吴的消息后，突然觉得自己有了挽回面子的可能。

刘备当即也写了一封信给陆逊，说："曹军已经攻向江陵，我也要东下找你报仇，你看我能做到吗？"

面对手下败将的挑衅，陆逊毫不客气地回信道："我担心你刚遭惨败，元气大伤，恐怕休养生息还来不及呢。如果你一定要带着残兵败将东下，也许会把命丢在这里的。"

刘备看了陆逊的回信，羞愤交加。他已经快六十三岁了，年岁已然不轻，受了这么大的打击后，身体每况愈下。

而这个时候，孙权又主动派出能言善辩的使者郑泉，去白帝城见刘备，以图结束战争状态。只是，在郑泉带来的国书上，孙权并没有承认刘备的皇帝地位，而是沿用了此前的"汉中王"称谓。这自然是孙权的自尊在起作用了。孙权此时是吴王的爵位，作为一个战胜者，当然不可能自降身份。

刘备见了后大怒，质问郑泉："吴王是不是认为我不该称帝？"

郑泉随机应变的能力很强，马上回应道："曹贼父子篡夺汉帝之位，您身为大汉宗亲，理应率军讨伐汉贼，为天下军民做出表率。您却忙于称帝正名，恐非天下之所望。"

郑泉反过来"指责"刘备称帝不当，立时就把刘备的质问给挡回去了。刘备无言以对。

刘备无颜回归成都，也无力确保白帝城不失，于是也决定"暂停"与孙权对攻，派出使者随郑泉去东吴与孙权沟通。孙刘双方得到了暂时的安宁。

再说曹丕，见孙权写信之后，并没有实质性的动作，不由恼羞成怒，下达了攻击的命令。但东吴早已有备在先，曹魏大军无力前进，僵持数月后只能黯然退兵。

孙权又借着曹丕进攻的大好良机，忙中偷闲，自建年号为"黄武"。孙权的吴王本来是曹丕封的，如果曹丕不主动讨伐东吴，孙权是没有理由擅改年号的。现在，得了曹丕的"助力"，孙权就可以名正言顺地不再遵奉曹魏的"黄初"年号了。

孙权之所以这么做，是因为他看见曹丕、刘备各称帝号，眼热不已。孙权本来就看不起曹丕，刘备也刚刚被孙权打败了，孙权难免会想："既然他们都能登基称帝，我孙权为什么就不可以呢？”在夷陵之战胜利后，孙权已经完全占据了荆州、扬州、交州三州的土地，而刘备只剩下了益州一地。就实力对比而言，孙权显然比刘备更有资格称帝。（天下十三州，除属于幽州的辽东郡为公孙氏所占之外，其他豫州、青州、徐州、兖州、冀州、并州、凉州及洛阳所在之司隶等八州均为曹魏所有，曹魏仍是三分天下的最强者。）

不过，熟谙“徐氏心法”的孙权，还是选择了暂且忍耐。他策略性地按捺住自己愈发勃勃的雄心，只是先迈出自立年号的小小一步。这一做法，是非常高明的“登门槛策略”，既可以让自己向终极目标推进一步，又不致即刻击穿曹刘双方的底线，而招致两头夹攻。

孙权的这一考虑极为英明。如果他选择一步到位称帝，曹丕不堪忍受他的公然背叛，必然会再次举兵相向。而刘备一方，以继承汉祀为己任，绝不允许任何人自立为帝。只要孙权一称帝，蜀汉必然将他视为和曹丕同一类型的乱臣贼子而痛加鞭挞。

在长期的博弈事件中，孙权深刻认识到，东吴绝不能与曹刘两方同时为敌，必须根据情势需要，打一个，拉一个。至于打哪一个，拉哪一个，则灵机而定。

在这风云变幻的兵荒马乱中，曹刘双方对于孙权自建年号一事，没有表现出激烈的反应。孙权的登门槛策略由此取得开门红。

老天对孙权实在是太眷顾了！这一阵子，他的风头确实很顺，在接连击败了刘备和曹丕后，又一个好消息传了过来——刘备在白帝城因为痢疾不愈而病危了！

刘备这个颠沛流离了一生的枭雄，最终没能在白帝城挺过人生的最后一场危机。他在将儿子刘禅托孤给丞相诸葛亮之后，悄然离世。

对孙权来说，刘备的去世意味着天下英雄再无他的敌手了！孙权在满怀兴奋中迈进了一个新的人生阶段。

这一年孙权刚刚四十一岁，正是年富力强的大好年华。如今，孙权已经对相术大师刘琬的论断深信不疑，他确信自己还有大把的时间，以及更加美好的未来。这样的预期自然让他彻底放松了下来。毕竟，从十九岁猝然继位，一连二十多年，孙权都是在接连不断的恐惧与担忧中度过的，也确实该停下来歇一歇了。但是，对于一个有望建立雄图大业的人来说，过早地失去敌手真的就是好事吗？

孙权还是有点得意忘形了。他召集群臣，在武昌城外靠近长江的钓台上大摆宴席，以庆祝接踵而来的胜利。

主上的放纵，自然会加剧属下的放纵。孙权举杯痛饮，放浪形骸，东吴群臣上行下效，更为放浪。这一场酒宴，只喝得君不君、臣不臣，个个东倒西歪，大呼小叫。

在这一片喧闹声中，唯独有一个人保持了清醒。

这个人就是一直意气难平的张昭。

张昭本是东吴第一重臣，但自赤壁之战后，他的地位一落千丈，先后被周瑜、鲁肃、吕蒙超越。夷陵之战后，陆逊再一次异军突起，成为孙权最为倚重的人，被擢升为辅国将军兼荆州牧，并被封为江陵县侯。而张昭在孙权准备重用陆逊之际，曾经大力阻止。陆逊的这一得志，让张昭深感颜面无存。所以，在这一场欢宴中，心气郁结的张昭根本体会不到半点快乐之情。

孙权越喝越高兴，下令说："今日酣饮，不喝到醉得掉下台去，就不罢休！"张昭听了，越想越生气，站起身来气冲冲地就往外走。孙权见状，急忙派人将张昭请了回来。

孙权说："子布，大家欢饮共乐，您为何要生气呢？"

张昭气呼呼地说："纣王修筑糟丘酒池，彻夜长饮，当时也认为不过是作乐而已，不是作恶！"

张昭这句话分量很重。为什么张昭敢于这样直指孙权之非呢？

面对孙权，张昭一直拥有心理优势。这源自张昭的特殊地位，以及孙权刚刚继位时的稚嫩和不自信。后来，孙权的不待见让张昭越来越心理失衡，而他越是心理失衡，就越是想通过倚老卖老来挽回颜面。

听了张昭如此严重的指责，孙权的兴致一下子就烟消云散了。为了避免负面影响，孙权强压下心头的不快，下令罢酒。

后来，孙权故态复萌，又一次举行酒宴，让群臣尽情畅饮。这一次孙权甚至亲自劝酒。骑都尉虞翻不愿多饮，假装醉倒在地躲过了孙权的劝酒。孙权跳过虞翻，给下一个人敬酒，忽然余光看见虞翻从地上坐了起来。孙权大怒，立即拔出剑来，要杀了故意欺诳自己的虞翻。虞翻这个人性情耿直，经常对孙权直言劝谏，惹孙权不高兴。孙权这一次发怒，颇有借题发挥的成分。

一旁的大司农刘基眼疾手快，急忙从身后抱住孙权，为虞翻求情。刘基说："即便虞翻有欺上之罪，大王酒后杀人，天下的人又怎么会知道呢？况且，大王一向包容，吸引天下贤士来投，如果现在因为这么一点小事就杀人，岂不是令声誉大损？"

孙权醉酒后，自控力大大下降，咬牙切齿地回应道："曹操都能杀了四海闻名的孔融，我杀个虞翻，又算得了什么？”

刘基急忙道：“曹操残杀孔融，天下非议汹汹，难道大王要效仿曹操的残暴吗？”

这时，其他群臣也反应过来，纷纷上前劝解。孙权终于冷静了下来，放过了虞翻。

事后，孙权对自己的纵酒狂欢有所反省，为了避免自己再犯类似的错误，下令说：“今后凡是我酒后下令要杀人，都不算数！”

孙权下这一命令，是为了避免自己酒后乱性，做出荒唐之举，但他始终没有让自己节制饮酒。这其实如微波轻澜，释放出了一个危险的信号。当生存的压力日渐减轻后，当形势的发展大顺人心时，孙权人性中的阴暗面也即将显山露水了。

孙权的未来之路，将会走向何方呢？

心理感悟：诱惑是一面足以照出原形的镜子。

称帝江东

还是中了激将法 / 天晓得的大难题 / 又一个危险信号 /
五十步笑百步 / 想出了一条妙计 /
书中自有帝王师 / 一口三十年的恶气

43

还是中了激将法

再说曹丕得知刘备死后，刘禅初立，大喜，决定趁蜀国丧乱之际，大举进攻。太尉贾诩劝谏说：“刘备虽死，但托孤于诸葛亮。诸葛亮必殚精竭虑，辅佐幼主。陛下不可仓促讨伐。”另一重臣司马懿却极力附和曹丕，说：“此乃天赐良机，更待何时？”并为曹丕献上了五路进兵，共伐西蜀之计。

这五路兵马，除了曹魏大都督曹真率军出击外，还厚贿辽东鲜卑国国主轲比能、南蛮之主孟获，分别从东、南两个方向攻蜀，另遣蜀汉降将孟达、东吴孙权合击。

曹丕依言而行，分派使者到各处协调。

曹丕的使者来到东吴，申明来意，并诱以事成之后平分益州。这等于是给孙权出了一个难题。

东吴先后击败了刘备和曹丕后，事实上与曹魏和蜀汉都处于敌对状态。惯于在魏汉之间周旋，并一直掌握着主动权的孙权早就想改变这一情势了。但曹丕的这一次“五路大围剿”计划让孙权暗暗心惊。孙权判断，蜀汉在刘备惨败于夷陵后，实力大减，人心不稳，很有可能被曹丕的这一宏大战略攻灭。如果自己帮助曹丕灭蜀，曹丕的下一个目标肯定就是自己，所谓的平分益州不过是一个美丽的谎言罢了。如果抗命不从，曹丕也许就会改变心意，放过蜀汉，而将攻击的方向再一次对准东吴。

孙权深感左右为难，不能决断，于是召集群臣商议。

张昭说：“现有陆逊，多有高见，大王为什么不请教他呢？”张昭这句话多少有一些酸葡萄的味道，仿若当初刘备说自己得了诸葛亮是“如鱼得水”，张飞不满，曹操来攻时所说的“派‘水’去迎敌”。

张昭此时已近七十岁，威望极重，他这么一说，其他人就不便再多说什么了。而孙权此时对陆逊十分倚重，当下不以为忤，将陆逊从荆州召回请教。

陆逊出了一个坐山观虎斗的主意，说："曹丕坐镇中原，实力强劲，不可违逆。我们不妨勉强应允，整军预备，打听其他四路战况如何。如果川中危急，诸葛亮首尾不能救，我们就发兵，直取成都。如果其他四路兵败，我们再做商议。"

孙权就按陆逊所言，打发走了曹丕的使者，一方面整顿军备，一方面派人打听消息。

这世上最不可靠的就是各怀心思的联盟。东吴想坐山观虎斗，其他几路也自有打算。诸葛亮临危不乱，一一部署，或迎击，或拒守，或瓦解，将轲比能、孟获、孟达、曹真轻松化解。

诸葛亮料定东吴会持观望态度，他决定抓住这个机会，修复与东吴的关系，把东吴从曹魏阵营中拉回来，两家再建联盟，共抗曹魏。

诸葛亮深思熟虑后，派邓芝为使者，出使东吴。临行之前，诸葛亮将自己当年亲赴江东，与孙权亲密接触的所见所闻，一一告知邓芝。邓芝心领神会而去。

邓芝这一去，因为目的性十分明显，孙权识破后就会产生"预警式抗拒"，从而极大地增加邓芝的说服难度。

邓芝一到东吴，果然吃了一记下马威。

原来，张昭给孙权出了一个主意，在殿前立一个大鼎，内装数百斤菜油，下面放置木炭燃烧，将油烧热，以待"说客"邓芝，且看邓芝如何应对。

张昭这是把诸葛亮派来的邓芝当作诸葛亮本人的替身了。

十五年前，诸葛亮孤身入吴，先是在舌战群儒中以滔滔之势挫败张昭，随后又先后用激将法促成孙权、周瑜与刘备联合抗曹。诸葛亮在这一次江东之行中大获其利，而张昭则从此丧失了第一重臣的地位，虽屡经努力，终究无可挽回。事实上，张昭的失势并非纯因诸葛亮之故，而是由于他本人的见识与东吴大势及孙权的心意不符。人人都有自利性归因的倾向，喜欢将自己的不幸或失意归咎于他人。因此，张昭对诸葛亮深怀不满也是可想而知的。

诸葛亮现已荣任蜀汉丞相，不会亲赴东吴，张昭也就不会有机会再与诸葛亮当面过招。而邓芝是诸葛亮的使者，张昭自然想借为难邓芝来一泄怨气了。

孙权在大败刘备后，也想在蜀汉使者面前摆摆威风，于是就采纳了张昭这个并不怎么高明的主意。

邓芝整肃衣冠，行至宫前，只见两行武士，膀大腰圆，各执钢刀大斧，长戟短剑，威风凛凛，一直站到殿前。邓芝昂首而入，来到殿前，又见一只大鼎，热油正沸，不由心中一凛。

邓芝摄定心神，暗暗想好应对之策。

近臣将邓芝引到珠帘之前。邓芝身负与东吴和解之重任，原本是要对孙权行礼如仪的，但他觉察情势，立即改变了主意。邓芝站在珠帘之前，长揖不拜。

孙权在珠帘后面，按捺不住，喝令卷起珠帘，怒道："何等匹夫，竟敢不拜！"孙权还是着急了点，这句话其实不该他本人来说，最好是由近臣来说。孙权这一亲自出马，其实正好自投邓芝预想的言辞陷阱。

邓芝傲然道："上国天使，不拜小邦之主。"

这句话只有十个字，却足以把孙权气得七窍生烟。明明是东吴打了胜仗，明明是东吴的主场，明明是蜀汉有求于东吴，但邓芝用这一句话占尽了上风！

孙权勃然大怒，喝道："你不自量力，想要用三寸之舌来说动我吗？你就是随何再出，陆贾重生，也不能说动我万分之一！油鼎已备好，你自己做个了断吧！"

邓芝哈哈笑道："都说东吴贤士很多，没想到却怕我一个小小儒生！"

孙权的前半生一直在寻求认可，而他的后半生一直在挥霍认可。此时此际，孙权正处在这两个阶段的过渡衔接期。所以，邓芝的这句激将法再一次发挥作用了。

孙权怎么能忍受邓芝笑他胆小，立即道："我怎么可能怕你一介匹夫呢？"殊不知，这句话一说，就完全步入邓芝的说服轨道了。

邓芝跟上就是一句："既然你不怕我邓芝，为什么还担心我来当说客呢？"孙权的威慑之举本来是用来恐吓邓芝的，现在却被邓芝反过来当作孙权害怕的证据。这一策略，叫作"反击其身"，是威力巨大的说法妙策。

孙权果然被憋住了，气势锐减，停顿思索一会儿，才说道："你不就是想效仿诸葛亮来做说客，为了蜀汉之利，劝我与魏国断绝吗？"

邓芝淡然一笑道："我虽是蜀中一书生，却是为吴国利益而来。为什么要摆了油鼎来拒绝我呢？您的格局怎么小到不能容物呢？"

孙权最忌讳别人嘲笑他心胸狭窄，能力不足。当年，诸葛亮就是抓住这一点，成功地说服了他。现在，孙权在多次胜利后，已经强悍证明了自己的能力，不再顾虑他人以此说事，但他还是不能免脱于邓芝讥讽他的气量格局。

诸葛亮事先就将孙权的性格特点详细告知了邓芝。邓芝有备而来，果然一击得手！

为了扭转不良印象，孙权立即喝退了殿前武士，吩咐给邓芝赐座，语气和善地对邓芝说："吴魏间的利害关系，还请先生不吝赐教！"

邓芝见孙权前倨后恭，暗觉好笑，但得理必须饶人，以免物极必反，于是也收起"长刺的盔甲"，应和孙权的语气，问道："大王是想与蜀汉和好，还是想与曹魏和好？"

孙权说："我是想和蜀汉讲和，但又担心蜀主年幼，不能善始善终。"

邓芝说："大王乃当世之英贤，诸葛丞相也是一时之豪杰，如果两国连和，互为唇齿，进可以兼并天下，退可以鼎足而立。如果大王继续对魏委屈称臣，魏主必然要求让太子入侍。如果东吴不从，立即出兵讨伐。这时，若蜀汉趁势顺流而下，则江东之地，恐非大王所有了。"

曹丕多次索要孙权长子孙登以为人质，这正是孙权最大的心病。邓芝的话由此深深地触动了他。

孙权忙道："先生之言，正合我意。我要和蜀汉连和，先生，您能做主决定吗？"

邓芝大喜，正要应承，突然又想起诸葛亮事先的叮嘱，担心孙权反复犹豫，于是以退为进，再次用激将法强固孙权的决心。邓芝说："刚才要烹我的，是大王；现在要与我结盟的，也是大王。大王行事，狐疑不决，怎么能取信于天下呢？"

孙权大感惭愧，心中暗恨张昭又给自己出了一个馊主意，忙正色谢罪道："我心下不明，因此行事乖张，多亏先生赐教。"

邓芝微微一笑，就此完成此行重任。

心理感悟：你的性格，往往会变成他人打开你心门的钥匙。

44 天晓得的大难题

邓芝的表现折服了孙权。孙权一连留邓芝住了十余天，才恋恋不舍地放他回蜀。

按照礼节，东吴也必须派使者回访蜀国答礼。孙权想了半天，也没想到担任使者的合适人选，于是叹着气说：“我坐拥三州，反倒不如西蜀偏僻之地。蜀有邓芝，出使不辱使命。我堂堂东吴，难道竟然没有一个人能称我的意？”

孙权的话一打击就是一大片，群臣一时不知到底如何才算称孙权之意，只好沉默不语。

唯有张温，自恃辩才无敌，站出来主动请缨，要出使西蜀。

孙权看了张温一眼，说：“我担心你见了诸葛亮，不能准确表达我的用意啊。”

那么，孙权的用意到底是什么呢？

孙权的想法其实挺微妙的，他既想和西蜀交好，共抗曹魏，又想矜持地表露出一些优势心理，毕竟在和刘备实打实的较量中，是他最终获胜。但这个想法不能公之于众，否则就流于末品了。

孙权亲身和诸葛亮打过交道，对于诸葛亮的综合能力十分了解。他担心自己派出的使者在诸葛亮面前屈居下风，辱没了东吴的优势地位，所以对于张温的自荐犹疑不决。

这个张温，当初在舌战群儒时，正要加入围攻诸葛亮的战团，却被黄盖阻止，因此没能直接与诸葛亮交锋，这也让他对诸葛亮不甚服气。他今天主动请求出使，就是想去会一会诸葛亮。

孙权的话进一步刺激了张温，张温说：“大王何故长他人志气，灭自己威风？诸葛亮固然是当世之英，我张温也是人中之杰。圣人云：舜，人也；我，亦人也。我有什么好畏惧诸葛亮的呢？”

孙权见张温说得胆气豪壮，就同意了他的请求。

张温昂然入蜀，来见后主刘禅及诸葛亮。

张温满怀挑战诸葛亮之意，但诸葛亮早已不复当日舌战群儒的心境了。刘备死后，诸葛亮独揽大权，同时也将蜀汉存亡重任挑在肩上。他深知，蜀汉唯有与东吴紧密联合，才能立于不败之地。因此，他特别提醒后主刘禅要善待东吴使者张温。他本人对张温也是礼数有加，十分客气。

张温却领会错了诸葛亮的客气，变得更加目中无人，骄纵傲慢。

这一天，张温结束使命，准备返吴，后主和诸葛亮赏赐了诸多金帛珍玩给张温。诸葛亮还在城南邮亭大摆宴席，一应文武百官尽数出席，为张温送行。

诸葛亮为了蜀汉安危，虚心诚意，殷勤劝酒。正所谓是酒不醉人人自醉，张温志得意满，开始语无伦次，连诸葛亮也不怎么放在眼里了。

张温的鲁莽浪行激怒了蜀中的一位能人。这人借着酒劲，踉踉跄跄冲到了张温跟前，眼睛直勾勾地盯着张温。张温见此人如此无礼，怒气立起，问诸葛亮："这是何人？"

诸葛亮忙打圆场，说："这位叫作秦宓，现在担任益州学士。"张温傲慢一笑，大剌剌地说道："既然叫学士，不知道胸中到底有些什么学问啊？"秦宓正色道："上知天文，下知地理。三教九流，诸子百家，无所不通；古今兴废，圣贤经传，无所不览。"

张温听了，不由哈哈大笑。张温自视极高，目中无人，怎么可能接受这样一个比自己还能吹的人呢？大笑之后，张温满脸不屑地说道："既然你口出大言，我就来问问你关于'天'的事情。"

秦宓傲然不惧，只等张温出题。

张温嘴角上扬，微微点头，装腔作势地问道："天有头吗？"

这个问题简简单单，只有四个字，却是张温毕生功力的体现。这个张温，为了折损秦宓这个不知天高地厚的家伙，竟然一出招就使出了最具杀伤力的武器。

诸葛亮听了，暗叫糟糕。因为这个问题陷阱暗伏，一时之间就连他也回答不上来。诸葛亮对张温十分客气是出于现实需要，但如果让张温伤了蜀中贤士的自尊，也会为以后埋下争端之祸根。

诸葛亮正在着急，却听秦宓不慌不忙地答道："天当然有头了。"

张温大喜，立即追问道："那么，头在何方？"

秦宓说："在西方。"

张温纵声长笑，再追问道："你有何证据？"

诸葛亮叹了一口气，知道秦宓已经无可救药地落入张温的言辞陷阱了。天怎么会有头呢？而且头还在西方？诸葛亮知道，张温接下来必然要追问有何证据可以证明天的头在西方。

果不其然，张温意态轻纵，问道："有何证据？"

却听秦宓不慌不忙地回答道："《诗》云：乃眷西顾。以此推知，天之头在西方。"张温不由大惊！秦宓的回答大大出乎张温的意料，却是天衣无缝的完美答案。

"乃眷西顾"出自《诗经·大雅·皇矣》，这首诗歌是歌颂周部落从古公亶父到周文王的开创历程的，共分八章。"乃眷西顾"出自首章，原文为：皇矣上帝，临下有赫。监观四方，求民之莫。维此二国，其政不获。维彼四国，爰究爰度。上帝耆之，憎其式廓。乃眷西顾，此维与宅。意思是：天帝伟大，洞察人间，监看四方，发现民间疾苦灾殃。就是殷商这个国家，它的政令不符民望。想到天下四方之国，于是认真研究思量。天帝经过考察，憎恶殷商之治。怀着宠爱向西张望，就把岐山赐予周王。

秦宓将张温推疑问难的"天"拟人化为"天帝"，那么关于"头"的问题自然就有答案了。他结合诗经里描述天帝的"乃眷西顾"，就得出了"天之头在西方"的定论。

从这个回答，可以看出秦宓心思之缜密，反应之迅捷。张温不由额头出汗，脸色一肃，再也不敢意存轻狎。但他也不甘心就此罢手，继续追问道："天有耳乎？"

秦宓轻松自如地答道："当然有。《诗》云：鹤鸣九皋，声闻于天。天要是没有耳朵，怎么可能听见鹤鸣呢？"

张温额上冷汗涔涔而下，但仍困兽犹斗，问道："天有足乎？"

秦宓微微一笑，答道："《诗》云：天步艰难。天要是没有足，怎么能走步？"

"天步艰难"出自《诗经·小雅·白华》，是一首诉说弃妇哀怨的诗歌，其本意和"天"其实没有太大关系。但从字面意思上来看，"天步"二字似可理解为"天的脚步"。秦宓以此来应答，如果张温不是心旌动摇，倒是可以挑出毛病来的。只是张温已经彻底被秦宓的敏锐急智震住了，一时不察，只是机械地继续往下发问，以图挽回颜面。

张温问："天有姓乎？"秦宓中气十足地回答："当然有！"

张温以为秦宓还将用《诗经》里的语句来作答，没想到秦宓早已改弦易辙，将答问论辩的主动权掌控在自己手上了。秦宓十分肯定地说："姓刘！"

这个回答一出来，就不再是简单的口舌之争了，而是天命正统之争。

张温知道自己已经落了下风，犹然不肯服输，顽抗道："何以见得？"

秦宓轻蔑一笑，道："天子姓刘，故而知之！"

此时曹魏代汉而立，刘备大力宣扬自己继承汉嗣。秦宓这么说，等于是在说刘氏蜀汉才是天命所归的正统。

张温不甘示弱，突然想到了一句可以绝地反击的妙语，急忙说道："太阳升于东乎？"张温这句话埋着极厉害的潜台词。在当时人的认知中，太阳是天子的象征。张温说太阳从东方升起，意指天命正统在处于东方的吴地，而蜀汉处于西方。你秦宓说天子姓刘，为什么象征天子的太阳却是从东方升起的呢？

在一旁侧耳倾听张秦论辩的蜀汉群臣，眼看着秦宓一路占了上风，正待自喜，一听张温如此厉害的反击，都为秦宓捏了一把冷汗。如果秦宓应对不当，此前的胜利都将一笔勾销，最终还将以张温获胜而告终。

却见秦宓淡淡一笑说："日虽升于东，而没于西。"

秦宓的这个回答实在是太精妙了，不动声色地化解了张温的反击，并且强力确证了自己先前的结论。太阳虽然从东方升起，但每天晚上落于西方。日暮而归的，必定是家。可见，太阳的家在西方。那么，管你太阳从哪里升起，天子就在西方，也即西蜀，而非东吴。

秦宓不但对答如流，而且天衣无缝地维护了蜀汉的正统地位，深深地折服了倨傲不恭的张温。张温从此再也不敢骄纵自大、小瞧蜀中人士。而诸葛亮等人也是第一次领略到秦宓侃侃而谈、出语惊人的雄辩风采，均深为叹服。

张温倒是服气了，但是秦宓犹在兴头之上。他反过来很客气地问张温道："先生是东吴名士，既然以'天事'下问于我，一定明了天理。当初混沌既分，阴阳剖判，轻清者上浮而为天；重浊者，下凝而为地。到了共工氏头触不周山，天柱折断，地维缺陷，天倾西北，地陷东南。我想请教一下，天既然是轻清而上浮，又为什么会向西北方向倾斜呢？除了轻清之外，还有何物？"

秦宓提出的是一个恐怕连老天自己都回答不了的终极命题，张温一听，脸顿时白了……

心理感悟：骄傲是让知识掉价的最"佳"方式。

45

又一个危险信号

秦宓的这个问题倒不是故意为难张温，实是他本人也百思不得其解的一个重大疑问。如果张温折节下问，以请教的方式向秦宓反击，秦宓也将无言以对。但张温已经确信秦宓无所不知，顿时失去了斗志，离席向诸葛亮谢罪道："我没想到蜀中竟然有如此出色的俊杰，刚才秦学士一番话，我听了真是茅塞顿开啊！"

诸葛亮见张温面带惭色，担心他自尊受损，忙温言宽慰道："席间言语，不过戏谈尔！足下深知安邦定国之道，又何必在意这些唇齿游戏？"

诸葛亮的这番话说得很及时，也很中听，一下子帮张温找到了台阶。张温不由深深感动，对诸葛亮的敬意和对蜀汉的好感沛然而生。

张温回到东吴后，在孙权面前盛赞后主刘禅和诸葛亮。孙权听了，心中顿感不爽。他原先预判张温不能准确传达他的心意，现在果然如此。随后，孙权又得知张温在与秦宓的"天之论战"中完败于对手，大跌东吴颜面的详情，更是不豫。秦宓所说的"日虽生于东，而没于西"的论调也成了孙权的一个心结（孙权之母梦日入怀，而生孙权。孙权由此将太阳视为自己富贵已极的象征）。

后来，孙权借故罢免了张温的官职。这是骄傲的张温未曾预料到的结局，也是他为自己的骄傲付出的惨重代价。

此后，诸葛亮再度派遣邓芝入吴答礼。孙权想起秦宓的论调，有意挑起了话头。

孙权说："如果吴蜀两国同心灭了魏国，吴蜀二主平分而治，岂不乐哉？"

在这种场合下，孙权的权威度最大。一般而言，人们都会屈从于孙权的意见。但邓芝没有附和孙权，而是说："天无二日，民无二主。灭魏之后，如果大王也不知道天命归于何人，那么，为君之人，各修其德；为臣之人，各尽其忠。其时，战争才刚刚开始，何乐之有？"

孙权此时并未称帝，但他话语中隐隐透出了这一层心思。对于以继承汉嗣为己任的蜀汉来说，任何人的称帝都会被蜀汉视为叛逆之举。邓芝作为蜀汉的使者，在没有得到授权的情况，是绝不能公然默认孙权的这一想法的。故而，邓芝冒着触怒孙权的风险，也要秉直而言。

当然，邓芝的话虽然直率，但也并未完全否定孙权称帝的可能性，而是说吴蜀之间可能要通过战争来决定天命归属。这种实话实说的策略，既彰显了邓芝的磊落胸怀，也体现了他在处理重大外交问题上原则性与灵活性的巧妙结合。从胜任角度来看，邓芝确实要比张温强得多。

孙权听了邓芝滴水不漏的回答，又想起邓芝上一次的杰出表现，不由深深慨叹东吴缺乏邓芝这样的人才（其实郑泉也是很不错的）。

吴蜀之间，使者多次往来后，终于恢复旧交，重新成为关系融洽的联盟者。蜀汉没有深究刘关张的死，也没有再来纠缠荆州的归属，孙权准确把握了诸葛亮急于连和的心理，在战略大局上做出了正确的抉择，这让他成为最大的得益者。

再说曹丕，闻报得知吴蜀再次和好，勃然大怒。在“叛徒效应”的驱动下，曹丕更加痛恨多次上表称臣的孙权，于是决定先伐吴，再灭蜀。

侍中辛毗劝曹丕不如屯田养兵十年，等到兵精粮足后再讨伐吴蜀不迟，却被曹丕劈头一顿痛骂。

从来不忤逆主上之意的司马懿，就像上次刘备刚死时，献五路伐蜀之计一样，为曹丕谋划了从水路进攻东吴的策略。

谁不喜欢顺遂己意的属下呢？曹丕高兴地采纳了司马懿的意见，决定自己御驾亲征，却让司马懿留守许昌，一应国政大事，全权交给司马懿决断处理。

曹丕亲率三十万大军，乘三千艘战船，令徐晃为先锋，曹真、曹休、张辽、张郃等大将一并出征。

孙权得知曹丕再一次发动大军来攻，不免着急。顾雍说：“大王，我们已与西蜀连和，可立即修国书一封，送给诸葛丞相，让他起兵汉中，以牵制魏军。另派一员大将，屯兵南徐以拒曹军。”

危急时刻，孙权又想起了陆逊。可是陆逊镇守荆州，轻易不能调回。孙权叹着气说：“除了陆伯言，谁还能为我抵挡曹军呢？”

自从万事顺遂以来，孙权的心态慢慢起了变化，他眼中似乎越来越看不到部属的长处了。当初，他派使者赵咨出使曹魏。赵咨在曹丕面前盛赞孙权是仁智之主，说他“纳鲁肃于凡品，是其聪也；拔吕蒙于行阵，是其明也”。此后，他越级超擢陆逊，始终用人不疑，更是神来之笔。

就是这样一个颇具识人之明的君主，却仿佛在一夜之间失去了洞察力和判断力。事实上，并不是东吴真的没人了。东吴各方面的人才储备虽然比不上曹魏，还是远胜于蜀汉的。真正的原因是孙权失去了发现的眼睛，前阵子他慨叹找不到可以出使西蜀的使者，现在又慨叹找不到可以抵挡曹魏的大将。

听到孙权这么说，血性将军徐盛忍不住站了出来，应声答道：“大王，为什么这么看不起群臣呢？我虽不才，愿意率领一军，以抗击魏兵。如果曹丕敢横渡大江，我就亲手将他擒获，献给陛下！”

孙权被徐盛的勇气所感，当即任命他为安东将军，总镇都督建业、南徐两处兵马。

徐盛勇则勇矣，却远不如陆逊聪明。当初陆逊受命之际，先小人后君子，丑话说在前面，一定要孙权登坛拜将，亲授尚方宝剑。唯其如此，无名小辈陆逊才压得住一帮老臣宿将。但徐盛并未从陆逊的成功经验中汲取精华，领命之后，立即上任。殊不知，他的身份地位虽然比发迹之前的陆逊要强一些，但同样缺乏足够的权威分量。

徐盛召集诸将，要求多置器械，多设旌旗，以守护长江北岸。诸将一一允诺，却有一个刺头出来挑战徐盛的权威。

这个刺头就是孙权的侄孙孙韶。孙韶虽然年轻，但极有胆气，颇有当日小霸王孙策之风。孙韶原本姓俞，他的伯父俞河，因为深得孙策喜爱而被赐“孙”姓，归入孙氏宗族。孙河当日在丹阳事件中被叛将妫览、戴员所杀后，孙权就将孙河的部属划归孙韶统领。孙韶先后担任承烈校尉、广陵太守等职。孙权受封吴王后，孙韶又被升任为扬威将军，封建德侯。

可见，孙韶虽然年纪比徐盛小，他的资历（扬威将军、建德侯）却要比徐盛老。徐盛要求诸将加强防守，与孙韶欲逞血气之勇的初衷正好相反。

孙韶立即质疑徐盛：“大王对你委以重任，你为什么不早发军马渡江，在淮南之地迎敌？如果等到曹兵过江，恐怕我们就很难抵抗了！”

孙韶对徐盛的指责其实很站不住脚。徐盛并不是懦弱无用之人，当初曹丕派邢贞到江东册封孙权为吴王时，徐盛以头抢地，恨声连连，责怪自己不能帮助主公建功立业，让孙权蒙受被他人册封的耻辱。从这件事可以看出，徐盛不但对孙权忠心耿耿，而且也是个忠勇激愤之人。

徐盛之所以保守谨慎，是因为第一次身担重任，不敢鲁莽行事。这也是人之常情。

徐盛耐心地对孙韶解释道："曹军势大，又有名将为先锋，不可渡江迎敌。等到他们的战船都汇集在长江北岸，我自有破敌之策。"

但孙韶根本不听徐盛的解释，也不愿服从徐盛的调度，说："我手下自有三千军马，我也很熟悉广陵的地形，我愿意渡江去和曹丕决一死战！如果不能取胜，可将我斩首！"

孙韶的想法与徐盛的本意不符，徐盛否决了他的想法。孙韶坚持要去。徐盛不得已，怒道："你不听我将令，我怎么能节制诸将？"下令将孙韶推出斩首。

孙韶不服徐盛，就是因为徐盛的权威未立，再追究到根子上，那就是孙权的问题了。孙权连续在对刘对曹的作战中取胜，不免起了轻忽之念。这一次他任命徐盛总督建业南徐兵马，多少有些漫不经心。

孙权闻报得知徐盛要斩孙韶，急忙亲自赶至军营。徐盛其实还是留了一个心眼的，没有催促立即行刑。否则，等到孙权得信后再赶来，孙韶就是有十个脑袋也被砍掉了。徐盛并不是真的要杀孙韶，自折大将，而是想在不得已的情况下，以此严肃军纪，树立权威。

孙权到来后，为孙韶求情。

徐盛说："大王任命我为都督，领兵抗魏。扬威将军孙韶不遵军纪，违令当斩，大王为什么要赦免他？"

孙权微感赧颜，说："孙韶倚仗血气之勇，误犯军令，还请宽恕。"

徐盛心想："孙韶恐怕不是倚仗血气之勇，而是倚仗与您的宗室之亲吧。"

徐盛知道，如果今天轻易放了孙韶，自己的这个都督恐怕就当不下去了。于是，徐盛毫不退让，坚定地对孙权说："军中法度不是我设立的，也不是大王设立的，如果因为关系好就能随便赦免，因为关系不好就能随便杀戮，公论何在？"

孙权一时语塞，但他亲自出面求情，被徐盛驳回，面子何在？所以，"公论何在"并不是孙权当前的第一急需，他还是要继续为孙韶求情。

这其实又释放出了一个危险的信号。当一个身处金字塔尖的权威人物，把自己的面子看得比公论还重要的时候，往往意味着组织灾难的开始……

心理感悟：人生的大溃败，都是从小处开始的。

46

五十步笑百步

听了徐盛义正词严的拒绝，孙权敏锐地觉察到徐盛是在责怪自己袒护宗亲，不顾法度。孙权知道不能用自己的权威地位强行施压，他随即想到了孙韶并非孙氏的血缘嫡亲，于是灵机一动，换了一种说法：“孙韶如果真是宗室子弟，我任由将军处置！他本是俞氏之子，少亡其父，跟着伯父俞河。后来，我的兄长十分喜爱俞河，赐姓为孙。如果今天杀了孙韶，就辜负了我兄长的情义，又让俞氏一门绝后了呀。”

孙权的这一招叫作“反向歧视策略”。这与人们惯常理解的亲密提携规律相反，对关系亲近的人要求严苛，对关系疏远的人反而多加呵护。这一说服策略，在破解他人的“袒护指责”时极为有效，其运用的关键则在于必须找到足以证明袒护者与被袒护者之间关系（**相对**）疏远的强力证据。

孙权摆出了孙韶改姓由来的证据，从而极大弱化了孙韶的宗亲身份，也就更好地挡住了徐盛的指责。孙权随即又抬出孙策的牌子，以情动人，徐盛终于无可奈何地放弃了自己的主张。

徐盛说：“且看大王面上，寄下死罪。”

孙权令孙韶拜谢徐盛不杀之恩，但孙韶昂然不跪。

徐盛顿时觉得血往上涌，知道自己还是太轻易地放过孙韶了，忍不住喝问道：“你如今服也不服？”

孙权的急施援手，反而助长了孙韶的桀骜不驯。孙韶厉声道：“我死也不服！”

徐盛脸色骤变，孙权急忙喝退孙韶，温言对徐盛说：“就是没有这个家伙，对吴国又能有什么损失？以后不再用他就是了。”

孙权也知道自己做错了，但为了维护自己的面子，只好自找台阶，和和稀泥了。徐盛的心却是一阵刺痛。

到了晚上，孙韶又不安分了，他带领本部三千人马，趁着夜色，渡过长江，直奔敌营而去。

徐盛闻报，心中五味杂陈，很不是滋味。思考一会儿后，他强抑不快，派丁奉引兵三千，前去接应。

再说曹丕这边，大军浩浩荡荡开拔至广陵。曹丕在战船上，临江观兵，只见精兵十几万，旌旗绵延数百里，不由诗兴大发，写下了一首日后广为流传的《至广陵于马上作》：

观兵临江水，水流何汤汤。戈矛成山林，玄甲耀日光。猛将怀暴怒，胆气正纵横。谁云江水广，一苇可以航。不战屈敌虏，戢兵称贤良。古公宅岐邑，实始翦殷商。孟献营虎牢，郑人惧稽颡。充国务耕殖，先零自破亡。兴农淮泗间，筑室都徐方。量宜运权略，六军咸悦康。岂如东山诗，悠悠多忧伤。

从这首诗可以看出，曹丕对于自己的军事实力是非常自信的，对于自己横渡长江，一战功成的预期也是非常高的。但是，写诗和打仗往往不是一回事。曹丕见父亲曹操在这两件事上都做到了游刃有余，以为自己也可以轻易做到。实际上，他的这一次出征，还是以失败告终。

孙韶趁着夜色偷袭，曹军立足不稳，竟然被他一击成功。丁奉随后赶至，两人一路烧杀抢掠，曹军死伤无数。曹军大将张辽也被丁奉一箭射杀。曹丕幸得部下拼死相救，逃出生天，但马匹车仗、船只器械损失大半，甚至曹丕专用的羽盖也成了东吴的战利品。

孙韶一意孤行却帮助东吴大获全胜，孙权只是重赏了参战诸将，对于孙韶罔顾将令一事再不提起。徐盛心里很不开心，但孙权已经不太顾得上他的感受了。

经此一役，曹丕彻底断了伐吴的念头。这一方面是因为东吴将士勇猛抵抗，长江天险不可突破；另一方面则是因为曹丕虽然年轻，还不到四十岁，身体却因过于沉溺酒色而快速衰败。

不到半年，曹丕驾崩于洛阳，年仅四十岁。曹丕临死之前，传位于二十三岁的儿子曹叡，并指定曹真、曹休、陈群和司马懿四人为辅政大臣。

刘琬说的一点错都没有，孙权果然是“大贵之表，年又最寿”。他的对手一个接一个都死在了他的前面，且不说比他年长得多的曹操、刘备，曹丕比孙权小五岁，却也“殊途同归”。而这一幕不会就此停歇，在日后的岁月里，还将继续上演。

曹丕一死，东吴压力大减，孙权称帝的心立刻就活动开了，但他也不能直截了当地说出自己的心思。

就在这个时候，镇守荆州的陆逊上表，提醒孙权不可对曹叡轻忽大意，指出曹叡的能力很强，将来对东吴的危害可能比曹操还要大。

陆逊行事十分谨慎，这一次上表并非空穴来风。根据曹叡此前的表现，确实不是一个一般的人物。

曹叡自幼聪明过人，颇有曹操早逝的天才儿子曹冲之风。曹操因此十分喜爱他，还曾经对曹叡说：“曹氏有了你，就能够成就三世的基业了。”这是识人无数的曹操的最高赞誉。甚至可以说，曹叡的父亲曹丕能够在与曹植的继位之争中最终获胜，多少也有曹叡的因素在内。

曹叡的继位之路颇为坎坷。他的母亲是曹丕的正妻甄氏，甄氏原是袁绍次子袁熙的妻子。袁氏败亡后，曹丕倾慕甄氏的美貌而纳为正妻。曹丕称帝后，甄氏失宠被杀，连带儿子曹叡也不受曹丕待见。曹丕一度有意立另一个儿子曹礼为太子。

后来有一次，曹叡跟着曹丕去狩猎，遇见母子两鹿。曹丕射杀了鹿母，命令曹叡射杀子鹿，曹叡没有从命，而是放下了弓箭，垂泪道：“陛下，您已经杀掉了母鹿，我实在不忍心再杀掉它的孩子。”

曹叡的话一语双关，既是对眼前事件的回应，又巧妙隐喻了曹丕杀掉甄氏的往事。曹丕受到了深深的震撼，想起当年和甄氏琴瑟和睦时的恩爱，顿时把满腔情感转到了眼前的儿子曹叡身上。很快，曹丕就决定立曹叡为太子。

曹叡凭借自己的智慧，不但改变了自己的处境，也改变了曹丕的心意，成为太子。

陆逊由此判定曹叡绝非庸常之辈，因此提醒孙权严加防范，但这恰恰和孙权的心意不符。

于是，有一天，孙权对诸葛瑾发了一通“别有用心”的关于曹氏祖孙三代的议论。

孙权说：“丕之于操，万不及也。今叡之不如丕，犹丕不如操也。”在孙权看来，曹操确实是天纵奇才，但曹丕连他的万分之一也赶不上。而曹叡呢，则连曹丕的万分之一也赶不上。

诸葛瑾见孙权如此贬低蔑视曹叡，不禁讶然。

孙权自有他的理由。他说：“曹叡年幼弱小，必然缺乏主见，随人东西。而辅政四大臣陈群这些人，当初慑于曹操的威严，不敢不竭心尽力。后来曹丕继位时，年已三十四岁，颇多历练，业已成熟，故而这些老臣也不敢为乱。但曹叡年幼无知，陈群等人必然弄巧行奸，争权夺利，结党营私。曹叡无力驾驭，怎么能长久呢？”

最后，孙权总结道：“自古至今，安有四五人把持刑柄，而不离刺转相蹄啮者也！强当凌弱，弱当求援，此乱亡之道也。子瑜，卿但侧耳听之，伯言常长于计校，恐此一事小短也。”

诸葛瑾这才明白，孙权的这一番议论是针对陆逊的上表而发的。此时，孙权对于陆逊正处于最高信任阶段，对他言听计从，为什么偏偏要对他的这一个建议而大加驳斥呢？

更进一步，孙权到底为什么要如此贬低曹叡呢？

事实上，孙权讥讽曹叡年幼无能根本就站不住脚。“年幼”并不能与“无能”画等号。孙权本人就是十九岁继位的，比曹叡继位的年龄还要小四岁，不也挺过了重重难关，赢得了广泛的认可吗？孙权能做到的，凭什么断定曹叡就做不到呢？孙权岂不是在五十步笑百步？

反常行为的背后，必然有深层次的动因。孙权这样妄加评判的根子就在于他潜意识中的称帝冲动！

只有把曹叡贬成年幼无能，只有把陈群等托孤大臣贬成险恶不忠，只有曹魏政权变乱丛生，孙权才有充分的理由否定曹魏政权的合法性并取而代之，从而帮助自己在心理上突破自身的合法性障碍，迈出称帝的终极一步。

心理感悟：反常的背后，往往隐藏着至少一个未被满足的正常需求。

47

想出了一条妙计

孙权出于对曹叡的蔑视，决定趁其立足未稳，主动发起进攻。这是魏吴交战史上一个明显的战略性变化。此前，东吴一直处于防守状态，只是被动应对，而魏国始终是主动进攻者。现在，形势扭转了。

曹叡登基刚刚两个月，孙权亲率五万大军进攻江夏郡。孙权已经很久没有亲自领兵出征了。他刚刚继位时，曾经在“逆恐反应”的促动下，亲讨黄祖，以赢得部众的认可。在达成了这一急迫的心理需求后，孙权内心的恐惧感再一次占了上风。此后最重要的赤壁大战和夷陵之战，他都没有亲临一线。

这一次，孙权怀着必胜之心，整装出发。但事实证明，陆逊的看法是正确的，孙权对曹叡的选择性偏见只是他一厢情愿的想象。

孙权大军围住了江夏，魏国的江夏太守文聘坚守不出。消息传到洛阳，朝臣们纷纷建议急发援兵，刚刚当了两个月皇帝的曹叡却意存轻闲地力排众议。

曹叡说：“孙权素习水战，他之所以敢于下船而进行地面进攻，是想趁我方不备偷袭。现在文聘已经和他形成了相持态势，攻难守易，我看吴兵必不能长久。”

曹叡说得头头是道，群臣却大多将信将疑。显然，此时的曹叡也还没有树立自己的威信。但仅仅二十多天后，曹叡的判断就成了现实。孙权围攻不下，只能悻悻退去。

孙权并未因为这一次进攻无果而改变自己的初衷。随后，他再派诸葛瑾、张霸进攻襄阳。曹叡派抚军大将军司马懿出击，结果吴军大败，张霸被斩，诸葛瑾狼狈逃回。

孙权随后的几次进兵也均遭失败。孙权这才知道，曹叡确实如陆逊所言，不可等闲视之。其实孙权还没有真正见识曹叡的厉害手腕。

司马懿取得襄阳保卫战的胜利后，曹叡立即提升其为骠骑大将军。这一提升，看似是对司马懿的褒奖，实际上却是曹叡“明升暗降”、打破曹丕遗命托孤所构建的政治格局的绝佳手段。

司马懿升职后，很快被外派至宛城，坐镇南方战场，对付蜀国之敌。同为辅政大臣的曹真、曹休，也分别被提升为大将军和大司马。然后，同样也被分别外派，据守军事重地。至此，曹丕遗命托孤的四位重臣，除了性格较为柔弱的陈群继续留在曹叡身边协助处理政务之外，其他三人轻轻松松被曹叡“逐出”了京都。

就这样，曹叡登基后仅用半年多的时间，就将朝政大权牢牢掌握在自己的手中。

孙权得知曹叡的这一系列高妙手段后，深深感到这个年轻人的可怕，不禁自叹不如。在这个极其厉害的对手面前，孙权称帝自立的冲动也随之偃旗息鼓，又搁置了下来。这一搁置，就是两年多。

蜀汉的诸葛亮借着吴魏交兵之际，七擒七纵孟获，平定了蜀汉的后方。随后，诸葛亮为了不辜负刘备的嘱托，更是为了实现自己兴复汉室的人生梦想，发动了对曹魏前后长达七年的北伐。

曹叡不得不将绝大部分精力用于对付天下第一奇才诸葛亮的凌厉攻势，孙权立刻从中看到了巨大的机会。

鹬蚌相争，渔翁得利。魏蜀两国打得不可开交，孙权自然就成了那个得利的渔翁。孙权判断，自己选择这个时候称帝，魏蜀两国分身乏术，就会将可能的各种负面反应消于无形。

但称帝毕竟是一件最高等级的大事，不能偷偷摸摸、鬼鬼祟祟地进行。孙权觉得很有必要先行立威造势，振奋士气。

孙权苦思冥想，终于让他想出了一条妙计。他这么多年来的读书思考及实际历练确实没有白费。

孙权曾经任命王靖担任鄱阳太守，但王靖因为无力平息内乱而遭到孙权的严厉谴责。重压之下，王靖起了叛念，准备投降曹魏，但因行事不密而被孙权察觉。孙权将王靖全家诛杀，然后任命亲信周鲂继任鄱阳太守。

鄱阳郡北临长江，渡江后就是庐江郡的治所皖县。皖县距离曹魏控制的扬州不远，镇守扬州的就是曹魏曾经的辅政大臣之一，大司马兼扬州牧曹休。

孙权决定，效仿王靖故事，让周鲂向曹休诈降，诱骗曹休深入吴境，然后围而歼之。孙权认为，王靖投降未果，曹休必不甘心，再让周鲂诱引，曹休肯定中计。

孙权与周鲂密商后，周鲂给曹休写了一封超长的请降书。

在这封请降书中，周鲂精心编织了几个理由，以取信于曹休。

第一，周鲂将孙权描述为刻薄寡恩、心狠手辣之人。前任王靖事泄伏诛，令周鲂有兔死狐悲之感。

第二，周鲂狮子大开口，找曹休索要将军印、侯印各五十个，郎将印一百个，校尉印、都尉印各二百个，将自己及部属包装成唯利是图之徒。

第三，周鲂透露了东吴及孙权的一些重要军事机密。

周鲂的信中干货很多，曹休果然如获至宝，信以为真，在向曹叡汇报邀功后，立即按照与周鲂的约定，率兵十万，向皖县进发。

曹休言之凿凿，曹叡也上当了。但为稳妥起见，曹叡另派司马懿和贾逵分兵两路，与曹休呼应，既可大张声势，扩大战果，也可预防万一，及时接应。

曹休领兵到了皖县，却发现东吴第一帅才陆逊早已布置好重兵在等着了。陆逊原本镇守荆州，孙权为了确保这一仗必胜无疑，特意将自己最为信任的陆逊从荆州召回，秘密主持歼灭曹休的关键战役。

这一招就是孙权读书学来的，模仿的是战国时期秦赵长平大战的案例。当时，秦国明着派大将王龁领军，暗地里却偷偷让秦国第一战神白起主持大局，等到赵军发现后，为时已晚。赵军主将赵括指挥不当，赵军全线崩溃。此后，白起将赵国投降的四十万精锐士卒全部坑杀。这一战，被称为整个战国形势的转折点。经此一战，秦国一统天下的大趋势已经无可阻挡，只是时间长短的问题了。

孙权将歼灭曹休视为自己登基为帝的献礼之战，自然也将陆逊视为东吴的战神白起。

陆逊自统中军，令朱桓、全琮为左右都督，分头迎击曹休。决战之前，朱桓量形度势，向孙权献了一策，说："曹休不过是占了宗亲身份的光，并无真才实学，故而此战必败。他一败退，只能从夹石、挂车这两条路逃走。这两处地势险要，我愿意和全琮各自领兵埋伏，以克全功。"

孙权对陆逊完全放权，于是让陆逊做决定。陆逊想了想，否决了朱桓的建议。

曹休明白自己中了周鲂的诈降之计，本该立即撤兵。但一来他已经鼓噪在先，如果无功而退，势必颜面扫地；二来他自恃兵力雄壮，不至于输给东吴。于是，曹休悍然挺进，以图挽回颜面。

双方在石亭展开激战，曹休哪里是陆逊的对手，很快就溃不成军。曹休急忙带着残部往夹石撤退，陆逊指挥吴兵追击。

幸好曹叡派出了两路接应人马。贾逵及时接应曹休，好歹让曹休保住了一条命，逃了回去。

这一次受骗上当后惨遭失败的打击对曹休是致命的，他在羞愤交加中因背痈溃烂发作而死。

陆逊先在猇亭击溃刘备，又在石亭击溃曹休，经由这两亭之战，陆逊达到了他这一生中的成就顶峰。而孙权也再一次取得了对曹魏作战的重大胜利，为自己的登基造足了气势与声威。

如果陆逊事先听从朱桓的建议，在夹石预先伏兵，曹休在劫难逃，东吴的胜果会更加辉煌。当然，相对于最终的胜利来说，陆逊的这个保守式失误，只能算是小小的瑕疵，无关宏旨，无伤大雅。不过，我们从中也可以领悟到，任何一个人，一旦功名加身，就会变得保守谨慎，很难重现一无所有时的甘冒风险。陆逊如此，谁人又不如此呢？

孙权如愿以偿地得到了他想要的胜利，但是他思前想后，觉得还是缺一样东西。他还需要一个冠冕堂皇的理由，以证明自己登基为帝的合法性。

曹丕托名禅让解决了这个问题。刘备借势自己的汉室宗亲身份，打着继承汉嗣的旗号，也解决了这个问题。但孙权无从禅让，也变更不了自己的身份，他该用什么办法来解决合法性的问题呢？

心理感悟：人类社会的一切世俗智慧，都写在了历史里。

书中自有帝王师

证明天命这事虽然有点难，但办法还是有的，只要到书中去找就是了。

在孙权之前凭空称帝的典型例证就是汉高祖刘邦。刘邦出身草根，毫无根底，为了让世人相信天命在他，他炮制了不少异兆祥瑞。

比如，刘邦说自己左边的大腿上有七十二颗黑痣，他还将自己夜斩白蛇的故事包装成赤帝子斩白帝子的传奇。他的老婆吕雉也帮他造势，说刘邦所在的地方，天上有五色云。只要看到五色云，就能随时找到因避祸而啸聚芒砀山中的刘邦。

刘邦之后的王莽，为了证明自己是天命所归，大肆利用谶纬之说，各种符命、图书层出不穷地“涌现”，直到将王莽拱上帝位。

王莽之后的刘秀，也利用王莽这一套手段，充分利用“刘秀发兵捕不道，卯金修德为天子”这一类神秘预言，成功地完成了从平民到皇帝的大变身。

孙权是读过书的，当然能想到这些办法。东吴的群臣也是读过书的，当然也能想到这些办法。

上有所好，下必行之。当孙权种种的行为表露了他的心思后，群臣中的“积极分子”投其所好，立即开始了舆论运作。

三十年前汉献帝兴平年间流行的童谣首先就被翻出来了，并再度传唱：“黄金车、班兰耳，闿昌门，出天子。”（闿昌门是吴都的西门）三十年前，孙策还好好地活着，孙权刚刚十八岁，正享受着无忧无虑的贵族生活，当时根本没有人将这首歌谣当一回事。三十年后，在“别有用心”的东吴群臣的全新解读下，这首歌谣揭示了天命早有安排，因为一年后孙策就猝然去世，而孙权就此踏出了称帝的第一步。

东吴群臣的这一思维模式是“验证性偏见”的典型体现。所谓验证性偏见，就是将各种信息、行为、事件以符合既有定见的方式解读出来。

随后，有人相继报告武昌出现了黄龙，夏口出现了凤凰。这些事件自然也都落入了“验证性偏见”的窠臼之中。

既然吉兆祥瑞频频出现，天命所归也就是理所当然的了。孙权做足了称帝前的预热，于是将此前的“黄武”年号改为“黄龙”，然后趁着诸葛亮发动第三次北伐，魏国全神戒备之际，在武昌举行了郊祀大典，发布告天文书，正式登上了他这一生的巅峰位置。

孙权当皇帝，距离曹丕和刘备称帝已经过去了整整八年。孙权没有急于和曹刘抢时间，而是用无比的耐心，甚至在刘备和曹丕先后离世后依然一忍再忍，将示弱胜强的策略发挥到了极致，终于等来了最有利的时机。

一个能够延迟满足自己欲望的人，是一个了不起的人。多少人在诱惑面前，丝毫不顾及客观情势的轻重缓急，迫不及待地就扑了上去，结果往往是碰得头破血流。而孙权抵制住了延迟折扣的冲击，一直将甘美的果实留到了最适于品尝的时刻。这是非常值得后人学习的一大战略。

孙权的谨慎还不仅于此。他并没有大肆宣扬自己登基当了皇帝，而是采用了更为隐晦的“正尊号”的说法。

孙权为什么要这么做呢？

这实际上是对“重新定义策略”的精妙运用。所谓“重新定义”，其实就是在不改变某一概念、名目的实质内涵的前提下，采用另外的辞藻，以达到缓和矛盾、消融排斥、预防冲突等目的。

孙权早在七年前就已经自建年号“黄武”，这是他为最终称帝而实施的一个试探性举措。当时他主要是担心会激怒魏国，因为他的吴王是曹丕册封的。而当吴蜀再次结盟，明确将魏国当作共同的敌人后，孙权称帝后主要担心的是蜀国的不满。因为蜀汉以继承汉祀为合法性来源，如果孙权自行称帝，就是对这一基本原则的背叛。孙权绝不想在与魏国彻底交恶之后，又与蜀国闹翻，以免出现两面受敌的危险局面。

所以，孙权要利用大家均未提出异议的既定事实（自建年号“黄武”），将自己的称帝包装为“正尊号”（改用年号“黄龙”），以此微妙地宣布：我早在七年前就已经是皇帝了，现在只不过是补办一个手续而已，请大家（尤其是蜀汉）不要大惊小怪。

为了达到这一目的，孙权还精心编撰了他的告天文书。

在告天文书中，孙权首先痛斥了曹氏父子篡夺神器的罪恶之举，以此宣告曹魏政权不具备任何合法性。在此基础上，孙权进一步声称“汉室已绝祀于天，皇帝位虚，郊祀无主”，自己“畏天命，不敢不从”，来当这个皇帝。这是宣告自己称帝的合法性。这句话是必须说的，但这样一说，等于是说现在天下没有皇帝。那么，两个正在当皇帝的皇帝（曹叡和刘禅）当然要奋起而反击的。为了不引发蜀汉的剧烈反应，孙权只是痛斥曹魏，而对蜀汉一字不提，以表示对蜀汉称帝的默认。

孙权称帝后，按照惯例，追尊父亲孙坚为武烈皇帝，母亲吴氏为武烈皇后，并追封长兄孙策为长沙桓王。同时，那个屡屡被曹丕追索的儿子孙登，也被立为太子。

办完了这些事情后，孙权毫不迟疑，立即派出使者前往蜀汉，明确提出了“并尊二帝”的主张，把包袱扔给了蜀汉。

孙权虽然担心自己称帝会导致蜀汉的不满，但他并不会因为这种不满的存在而改变心意。这是他的坚毅之处，也是他的强大之处。当然，他也做好了最坏的应对打算。

蜀汉的反应充分说明孙权在称帝上的谨慎从事绝非多余。

孙权“并尊二帝”的主张在蜀汉群臣中引发了激烈的反应。大家群情汹汹，相互激发，在“群体极化”的作用下，高度一致地要求立即与东吴断绝联盟关系，公开声讨孙权的逆篡恶行。

问题最终汇聚到了诸葛亮手里。

诸葛亮深思熟虑后，做出了最后的决断。

在诸葛亮的战略规划中，讨伐魏国、兴复中原才是第一要务。这和刘备的临终嘱托及诸葛亮的人生梦想是高度一致的。如果因为孙权称帝而与之断绝，蜀汉也将面临两面受敌的困境。以蜀汉仅仅占据一州（益州）的资源与实力，显然无力支撑双线作战。而如果承认东吴称帝，延续蜀吴联盟，就可以继续对魏国保持压力。

所以，诸葛亮认为，蜀魏矛盾才是当前的主要矛盾。只有优先解决了这个矛盾，才有可能来处理蜀吴矛盾。由此亦可反证，孙权在称帝时机的把握上是何等的英明正确!

诸葛亮对于形势有这样的认知与判断，充分显示了他作为一个政治家的高度灵活性。而灵活性正是解决复杂问题的强力手段。僵固不化者，往往会落入矛盾的陷阱而无从自拔。

但是诸葛亮做这样的决定，也要冒极大的内部群体压力。为了确保自己的决断能够一锤定音，诸葛亮特别搬出了刘备。刘备这一生最擅长的就是“应权通变”，即便是兵败夷陵之后，刘备困守白帝城，虽然依然充满了对孙权的愤怒，但还是率先派出了使者去与东吴联络，以图自保。

诸葛亮借助先帝的权威及自身的威信，终于说服了群臣，不但没有反对孙权的称帝，还派出陈震当使者，前往东吴祝贺。

诸葛亮这个决定，是审时度势后的必然选择，甚至可以说是无奈之举。孙权对此却十分激赏。他预料中的最坏局面根本没有出现，而是出现了最好的局面。这等于是在孙权最需要的时候，给了他最有力的支持。就因为这一件事，孙权终其一生对诸葛亮都保持高度的尊敬与感激。五年之后，诸葛亮在五丈原黯然离世。孙权下令，吴国全国为他举孝。同时，孙权还将对诸葛亮的这份感情转化为对吴蜀联盟的坚定维护。每当东吴群臣中出现对蜀国不利的言论或动向时，孙权绝无动摇，甚至说出了“朕为诸君破家保之”的决然之语。

陈震来到武昌后，孙权龙颜大悦。在孙权的主导下，吴蜀两家商定，合力破魏，中分天下。具体地说，就是将魏国的地盘分成两半，豫州、青州、徐州、幽州归吴国，兖州、冀州、并州、凉州归蜀国。京都洛阳所在的司隶之州，则以函谷关为界，关东部分归吴国，关西部分归蜀国。

吴蜀达成了这个协议后，孙权沉浸在美好的想象中。是啊，茫茫人海，万千生灵，又有几个人能够攀到皇帝之位这样一个终极巅峰呢？而孙权刚刚四十八岁，正是年富力强的黄金年华。在这个年纪时，刘备还在荆州寄人篱下，几无立足之地，而孙权已经成了君临江东的皇帝。他踌躇满志，想要开创更大的基业。他主动向蜀汉提出中分天下，正是雄心壮志的外露宣示。

一个人攀上顶峰，拥有了至高无上的地位之后，其性格中的阴暗面往往会不加掩饰地暴露出来，甚至在权力的催化作用下变本加厉，以致完全变成了另外一个人。孙权到底能不能摆脱这一人性的桎梏呢？

心理感悟：时机是解决合法性问题的关键要素。

一口三十年的恶气

在称帝当天的庆祝大宴上，孙权就已经暴露出了危险的倾向。

酒不醉人人自醉，在这一场欢宴上，心情极为畅快的孙权毫不节制，很快就喝得醉醺醺了。

东吴群臣络绎不绝地向孙权敬酒祝贺。老臣张昭也颤巍巍地站起来，要向孙权祝酒。

张昭这一年已经七十四岁高龄了，须发皆白。张昭本是东吴第一重臣，但自从在赤壁之战前犯了方向性的错误之后，就慢慢失去了孙权的欢心。而张昭生性耿直，仍然不时用强硬的态度来对待孙权。孙权对此虽然很有意见，但出于对张昭的惯性敬畏和尊重老臣的客观需要，仍然保持克制，在礼节上对张昭予以尊重。因此，两人尚能相安无事。

张昭虽然心情时有失落，但眼看着当年那个懵懂无知的少年日渐成长，终于成为人中之龙，心情还是十分欣慰的。三十年前，当孙策和吴太夫人将孙权托付给他的时候，孙权刚刚十九岁。张昭承受着极大的压力，担起了扶立孙权的重任。如今，张昭觉得自己已经兑现了自己对故主的承诺。所以，他也举起杯来，对孙权表示祝贺。

没想到孙权竟然语带讥讽地说道：“赤壁大战前，我要是听张公您的话，恐怕现在是在要饭吃吧？怎么可能会有今天！”

这口气，孙权憋了整整三十年；这句话，孙权一直想了三十年。在登顶最高目标的这一天，在大量酒精的催发作用下，孙权放下了所有的心理戒备，让内心的真实想法冲口而出。

孙权忍张昭已经很久很久了。

孙权刚继位不久，在巨大的压力下，为了证明自己的勇敢无畏（逆恐反应），经常在打猎的时候勇往直前。有一次，一只猛虎冲到孙权跟前，前爪都搭到了孙权的马鞍上。张昭看不下去了，当着众人的面，板着脸狠狠地“训斥”了孙权一顿：“将军你为什么要这样做？身为主公，应该是能够驾驭英雄、驱使群贤的人物。怎么能驱驰于山原田野，和猛兽比拼勇猛呢？”孙权面上很难堪，但迫于张昭的威严，不得不当众认错：“我年纪轻，考虑事情不周到，实在是太惭愧了。”

孙权敬畏张昭的病根就是从这里开始种下的。张昭不顾情面，严厉劝诫的事情还有很多，甚至有一次把孙权的酒后胡闹讥讽为“纣王之行”。

这些事情积累多了，孙权的潜意识中就充满了对张昭的不满。而张昭本人，在大是大非的判断上犯了错之后，依然没有收敛本性，还是以一贯的强硬态度来对待孙权。这就导致孙权对他更大的不满。

这一次，孙权酒后吐真言，可算是出了一口憋了三十年的恶气了。（孙权确实太“精擅”选择时机了。在这样的一个场合中，在这样的一种氛围下，说这样的一句话，对张昭的打击确实是最大的。）

只是，这句话的分量实在太重了。

张昭的脸色一下子变得比他的须发还要白，冷汗急冒。张昭跪地不言，欢畅喧闹的场面一下子变得极其安静。东吴君臣上下，都因为孙权这一句不合时宜的讥讽而陷入了极度的尴尬之中。一场欢宴不得不就此提前结束。

从这一场由孙权主导的闹剧中，我们已经可以看到，权力之于人性的巨大冲击和巨大释放。当一个人自身能量不够的时候，不得不接受外界的种种约束，夹着尾巴做人。一旦这个人拥有了至高无上的权力，所有的约束都不能约束他的时候，那些曾经的屈辱与隐忍就会像决堤之水一样冲荡而出，根本不会顾及后果及他人的感受。

孙权刚刚当上皇帝，他的年纪还不大，前面还有很长的路要走。这绝不是一个好的苗头。

张昭心灰意冷，第二天他就上了一道奏疏，说自己年老多病，已经不适合再参与朝政了，请求孙权让自己退休养老。

这个时候，孙权的酒已经醒了。更重要的是，那口恶气也已经出了。冷静之后，孙权觉得自己可能做过头了。刚刚称帝就这样做，可能会带来很大的负面影响。于是，他温言挽留张昭，并拜张昭为辅吴将军，改封娄县侯。孙权希望通过对张昭的加官晋爵来表达歉意。张昭觉得自己挽回了面子，也就不再固执，收回了退休的请求。

君臣两人的关系看似恢复了正常，其实伤口即便愈合，也会留下疤痕。孙权对张昭的不满并没有因为两人的和好而消失。心理学的研究表明，发泄愤怒非但不能排遣怒火，反而会进一步激发更大的愤怒。这就是“宣泄无用论”。

果然，在丞相人选的确定上，孙权再一次隐性报复了张昭。

孙权称帝后，当然要委任一名丞相，以为群臣之首。在江东群臣眼中，这一职位非德高望重的张昭莫属。孙权的任命一下来，却出乎所有人的预料。

孙权竟然任命毫不起眼的孙邵担任丞相。面对群臣的议论，孙权诡辩称：“丞相日理万机，工作繁重，我实在不忍心让老臣如此辛劳啊！”

孙权拿张昭的年龄说事，仿佛是为了照顾张昭的身体，这个理由好歹堵住了众人的嘴。

但是孙邵很不“争气”，只当了一年多丞相就去世了。而孙权口中的那个老臣还活得好好的。

眼看丞相之位出现了空缺，东吴群臣以为，这一次总该由张昭来做了吧。

没想到，孙权竟然再一次把张昭晾到了一边。这一次，他选择了顾雍为相。

其实，顾雍也不是孙权完全满意的人选。孙权自己喜欢喝酒，但顾雍滴酒不沾。每当有宴会的时候，只要有顾雍这个不喝酒的异类在场，大家都会觉得不自在，不能尽兴。孙权对此也发泄过不满，说：“顾公在坐，使人不乐。”

但顾雍有一个特点让孙权很满意。这就是不苟言笑，沉默寡言，而且从来不当面驳孙权的面子。顾雍的隐忍定力极强，有一条逸闻可以强悍地证明这一点。

有一次，顾雍在家里和一位宾客下围棋。弈兴正浓之际，一个家人急匆匆进来，递给顾雍一封信。信件是从顾雍长子顾邵担任太守的豫章郡寄来的，但信封上的笔迹又不是顾邵的。顾雍顿生不祥之感，断定顾邵可能遭遇了不幸。但他没有惊动宾客，继续不动声色地下棋，直到下完棋宾客告别之后，才打开信件。信中所写的果然是顾邵突然病故的噩耗。在此期间，顾雍为了稳定心神，一只手的大拇指一直掐住手掌心，直到把掌心掐出了血，但与他对弈的宾客始终没有发现顾雍有什么异样神色。

孙权没当皇帝之前，还比较能容忍臣下犯颜直谏。当了皇帝之后，他维护面子的心理越来越强烈，也越来越不能容忍张昭这样毫不顾忌、率性直言的人。正是顾雍这一与张昭截然不同的特点，让孙权决意起用他担任丞相。

群臣再一次议论纷纷。孙权再一次为自己辩解说：“把丞相之位给张子布，我难道还有什么舍不得的吗？只是当丞相事情太多，而这位老先生性子刚烈，他的话别人要是不听，他就会埋怨、责骂，这恐怕没有好处吧。”

顾雍的丞相一连当了十九年，总体来说，口碑不错。张昭虽然活到了八十一岁，却终身与丞相一职无缘。

孙权这样对待张昭，张昭心中自然不是滋味，但是他依然用自己的方式来表达对孙氏政权的忠心不二。只要他觉得孙权行事不当，一定会直言相谏，从不因为担心自己的利益受损而畏缩不前。这是一种难能可贵的品格。多少人为了一己私利，对上位者阿谀奉承，无所不用其极。如果张昭的性格能够稍微圆融一点，稍微多顺着孙权一点，以他的威望，东吴的丞相绝对是他的囊中之物。但张昭依然保持住了自己的本心，从未因岁月的变迁而改变。试问天下有几人能够做到呢？

张昭执拗强硬的性格和孙权称帝后的显著心理变化，注定了两人之间是不可能平安无事的。

果然，没过多久，他们之间又爆发了一次更加激烈的冲突。

心理感悟：水，是满而溢；情绪，是不满而溢。

落日昏晖

完全复制的剧情 / 一个惊天的秘密 / 颜面扫地的伤害 /
在恐惧中“复活” / 不可弥合的裂痕 / 一个无比“正确”的错误 /
骨肉相残的悲剧 / 杀人何尝须用刀 / 大限之前的醒悟 /
临时只能抱佛脚 / 生子当如孙仲谋?

50

完全复制的剧情

孙权称帝后不久，得到了一份意外之喜。

这就是辽东公孙渊所上的归顺表文。

辽东本是幽州的一个郡，但因地处偏远，中央政府鞭长莫及，一直由当地的世家大族公孙氏实际掌控。从曹操开始，就默认了公孙氏的割据现实。后来，曹丕称帝，辽东的统治者公孙康去世后，其子公孙渊年幼，群下拥立公孙康之弟公孙恭继位。曹丕承认这一既定事实，并授予公孙恭车骑将军的称号。等到曹叡执政后，公孙渊擅自强夺了叔父的位置，自立为辽东之主。这件事引起了魏国群臣的不满，建议曹叡铲除公孙渊。但曹叡依照父祖旧例，封公孙渊为扬烈将军、辽东太守。

公孙渊担心曹魏早晚会对自己下手，于是派使者来向孙权表达归顺之意。

对于一个担心自己得位不正的人来说，还有比外邦之人的主动归顺更好的礼物吗？公孙渊的投靠，恰如雪中之炭，燃旺了孙权的心火。

公孙渊在表文中控诉了曹魏对自己无端猜忌，不予信任，又对孙权大唱赞歌，将他捧为“德不再出，时不世遇”的不二明主，并对他寄予厚望，认为他能够“奋六师之势，收河洛之地”，一统天下。

孙权在风雨苍茫中走到今天，其实一直都在寻求他人的认可。公孙渊卑辞屈礼的甜言蜜语就像一剂兴奋剂，冲昏了孙权的头脑。孙权明显分不清东西南北了，油然升起中原已经在望，自己即将君临天下的自满之情。孙权性格中好大喜功的那一面终于不再掩饰地显露出来了。

孙权当即决定，要对公孙渊加官晋爵。他下令，册封公孙渊为燕王，而且还大慷他人之慨，将事实上根本不属于自己的地盘——幽州和青州全部划归公孙渊治理。孙权还对公孙渊恩加九锡。九锡是指金车大辂、玄牡二驷、衮冕之服、虎贲之士、斧钺、弓矢、秬鬯等九种礼器，代表身为人臣者所能得到的最高礼遇。从东汉末年的情况来看，当一个臣子被皇帝赐以九锡之礼时，就意味着这个臣子距离谋权篡位不远了。

孙权对一个远隔千里海疆、素无交往之人，一出手就是最高等级的赏赐，实在是太匪夷所思了。

如果我们记性不坏的话，应该还记得，孙权的种种作为无非是对他自己八年前经历的一种复制。只不过，当时卑辞称臣的人是孙权，而那个刚刚当了皇帝的人是曹丕。

曹丕刚刚代汉而立，孙权非常及时地送上降表，让曹丕龙颜大悦，不顾刘晔的反对，执意封孙权为吴王，以宣示皇帝的最高权力。如今，孙权的心理状态和当日的曹丕完全一致。公孙渊也被孙权封为人臣所能得到的最高爵位——燕王。孙权甚至还超越了曹丕所为，将皇帝百宝箱中压箱底的“九锡之礼”也倾囊相授。

孙权甚至还决定，派出万人使者团，浩浩荡荡，远渡大海，亲赴辽东，为公孙渊授爵加冕。

孙权的这个决定一宣布，东吴群臣就坐不住了。辽东远隔千里海疆，东吴其实也像曹魏一样，鞭长莫及。孙权如果只是给予公孙渊种种赏赐，群臣倒也没有太大意见，但是孙权要派出万人船队出使辽东，这可就是一件大事了。

张昭，又是张昭站出来表示反对。

张昭说：“公孙渊与魏国不和，惧怕其出兵征讨，所以才远来向我求援，这不是他的本意。如果公孙渊改变意图，想要自我表白于魏，我们派出的使者就回不来了，这难道不会让天下取笑吗？”

在孙权看来，张昭的话不是对公孙渊的否定，而是对自己的彻底否定。在“选择性认知”的作用下，孙权理所当然地将公孙渊的上表效忠视为其发自内心的真实意图。张昭偏偏说他只是因为惧怕曹魏攻击的权宜之举，这岂不是太煞风景了吗?

其实，孙权应该很清楚公孙渊的心态与动机。当年，他自己不就是因为惧怕刘备的疯狂攻击，而对曹丕曲意逢迎，最终换回了吴王的冠冕吗？他当初所为，何尝是出于对曹丕的赤胆忠心？当情势转变，他还不是再次选择与蜀汉联盟，将魏国视为死敌?

此时此刻，孙权的心理状态完全等同于刚刚称帝的曹丕，而公孙渊的心理状态也完全等同于与刘备翻脸为仇后的孙权。在这一场间隔了八年，剧情完全雷同的人生游戏中，唯有孙权分别饰演过主客易位的两个角色。环顾天下，再也没有人比他更懂得其中的奥妙了。孙权为什么偏偏身在局中，执迷不悟呢？

张昭的话中还给出了一种与孙权美好预期截然相反的负面预期，这更是孙权不能接受的。他要的是天下人对他的高度认可，而绝不是天下人的嘲笑。

于是，孙权被彻底激怒了。面对张昭，他失去了理智，极其冲动地扯下腰刀，使劲地拍在案几上，怒目而视，脱口而出："吴国的士人，进宫就拜我，出宫就拜你，我对你的尊敬，也算是做到极致了吧！你为什么屡屡在众人面前折辱我呢？我担心我会控制不住，对你不利！"（原文为：权不能堪，案刀而怒曰："吴国士人入宫则拜孤，出宫则拜君，孤之敬君，亦为至矣，而数于众中折孤，孤尝恐失计。"）

孙权说的这一番话，比前一次称帝庆宴上的话更为赤裸裸。前一次孙权只是嘲讽，这一次却是斥责加威胁！

群臣一看，孙权竟然说出了这样气急败坏的话，几乎都惊呆了。但是张昭却极其坚定地迎向孙权的目光，对视良久，毫不退缩，然后一字一顿地说道："老臣我虽然知道自己的话不会被您听从，但我每次还是要竭心尽忠，就是因为当初太后临终的时候，呼唤老臣在病榻之前，遗诏顾命的话如今还在耳旁啊！"说完，张昭再也不能抑制自己的情感，老泪横流，泣不成声。

张昭一贯的做法就是与孙权硬抗，从不退缩。这一次却是将压抑了三十年的委屈与心酸用泪水倾泻而出。在孙权与张昭君君臣臣的三十年间，两个人都在相互隐忍对方，而当孙权接连两次情绪失控后，张昭也终于控制不住了。

孙权失去理智的头脑原本已经做好了不惜以任何强硬方式折辱张昭的准备，但张昭的真情流露，大出孙权的预料。孙权一下子也被共情感染了，一把将腰刀拿起，扔到地上，同样是泪流满面。

这一幕君臣相对而泣的场面感动了在场的所有人。大家都觉得孙权这一次应该被张昭说服了，不会再盲目派出万人使者团了。

朝会散后，孙权又接二连三地接到了镇守在外者劝阻他封赏辽东的奏章。

这其中有虞翻。虞翻因为经常犯颜直谏，却又没有张昭的声望，而被孙权怀恨在心。虞翻之前差一点在酒宴上被孙权剑杀。后来，孙权借故将他贬到偏远的交州，以图耳根清净。虞翻担心自己再上表劝谏，会更加激怒孙权，只好转请吕岱代为上表，请求孙权不要派万人使团远赴辽东，以免劳而无获。

其中还有孙权的女婿朱据。朱据娶了孙权的小女儿孙鲁育后，立即被升为左将军，封云阳县侯，领重兵驻守湖熟。这一次，朱据见岳父大人头脑发昏，出于忠爱之心，也上疏请孙权不要派使辽东。

虞翻、朱据的反对，孙权并不怎么在意，但另外一个人的反对让孙权深感压力，也极为不满。

这个人就是他最为信任的陆逊。

孙权在武昌称帝后，很快就迁都建业，留太子孙登在武昌镇守。为了栽培孙登，孙权特意将陆逊从荆州的江陵调到武昌，辅佐孙登。

陆逊此时的头衔是上大将军、右都护，掌荆州及豫章三郡事，董督军国。东吴所占之领土，自柴桑一线，整个长江上游的军政大权，全部归于陆逊之手。甚至可以说，陆逊和孙权对东吴是分而治之的。

除此之外，孙权还给了陆逊一项极为特别的权力——他把自己的一枚玺印留在陆逊手中。吴蜀结盟之后，孙权每与诸葛亮书信往来，孙权的回信必先送给陆逊过目，如有不妥，陆逊可以自行改定，然后就用孙权留给他的这枚玺印盖好章，直接送往蜀汉。

孙权对于陆逊的信任，堪称前无古人，后无来者，远远胜过被后世称颂的刘备之于诸葛亮的君臣相得。

孙权之所以特别在意陆逊的意见，是因为陆逊一直以来都是“正确”的代表。猇亭之战、石亭之战，连败两大强敌，这样至高无上的成就塑造出了陆逊英明无敌的高大形象。难道陆逊还会判断失误吗？但如果承认陆逊是正确的，孙权就是错误的了。

孙权还能够像以前那样对陆逊深信不疑、从谏如流吗？陆逊的大力反对，能够让孙权彻底打消内心那种“纵横四海，唯我独尊”的原始冲动吗？

心理感悟：“好大喜功”的下一站就是“刚愎自用”。

一个惊天的秘密

张昭、陆逊、虞翻、朱据四个人的反对加起来，也没能动摇孙权宣示君临天下的超级荣誉与超级权威的冲动。

孙权很快下诏，任命太常张弥、执金吾许晏为使团领队，率领满载珠宝器物的万人船队前往辽东。孙权派出的这一使团，规格非常高。太常是九卿之一，执金吾是负责京都治安的军队官长，再加上九锡和极其丰厚的赏赐礼物，孙权对此事的倾情投入，不吝人力物力由此可见一斑。

张昭闻讯后，气得半死，犟劲上来了，从此闭门不出，不再上朝议事。张昭的反应深深地刺激了孙权。他随即把对包括陆逊、虞翻、朱据等反对者在内的不满全都倾泻到了张昭身上。孙权出奇愤怒，失去理智，立即派人去张昭的府邸，用泥土把张家的大门给封死了。

孙权的意思是，你既然不想上朝议事，那就永远不要从这扇门里出来。张昭得知大门被封，也横下一条心，与孙权对抗到底，下令将门的内侧也用泥土封死。意思是，你不想再见到我，我也不想再见到你。

这一对同甘共苦三十年的君臣，就这样杠上了。他们之间的关系成了一个谁也打不开的死结。

孙权丧心病狂、不可理喻的做法无情地撕开了关于他本人的一个惊天秘密。几千年来，这个秘密一直极少为后人察知。虽然我们并不忍心撕开这个英雄人物的心灵伤口，但如果不这样做，我们就永远也不能真正理解孙权称帝之后种种匪夷所思的怪异行为。

就心理状态而言，孙权并不是一个正常人，而是一个神经症患者。

所谓“神经症”，就是指一个人在个人性格特质与所处特殊情境的交融作用下，形成了过于敏感、过于偏激的世界观、人生观和价值观。

神经症患者在一般情况下能适应社会生活，其行为大多保持在社会规范容许的范围内，能够为他人理解和接受。但是，当其症状在某种特殊的情境下剧烈发作时，往往会超越他人的认知底线。

美国心理学家和精神病学家，新弗洛伊德主义的代表人物卡伦·霍妮在她的代表作《神经症与人的成长》一书中，详细阐明了神经症患者的成因及种种大乖常理的做法。我们不妨对应孙权一直以来的行为，加以比照。

首先我们要搞清楚，孙权为什么会成为神经症患者？

霍妮认为，神经症的萌芽起源于早期的亲子关系。当儿童对安全与满足的基本需要得不到充分满足，其性格形成就会出现问题，从而引起神经症。

孙权生在乱世，其成长环境的动荡不安是显而易见的。在他的成长过程中，父亲孙坚根本不能充分满足他的安全需求。更为甚者，孙坚的猝然暴亡又极大地加剧了孙权的恐惧感。后来，孙权的长兄孙策复制了父亲的猝死模式后，对于孙权的安全感匮乏更是造成了雪上加霜的负面影响。

这是孙权发展成为神经症患者的第一个原因。

第二个原因是孙权本人的性格特质。

这首先要归因于他的另类形貌，与众不同的长相带给孙权的是深深的自卑。

孙权的“碧眼紫髯”在“黑眼黑须”的大环境中实在是太过另类了。原本就缺乏安全感的孙权时时刻刻在心理中强化自己这一与众不同的“身体缺陷”，从而形成了极度敏感的心理状态。

第三个原因则在于他的独特机遇。

如果孙权没有被推上江东之主的宝座，他的神经症也许不会发展到极为严重的地步。一国之主的巨大压力、江东荣誉文化的特殊影响、下属众人的不甚信任等叠加在一起，极大地激化了他的恐惧感和过度敏感。甚至包括孙策和吴太夫人在内，都以爱的名义表达了对孙权的不够信任，否则他们就不会谆谆嘱托“内事不决问张昭，外事不决问周瑜”。

上述三大因素作用在年仅十九岁、少不更事的孙权身上，迫使他发展出了“塑造理想化自我”和“追求报复性胜利”两种驱动力来应对自己的心理困境。这就使得孙权不可避免地踏上了成为神经症患者的不归之路。

所谓“理想化自我”，就是在想象中将自己包装成一个永远正确、没有缺点的理想形象。

所谓“报复性胜利”，就是将成功的目的理解为证明自我的能力与正确性，并以此来反击怀疑者。

孙权这一路走来，始终深怀恐惧与自卑。那些接二连三的胜利，其实并没有带给他真正的自信，而是发展出了一种“病态自负”。病态自负是一种未能将成功转化成真正的自信，“看似坚定，实则脆弱”地认为自己无所不能，而一旦遇到挫折与打击，很容易就一蹶不振的特殊心理状态。直到他真正登上了皇帝宝座，孙权都不相信自己真的能够完成这一历史壮举。

正如霍妮所说的，病态自负所依赖的基础就像是纸牌屋子一样不结实，最轻微的风都可以吹倒它。尽管神经症患者努力追求完美，相信自己能够达到完美，但是他没能得到自己最需要的自信与自尊。尽管他在自己的想象中像天神一样完美，但在世俗中，他连普通牧羊人的自信都没有。也许他有地位，有名望，但这些只能使他自傲而不会带给他内心的安全感。内心深处，他仍会觉得没有人需要自己，感情很容易受伤，需要不断证明自己的价值。只要他有权有势，为别人的赞扬和尊重所支持，就会觉得自己很强大。但是一旦到了陌生的环境中，或者他不幸遭到失败，或者他一人独处时，这些扬扬自得的感受很容易就崩溃。

公孙渊的上表归顺对孙权证明自我实在是太重要的一种加持，这也是他的报复性胜利的最佳标志。

但过度追求自我理想化和报复性胜利，必然陷入极大的心理误区。当张昭指出了孙权的决策有可能是错误，有可能招致失败的时候，孙权为了维护自己的理想化自我，必然不遗余力地维护自己的决策，以维护自己的权威。这个时候，决策本身的正确与否已经不再重要。重要的是，必须力挺这个决策，而绝不容他人置喙，更不容他人更改。

所以，孙权绝不能容忍任何人怀疑公孙渊这一举动的真实性。否则，他的理想化大厦立即就会坍塌。

霍妮预见性地指出，当他人不接受警告，依然选择对神经症患者的理想化自我进行攻击时，神经症患者往往会采取夸张型的报复行为。报复行为的冲动非常强烈，足以冲破平时管制他们行为的审慎心理。其最明显的表现就是报复性暴怒。这种暴怒非常可怕，甚至连神经症患者自己都会害怕自己失控时会做出什么无法弥补的事情来。

孙权拍刀在案，对张昭所说的“吴国士人入宫则拜孤，出宫则拜君，孤之敬君，亦为至矣，而数于众中折孤，孤尝恐失计”，正鲜明地验证了霍妮的论断。孙权确实担心自己在暴怒之下不知道会做出什么对张昭不利的行为来。

但是张昭对孙权拍刀在案的警告依然不予理睬，继续以闭门不出的行为来对抗孙权的权威时，孙权的升级版报复性暴怒——垒土封门也就是可想而知的了，尽管他的行为会被当时所有不可能明白神经症真相的人们视为不可理喻。

当不够自信与病态自负诡异地结合在一起，当对理想化自我和报复性胜利的追求超过正常界限时，这世上已经没有任何力量可以阻止孙权的疯狂行为了。任何的反对，都会招致孙权失去理智的反击。

东吴群臣陷入了集体性沉默之中，不知道下一步孙权还会做出什么样的举动来……

心理感悟：正确实在是太重要了，以至于人们不惜采用任何错误的方法来维护自己的正确。

52 颜面扫地的伤害

其实，孙权比谁都担心公孙渊会背信弃义。对于失败的恐惧更进一步加强了胜利的必要性，他之所以派出万人使团，一方面是好大喜功，大肆宣威；另一方面也是预防万一。这万人使团实际上是万名精卒。孙权暗地里想，有这一万名精兵压阵，就算公孙渊心怀二念，也不敢轻举妄动，张弥、许晏两人一定能顺利完成使命。

但是孙权绝对预料不到，当他的万人使团浩浩荡荡、满载珠宝的船队劈波斩浪，耗费时日来到辽东时，公孙渊真的变卦了。

公孙渊为什么会出尔反尔呢?

这还得从他为什么千里迢迢，不请自来主动向孙权输诚效忠说起。

吴国取得石亭大捷后，天下震动，影响远播，孙权的形象顿时变得高大无敌。嗅觉敏感的公孙渊闻讯后，立即从中看到了摆脱魏国控制的可能性。于是，他决定投靠东吴，借助孙权的力量与曹叡抗衡，以求自保。

为了更好地摸清楚东吴的底牌，公孙渊派往东吴的两个使者宿舒、孙综同时也承担着刺探情况的重任。宿舒、孙综这两名间谍的任务是搞清楚东吴的真实态度，以及能否在关键时刻给予公孙渊及时的支援。

孙权的过分热情与慷慨无度及诸臣的激励反对，都被宿舒、孙综一一看在眼里。而孙权的对手，那个曾经被他讥讽为不及曹丕万分之一、不及曹操万万分之一的曹叡也亮出了自己的招数。

曹叡得知公孙渊背叛的消息后，并没有因为他辜负了自己的封赏而勃然大怒。曹叡只做了两件事。首先，他布置兵力，做好在海上拦截使团的准备；其次，他写了一封“告辽东军民书”。

这封公开信除了痛斥孙权和公孙渊的悖逆之举外，还特别针对辽东军民实施了攻心战，宣称对那些改邪归正者不予追究，以此来策反公孙渊的部下。这一招，让公孙渊感到心惊肉跳，非常担心手下人会取了自己的首级去向曹叡邀功请赏。

这是公孙渊心态发生变化的开始。

万人船队在几个月后抵达辽东后，宿舒、孙综忌惮万名精卒一起登岸，于是先用缓兵之计，让船队靠岸等待。两人先走一步，向公孙渊汇报出使见闻。

公孙渊听完他们的回报，大吃一惊。

公孙渊第一惊的是孙权的出手豪奢，他没有料到孙权会一下子给出顶天的赏赐。赏赐太丰其实并非好事，就像太过热情的卖家往往会吓跑买家一样。公孙渊不可避免地产生了“过度合理化效应”，他开始怀疑孙权是不是暗藏阴谋，别有用心。在这样的心态下，孙权和张昭之间的激烈对抗，也被公孙渊选择性地理解为“苦肉计”。东吴一贯喜欢用苦肉计，前有赤壁之战时的黄盖，后有石亭之战时的周鲂。那么，这一次很可能也是孙权君臣间的双簧戏。

公孙渊第二惊的是孙权派出万人使团。有了上述疑点做铺垫，性格多疑的公孙渊立即倾向性地认为孙权很可能是想借出使之名，行吞并之实。

孙权做的这两件事，本来均无对公孙渊的恶意，却全被公孙渊理解为居心叵测。更重要的是，公孙渊通过使者往返耗费日久的事实发现，自己当初希望借助孙权的力量来对抗曹叡，无异于痴人说梦。

辽东与东吴之间，陆上间隔着整个魏国，只能通过海路联系，波涛重重。如果魏国急切间攻打辽东，根本不能指望东吴能够及时支援这块海外飞地。

既然如此，公孙渊为什么要白白地为孙权做嫁衣而获罪于曹叡呢？这个道理其实孙权也是能想到的，只可惜他那扭曲的冲动蒙蔽了智慧的双眼。

这个时候，曹叡所发的“告辽东军民书”的威力就显现出来了。公孙渊不再犹豫，立即下达了屠杀东吴万人船队的命令。

这边东吴使团猝不及防，那边辽东铁骑有备而来，其结局自然是可想而知的。张弥、许晏等人尽皆授首，吴兵伤亡惨重，唯有将军贺达，见势不妙，率领少量残部驾船逃离，漂流数月后才狼狈不堪地回到东吴。

公孙渊残杀东吴使团后，当即将张弥、许晏等东吴高官的首级装函送往魏国的都城洛阳，向曹叡献媚。

在表章中，公孙渊再一次展现了长袖善舞、巧言惑主的绝技，先是将孙权大肆挖苦一番，然后说明自己派遣使者入吴乃是诱敌深入之策，最后再表明自己对大魏忠心耿耿，永不背叛云云。

如果孙权看到公孙渊的这一表章，再比照公孙渊对自己的甜言蜜语，准会气得吐血而亡。

曹叡看了公孙渊的“精彩表演”，只是一声冷笑，未置一词。曹叡兵不血刃就解决了辽东背叛的难题，孙权此前实在是太轻视他的智慧了。

东吴派驻洛阳的耳目将“辽东惨案”的消息发回东吴，孙权却绝不相信。他固执地认为这不过是曹魏无奈之下刻意营造的谣言罢了。

几个月后，当贺达丧魂落魄地带着残兵剩将逃回东吴后，孙权极力不让自己相信的真相还是大白于天下。

公孙渊的背后一刀，残忍而彻底地击碎了孙权的理想化自我。孙权一心想要证明给天下人看的英明伟大、光荣正确一下子成了痴人说梦般的笑话。

孙权的本能反应依然是夸张型的报复性暴怒。孙权大怒道：“我年近六十，人世间的挫折磨难，哪一样没有尝过？现在竟然被公孙渊这个鼠辈蒙骗，实在是怒气难平！我要是不把公孙渊的鼠头砍了，扔到海里，哪里还有脸面君临天下！我一定要亲自征讨辽东，哪怕风浪颠簸，也绝无怨言！”（原文为：朕年六十，世事难易，靡所不尝，近为鼠子所前却，令人气涌如山。不自截鼠子头以掷于海，无颜复临万国。就令颠沛，不以为恨。）

“鼠子”是典型的“非人化言辞”，昭示着势不两立、绝无可能通融的一种对立情绪与立场。这与当初刘备为关羽复仇时痛骂“吴狗”的心理状态如出一辙。

孙权真的是气疯了。他不惜付出与张昭、陆逊等重臣交恶的代价，拿出最诚挚的心情和最厚重的礼物来重赏厚待公孙渊，没想到不但竹篮打水一场空，而且损失惨重，简直是把自己的脸面都丢光了。

孙权病态地追求“荣誉”“权威”，终于让自己陷入无路可退的窘境。他只有通过攻击公孙渊，将公孙渊碎尸万段才能为自己挽回颜面。他的这一疯狂决定终于引发了东吴群臣的强烈反弹。

此前，东吴群臣慑于他对张昭的极端行为（垒土封门），纷纷缄默不语。这一次却不能不拼死劝谏了。因为，稍具理智的人都能做出正确的判断——孙权举兵远攻辽东并无胜算，如果曹魏趁机抄东吴后路，必将是万劫不复的结局。

于是，一众大臣，除了赌气不出的张昭外，纷纷上表劝谏。孙权一直就没能建立真正的自信，众臣一心的巨大力量再一次激发了孙权内心的恐惧感。恐惧最终战胜了愤怒，孙权不得不放弃了亲征辽东的决定。只是他内心所受到的伤害已经变成了一团浓重的阴影，再也挥之不去了。

孙权想要尽快翻过这不堪的一页，但是张昭家那个被泥土封住的大门日复一日地向东吴臣民们宣告孙权的愚蠢无知、荒唐可笑。

孙权多么希望张昭能够理解自己，主动出门上朝，与自己和好如初啊！这也正是神经症患者的典型思维。他们的内心充满这样的要求：他有权随心所欲地对待别人，而且有权让别人不介意，不向他反击。换言之，没有人能伤害他而不受惩罚，唯有他可以伤害任何人而不受惩罚。

张昭的倔强也是出了名的。自从孙权把事做绝后，张昭已经闭门不出大半年多了，一心在家钻研《春秋》与《论语》，怎么可能主动出来宽宥孙权呢?

张昭闭门不出，等于是用自己的正确来反讽孙权的错误。张昭一天不出门，孙权的脸就一天挂不住。尽管孙权绝不愿意向张昭低头认错，但残酷的现实和内心的渴求逼得他不得不主动服软。

这一天，孙权亲自来到了张昭府前，下令将封门的泥土清除。孙权这是用无声的行动来向张昭道歉了。但是当初孙权做得确实太过分了，张昭的气还没消退呢。张昭根本不领孙权的情，还是坚持不出。

孙权的报复性冲动一下子又冒出来了。他竟然下令在张府门前放起了火，想用这个“绝招”逼张昭出门。从孙权多次失去理智的行为来看，神经症导致的内心冲突在他心中已经越来越严重了。这对于他本人，以及他治下的整个东吴，都将是一场巨大的灾难。

没想到张昭竟然对火也无动于衷，依然高卧不出。孙权眼看火势渐大，唯恐蔓延至内宅，将张昭活活烧死，只好下令灭火。孙权被逼出尔反尔，这更加深了他的挫败感。

张昭的儿子们见大吴皇帝被老父亲逼得束手无策，为了缓和事态，几个人七手八脚地将张昭从宅中抬出来与孙权见面，这场闹剧才算告一段落。

孙权彻底被张昭制服，见了面连连向张昭道歉。张昭这才与孙权携手上车，入朝议事。这一年，张昭已经七十八岁了。此后，他又活了三年。而孙权此后再也没敢与张昭顶牛斗气。

取辱辽东，以及服软于张昭，可以说是孙权这一生中最大的心理挫败。这一次失败，再度让孙权回到了十九岁时的心理状态，敏感、恐惧、不自信，这些负面的情绪死灰复燃，甚至变本加厉。（更准确地说，这些负面情绪从来也没有消失过，只不过因着接二连三的胜利，被孙权的病态自负所掩盖了。）

问题是，孙权的地位和所处的情境和十九岁时已经大不一样了。孙权已经拥有了至高无上的生杀大权，东吴的外部生存压力又是前所未有的小，曹魏与西蜀征战连年，根本无力顾及东吴。

在这样的情境下，在这样的心境下，孙权又会将东吴带向何方呢？

心理感悟：过度的防御往往会被别人理解为攻击。

53

在恐惧中“复活”

孙权在黯淡无光中度过了接下来极其难熬的三年。这是他风云激荡的一生中最索然无味、无所事事的时光。

在这期间，他最好的盟友诸葛亮在五丈原与司马懿的对峙中，油灯耗尽，黯然辞世，年仅五十四岁。孙权只比诸葛亮小一岁，两个人算是同龄人。诸葛亮的死，更加触动了孙权的灰暗心境，也更让他意兴索然。诸葛亮死后，姜维继承了他的遗志，九伐中原。魏蜀之间，依然征战连年，无力顾及东吴。

东吴既无外患，也无内忧，本来是最好的发展时机，孙权却感到无比落寞。取辱辽东这件事，深深地刻在了孙权的心里，时时沉渣泛起。

心理学家做过一项有趣的“伤痕实验”。他们告诉参与其中的被试，这一实验旨在观察人们对身体有缺陷的陌生人的反应，尤其是脸上有伤痕的人。

被试们被安排在没有镜子的小房间里，由专业化妆师在他的脸上做出一道血肉模糊、触目惊心的伤痕。被试用一面小镜子看完化妆的效果后，镜子就被收走了。这时，化妆师表示，还要在伤痕表面再涂上一层粉末，以防止它被不小心擦掉。实际上，化妆师是利用这一步骤偷偷抹去了化妆出来的伤痕。这样，被试的脸和化妆之前就完全没有两样了，但被试自己毫不知情。

随后，被试们被派往各个医院的候诊室。他们的任务是观察人们对其面部伤痕的反应，然后将这些反应反馈给研究者。

结果，这些被试竟无一例外地表达了相同的感受：人们总是盯着他们的脸在看，态度比往常更为粗鲁无理。事实上，这样的看法并无实际根据，因为他们的脸其实和往常并无二致。

显然，是这些被试心理上的“伤痕”导致了他们的认知偏差。一个人对于自身身体缺陷的心理认知比身体缺陷本身更能影响这个人对外部世界的判断与反馈。这就是“伤痕效应”。

能够导致“伤痕效应”的伤痕不仅仅是肉体上的伤痕，也可以是心灵上的伤痕。公孙渊的恶毒背叛就是孙权巨大的心灵伤疤。他的自卑、懦弱、犹疑都被这个心灵伤疤折射出来，让他无颜欢笑，无力振作，也让他坚信，那些貌似谦恭的大臣在背后一定少不了窃窃私语，讥讽自己的过错。

在第三年，一贯硬碰硬与孙权“作对”的张昭也去世了，终年八十一岁。张昭之死，让孙权得到了解脱，那种如芒刺在背的感觉突然消失了，仿佛那充满耻辱的一页终于翻了过去。张昭之死，也标志着一个时代的结束。从此以后，东吴再也不会有人对孙权犯颜强谏了。

孙权的心开始活动了。但是，整个东吴的朝政波澜不惊，群臣各司其职，有条不紊地处理一应政务，让脆弱而敏感的孙权惊觉自己三年来竟然是唯一置身事外的人。

这一发现顿时让孙权深深陷入了巨大的失控感与恐惧感之中。

对恐惧感的恐惧会带来不可思议的力量。沉寂三年、萎靡不振的孙权一下子就在恐惧中“复活”了。他怎么能失去对整个东吴的控制呢？他怎么能承认自己是个愚蠢无能之人呢？他一定要改变这死水一潭的局面，重新打造自己的理想化大厦！

那么，该如何行动呢？

善于“学习”的孙权自然是有办法的，他很快就想到了曹操的做法。曹操发迹之初，曾经不拘一格任用人才，但是在担任丞相之后，对群下逐渐有了猜忌之心。他在丞相府专门设立了右刺奸掾和刺奸内史这两个职位，负责对文武百官的监察。后来，曹操又设立了权力极大的校事官，“上察宫庙，下摄众司，官无局业，职无分限，随意任情，唯心所适”。上至皇宫内院，下到一切官僚，只要校事官想要督查，就可以随心所欲，恣意行事。

孙权把曹操的这一手学了过来，设立了“中书校事”这一职位，并从自己身边的近侍中选出两个人来担任这一职位，监察一切军政事务。

这两个人叫作吕壹、秦博，出身下层，学识不高，原本是低声下气惯了的，被孙权赋予无所约束的巨大权力后，他们立即就变得小人得志，得意忘形，无所顾忌了。

孙权在用人上最值得称道的就是用人不疑。诸如周瑜、吕蒙、诸葛瑾、陆逊等人得益于此，才能放手施展，最终为东吴立下不世奇功。但此时的孙权已经远远背离了正常人的思维。他对手下的大臣们不再信任，而是充满了猜忌。

被孙权列到“不被信任榜单”上第一名位置的竟然是陆逊。

我们一定清晰地记得，孙权曾经对陆逊是何等的信任！他甚至可以把自己的玺章留给陆逊，任由他在与蜀国往来的文书上使用。试问古往今来哪一个帝王能够做到孙权这样呢？

孙权为什么会来这么一个大逆转呢？

原因就在于“伤疤效应”。

陆逊一贯的英明正确就像镜子一样照出了孙权的愚蠢无知。

陆逊曾经给予曹叡很高的评价，但孙权因为自身的政治需要而刻意贬低曹叡。事实证明，曹叡确实非同一般。而更重要的是，在孙权决定向辽东派遣万人使团时，陆逊也曾经上书劝谏。孙权不听劝阻，结果惨遭奇耻大辱。此刻，心理失常的孙权自然会首先选择陆逊实施他的报复。

吕壹奉孙权之命，趾高气扬地来到武昌，审查陆逊这些年所有处理过的公务文档。陆逊功劳显赫，名重天下，谁敢不敬他三分？偏偏碰到了吕壹这个龌龊小人，刻意挑刺找碴，真是连肚皮都气炸了，却是秀才遇到兵，有理说不清。

陆逊一开始并不认为吕壹所为是孙权真实意图的反应。像他这样曾经深得孙权信任的人，转起弯来当然要慢得多。但是像吕壹这样品阶低下的人，如果不是背后有孙权撑腰，又怎么敢在陆逊这样的太岁头上动土？等到陆逊饱受凌辱，终于想明白这一点后，他所受的打击也就比一般人要大得多。

陆逊对东吴可以说是功重如山。如果不是他临危受命，击溃了士气正旺的刘备，孙权哪里能够安坐江东，称王称帝？孙权的无端猜忌，让陆逊悲愤难抑。他的悲惨境遇，我们可以通过明代名士文徵明一首《满江红》来共情体会。

文徵明凭吊岳飞庙，想起宋高宗曾经亲手为岳飞题写“精忠报国”四字，后来却对岳飞下了毒手，为岳飞大鸣不平，于是写了一首《满江红》。其中“拂拭残碑，敕飞字，依稀堪读。慨当初，倚飞何重，后来何酷。岂是功成身合死，可怜事去言难赎。最无辜，堪恨更堪悲，风波狱”这几句用在孙权与陆逊之间的关系变化上也十分贴切，陆逊只差没有下狱，那种悲愤欲死的心情却是别无二致的。

孙权的女婿左将军朱据也被列入了黑名单。朱据容貌出众，文武全才，大得孙权欢心，孙权才会把女儿嫁给他。但是朱据也曾经劝谏孙权不要跨海辽东。孙权仔细盘算后，没有放过朱据。吕壹摸清了孙权的心思，大肆凌辱朱据，并无中生有，诬陷朱据侵吞军饷。虽然只是欲加之罪，但孙权不分青红皂白，多次痛斥朱据，还下令让他停职待罪。

吕壹、秦博见自己的胆大妄为不但没有受到孙权的干涉，就变本加厉地对待朝中的文武重臣。

老成持重的丞相顾雍也被捏造了很多莫须有的罪名。孙权在朝堂之上，多次对他大发雷霆。顾雍只能磕头谢罪，主动离职，在家待罪。

孙权还把矛头对准了太常卿潘濬。

孙权对潘濬的任用本也是他在用人上值得称道的典型例证。潘濬原是刘表部下，刘备得了荆州后又归于刘备。孙权袭取荆州后，亲自登门请潘濬出山，此举极大地缓和了荆州形势，笼络了荆州人心。后来，孙权还让自己的次子孙虑迎娶潘濬的女儿为妻，两人结为儿女亲家，关系更加亲密。潘濬一向深得孙权信任。有一次，有人告发潘濬，说他与身在蜀汉的表哥蒋琬勾结，有意叛逃。孙权丝毫不信，反而将告密信给了潘濬。后来，孙权迁都建业后，又派潘濬当陆逊的副手，共同辅佐太子孙登，镇守武昌。

顾雍、潘濬并未在辽东事件上置喙，也遭到了孙权的猜忌，这说明孙权的猜忌已经无限制地扩大化了。凡是位高权重的大臣，都逃不过他怀疑的目光。这足以说明，孙权神经症的严重程度已经超越了一般的限度。

孙权在彻底改变自己在群臣心目中的形象的同时，又会给东吴带来什么样的未来呢？

心理感悟：如果把“被需要”看作一种幸福，那么“不被需要”就会带来深深的恐惧。

54

不可弥合的裂痕

孙权刻意通过吕壹这样的下作之人来肆意凌辱一众位高权重的大臣，是想以此证明自己的控制权和权威感。得志便猖狂的吕壹以为自己真的拥有了生杀大权，于是变得肆无忌惮，甚至开始凭空构陷与自己有私仇的人，而孙权在验证性偏见的驱动下，竟也一一信以为真。

吕壹的横行无忌终于激起了反弹。远在武昌的太子孙登见到自己的两位辅佐大臣陆逊、潘濬无端遭小人凌辱，愤然而起，上书孙权，痛斥吕壹。众大臣本来对吕壹敢怒不敢言，等到太子孙登一出头，就都聚拢到孙登身边，以孙登为核心，商议如何对付吕壹。

但孙权正陶醉于众大臣受辱后的手足无措，并以此来强化自己虚幻的安全感，一时不为所动。这更加剧了群臣愤怒情绪的积聚。

潘濬忍无可忍，决定亲赴建业，向孙权再次上书，揭露吕壹为非作歹的种种劣迹。潘濬暗下决心，如果孙权依然无动于衷，自己就豁出这条老命，杀掉吕壹，为公众除害。

潘濬面见孙权后，将精心整理的吕壹罪状一一向孙权面陈。孙权听了之后，无言以对。但吕壹是孙权亲自任命的爪牙，如果按照潘濬所请，处置吕壹，岂不等于是孙权自我认错，自取其辱？所以，孙权只能继续维护吕壹。

潘濬无奈之下，横下一条心，要亲自出手，除掉吕壹。他特意安排了一场盛大的宴会，邀请在建业的高官们参加，当红贵人吕壹当然也在“邀请”之列。

吕壹此前哪里有资格参加太常潘濬的宴会？这一次，吕壹接到潘濬的邀请后，更加得意忘形，心想自己把潘濬整得这么惨，潘濬还是得乖乖地低头请他赴宴。吕壹很高兴地答应前去赴宴。

眼看潘濬即将大功告成，却有人偷偷地将密谋泄露给了吕壹。吕壹吓出一身冷汗后，随即又如获至宝地将这一消息向孙权汇报。

吕壹擅用生杀大权后，无形中将自己视为孙权的化身，从而将潘濬之谋视为犯上作乱。他以为自己向孙权汇报后，孙权一定会立即将潘濬置于死地。

没想到，孙权听了汇报，脸色却变得煞白。巨大的恐惧顿时像汹涌的浪涛，将他整个身心吞没。

极度敏感的孙权立即想到潘濬绝不是一个人在孤军奋战。他的背后一定还站着陆逊、顾雍等一大帮人。潘濬看似图谋刺杀吕壹，实则对自己极度不满。这么一想，孙权不寒而栗。陆逊、潘濬辅佐太子，驻守武昌，掌控着东吴的半壁江山。如果他们真的起了犯上作乱的念头，恐怕连自己也要死在他们手中！

我们早已熟知，恐惧与自卑是孙权这一生挥之不去的性格底色。每当对手表现得足够强硬的时候，孙权马上就会习惯性地退缩。无论是诸葛亮、刘备还是张昭，都曾或多或少地从他的这一性格特点上获益。

但是此刻的孙权也大不一样了。他内心的恐惧有多大，维护他自己英明伟大的内驱动力同样就有多大，甚至是更大。尽管他知道自己任用吕壹、秦博，确实把这帮重臣逼得太狠了，但他再也不会像当初对待张昭那样，公开承认自己错了。

功勋重臣们必须安抚，以免激变；自己的形象必须维护，不容玷辱。要解开这两股矛盾力量的纠结，就只有牺牲吕壹了。

自以为得计的吕壹告了密状后，兴高采烈地回家静候潘濬人头落地的好消息，却不知道他即将等来的是自己的噩耗。

第二天，孙权下令，将吕壹免职，下狱审查。

这一查，很多问题就暴露出来了。

比如，吕壹曾经奉孙权之命审查孙权的女婿左将军朱据。吕壹为投孙权之好，罔顾事实，构陷朱据。朱据所部的军饷有一部分被铸钱工私吞，吕壹一口咬定是朱据所为，并将主管军饷发放的小吏杖杀。朱据哀怜这位小吏冤死，将其厚葬。吕壹再度借机生事，奏报孙权说这名小吏为朱据遮掩罪证而死，所以朱据才会厚葬他。孙权听信后，对朱据痛加斥责，朱据不得不辞职待罪。现在，终于查明侵吞军饷是铸钱工所为。孙权不由自主地说了一句：“连朱据都会被冤枉，何况其他的人呢？”

孙权心里很清楚，但绝不肯承认吕壹之所以肆意妄为，罪责实在自身。孙权下定决心，让丞相顾雍负责审理吕壹一案。

吕壹下狱后，饱受其迫害的大臣们群情激愤，纷纷上书，要求将吕壹用“火焚车裂”的酷刑处死，以平众怒。

孙权让顾雍负责审理，其实是别有深意的。顾雍本人深受吕壹之害，差一点连丞相宝座都丢了。按照常理推测，顾雍应该对吕壹恨之入骨。但是孙权钦点他当主审官，顾雍不可避免会产生“避嫌心理”，不敢赤裸裸地对吕壹施以最惨烈的报复，以免被人讥讽为公报私仇。

孙权这么做，说明他心里十分清楚，吕壹是他为了缓和与重臣之间的关系的替罪羊。吕壹当然非死不可，但对于吕壹施以惨烈酷刑，于孙权脸上并无光彩。

老成持重、善于隐忍的顾雍，果然如孙权之意，将吕壹判了一个斩首之罪。

杀了吕壹之后，孙权觉得自己已经做出了最大的让步，群臣应该心满意足了。但是君臣之间的裂痕一旦产生，仅靠吕壹的人头是很难消弭的。孙权依然感受到群臣对他的生分与疏远，这让他很不开心。

这种沉默的对抗再一次危及孙权脆弱的安全感。孙权不得不再一次主动出击，以修复与臣下的关系。他摆出一副虚心纳谏的姿态，派中书令袁礼为使者，奔赴各地，征询大臣们对朝政的意见。

袁礼奉命去见诸葛瑾、步骘、朱然、吕岱这几位元老重臣。没想到，这些原本忠诚奉公、知无不言的老臣竟然出现了集体性沉默，纷纷以自己不具体掌管民政事务为由推托，希望袁礼去征询陆逊、潘濬的意见。袁礼见了陆逊、潘濬，这两人也只是涕泪横流，却不多说，看上去一副忐忑不安的样子。

孙权闻报后，再一次受刺激了。他觉得自己的低姿态没能得到重臣们的响应，重臣们依然对他怀恨在心。报复性暴怒的火苗再一次在孙权心中升起。借着怒气，孙权写下了一道语气不善的诏书。

“我听说这些情况后，十分失望，心里深感奇怪。这是为什么呢？我想圣人不可能没有过失，只是聪明者能够自我省察而已。人的举止，怎能完全正确呢？自以为是而拒绝他人的意见，起因于轻率而不自觉，故此各位尚有猜疑责难。否则，怎么会到如此地步呢？我与各位共事，从少年到壮老，头发都花白了，可说是对各自的内心与行为都非常清楚。无论从公从私，都能相互信任。你们对我尽言直谏，这是我对你们的希望；指出我的不足以弥补过失，这也是我期望你们做到的。从前卫武公年迈志壮，勤恳地寻求辅佐大臣，每每独自叹息自责。即便是普通平民相交，也因以情分、志趣相投，分成好合，也不会因为处于艰难困苦而变心。如今你们与我共事，虽说存在君臣的名分，但实际骨肉至亲也不过如此。荣辱喜悲，大家共享，忠诚不隐瞒自己的真情，智虑不隐藏自己的谋略，你们难道还能悠闲自在而不管不顾吗？同舟共渡，谁还跟谁互相推诿呢？齐桓公是诸侯的霸主，管仲对他是有善行无不赞叹，有过错无不规谏，规谏未被采纳，他就进谏不止。如今我明白自己并没有齐桓公的德行，而你们的谏诤之言却不出于口，反在心中存着猜疑与责难。以此看来，我倒是比齐桓公好多了，而你们与管仲相比又怎样啊？”

仔细体会孙权的措辞与语气，一方面是为自己开脱，另一方面却不乏指责与讥讽。这封诏书一下，重臣们的心更冷了，嘴也闭得更紧了。事实上，东吴君臣间的裂痕已经很难消融了。

十几年前，陆逊曾经上表劝孙权广施恩德、减轻刑罚。陆逊特别说明：“忠直之言，不敢全部陈述。”孙权回复说：“《尚书》有言，‘我有过失你必须纠正；我错了你不可跟着顺从’。我难道不乐意听取忠言来弥补自己的欠缺吗？而你却说‘不敢全部陈述’，这怎么能算是忠直的劝谏呢？如果小臣之中，有可以采纳的意见，难道能够因人废言而不予采纳吗？如果是谄媚拍马的言行，我虽然愚钝，也能识别清楚。……此外，我与你名分虽然有异，但荣辱喜忧相同。来表中说不敢随大流苟安容身，这确实是我对你的真切希望。”

在这一次书信对答中，孙权看似责备实则亲昵的口气，充满了和谐。他与陆逊君臣间水乳交融的深厚情感也跃然纸上。可是现在，勇于进言的陆逊，也已经噤若寒蝉了。两相比较，让人不能不唏嘘“花无百日红，人无千日好”。

心理感悟：人们往往用一个新的错误去修复先前的错误。

55

一个无比“正确”的错误

静水流深，东吴的情势在表面的平静下暗流涌动。孙权在与群臣的关系出现严重裂痕后，变得越来越敏感，越来越猜疑，越来越不能容忍臣下对他的丝毫忤逆。而群臣也变得越来越沉默，越来越寒心，越来越不想主动承担家国的重任。

两年后，从魏国又传来一个对东吴而言的重大利好消息。魏国皇帝曹叡竟然在三十六岁的盛年去世了，遗命年仅八岁的养子曹芳继位，并让曹爽和司马懿担任辅政大臣。

曹叡文武全才，英明沉毅，如果他能再多活二十年，三国结束分裂、归于一统就有可能提前很多年。曹叡这一死，曹魏内部立即陷入了争权夺利之中，这又给东吴创造了极为有利的外部环境。

消息传来，五十八岁的孙权兴奋难抑，自得横溢。曹操、曹丕、曹叡祖孙三代都没能活过孙权一个人，他的心中自然再度涌起了刘琬对他“形貌奇伟，骨体不恒，有大贵之表，年又最寿”的断言。他再一次陶醉在自己的美好命运之中，再一次沉溺于君临天下的美好想象之中。

但孙权的长寿在带给他无数的满足之后，也终于带给了他重大的打击。又过了两年，太子孙登竟然在孙权六十岁的时候撒手西归了，年仅三十三岁。

孙登的去世，不仅是对孙权情感上的重大打击，也给他出了一个政治上的大难题。孙登自从孙权受封为吴王开始，就被立为王太子，后来又顺理成章地成为皇太子，孙权指派名师，着意培养他二十余年。而孙登本人也非常争气，以贤能著称，赢得众口交赞。他经常利用自己的特殊身份，对孙权的不当行为进行规劝。临死之前，他还向孙权上疏，举荐贤才，希望孙权任用他们而使吴国昌盛。

此时的孙权，虽有刘琬“年又最寿”的预言，但也已经渐渐进入生命的暮年。如果孙登得假天年，顺利继承帝位，东吴在他手中一定能扭转君臣之间的僵局，结束万马齐喑的萧瑟局面。而孙登这一去世，孙权就立即面临着重新选择接班人的问题。

在子嗣方面，孙权虽然没有曹操那么高产，但要比刘备强得多。

包括长子孙登在内，孙权一共有六个儿子。此时，次子孙虑已经去世好几年了。剩下的还有三子孙和、四子孙霸、五子孙奋及六子孙休。

立嗣以嫡，立嫡以长，这是自西周传下来的基本规矩。可是，孙权从称帝开始，到现在一直没有立过皇后。既然没有正妻，嫡子就无从说起了。那么，按年纪排下来，就该是三子孙和了。

可是，有孙登这个模范太子在前，孙和就不怎么称孙权的心了。所以，孙权并没有立即确定太子的人选。

孙权还没有从老年丧子之痛中解脱出来，老臣诸葛瑾紧接着又去世了。诸葛瑾从孙权继位开始就忠心耿耿地为其效力，两个人之间的情感曾经十分深厚。诸葛瑾的死也等于给孙权敲响了去日无多的警钟，虽然这是孙权竭力避免去想的一件事，但还是软化了孙权日渐封闭的心灵。孙权决定让诸葛瑾的次子诸葛融承袭父爵。而诸葛瑾的长子诸葛恪自幼以聪敏机变著称，孙权一向很喜欢他，早早就封他为侯了。

处理好了诸葛瑾的后续继承问题，孙权也不得不考虑自己的接班人了。孙权思前想后，终于立了三子孙和为太子。与此同时，四子孙霸也被封为鲁王。

这样的安排本无可非议，但孙权随后的举动再一次让东吴群臣深感不解。

孙和虽然被立为太子，但依然和弟弟孙霸一同住在宫中，并没有享受太子应该独享的住处。而且，孙权对鲁王孙霸的宠爱也超过了正常的限度，完全和太子同一待遇。

孙和、孙霸两人，并非一母所生。孙和的母亲姓王，孙霸的母亲姓谢，都只是孙权的宠姬，地位相当。孙权对孙和和孙霸也“一视同仁”，这就带来了一个严重的问题。

孙和虽然感到委屈，但毕竟顶着太子之名，还可以勉强忍受，孙霸的心思却变得活络起来了。他觉得父亲对自己那么宠爱，说明孙和的太子之位并不稳固，于是渐渐起了觊觎之心。

孙权的这一做法，简直比不立太子还要糟糕一百倍。他一向是个善于学习的人，他亲眼看到了袁绍、曹操在继承人选择上的犹疑不定给事业造成的巨大危害，为什么还要这样做呢？

实际上，这是孙权的病态自负发展到极点后的必然表现。孙权一方面觉得自己无所不能，永远正确；另一方面却极度忧惧，唯恐自己犯错，危及形象。在这两股方向完全相反而力量不相上下的内驱动力的作用下，孙权做出了一个他自以为两全其美的决定。

在他看来，他既明确了孙和的太子名分，又把孙霸当成了备胎。这样做比袁绍和曹操高明多了，太子已定，随时都能接班。而一旦事实证明孙和才不堪用，也立即能用孙霸取而代之。这一决定的背后，实则是孙权对自己控制力的盲目自信。他认为，一切都在他的掌控之中，绝没有人敢在他的眼皮底下动歪脑筋——孙和不敢心生委屈，而孙霸也不敢心生觊觎。

旁观者清的一众大臣却觉得孙权的做法绝非两面光，而是两面殃，很多人看到了重大隐患。虽然很多大臣已经心灰意冷，但是因为太子事关国本，出于基本的道义，他们还是不忍心坐视不顾。于是，陆逊等人再度上书孙权，请他审慎处理。

陆逊在表章中写道："太子是正统，应该有坚如磐石的稳定地位。鲁王是藩国之臣，对他的宠爱、俸禄都应当有所区别。彼此各得其所，上下才能安定。"

太常顾谭是丞相顾雍的孙子，也是陆逊的外甥。他也上书规劝孙权，要他明确嫡庶的区别，使尊卑之礼各不相同。顾谭还特别点出了几个历史典故，希望孙权引以为戒。顾谭在表章中还写道："我所陈述的，并不偏袒任何一方，实在是打算稳定太子并便利鲁王。"顾谭虽然公开心迹，但他的这一次上书得罪了鲁王孙霸，孙霸从此对他怀恨在心。

陆逊、顾谭等人的上书又把孙权惹恼了。原因很简单，他们的看法威胁到了孙权的正确性。此时的孙权已经不能容忍任何人与他的意见相抵触了。他根本不认为陆逊、顾谭是出于公心而反对自己的做法，他只把他们的行为看作对自己威权的挑战。在这种心态主导下，陆逊等越是规劝，孙权反倒越是要坚持自己的做法。

当孙权固执不变后，在验证性偏见的驱使下，他很快自以为是地发现了陆逊等人的真正用意。原来，孙和的嫡妃张氏是老臣张昭的孙女。张氏还有一个同胞姐妹，嫁给了陆逊的儿子陆抗。这些复杂的姻亲关系立即将陆家、张家和顾家紧密地联系在一起，而被孙权视为"太子党"。实际上，东吴重臣之间，门当户对的通婚是很正常的现象。

孙权的敏感神经再一次被触动了。他最担心的就是大臣们结伙成对，集体对自己施压，与自己对抗。于是，他坚决地对陆逊等人的上书置之不理，而维护自己的决定。

陆逊等人虽然有洗不清的姻亲关系，但确实是出于公心而为的。因为就连兼任鲁王傅的尚书仆射是仪也对孙权提出了同样的建议。是仪是鲁王孙霸的师傅，最应该维护鲁王的利益，但他也对孙权说："我私下认为鲁王天资卓越，文武双全，又有美德。当今之计应该让他镇守四方，作为辅助朝廷的屏藩。这才是举国上下的希望。"

是仪本是"鲁王党"的人，他站在"相反立场"的角度说的话，应该比被划入"太子党"的陆逊、顾谭更为可信。但他一连上书四五次，孙权同样置之不理。

孙权为了维护自己的正确性的顽固行为，却极大地激励了鲁王孙霸。孙霸将孙权对众臣上书的拒绝视为对孙和的极度不满和对自己的加倍宠爱。有了孙权的纵容，孙霸取孙和而代之的念头日益变得强烈起来。他开始积极拉拢关系，培植势力，一定要将孙和拉下马来。

孙权的行为也向东吴群臣发出了强烈的信号。一大帮趋炎附势之徒眼看太子失势即将成为定局，纷纷开始向鲁王孙霸靠拢。

这其中最典型的就是卫将军全琮。全琮决定让自己的儿子全寄投到鲁王门下当门客，以图远大前程。全琮还特地写信把这件事告诉了陆逊。陆逊颇为气恼，回信说："你的儿子如果真的有才干，就不用担忧不被任用。我觉得不宜让他出任私门幕职，邀取荣华富贵。现在两宫（指孙和和孙霸）势均力敌，必有高下之争，这是古人最忌讳的事情。如果你一定要这样做，一定会给你的家门招来灾祸。"

投机派全琮利令智昏，根本没把陆逊的劝诫放在心上。

全琮的做法正是东吴政坛的一个缩影。孙权这一个自以为无比正确的错误，让东吴的群臣身不由己地落入了选择站队的陷阱之中。东吴内部的分裂，以及派系斗争的恶种就此埋下，并在此后的数十年掀起了无数的血雨腥风。

心理感悟：人们为追求正确所付出的代价要比弥补错误多得多。

56

骨肉相残的悲剧

鲁王孙霸的胆子越来越大，到处寻找可以帮助自己拱翻太子的同盟者。很快，他就找到了一个强力援手。

这个人就是他同父异母的姐姐孙鲁班。孙鲁班是孙权的长女，其母亲是孙权的宠妃步氏。孙鲁班曾经嫁给周瑜的儿子周循，周循死后，又改嫁全琮。

孙鲁班和父亲孙权的关系很好，因此恃宠而骄。她看不惯孙和的生母王夫人，常常在孙权面前说她的坏话。孙和被立为太子后，孙权曾有意将王夫人立为皇后，却被孙鲁班搅黄了。后来，孙鲁班担心孙和继位后，会因此对自己不利。当孙权坚持对孙和、孙霸一视同仁后，孙鲁班就开始流露出对太子的不满情绪。

孙霸窥见这个异母姐姐的心思后，两个人一拍即合，结为同盟，决定协力将孙和拉下马，由孙霸取而代之。

孙鲁班这一加入，鲁王党的实力大增。不但她的丈夫卫将军全琮全心投入，而且与她母亲同宗的骠骑将军步骘也被孙鲁班拉入了自己的阵营。随后，镇南将军吕岱、左将军吕据、中书令孙弘等重量级人物也都加入了孙霸谋夺太子之位的班底。

此时，丞相顾雍刚刚去世，孙权命陆逊接任，因为陆逊此时的声望已经无人可比。孙权此举，虽有笼络陆逊之意，更多的还是防范。因为陆逊虽然担任中枢第一要职，但孙权依然让他远镇武昌，以免坐大。陆逊和顾雍的两个孙子太常卿顾谭、奋威将军顾承（都是陆逊的外甥），以及孙鲁育的丈夫左将军朱据等则构成了太子党的主力阵容。

在孙权“一视同仁”政策的主导下，孙氏一家人及原本亲密无间的功勋重臣们身不由己地分裂成了两大敌对的阵营，双方摩拳擦掌，蓄势待发。

正当两宫之争如火如荼之际，孙权却以六十二岁的高龄，又生了一个儿子。这就是他最小的儿子孙亮。谁也预料不到，孙和和孙霸这两个人为了太子之位展开了白热化竞争，最后都化作泡影。反倒是这个毫不起眼的新生小儿渔翁得利，在孙权死后，坐上了皇帝的至尊宝座。

孙权的这个儿子是怎么来的呢？

原来，孙权虽然年事已高，但身体依然十分硬朗。后世美国政坛风云人物基辛格说过的“权力是最好的春药”这句经典名言，无论是前推三千年还是后进三千年，依然适用。孙权拥有至高无上的权力，又自以为内外无患，自然是“性致盎然”，处处留情。

有一天，孙权闲来无事，信步走到后宫的织室之中。织室就是皇宫中的服装厂，专为皇室人员纺织缝纫各类服装饰物。在织室中劳作的，大多是犯法官吏人家被罚没为奴的未婚女子，其中不乏秀色可餐之人。

孙权说是闲来无事，其实就是想来织室寻芳探春，看看有没有能够让他心动的年轻女子。这一次他大有收获，一下子看中了一对姓潘的姐妹花。

潘氏姐妹的父亲是一个小官吏，因为犯了贪污罪被判处死刑，姐妹俩因此被罚没为官奴，被送到织室工作。潘氏姐姐这一年刚刚二十一岁，妹妹只有十九岁，正是青春动人的年纪。孙权色心大动，当即就将这姐妹俩收入宫中。

潘氏小妹心思灵动，紧紧抓住这个难得的机会，使出浑身解数，把老皇帝孙权诱惑得五迷三道，寸步不离。一来二去，到了年底，潘氏就给孙权生下了儿子孙亮。孙权爱母及子，爱子及母，对潘氏和幼子孙亮极为宠幸。

孙权虽然身体硬朗，但与宠妃潘氏缠绵过甚，大伤元精，后来就病倒了，一连数月，卧床不起。

孙权为了让自己早日康复，决定派太子孙和到孙策的祀庙去为自己祈祷。

孙和不敢怠慢，急忙率领一干人马前往祭祀祈祷。张昭的小儿子张休正好就住在附近。张休的侄女（张承之女）是孙和的太子妃，因为有这么一层关系，孙和祈祷完毕后，想到很久没去探望张休了，顺便就去张休家里坐了坐。

没想到，孙鲁班一直派眼线盯梢孙和。当孙鲁班得知这一消息后，如获至宝，立即就去见孙权，添油加醋，编造谎言，诬陷攻击孙和。

孙鲁班叹着气，对孙权说：“我这个三弟真是不懂事，真是有其母必有其子啊！”

躺在病榻上的孙权一听女儿话中有话，自然要追问究竟。

孙鲁班说：“父亲您病了，三弟去祭祀祈祷也得当个事啊。没想到他草草完事，借着机会就去张休的府上了，也不知道他们到底在商量什么。我看他的母亲也是整天嘻嘻哈哈，根本不把父亲您的病情放在心上。”

孙鲁班这几句着实阴毒。敏感成性的孙权立即就想到，太子孙和与他的母亲王夫人是不是盼着自己早点归天，好早日了却心愿，一个当皇帝，一个当太后，以正名分。

这个恶念一起，猜忌之心就像干柴烈火般熊熊而燃。孙权怒气上涌，恨不得立即起床好好教训孙和一顿。但孙权还是感到浑身无力，只能气呼呼地在床上等着孙和来见。

孙鲁班一看煽风点火起作用了，告辞而去，就等着看孙和遭殃。

孙和姗姗来迟，见了孙权，立即就遭到了一阵劈头盖脸的责骂。孙和不敢分辩，只好默默忍受。但孙权的怒气一时半会儿下不去，转头又把孙和之母王夫人找来痛斥一顿。

王夫人见孙权宠幸年轻貌美的潘妃，早就哀叹自己年老色衰，已经不受孙权待见了。这一次孙权狂风暴雨般的发作，顿时吓得她六神无主。王夫人从来没见过这般架势，越想越郁闷，越想越害怕，竟然在当晚自杀身亡。

王夫人这一死，等于向外界释放了一个强烈的信号：太子孙和的地位岌岌可危了！

孙霸及其党羽怎么肯放过这么好的机会？

杨竺、全寄、吴安、孙奇等人一哄而上，大肆诽谤太子。孙权早就听进了女儿孙鲁班的耳旁风，有了先入之见，当然是深信不疑，对孙和横加指责。

太子党一派见势不妙，也开始反击。陆逊再次上表，要求亲自到建业，面见孙权痛陈。陆逊请求了三四次，孙权全部予以驳回。

太子太傅吾粲不甘心坐以待毙，与陆逊多次联络后，他也向孙权上书，请孙权派鲁王孙霸出镇夏口，并将杨竺等人逐出朝廷。

吾粲的表章一递上去，鲁王和杨竺等人也立即予以反击。

这样一来，原本暗潮涌动的两宫之争就大白于孙权之前。孙权受制于病态自负，只吸收对他有利的信息，将有损于他权威的信息一律屏蔽，从而让太子党和鲁王党相安无事了这么久。真相大白后，两派间你死我活的争斗再也捂不住了。但孙权因为先入之见而将其解读为孙和过早觊觎大宝，孙霸等人是出于义愤而检举揭发。这样的一个误判对孙权是一个巨大的打击。他绝不能容忍自己的权威控制力遭到任何人的侵蚀，报复性暴怒再一次主宰了他的灵魂。

孙权先是将太子太傅吾粲下狱。在搜出了他和陆逊密切书信往来的“罪证”后，吾粲立即被处死。孙权随即连续派出使者，赶赴武昌，对陆逊破口大骂！

陆逊曾经是东吴云端上的天神，几乎无人不敬，无人不重。自从孙权称帝以来，先是有无耻小人吕壹借着监察之由，对他肆意凌辱，现在又被孙权的使者破口大骂。这种从云端坠落的滋味是人世间最具伤害力的沉重打击。陆逊不堪受辱，气得卧病在床。但奉孙权之命而来的使者络绎不绝，继续从建业赶到武昌，绝不放过病床上的陆逊。

陆逊气愤到了极点，不再进食，就此绝食而死！一代文武双全的英才，魏蜀两国闻之丧胆的名将，为吴国立下赫赫功劳的勋臣，竟然以这样一种悲壮而无奈的方式结束了自己的生命，真是令人慨叹无尽！

陆逊一死，太子党顿失灵魂。孙权杀戒大开，也没有放过顾谭、顾承、张休等人。这些人要么被处死，要么被流放，最后都不得善终。至此，太子党土崩瓦解，孙和成了孤家寡人，而鲁王派则在孙权不明真相的情况下全面得势。

孙权随即任命步骘为丞相，朱然为左大司马，全琮为右大司马。同时把荆州分成两个部分，任命吕岱为上大将军，管辖武昌以西的地区，诸葛恪为大将军，代替陆逊，镇守武昌。（其中步骘、全琮都是鲁王党的主将。）

形势发展到这一步，几乎所有的人都认为孙霸距离太子之位只有一步之遥了。但事态的发展再一次超出了任何人的预料……

心理感悟：独裁的结局必然是失控。

57

杀人何尝须用刀

陆逊之死，是一个标志性的事件，代表着东吴由盛而衰、由治而乱的重大转折。一时间，东吴人心大乱。随后，一位叫作马茂的将军不堪孙权的刚愎自用、昏庸颟顸，对东吴的前途失去了信心，竟然密谋要杀掉孙权和一众大臣，然后向魏国投诚。马茂的行刺计划虽然因为泄密而没有成功，却强烈地宣示了东吴内部的乱局确实已经危机四伏了。

自鸣得意的孙权依然感觉良好，觉得自己深得上天护佑，一切针对自己的奸谋都不能得逞。

接下来的几年，孙权并没有对太子孙和采取什么措施，只是维持现状。而鲁王党的得力干将步骘、全琮却先后去世了，孙霸的心气随即也大为削弱。就在这危机四伏的乱局中，工于心计的潘妃却因着孙权对自己和儿子孙亮的宠爱而发现了属于自己的好机会。

潘妃的第一步棋就是拉拢能量很大的孙鲁班。

她知道孙权对孙鲁班十分信任，于是极力逢迎这个年纪几乎比自己大一倍的女儿。孙鲁班见父皇的宠妃没有恃宠而骄，反而主动向自己示好，先就有了几分好感。

潘妃又发现孙鲁班特别宠爱丈夫全琮弟弟的一个小孙女，经常把这个小女孩带在身边，于是就主动向孙鲁班提议，让孙亮与这个小女孩定亲。孙鲁班知道孙权对这个小儿子特别宠爱，当然巴不得与孙亮关系更为紧密，于是就跑到孙权面前极力促成了这件事。

潘妃与孙鲁班结成同盟后，两个对孙权都极具影响力的女人双管齐下，为孙亮大唱赞歌，孙权心中偏爱的天平自然越来越倾向于渐渐长大的幼子孙亮。

潘妃的第二步棋就是在孙权面前揭穿二宫相争的真相。

潘妃的做法十分“巧妙”。她故意在孙权兴致很高的时候，摆出一副愁容满面的样子。孙权肯定要问她为什么忧愁，潘妃故意长叹一口气说：“现在鲁王和太子斗得这么厉害，我是担心我的儿子将来会有什么不测啊！”

潘妃心计极深，绝不会愚蠢到直接恳请孙权立孙亮为太子。她故意挑明鲁王孙霸一直在和太子孙和争夺继承权的事实，以触动孙权的敏感神经。

孙权果然中计，继续详问究竟。

潘妃这才一五一十将自己所知道的东西，以最不利于鲁王的方式，说与孙权。潘妃这么做，岂不是在帮助太子孙和挽回不利局面？

她当然不会白白地为他人作嫁衣裳！这个心机重重的女人，早就摸透了孙权绝不肯认错的心理特性。她知道，只要让孙权知道孙霸针对兄长图谋不轨的事实，就可以一箭双雕，除掉孙霸、孙和两个人。因为孙权即使知道自己错怪了太子和太子党，为了维护自己的颜面，也绝不会认错改正。

潘妃的这一招术叫作“音叉效应”。音叉的小小振动，可以击碎连子弹都不能打透的玻璃，其关键就在于对准了频率，形成了共振。所谓“音叉效应”，就是说只要找准事物的关键要害，无须付出巨大成本就能达到四两拨千斤的奇效。

潘妃在与孙权的朝夕相处中，已经摸透了孙权的心理图式，从而在事实上把孙权变成了傀儡，而她则是那个隐在幕后的操纵者。

果然不出潘妃的算计！

孙权得知孙霸纠合党羽，大肆诬告、陷害孙和后，顿时习惯性地勃然大怒，深深痛恨孙霸竟然在自己的眼皮底下肆意妄为。他却不知道，如果不是他自己毫无原则的纵容，孙霸哪里来的胆子敢于和孙和争位呢？

二子相争，自相残杀，是孙权最不能接受的事实。当初，他抱着看笑话的心态，看着袁绍、曹操这两位当世枭雄受困于众子夺嫡，现在，这个难题也抛给了孙权。

孙权会做出什么样的选择呢？

如果继续扶持太子孙和，罢黜孙霸，就等于是向天下昭告孙权做错了；如果废了孙和，改立孙霸，就等于是宣告这是孙权自己一手主导的。况且，孙权对于孙霸主动挑起争端极其不满，怎么还可能把太子之位再给他呢？

孙权在苦苦思索之际，对侍中孙峻说了一句：“子弟之间不和睦，臣下就会拉帮结派。这样就会出现像袁氏兄弟那样的内斗，而被天下人耻笑。如果立他们中的一个，怎么会不乱呢？”

孙峻听懂了孙权的意思是要同时放弃孙和和孙霸两个人，但他根本不敢插嘴干涉这一件已经让很多人人头落地的天大的事。

既然孙和、孙霸都不能选，以此时孙权对孙亮的宠爱程度而言，太子之位自然是非他莫属了。

孙权果然做出了他的决断。他下令将孙和幽禁，并赐死孙霸，以永绝后患。孙霸的党羽全寄、吴安、孙琦等都被诛杀。杨竺被杀后，甚至连尸体都被扔入江中。

骠骑将军朱据见太子孙和遭受冤屈后，非但没得到平反，反而和孙霸各挨了五十大板。虽然孙霸遭受的惩罚更严重，但孙和本来并无过错，却要被幽禁，实在是太不合情理了。

朱据咽不下这口气，于是和尚书仆射屈晃两人，邀集文武百官，把泥巴涂在头上，自行绑缚，跪在宫门口，恳请孙权放了孙和。

孙权最痛恨的就是群臣集体向他示威，彰扬他的过错。朱据这一行为，看似正气充溢，却没有摸准孙权的脾性，反而将事情推到了更为糟糕的境地。

孙权登上白爵观，看到朱据等人在宫门口长跪不起，脸上露出了极为厌恶的神情。这就意味着朱据这一伙人又要倒霉了。

这时，无难督陈正、无营督陈象两人受氛围影响，各自向孙权上书进谏。孙权毫不手软就将陈正、陈象及其家族诛杀了！然后，又将朱据、屈晃揪入宫中。但这两人依然坚持进谏，希望孙权收回成命。

孙权恼羞成怒，当场将朱、屈二人责打了一百杖，然后将朱据降职为新都郡丞，将屈晃削职为民。其他参与请愿抗议的官员被流放的达数十人之多。

孙权的血腥镇压还不止于此。朱据遭贬后，在赴任的半途上，又被孙权派使者赐死。是啊，孙权连自己的亲生儿子孙霸都杀了，又怎么会顾惜一个外姓的女婿呢？

朱据等人的集体抗议，除了让自己惨遭杀身之祸外，还让孙和的处境雪上加霜。孙权原本只是幽禁孙和，现在却决定将孙和废为庶人，迁居到故鄣县，孙和彻底失去了继位的可能。

孙权丧心病狂，大开杀戒，东吴群臣人人自危，唯独潘妃喜笑颜开。

潘妃知道，孙和、孙霸都倒了，空出来的太子宝座必然是儿子孙亮的。而自己也将有机会成为孙权的第一个皇后。

为了尽快达到目的，潘妃在孙权身上狠下功夫，一边狠施温柔，一边狂吹枕头风。这时候，已经六十九岁的孙权渐渐感到了身体的衰老，去日无多的惶恐不禁油然而生。孙权随即又联想起这一年五月天上出现的异象，心情更加不豫。

孙权念念不忘的异象是“荧惑之星”的出现。荧惑之星就是我们今天所说的火星。在当时的星相学说中，荧惑之星是灾祸的象征。古代的占星家们为了用天象变化来占卜人间的吉凶祸福，将天上星空区域与地上的州国互相对应，称作分野。在某一星空区域发生的天象，就预兆着相对应的地方的吉凶。这一颗荧惑之星正好出现在对应着扬州的星空上，而扬州正是孙权的地盘。

孙权一直对天象深信不疑。从他继位开始，荧惑之星从未出现过，他也一直平平安安、顺顺利利地统领江东五十年。当司察天象的官员向他汇报天有异象后，孙权一直担心灾祸会应在自己身上。

在这样的心境下，孙权确定太子人选的想法也急迫起来了。此时，他七个儿子还剩下三个，即五子孙奋、六子孙休、幼子孙亮。但只要有“足智多谋”的潘妃在，孙奋、孙休只能是摆设。

果然，孙权思前想后，终于正式下诏，立幼子孙亮为太子。这时的孙亮只是一个年仅八岁的黄口孺子。

幸运惯了的人，总是相信自己还将继续得到幸运之神的眷顾。孙权虽然有些担心自己的身体，但只要想起刘琬“年又最寿”的预言，心里又安定不少，觉得自己去日尚多。这也是他敢于将八岁的孙亮立为太子的一个重要原因。

心理感悟：“一错再错”其实就是一件事。

58

大限之前的醒悟

孙亮被立为太子后，潘妃很快母以子贵，在第二年就被孙权立为皇后。这是孙权一生中唯一一个正式册立的皇后。虽然我们对潘妃一贯以来的行为十分不齿，但她工于心计，将东吴大帝孙权玩弄于股掌之上，还是不得不让人对她"刮目相看"，同时也对一直极力维护自己的英明伟大却在不知不觉中被妇人操控的孙权深感遗憾。

在年老体衰的时候册立太子，激发出了孙权潜意识中的死亡焦虑。每个人对于即将到来的或者终将到来的死亡这一不可抗拒的事实，都会产生不同程度的恐惧、纠结、不安等复杂情绪，并进而影响到生理状态。这也正是历史上很多对死亡极为忌讳的帝王迟迟不肯确立接班人的重要原因。

孙权这一生经历了太多的正常与非正常的死亡事件。那些曾经和他有过重要交集的风云人物，不管是年龄比他大的还是比他小的，不管是东吴内部的还是魏蜀两国的，几乎都死在了他的前面。名单可以拉出长长的一条：孙策、曹操、刘备、周瑜、鲁肃、关羽、吕蒙、张昭、诸葛亮、曹丕、曹叡、陆逊、诸葛瑾等，甚至还有他自己的儿子孙登。

从孙权的经历来看，他本来早就该沦为"死亡焦虑之魔"的猎物了，但他一直有刘琬预言如神咒般护体，这才一路平安，没有过多地纠结哀叹。

但是这一年，孙权毕竟已经七十岁了。人生七十古来稀，世上是没有长生不死的人的，孙权不得不直面死亡这个终极问题。

孙权并不想死，而越是不想死的人，往往就越想知道自己到底什么时候会死。其实这个问题，孙权是知道答案的。

孙权的臣下中，有一个叫作赵达的人。这个人精通九宫算术，对于所算之事，几乎灵验如神。

有一次，他路过一个老朋友家，朋友招待他，说："我不知道你要来，没有准备，只好聊备几个小菜，美酒可就没有了。请你见谅。"赵达微笑不语，拿起桌上的筷子，纵横摆了几道后，说："你们家东边的墙壁下放着美酒一斛，还有三斤鹿肉，怎么说没有美酒佳肴呢？"这位朋友这才尴尬地自我圆场说："我知道你神算无敌，故意试一试罢了。"于是只好拿出美酒鹿肉一同享受。

关于赵达算无不中的故事还有很多，而最神奇的就是他完全算准了自己的死期。有一次，他闲来无事，把自己去世的日子算了出来，并告诉了他的妻子。妻子知道他的算术神奇，无有不中，当即痛哭流涕。赵达为了安慰妻子，故意又算了一遍，然后告诉妻子说自己前面不小心算错了，妻子破涕为笑。但后来，赵达真的就在他自己第一遍所算的日子分毫不差地去世了。

赵达本是中原人氏，后来他算出江东有王者之气，所以来到东吴。孙权得知他的神算后，每逢大事都要赵达推算，而赵达每一次的推算都神准无比。

孙权在称帝的时候，曾经让赵达帮自己算能当多少年皇帝。赵达推算之后，说："汉高祖当了十二年皇帝，陛下您当皇帝的时间是汉高祖的两倍。"

两倍就是二十四年。孙权称帝的那一年是四十八岁，当二十四年皇帝（包括称帝的当年在内）就是七十一岁。而孙权这一年已经七十岁了，无限逼近了赵达所说的期限。孙权心里非常焦急，这个时候他特别希望赵达算的是不准的，也特别希望赵达能够再帮他算一次。

问题是赵达已经去世了。而最关键的是，赵达的推算神术并没有流传下来。

当初，阚泽、殷礼等东吴大儒曾经屈节去请教赵达，赵达却秘而不宣。还有一位叫作公孙滕的太史丞，虽然被赵达收为徒弟，却没有得到真传。有一次赵达酒后对公孙滕吐露真言，说："我的先人因为机缘巧合，获传此神术，是想成为帝王之师的。可是我到了江东，经历了孙氏三代，却只不过当一个太史郎，我实在是不想把这门神术传下去了。"

赵达没受重用，也有他自己的原因。孙权本来是很器重他的，但是每当孙权惊叹于他的神奇，追问他到底是怎么算出来的时候，赵达总是沉默不语。这就惹得孙权很不高兴，始终不肯重用他。

赵达死了之后，孙权听说他有著作留下来，于是就逼问他的女儿。一无所获后，恼羞成怒的孙权甚至挖开了赵达的坟墓搜寻，但还是没有找到所谓的神算之书。不知道赵达有没有算到自己死后会被孙权掘墓。

除了赵达之外，东吴还有一位数算之士，叫作吴范，担任骑都尉太史令之职。这个吴范也是灵验如神，但和赵达一个毛病，就是不肯将推算的奥秘告诉孙权。孙权很不高兴，以致把已经拟好要封吴范为都亭侯的诏书收了回来，不再重用。

赵达、吴范死了之后，孙权对于预知未来的需求依然十分强烈。所以，他下令在整个东吴范围内征募有赵吴之能的人，凡是能举荐的人立即封侯。

遗憾的是，这种异能之士并非黄瓜白菜，应有尽有。虽然孙权下了重赏，却一无所获。

随着赵达所算的大限日渐临近，孙权开始变得度日如年。但就在这个时候，好消息传来了。

孙权的手下在扬州临海郡罗阳县找到了一位叫作王表的神仙。据说这位神仙的饮食谈吐与常人没有什么不同，但人们时时看不到他的身影。神仙王表身边还有一位叫作“纺绩”的婢女，也能与神仙沟通。孙权闻报后，立即封王表为辅国将军、罗阳神王，并派中书郎李崇为使者，赶赴罗阳，恭请王神仙入京。

孙权这是吸取了自己没有厚待赵达、吴范的教训后的策略。当初，他和赵吴二人斗气，结果导致神术失传，造成终身遗憾。孙权不想重蹈覆辙，一出手就厚赏重封了王神仙。

王神仙欣然从命，跟着李崇上路。李崇一开始并不怎么相信这位神仙真有通天彻地之能，但是他和王神仙对谈，始终没法辩得过他。后来，李崇担心惹怒王神仙会导致孙权对自己不利，也就不再纠缠。

王神仙上路后，凡是经过一山一河，都说有和他交好的神仙隐居其中，必须留下来晤谈。所以，李崇只能陪着王神仙，一路走，一路停，花了好几个月才到达建业。

孙权翘首期盼已久，立即与王神仙相见。孙权尚未表明自己想要延年益寿的想法，王神仙却先发出了近日将有大洪水的警告。

几天后，果然大风骤起，江海潮涌，平地上积水深达八尺有余。这一次洪水，是东吴历年来最大的一次，洪水甚至把孙坚寝陵所在地区的松柏都连根拔起。

王神仙预言成真，更让孙权对他寄予厚望。孙权的长兄孙策从来不信这些术数之道，但孙权目睹孙策在“于吉事件”后英年早逝的惨剧后，就走上了和孙策截然相反的信仰之路。所以，他才会在生命即将走到尽头的时候，对于道术之士更加深信不疑。

正如出身于东吴孙氏宗族，并在东吴衰亡后逃到东晋的孙盛所说的“国之将兴，听之于人；国之将亡，听之于神”，当孙权重用、信任手下的英才时，东吴出现了勃勃盛兴的局面；在他将命运托付给神仙的时候，东吴大局的颓势就已经不可挽回了。

孙权恳请王神仙为自己纳福延命，王神仙一口应承。事实证明，王神仙的承诺并没能兑现。

几个月后，孙权到南郊祭祀，回来之后就中风了。宋代名士苏东坡曾经在词中赞誉过的“亲射虎”的孙郎，再也找不回年轻时的“雄姿英发”了。身体机能的急剧恶化，让孙权陷入了无比的惶恐之中。

人之将死，其思也清。两年前发生在曹魏的一件大事随即涌入了孙权的思绪，这就是“高平陵之变”。

高平陵是魏明帝曹叡的陵墓。魏国的托孤老臣司马懿趁着另一位辅政大臣曹爽陪着少帝曹芳去给曹叡扫墓之际，发动政变，并随即将曹爽等宗族势力一并诛杀，彻底地控制了朝政。

孙权不能不担心自己撒手西归后，幼子孙亮也会遭遇同样的悲惨命运。在死神日渐逼近之际，孙权渐渐醒悟了，他当初罢黜并无多少过失的孙和并大肆打击所谓的“太子党”，也许是一个巨大的错误。

陆逊的儿子陆抗原本驻扎在柴桑，后来因病到建业治疗。陆抗病愈将归之前，卧榻不起的孙权特意接见了他，老泪纵横地对他说：“我以前听信谗言，辜负了你父亲的凛然大义，也因此很对不起你啊。和我前前后后所问之事相关的那些奏章诏书，你都焚毁了吧，不要再让人看到了。”

这是孙权步入老年，开始刚愎自用、倒行逆施之后第一次诚心向臣下道歉认错，也是唯一的一次。

孙权这时候已经有意召回孙和，重新让他担任太子了。但孙权已经在错误的道路上走得如此之远了，形格势禁，这个病榻上无法自由行动的一代雄主，还能不能再度行使他的自由意志呢？

心理感悟：死神也许是人类最好的心灵导师。

59

临时只能抱佛脚

孙权重立孙和的想法刚一冒头，就遭到了孙鲁班、潘皇后，以及身边近臣侍中孙峻、中书令孙弘等既得利益者的强烈反对。

一个人的意志力往往与身体健康程度成正比。病榻上的孙权已经无力再来一次更换太子的“壮举”了，只能按下了重立孙和的念头。出于一个父亲的愧疚之心，孙权还是坚持立孙和为南阳王，让他从偏僻的故鄣县迁到长沙郡居住。为了弥补对另外两个儿子长期的忽视，孙权同时立五子孙奋为齐王，六子孙休为琅琊王。

对于幼子孙亮，孙权也必须考虑给他安排合适的辅政人选了。

当初，曹丕临死之前给曹叡安排了曹真、曹休、陈群、司马懿四位辅政大臣。孙权听说之后，曾经讥评道：“自古至今，安有四五人把持刑柄，而不离刺转相蹄啮者也！强当凌弱，弱当求援，此乱亡之道也。”

孙权的这一看法是极有见地的，可以说是对整个中国历史中所有托孤事件的巨大风险性的凝练总结。

当旁观的评论家总是容易的，事到临头，轮到自己来做决定的时候，就完全不一样了。这就是观察者—行动者偏差。观察者更容易关注行动者的本体因素，而行动者则更为关注情境因素。两者的视角全然不同，从而对相同情形的认知与判断也全然不同。

二十多年后，孙权自己面临同样的境况时，也找不到其他更好的办法，只能沿用这一个曾被他嘲讽过的风险性极大的安排。

孙权与侍中孙峻商议大臣中谁可以托付国事。孙峻推荐了诸葛瑾的长子诸葛恪。

诸葛恪自小就聪明过人，深得孙权喜爱。否则，孙权在诛杀太子党的时候，就不会放过他了，因为诸葛恪是废太子孙和的舅舅。关于诸葛恪，有一个流传最广的故事。诸葛瑾的脸长，孙权有一次在大宴群臣时，故意找来一头驴，在驴脸上写了“诸葛瑾”三个字。群臣笑得前仰后合。诸葛瑾被整个大红脸，却又不能发作。这时，跟随诸葛瑾赴宴的诸葛恪灵机一动，取过笔来，续写了“之驴”两个字。这样，这头驴就成了“诸葛瑾之驴”了。孙权的一个玩笑反倒成了对诸葛瑾的馈赠，诸葛恪的机变由此可见一斑。

诸葛恪虽然智谋出众，但为人骄傲成性，做事也太过粗疏，不顾小节。孙权曾经委任他主管军粮供应，诸葛亮非常了解侄儿的品性，他得知此事后，专门写信给孙权，提醒孙权不宜将这繁重细致的工作安排给诸葛恪。

当孙峻提议由诸葛恪来担当辅政大臣时，孙权不由自主想起了诸葛亮的告诫。辅政大臣可比管理军粮重要多了，孙权难免担心诸葛恪不堪重任。

孙峻却说：“东吴已经没有比诸葛恪才能更高的人了。”

孙权听了之后，不禁默然良久。曾几何时，东吴是多么的人才辈出啊！你未唱罢，我已登场，总是有杰出的人才在关键时刻涌现出来，勇担重任。在孙权奉行不可理喻的高压政策后，东吴已经好多年“万马齐喑”，确实是人才凋零了。

孙权盘算良久，最后还是不得不承认孙峻的看法。他只能选择诸葛恪。

于是，诸葛恪就以大将军的身份被孙权任命为太子太傅，成为首席辅政大臣。同时，孙权诏令群臣，让各部门所有事务一切听命于诸葛恪，只有生杀之事必须向孙权报告。

孙权对诸葛恪说不上完全放心，所以他同时还安排了另外四人，与诸葛恪组成辅政班子，期望他们可以互补不足。

这四个人是中书令兼太子少傅孙弘、太常卿滕胤、荡魏将军吕据、侍中孙峻。孙弘是孙权的身边近臣，也是他晚年十分信任的心腹。太常卿滕胤是孙权的女婿，为人谦虚谨慎。吕据是东吴老臣吕范的儿子，智勇兼备。孙权让吕据担任太子的护卫工作，以确保幼子孙亮的安全。孙峻则是孙权的侄孙，行事果敢，精明强干，也取得了晚年孙权的信任，从而得以进入辅政班子。

怜子如何不丈夫！孙权为儿子孙亮所做的这一个安排，可谓煞费苦心。这一份心情，和当年被孙权讥嘲过的曹丕何尝二致?

孙权却没有觉察到，自己的这个安排从一开始就为辅政大臣之间的不和埋下了一个祸根。

孙弘向来与诸葛恪不和。孙弘原本是鲁王党的成员，鲁王被赐死后，又被潘皇后拉拢，而诸葛恪则是孙和的支持者。要想这两人齐心协力，和平共处，恐怕是很难的一件事情。

当孙权在为自己安排后事的时候，他最宠信的潘皇后却另有打算。

潘皇后牛刀小试，不但成功地让儿子孙亮成为东吴帝国的继承人，也成功地让自己荣登皇后宝座。这样的成功，自然会让她自信心膨胀，以为凭借自己的能力，还可以有更大的作为。当孙权的健康状况持续恶化后，潘皇后也开始担心儿子太过年幼，登基后权力会被辅政大臣们把持，无法掌控大局。

潘皇后想起汉初之际，刘邦死后，吕后临朝称制的掌故来。潘皇后浮想联翩，认定自己也有吕后之才，足以节制群臣，统治东吴。于是，潘皇后就找来最亲信的孙弘，询问吕后的故事。

孙弘一听，先是被这个女人的野心吓了一大跳，随即又想到正可以借助潘皇后的力量，先下手为强，除掉首席辅政大臣诸葛恪。否则，以两个人一贯交恶的恩怨，诸葛恪很可能利用手中的权柄对自己不利。

孙弘计议一定，立即附和了潘皇后的想法。潘皇后受了鼓励，心满意足，就等着孙权早日死去，自己便可以效仿吕后，大大施展一番了。

病榻上的孙权哪里知道，自己还没有断气，他最亲密的皇后和最信任的心腹就已经勾结在一起，谋划着打破他的身后安排了。

潘皇后遥想不久后的未来图景，不禁心旷神怡，从而不由自主地在日常举止中体现出来。潘皇后原本是戴罪之身的奴婢身份，但因着机缘巧合和她自己的心机频出，竟然成了一国之皇后。这样天翻地覆般的人生经历，没有让她学会感恩生活的馈赠，反而助长了她骄纵成狂的个性。

潘皇后原本就对服侍她的宫女极为苛刻，在未来巨大利好的催化下，对宫女们更是横竖看不过眼，动辄处以责罚、虐待。

这一天，潘皇后偶感身体不适，又拿宫女们出气，对她们严刑拷打。这一群宫女被逼无奈，眼看左右是个死，竟然恶向胆边生，趁着潘皇后熟睡之际，用丝巾将她活活勒死了！

可叹这潘皇后君临天下的美梦尚未做够，就已经成了阴间之鬼。这真是应了老话所说的“自作孽，不可活”。

从潘皇后连自己的命都保不住这一事件来看，这个自以为聪明的女人，显然高估了自己的政治智商。一个轻易就得意忘形的人，怎么可能统领一个国家呢？她的所长，无非是利用女色迷倒日渐昏庸的孙权，但真的让她执掌整个东吴，恐怕连一天也撑不下来。所以，从东吴大局的角度来看，潘皇后的意外身亡倒是一大幸事。否则，让她上台折腾一番，东吴可能会更早走向衰亡。

尽管如此，在孙权的倒行逆施下，东吴的颓势已经很难挽回了。潘皇后的死，只不过是让表面上的正常运转多延续一些时日。

潘皇后的死，也有力验证了一条心理学规律：越是能力不足的人，越是容易高估自己的能力，走向过度自信的陷阱。

宫女们杀死潘皇后之后，为了保命，对上谎称她是猝然病亡。

年纪轻轻的皇后猝死，对任何一个国家来说都是一件震惊全国的大事。孙权闻报后，心痛不已，立即命有司彻查此事。

这一查，很快就查明了事件的真相。毕竟，被缢身亡和暴病猝死是完全不一样的。潘后之死的真相对于孙权是一个致命的打击，比二宫争位对他的打击还要严重！几个小小的宫女竟敢杀害至尊无上的皇后，这是对孙权君临天下的权威感与控制力的最大藐视！

病榻上的孙权一直靠着虚幻的自我欺骗（对于自身幸运及神仙相助的迷信）才能苟延残喘，而潘皇后的死，则无情地戳破了他最后的幻想。

孙权最后一次行使了他作为东吴大帝的权力，下令将这几名宫女处以极刑。

愤怒已极、虚弱已极的孙权耗尽了最后的一点精力，陷入了沉沉的昏迷之中，从此再也没有醒来。曾被他寄予厚望的王神仙非但没能帮助他延年益寿，反而趁着吴国上下一片慌乱，悄然遁去，不知所踪。

孙权死的时候是七十一岁，前前后后，正好当了二十四年皇帝，与赵达当年的推算分毫不差。

心理感悟：傲慢是一种比贪婪更致命的性格要素。

生子当如孙仲谋?

曹魏的高平陵之变，是在曹叡托孤十年之后才发生的。孙权绝对想不到，他死后的第二天，他精心选择的辅政大臣就开始自相残杀!

孙权咽气的时候，只有近侍孙弘、孙峻守在身边。这时，孙弘的强援潘皇后已香消玉殒，孙弘势单力孤，更加担心诸葛恪会对自己下手，于是就想封锁消息先不发丧，然后借机用假诏书杀掉诸葛恪。

孙峻见势不妙，立即秘密将消息通报给了诸葛恪。诸葛恪有备而来，先发制人，将孙弘杀了，随后扶立十岁的孙亮继位，并大赦天下。诸葛恪渴望像叔父诸葛亮一样建功立业，于是大举进兵，攻打魏国，却接连遭受失败，从而大失民望。

孙峻见诸葛恪威望受损，就起了觊觎之心。他偷偷恐吓少帝孙亮，说诸葛恪有意杀他，改立废太子孙和为帝。孙亮毫无主见，吓得浑身发抖，听任孙峻摆布。孙峻随即设计，将诸葛恪杀了，自己把持大权。

孙峻掌权后，横行皇宫，随意奸淫宫女，甚至还与长他一辈的孙鲁班私通。但仅仅过了三年，孙峻就暴病而死。临死之前，孙峻将权力移交给了堂弟孙綝。

滕胤和吕据这两位老资格的辅政大臣不服孙綝掌权，图谋杀掉孙綝，却因事泄而被满门抄斩。至此，孙权死了刚刚四年，他为儿子选定的五个辅政大臣就在自相残杀中全部死光了!

而这仅仅是悲剧的序幕。

幼帝孙亮渐渐年长，不甘心当傀儡，密谋铲除孙綝，不料却被孙綝废黜，改立孙权的第六个儿子孙休为帝。孙休登基后，不到两个月就把孙綝给杀了，随即分别任命自己的亲信濮阳兴、张布为丞相与左将军。

此时，民间谣传孙亮将要重登帝位，孙休就对小弟下了毒手。孙休的寿命也不长，只当了六年皇帝就一命呜呼了。临死之前，孙休将年幼的儿子托付给亲信濮阳兴。此时司马懿的孙子司马炎已经代魏而立，并灭了蜀国。东吴内部又爆发了交州大叛乱。

在这样的情势下，东吴舆论倾向于立一个年长的皇帝，以便应对乱局。濮阳兴等人选来选去，选中了废太子孙和的长子孙皓。

孙皓刚一登基，就翻脸不认人，将辅佐自己上位的濮阳兴、张布杀了，独揽朝政。当初，濮阳兴等人之所以选中孙皓，是看中他为人好学，德才兼备。实际上，他受父亲孙和跌宕起伏的命运影响，在成长过程中留了浓重的心理阴影，导致心灵扭曲。当他处于困境时，性格中的这些阴暗面无由发作，而当他登上皇帝宝座，拥有了无人约束的权力后，就开始了肆无忌惮的放纵。在他统治东吴的十六年间，孙皓放浪形骸，残暴嗜杀，无恶不作，终于"成功"地将自己带入了史上最荒淫无道的帝王行列。东吴的基业，最终也被孙皓败光。孙权死后仅仅二十八年，金陵王气黯然消，忍见神器归他姓。东吴最终被司马氏的西晋灭了，天下归于一统，三国的历史就此告一段落。

孙权死后的这一系列凶残相杀，归根结底还是他生前埋下的祸根。东吴的基业，在他手上而兴，也在他手上而衰。孙权，终究还是辜负了长兄孙策当年的重托。

纵观孙权的一生，称帝是最重要的分水岭。在此之前，他几乎没有做错过一件事；在此之后，他几乎没有做对过一件事。称帝，仿佛解开了孙权心灵内衣上的最后一颗纽扣，孙权从此滑入了无底的精神深渊……

称帝之前的孙权，堪称成功的代表。一个成功男人的背后，往往站着一个更成功的男人。对孙权来说，最幸运的是，在他身后站着两个成功的男人，一个是他的父亲孙坚，另一个是他的大哥孙策。孙权正是站在他们的肩膀上，努力攀上了成功的巅峰。

孙权努力克服自己内心的自卑与恐惧，并从弟媳妇徐氏身上学到了乱世博弈的顶级智慧。这一套心法的思想内涵与老子的《道德经》如出一辙。

《道德经》里说："天下莫柔弱于水，而攻坚强者莫之能胜，以其无以易之。柔之胜刚，弱之胜强，天下莫不知，而莫能行。"

孙权知而后行，这才能够在极其复杂的博弈环境中游刃有余、应对裕如，成功地带领东吴群臣，开创了父兄也未能达到的伟大业绩。

在这期间，孙权的知人善任尤其为人所称道，他的形象与威望也在此过程中不断丰满与提升。他的臣下们，逐渐认可了他的权威，并对他心悦诚服，崇敬不已。

东吴谋臣出使曹魏的时候，总是以深感自豪的情感状态来彰扬他们心目中的英明之主。比如，赵咨对曹丕说孙权是“聪明仁智，雄略之主也。……纳鲁肃于凡品，是其聪也；拔吕蒙于行陈，是其明也；获于禁而不害，是其仁也；取荆州而兵不血刃，是其智也；据三州虎视于天下，是其雄也；屈身于陛下，是其略也”。

后来出使的冯熙也对曹丕说：“吴王体量聪明，善于任使。赋政施役，每事必咨。教养宾旅，亲贤爱士。赏不择怨仇，而罚必加有罪。臣下皆感恩怀德，惟忠与义。带甲百万，谷帛如山。稻田沃野，民无饥岁。所谓金城汤池，强富之国也。”

东吴臣下的这些评价绝非简单的溢美之词，而是对孙权发自内心的赞誉。孙权完全当得起这些评价。否则，以曹操识人辩才之敏锐，又怎么会发出“生子当如孙仲谋”的无限慨叹?

后世宋代的大词人辛弃疾对孙权尤为赞赏，在他的词作中屡屡提及孙权。“千古江山，英雄无觅孙仲谋处”“天下英雄谁敌手，曹刘。生子当如孙仲谋”等，都表现了辛弃疾对孙权的由衷仰慕。

辛弃疾只看到了孙权的光芒万丈，却没有注意到他的阴影满地。这是成功欲被苦苦压抑的辛弃疾的内心投射与选择性认知，而我们需要更加全面客观地评价孙权。

在称帝之后，孙权完全变了样，就如冰火两重天般，让人不敢相信这大相径庭的表现竟然出自同一个人。如果曹操有机会看到孙权后期的表现，他会不会收回“生子当如孙仲谋”这句曾经的肺腑之言呢?

为什么称帝会成为孙权人生优劣分明的转折点呢?

这和孙权对称帝的时机选择大有干系。孙权选择在外部压力最小的时机，毅然迈出了攀升绝顶的最后一步。这个时候，魏蜀两国激斗不休，无暇顾及东吴。这正是孙权的幸运之处。

但是任何一种幸运都会创造出一种新的不幸。对于一直在风口浪尖上磨砺的人来说，突然间失去了敌人其实是一件很可怕的事情。缺少了外部压力，孙权也就告别了如履薄冰、小心翼翼的心理状态。于是，他性格底色中的缺陷，因着情境中的“有利因素”，开始肆意生长。从而，神经症的魔爪紧紧扼住了孙权的心灵方向，并最终导致他走向病态自负的绝境。

我们虽然对孙权后期的倒行逆施、刚愎自用深表厌恶，也应该对此大加鞭挞，但我们也很有必要对他报以深深的同情。

童年时期的颠沛流失，成长过程中的亲人惨死，外部环境的荣誉期望，善恶不一的质疑目光，给了孙权独特的机遇，也给了他独特的压力。任何一个在如此环境下，极度痛苦却又不得不坚强成长的个体，都不可能不留下深深的心理创伤。

囿于众所周知的时代性限制，孙权不可能获得任何疗愈的机会。一直以来，他都是带着伤，忍着痛，承受着巨大的压力，努力前行的。他的成功背后，除了幸运，也有他血泪斑斑的酸楚。而他的失败，也不能简单归结于他修养不够，缺乏自控，被胜利冲昏了头脑。

事实上，如果我们真真切切地把他当作一个重度神经症患者来看，我们就会明白，他那些不可理喻的言行其实是他以别人所不能接受的方式在强烈呼求温情、认可与尊重。他时时刻刻都需要别人接受他，喜欢他，需要他，赞赏他，敬仰他。

孙权值得我们仰慕，也值得我们批判；孙权值得我们同情，也值得我们唾弃。这才是正确的心理历史观。我们不应该给孙权简单地贴上英雄或者昏君的标签，在他身上，我们每一个人都能看到属于自己的某一个碎片。

是啊，在成长之路上的摸爬滚打中，又有哪一个人没有受过伤呢？又有哪一个人没有恐惧呢？又有哪一个人不渴求认可呢？

我们每个人都是各自性格底色与情境遭遇交融混杂的复杂产物。在漫漫的人生路途上，如果我们能够充分汲取孙权在艰苦卓绝中开创伟大业绩的成功经验，同时决然摒弃他在功成名就时酿就人生恶果的失败肇因，那么，我们是不是可以拥有一个更加无怨无悔的未来？

心理感悟：顺境是最可怕的逆境。

本书主要心理学概念解读

（括号内数字为所在篇目）

1.自我形象偏见：人们倾向于根据自己的人格（性格）特征，来评价他人人格（性格）特征与自己的相同及不同之处。（1）

2.自尊冲击反应：高自尊的人，在自尊遭到威胁时，常常会采取打压他人的方式来应对，甚至是采用极端的暴力手段。（2）

3.后果策略：通过揭示某一行为的不良后果，以达到说服的目的。（3）

4.自我图式：特定领域内有关个人行为的记忆、信念的概括化集合。（4）

5.决策后失调：一个人在做了决定后会产生认知失调，并会通过提高已选择对象的吸引力，或降低被拒绝对象的吸引力来消除这种失调。（5）

6.兄弟姐妹动力：由兄弟姐妹所组成的特定群体对于身处其中的不同个体在人格多样性发展上所具有的推动力。（6）

7.萨洛韦规律：一般而言，一个家庭中的老大更具有责任心，更愿意维持现状，也更保守；而较小的孩子更加淘气，更不安于现状，也更具有叛逆性。（6）

8.群体认同：群体对身处其中的个体的认同至关重要。缺少群体认同的个体，很难在群体中维护自尊、保持自信，更不用说获得其他个体的拥戴而开创业绩了。（7）

9.荣誉文化：强烈地关注坚韧性、男子气概，以及对自己受到的不公和侮辱进行报复所带来的荣誉感。（7）

10.自卑过激反应：自卑的人，往往倾向于对他人的怠慢做出过激反应，甚至有时候他们感受到的拒绝其实并不存在。（8）

11.心理防御机制：个体在面临挫折或冲突的紧张情境时，其大脑会将消极感受

阻挡在意识之外，从而使自己体验不到不愉快的情感。（9）

12.逆恐反应：一种特殊的心理防御机制，即越是害怕什么，越是去做什么。（9）

13.相反立场策略：说服者通过站在和自身利益相反的立场来说事，以加强说服效力。（10）

14.标签约束效应：将一些内涵价值观准则的词汇当作标签赋予某一个人，以图约束其行为的说服策略。（10）

15.年轻男性综合征：年轻男性往往喜欢采取一些非常危险的攻击方式，而这些方式很容易导致他们自身受伤或死亡。（11）

16.声望策略：人类倾向于建立一种强大的名声，因为名声往往拥有一劳永逸的长期效应。（11）

17.两性风险意识差异：一般而言，男性倾向于冒更大的风险，而女性对风险预测更为准确，从而更能控制风险。（11）

18.身份比拟：通过将一个人比拟成另一个已成定论的标签式人物，从而将相关的责任与义务附加给这个人。（13）

19.模糊情境依赖：当情境模糊不清，很难选择正确答案时，人们往往会努力从他人那里获取需要的额外信息。当决定对个人而言越重要，对他人信息与指导的依赖性则越强。（16）

20.游动错觉：固定不动的光点在缺乏任何视觉参照的条件下出现的一种运动错觉。（16）

21.群体极化：群体决策往往会将群体成员的个人决策推向更为极端的程度。（17）

22.现实重构：为维护内心信念的平衡，而对已经发生的现实重新给予扭曲性解读，使其符合自己的预期。这是一种特殊的心理防御机制。（17）

23.外群体偏见：人们对于自身所属群体之外的群体及其成员个体所持有的蔑视性认知。（18）

24.社会比较：人们往往通过与其他个体的对比，来判定自己的社会地位、声誉及成就的高下。（19）

25.激将法：利用人们的社会评价顾忌，激发他们相互进行社会比较，进而改变他们的思想与行为。（19）

26.愤怒法则：当一个人在不利的境地下表现出愤怒时，人们往往倾向于认为

他拥有权力或者更有能力。（20）

27.自我提升策略： 通过炫示自己的社会地位或成就，来构筑自己在他人眼中的高大形象。（20）

28.结伴需求： 人们在预期到恐惧或痛苦即将来临时，倾向于寻找志同道合或同病相怜的伙伴来共同面对。（20）

29.防御性遗忘： 痛苦或充满威胁的记忆会被某种心理防御机制阻挡在意识之外。（21）

30.中心途径说服： 运用令人信服的论据，开展缜密、系统的分析进行的论证说服。（22）

31.外周途径说服： 从情感、感觉、价值认可等方面寻找突破口，以达成的说服。（22）

32.承诺强化： 通过外在的仪式、动作、信物等来强化承诺，以宣示决心，并确保承诺的效度。（22）

33.喜鹊效应： 人们往往将好消息的传达者视为好消息的创造者而给予积极的评价。（23）

34.幸运强化： 不规律的幸运经历，会极大地提升一个人抗击逆境的能力。（23）

35.互惠法则： 在人际交往中，施惠必然促发回报。这是人类社会经由进化而来的最为普遍的通用法则。（24）

36.粉红牢房效应： 粉红色具有一种神奇的平复心绪、抑制暴力的作用，可以在很大程度上减少监狱中暴力事件的发生。（26）

37.蜜月效应： 当两个人的情感处于热烈升温阶段，相互间的任何要求都有可能得到对方的许可。（26）

38.叛徒效应： 人们往往对背叛了原有关系所设定的责任与义务的人加倍痛恨。（26）

39.过度合理化效应： 当一个人的所得远远超过了他的应得，就会引发内心的怀疑，不敢接受。（27）

40.首因效应： 最初呈现的信息对人们的认知与判断有着特别大的影响力。（28）

41.近因效应： 最新呈现的信息对人们的认知与判断有着特别大的影响力。（28）

42.攻击转移： 因为某种社会限制，而将攻击目标转移至相关或不相关的第三方，或者是转换攻击的表现形式。（30）

43.冒险倾向：人们在做决策时，一旦损失已经不可避免，往往会做出更为冒险的选择。（32）

44.延迟折扣：在人们的认知中，等待奖励的时间越长，奖励的价值就会越低。（37）

45.非人化偏见：将处于敌对状态或存在蔑视偏见的外群体及其成员异化为非人的生物，从而为自己的攻击或凌辱提供充分的心理支撑。（38）

46.自利性归因：人们往往将成功的原因归功于自身，将失败的责任推诿给他人。（38）

47.期望第二定律：人们往往倾向于将一些模棱两可的事件或行为以一种符合自己期望的方式进行解释。（38）

48.登门槛策略：当终极目标树大招风，不可能一蹴而就时，将大目标细分成逐级而上的多个小目标，以缓解内外部压力或资源匮乏，从而登堂入室，拾级而上。（42）

49.预警式抗拒：对于自己将要成为说服对象的先验知觉，会极大地加大对说服的抗拒心理，从而导致说服难度的极大提高。（43）

50.反击其身策略：将说服对象的攻击措施反施其身，从而达致说服目的的一种策略。（43）

51.反向歧视策略：与人们惯常理解的亲密提携规律相反，对关系亲近的人要求严苛，对关系疏远的人反而多加呵护，以破解“袒护”指责。（46）

52.验证性偏见：将各种信息、行为、事件以符合既有定见的方式解读出来。（48）

53.重新定义策略：在不改变某一概念或名目的实质内涵的前提下，采用另外的辞藻实施重新包装，以达到缓和矛盾、消融排斥、预防冲突等目的。（48）

54.宣泄无用论：发泄愤怒非但不能排遣怒火，反而会进一步激发更大的愤怒。（49）

55.神经症：在个人性格特质与所处特殊情境的交融作用下，个体形成了过于敏感、过于偏激的世界观、人生观和价值观。（51）

56.理想化自我：在想象中将自己包装成一个永远正确、没有缺点的理想形象。（51）

57.报复性胜利：将成功的目的理解为证明自我的能力与正确性，并以此来反击怀疑者。（51）

58.病态自负：一种未能将成功转化成真正的自信，“看似坚定，实则脆弱”地认为自己无所不能，而一旦遇到挫折与打击，很容易就一蹶不振的特殊心理状态。（51）

59.伤痕效应：一个人对于自身身体缺陷或精神缺陷的心理认知比缺陷本身更能影响这个人对外部世界的判断与反馈。（53）

60.音叉效应：只要找准事物的关键要害，无须付出巨大成本就能达到四两拨千斤的奇效。（57）

61.死亡焦虑：对于即将到来的或者终将到来的死亡这一不可抗拒的事实产生的恐惧、纠结、不安等复杂情绪，并进而影响到生理状态。（58）

62.观察者—行动者偏差：观察者更容易关注行动者的本体因素，而行动者则更为关注情境因素。两者的视角全然不同，从而对相同情形的认知与判断也全然不同。（59）

63.能力不足效应：越是能力不足的人，越是容易高估自己的能力，走向过度自信的陷阱。（59）

后记

风雨十年心何往

“心理三国三部曲”即将推出十周年纪念版，在这个特殊的时刻，不免抚今追昔，往事历历，涌上心头。不过，记忆经过时间的加工，可能早已不是原来的模样。

十年来，“心理三国”系列以多个版本、数种文字畅销中国大陆和港澳台地区以及韩国等东亚文化圈，还有北美、澳大利亚等华人密集处，这是出乎我的意料的。

这部作品是我人生中的一个大事件，是沉寂两年后的自动喷发。所有的文字就像是流淌出来的，在键盘上打字的速度根本就跟不上脑海中文字奔涌的速度。只是，当时我并没有想到，这部无意中诞生的作品，竟在十年间成为我的代表作之一，并顺带开创了“心理说史”这种独特的写作形式。

这十年来，我的生活跌宕起伏、变化多端，仿佛只有不确定才是唯一确定的。

风雨十年心何思？

一个人若不曾跌落低谷，永远不可能体会人世真相；一个人若不曾历经沧桑，永远不可能洞察人性真相；一个人若不曾在绝望处看见光明，永远不可能探明人生真相。

这十年中，我思考了很多很多。这些思考带来了巨大的痛苦以及痛定之后不可思议的心性提升。

这十年中，我领悟到，风云亦只是寻常。我们惯常将目光投注于英雄人物，为他们的成功击掌，为他们的失败痛惜，为他们的智慧赞叹，为他们的失误惋惜。我们往往以为英雄人物与贩夫走卒大为不同，但其实在心理学的手术刀下，英雄与凡夫并无二致。人类喜怒哀乐的心理机制、趋吉避凶的人性逻辑，都逃不脱固有的几个模式。

所以，从心理学意义上来看，每个人的一生都是一个传奇。所谓历史，其实只是每个人自己的故事。“心理三国”借用了“英雄人物”的标签，讲述人人都可以代入的人生成败、悲欢离合。当初我在书中写到的“三国不仅仅是一段历史，也是千百年来人们将自己的道德偏好、价值判断投注其上的一个心灵样本。我们每个人身上或多或少都有这些三国人物的文化基因和行为记忆。读懂了他们，就认清了你自己，也就认清了你身边的中国人”，这一再得到了时间的验证。英雄即凡人，凡人亦传奇。这一领悟也渗入我此后所写的“心理说史”系列的其他作品中。

佛陀在《金刚经》里提出了一个“如何安住此心”的人生大命题。

风雨十年心何住？

反躬自省，这十年来，我的心一直住在哪里呢？

整个“心理三国”系列，我写下的第一句话就是“关羽是不可能投降的”，实际上，这句话完全是我当时潜意识的反映。

当时，我以灵魂之痛，深刻体会到了人性的复杂多变，但我的心还是住在对抗中，不愿意与俗流妥协，不愿意对压力屈服，不愿意向逆境投降。

但是黑白分明的抗争姿态是很消耗能量的，对自己的身心也是一种莫大的伤害。而最关键的是，这样做并不能安住那颗躁动而彷徨的心。

孔子说，人分为三种：一种是生而知之的，一种是学而知之的，还有一种是困而知之的。我生性愚笨，应该是属于那种困了很久才略有所知的。

抗争，非但没有让我免于痛苦，反而让我陷入了更大、更漫长的痛苦中。我的心被困于抗争之中，这等于是自设的心牢。如何才能越狱而出？

物极必反，在黑暗的极点，我明白了，抗争何如接纳？就如纳尔逊·曼德拉，也是在看不到头的牢狱生涯中，明白了必须用包容去迭代抗争。

接纳并不是投降，并不是没有原则，更不是和稀泥、当好好先生。接纳其实是一种最柔软的抗争。抗争是一分为二，接纳是合二为一，而一个人在三维世界中所能达到的最高心性境界就是“一”。

当一个人安住在接纳之中，自然也就消解了恐惧，消解了愤怒，消解了孤独。当一个人安住于不确定之中，也就是活在当下了。当一个人安住于包容之中，哪里还用得着对抗呢？山川万物皆是我，无限风光由心造，那是一种何等美妙的体验！

十年间，我出版了三十多本书（包括“心理三国·逆境三部曲”“心理吴越三部曲”），但我自己知道，有太多的时间并没有用于创作，而是在和自己的心性做斗争。以我的创造力，本可以写出更多的作品。计划中的“心理楚汉三部曲”、《心理战国》（七卷本）、《心理孔子》《心理秦始皇》《心理苏东坡》《心理岳飞》等之所以未能如期完成，也缘于此。不过，这也是必不可少的“浪费”。好在，我还没有放弃；好在，我还有时间。

风雨十年，心里充满了感恩。对我来说，夜空中最亮的星，就是那些忠实的读者们。这些素不相识的书友，借助互联网时代的通信便利，用各种方式表达了他们对作品的喜欢和对我的支持。他们看似微不足道的一句问候，却弥足珍贵，暖炙我心，给了我继续前行的力量。在这里，要对这些书友们道一声诚挚的感谢。

走过十年，就像一首歌所唱的：孤独站在这人生的大舞台，心中有无限感慨。多少青春已不在，多少情怀已更改，但我却依然拥有你们的爱，无论天上人间，无论天涯海角。

要特别感恩的是师父和陈国瑛老师，他们给了我无数的鼓励，陪伴我走过了漫漫长路。另外，厚朴先生和馨文女士在重要时刻的热心帮助，也让我铭记在心。

俱往矣，时间不会停留，但会开花结果。生长十年，“心理三国”初具模样，也留下了一些遗憾。但无论如何，“心理三国”一定会活出它自己最茂盛的样子。

风雨十年心何往？

再过几天，就将进入21世纪20年代了，人类社会正在发生翻天覆地的变化，技术似乎占据了主导地位，但我始终相信，太阳底下，并无新事；人性心理，千年如一。无论技术如何演变，关于人和人性，仍将是恒久的话题。

展望未来，我还是会继续用“心理说史”这种形式来“看透历史，讲透人性”。或许，这就是我重要的人生使命吧。

最后，我想说，在上一版的后记中我把这套书献给我故去的公公婆婆。十年过去了，时间并不能割断我对他们的思念，也不可能磨灭我对他们的敬意。

谨以此书寄托我对他们不变的爱，虽然我再也没有机会亲口告诉他们。

2019年12月24日星期二于北京空港融慧园1912

2020年2月16日星期日于别馆13B补定

初版后记

时间会改变很多东西，包括信念、情感和一些看似坚定的决定。

五年之前，我完成了“心理说史”的开创之作“心理三国三部曲”（《心理关羽》《心理诸葛》《心理曹操》）后，决定不再涉及三国题材。因为，上下五千年，最不缺的就是历史。弱水三千，各具资采，何必锁定一瓢而饮呢？那些取之不尽、浩瀚汪洋、波澜壮阔、奇谲巧绝的历史事件或历史人物都可以供心理说史选材之用。

五年来，我构思了多部作品，也完成了心理说史的另一个大系列——“心理吴越三部曲”（《鞭楚》《辱越》《吞吴》）。让我始料不及的是，三国竟然再一次魂牵梦萦般地走进了我的心灵。

也许是三国的独特魅力，也许是读者的殷切期盼，也许是师友的良言指教，也许是说不清道不明的什么理由。总之，五年之后，这一套“心理三国·逆境三部曲”（《心理刘备》《心理孙权》《心理司马》）弯道超车，抢在其他作品之前，出现在大家的面前。

不过，这个三部曲和之前的三部曲有一些明显的不同。生也有涯，光阴胜金，简单重复是我唯一不屑去做的事情。我选择刘备、孙权、司马懿来书写三国新篇，是因为这三个人的际遇代表了三种不同类型的逆境。

刘备身无凭依，在匮乏资源的情况下去实现伟大梦想；

孙权骤逢变乱，在毫无准备的情况下不得不力担艰巨；

司马懿怀才难遇，在备受压制的情况下图谋着脱颖而出。

人世间的逆境大抵超不出上述三种类型及其不同分量的组合。刘备、孙权、司马懿与逆境抗争的人生经历有着很强的代表性。

逆境来自追求。没有追求，就没有逆境。刘备追求的是地位，孙权追求的是认可，司马懿追求的是权力。

面对逆境，刘备的奋斗动力是梦想，孙权的奋斗动力是责任，司马懿的奋斗动力是生存。他们的逆境秘诀也各有不同，刘备是“永不放弃”，用心创造机会；孙权是“以柔克刚”，精心选择机会；司马懿是“随形就势”，耐心等待机会。

刘备就像是一条游来游去的鱼，心怀梦想，到处寻找水草肥美的江湖，合则留，不合则去，在颠沛流离中终于鱼跃龙门，克成大业；司马懿就像是一棵站在原地的树，即便缺乏阳光雨露，即便时有狂风暴雨，依然不为所动，倔强生长，最终成为参天巨木；孙权则像是一个幸运的孩子，无意中得到了一把钥匙，他试着用这把钥匙去开所有的门，竟然几乎无一落空。当然，世事从来趋于均衡。最后，孙权也尝到了幸运的苦果。

这就是这三位三国英雄打动我的逆境故事。

逆境有着永恒的魅力。只要星汉一直灿烂，只要地球一直转动，逆境就永远不会消失。既然我们永远无法拒绝逆境的降临，我们为什么不去找寻更好的心态与方法，来面对逆境、认知逆境、改变逆境呢?

爱斯基摩部落一位名叫依格加卡加克的巫师曾经说过：“只有困厄与苦难才能使心眼打开，看到那不为他人所知的一切。”

这句话点破了逆境的价值与意义。其实，这就是我创作“心理说史”的初衷，这就是我从来也不会被时间改变的初心。

好了，关于心理三国，我已经写了太多，说了太多了，还是就此告一段落吧。长路漫漫，初心不改，就让我们在下一段历史中相逢吧。

2014年8月31日星期日早10：47于杭州嘉绿苑